Sin latido

Yolanda Cruz Ayala

Sin latido

NdeNovela

NdeNovela, un sello editorial de Editorial Planeta S.A.
Diagonal, 662-664, 08034 Barcelona (España)
www.ndenovela.com
www.planetadelibros.com

Primera edición: mayo de 2024
Depósito legal: B. 6.953-2024
ISBN: 978-84-10140-07-3
Composición: Realización Planeta
Impresión y encuadernación: Rotoprint by Domingo
Printed in Spain - Impreso en España

Para José Luis, Adrián y Borja, siempre.
Y para David, mi eterna ausencia.

A los vivos les debemos respeto, pero a los muertos les debemos la verdad.

VOLTAIRE

La Línea de la Concepción, 12 de diciembre de 2002

La puerta se abrió a mi espalda. No me giré. Sabía que era ella, la agente de policía que una hora antes se había presentado como Miriam García. Una mujer de ojos grandes, color avellana, poco expresivos. El cabello corto, oscuro.

Me había pedido que tratara de calmarme y que la esperase allí sentada, en una habitación pequeña y desangelada frente a una mesa atestada de papeles. Yo tenía que dejar de llorar y no podía. Pensaba en Miguel. Estaba muerto. No podía creerlo. Habíamos estado juntos hacía tan solo un par de días. ¿Quién iba a imaginar que le quedaba tan poco tiempo de vida?

Cerré los ojos y vi su cuerpo menudo, su piel morena, la fragilidad de sus piernas corriendo a toda velocidad y el cabello negro brillando bajo los tímidos rayos de un sol invernal. Era la última imagen que conservaba de él y la que me acompañaría el resto de mi vida.

La tarde que Miguel desapareció habíamos quedado en vernos en la playa de Torre Nueva. Estaba dispuesto a contarme el secreto que los tres compartían. Lo esperé, pero nunca llegó.

La agente García tomó asiento frente a mí. Deslizó la vista sobre los documentos extendidos que había encima de la mesa y los amontonó a un lado. Ajustó la pantalla del ordenador y colocó el teclado debajo de sus ojos. Levantó la barbilla y me miró severamente.

—Te recuerdo que estás aquí porque necesitamos que confirmes unos datos. ¿Lo entiendes?

—Sí.

—¿Eres Celeste Blanch Saavedra, dieciocho años, nacida en Madrid? —preguntó con la vista puesta en la pantalla del ordenador.

—Sí.

—¿Conocías a Miguel Heredia desde que eras niña, aunque solo os veáis durante las vacaciones porque vives en Madrid?

—Sí.

—¿Cuándo fue la última vez que le viste?

La agente apoyó los codos sobre la mesa, entrelazó los dedos y dejó caer la barbilla sobre las manos.

—Antes de ayer. Amaneció un bonito día y un grupo de amigos almorzamos en la playa de Torre Nueva.

—¿Qué pasó después? ¿Hubo algo que te llamara la atención? ¿Discutió con alguien? ¿Sabes si Miguel tenía problemas?

Y respondí que no. No podía contar mis sospechas. Eran solo eso, sospechas que aparecían en mi cabeza y que inmediatamente después rechazaba.

Yo sabía que tenía que haber algo más detrás del comportamiento de mis amigos. Pero no añadí nada.

Todas las historias tienen un principio y un final, y justo en medio está el nudo, como un eslabón que engarza otras partes; yo estaba segura de que Miguel era el eslabón más débil de aquella historia.

1

Quince años después
La Línea de la Concepción, 4 de julio de 2017

Olivia apartó la vista del iPad. Ignoró el trabajo pendiente y se masajeó el cuello. Durante las sesiones prestaba atención a sus pacientes y solo tomaba algunas notas, después las transcribía en los informes dejando constancia de sus propias reflexiones.

Su objetivo como psicóloga era ayudarles a superar desafíos y encontrar el bienestar emocional. Se sumergía con pasión en el trabajo, aunque a veces los casos adquirían un altísimo nivel de complejidad, especialmente cuando los pacientes revelaban sus vivencias más terribles y dolorosas. Personas con trastornos de ansiedad, hipocondría, miedos, fobias, enfermedades y patologías físicas que les causaban profundas depresiones.

Siempre había sabido separar su vida privada del trabajo, hasta que la muerte de uno de ellos la golpeó con fuerza.

Olivia se convirtió en el foco de atención de la familia, que no entendió que las personas no eran meros sujetos pasivos y que, aunque fuese duro escucharlo, tenían todo el derecho de hacer con su vida lo que les diese la gana.

Abrió el cajón de su escritorio. Allí estaba el teléfono móvil que el paciente había dejado en la consulta el mismo día que decidió suicidarse. Resquebrajado, inservible.

Desde entonces, los días grises salpicaban su vida y solo encontraba alivio trabajando a un ritmo mucho más alto y exigente del que debía.

Alicia, su amiga y colega, la había obligado a tomarse un descanso. Pensó en ella: era una mujer increíble. Se conocían desde que iban al colegio y la recordaba siempre alegre y divertida, hasta que su padre murió de un infarto y la madre comenzó a beber. Alicia se hundió y se distanció del mundo. Dejó de ser la estudiante brillante que siempre había sido, dejó de salir, de atender las llamadas de las amigas, y Olivia decidió que debía hacer algo. No podía cruzarse de brazos viendo cómo su amiga se rompía en pedazos. A partir de aquel momento se pegó a ella como si fuese su sombra y se convirtieron en inseparables.

Antes de acabar la secundaria ya habían decidido que dedicarían sus vidas a estudiar el comportamiento humano.

Olivia era plenamente consciente de que se había encerrado en sí misma y hacía justo lo contrario que aconsejaba a los pacientes, hablar del trauma para poder sanar.

Dejó el móvil del paciente en el cajón y fue a la cocina para prepararse un zumo de naranja. Abrió la ventana y respiró el aire de ese nuevo amanecer.

Eran las siete de la mañana y el sol matutino bosquejaba el perfil irregular de la ciudad: edificios altos, casas bajas, chimeneas y al fondo el mar, ese día de un azul tan claro que se confundía con el cielo.

Regresó a su escritorio. Dejó el vaso a un lado de la mesa y retomó el trabajo. Revisó el correo y comprobó que tenía *mails* sin abrir, algunos eran de pacientes que le escribían cuando por algún motivo no acudían a terapia, y ella siempre respondía.

Le llamó la atención un correo que había recibido algunos días atrás. La remitente era Celeste Blanch.

Hacía años que no sabía nada de aquella chica de Madrid que veraneaba en La Línea, y ahora la memoria, esa curiosa capacidad del cerebro para retener los recuerdos, le devolvió imágenes, sensaciones, incluso aromas.

De niñas estuvieron muy unidas durante algún tiempo, después se distanciaron. No sabría decir los motivos, tan solo recordaba que Celeste cambió, dejó de ser la de siempre.

Sin más rodeos, lo abrió.

> Querida Olivia:
>
> Disculpa que después de tantos años irrumpa así en tu vida, sin avisar. Me gustaría hablar contigo sobre unos hechos que ocurrieron hace años y que de un modo u otro nos han marcado para siempre.
>
> Antes de empezar de nuevo necesito llegar a la verdad, aunque eso suponga invertir la historia y que las personas que considero inocentes tal vez sean los verdaderos culpables.
>
> Sé que las respuestas debo buscarlas en el pasado, pero tu hermano no quiere saber nada de esa época. Álex es como una caja cerrada y blindada. Una roca en la que no encuentro fisuras por las que colarme.
>
> Si le preguntas por mí, te dirá que no me hagas caso, que estoy loca o algo parecido. No te preocupes, Álex es así, aunque tú ahora no lo entiendas. Es normal, es tu hermano.
>
> En cuanto a nuestro querido Nicolás... Es imposible hablar con él sin que cargue contra mí, con esa mirada que a veces temo. Tal vez a ti te escuche, después de todo siempre has sido su gran amor.
>
> Por favor, no lo olvides.
>
> No tengo a nadie más en quien confiar.
>
> Cuídate.
>
> Celeste

Olivia volvió a leer el texto con un mohín de extrañeza. Hasta donde podía recordar, la relación entre su hermano y esa chica nunca fue más allá de algunos encuentros en verano, y de eso hacía ya muchos años, demasiados.

Se reclinó en la silla y trató de hacer memoria. Los recuerdos se le antojaban lejanos, difuminados. Claro que eso no tenía nada de extraño, Álex era cinco años mayor que ella. Cuando su hermano era un adolescente, ella era una mocosa. También Celeste era algunos años mayor que Olivia, dos o tal vez tres, no estaba segura.

«Nicolás», pensó en él.

Vivían en el mismo edificio y apenas hablaban desde que dejaron de ser pareja, si es que podía llamar así a la relación que mantuvieron, efímera y turbulenta. Las vidas de ambos tomaron rumbos diferentes, o puede que nunca hubiesen estado en el mismo camino. A pesar de los desaciertos, ella jamás olvidaría los momentos compartidos, que formaban parte de su historia.

Dio un sorbo al zumo de naranja y examinó de nuevo el correo de Celeste. Abría extraños interrogantes y en ese momento no estaba para más quebraderos de cabeza.

Apuró el zumo y, como cada mañana, se puso unos *leggings* de color negro, una camiseta fucsia de tirantes y se calzó las deportivas para ir a correr. Entró en el baño, se cepilló los dientes, se lavó la cara y se recogió el cabello castaño claro en una coleta alta.

Salió del piso y bajó las escaleras del edificio ajustándose los auriculares. Sonaba *Take This Chance*, de Anastacia.

Empezó a trotar a ritmo lento en dirección a la avenida España. La amplia acera recorría la playa de Poniente y se dejó llevar por la música con la vista puesta en el mar, en las olas diminutas que llegaban una y otra vez a la orilla.

Después de varios minutos aceleró el ritmo mientras pensaba en el mensaje de Celeste Blanch. Olivia nunca ignoraba una petición de ayuda y era justo lo que su antigua amiga acababa de hacer. Respondería a ese mail.

Se desvió hacia el puerto deportivo, apenas transitado a esa hora de la mañana. En una de las zonas de atraque divisó al corredor con el que solía cruzarse desde hacía ya algunos meses.

La primera vez que se fijó en él fue uno de esos días grises en los que solo con mirar el cielo sabes que lloverá. Eso no la disuadió, necesitaba salir a correr tanto como respirar, una manera de enfrentarse a sus propios demonios.

Llovía a mares cuando lo vio de frente, llevaban direcciones opuestas y sus miradas se encontraron. Desde aquel día ese hombre le intrigaba y no sabía muy bien la razón. Tal vez porque debía de estar tan desequilibrado como ella para salir a correr en una mañana como aquella.

Ahora él no corría, hacía un día espléndido y caminaba acompañado de un border collie azul. Olivia aminoró la marcha.

—Bonito perro —le dijo al pasar por su lado.

—Es una perra.

Olivia se quitó los auriculares y se giró para mirarlo de frente.

Tenía el cabello negro intenso y unos bonitos ojos de color azul grisáceo.

—Decía que es una perra. No la ofendas —repitió él con media sonrisa.

—¿Cómo se llama?

—Wendy. En realidad, no es mía, es de mi madre. Hago de canguro.

Olivia acarició al animal, que enseguida le ofreció la pata para saludarla.

—Encantada —dijo Olivia a Wendy estrechando la pata del animal en el aire.

Él se quedó mirándola.

—Y tú, ¿puedo saber tu nombre? Hace tiempo que nos vemos por aquí y nunca nos hemos presentado.

Ella se irguió y, tras secarse el sudor de la mano en el pantalón, la extendió.

—Soy Olivia.

Él la estrechó.

—Rodrigo, el otro majara que sale a correr los días de tormenta.

—¿Crees que estoy majara? —le preguntó enarcando una ceja.

Rodrigo no estaba seguro de si ella bromeaba o si se lo había tomado en serio.

—Bueno, muy normal no es —se atrevió a responder.

—No, no lo es. A veces algunas cosas nos superan, no vemos más allá y... —Olivia guardó silencio—. Disculpa, pensaba en alto y no te conozco de nada.

—A todos nos pasa. Todos tenemos días revueltos.

Olivia acarició la cabeza de Wendy.

—Pues... encantada. Supongo que seguiremos viéndonos por aquí, aunque en verano no llueva —añadió con una entonación más amable.

—¿Y si quedamos en otra parte? Por variar... —le propuso él antes de que ella reanudara la marcha.

Olivia no lo esperaba y lo miró contrariada.

—No estoy de ánimos para salir y no sería una buena compañía.

—Ya, entiendo. Si no te apetece, no pasa nada. Tal vez otro día —le dijo al tiempo que le colocaba la correa a Wendy.

—No estoy dándote largas, hablo en serio.

—¿Seguro? Podríamos probar. Yo tampoco soy un cascabel que digamos.

Olivia se mordió el labio inferior con una mueca graciosa.

Antes de despedirse se habían intercambiado los números de teléfono.

2

Olivia regresó a casa a un ritmo más lento, estaba cansada y bañada en sudor. Le había gustado compartir unos minutos con él. Le caía bien la gente que hablaba sin tapujos mirando a la cara.

Entró en el piso y se fue directamente a la ducha. Disfrutó del agua templada, que no tardó en empaparle el cabello y el cuerpo. Se enjabonaba cuando le pareció oír el sonido del timbre. Se quitó la espuma de los ojos y miró su reloj de muñeca. Las ocho cuarenta y cinco de la mañana. «¿Quién me busca tan temprano?».

No le gustaban las visitas y mucho menos si eran inesperadas.

Salió del baño envuelta en una toalla y se dirigió a la puerta. Acercó un ojo a la mirilla. No había nadie. Escuchó pasos que bajaban las escaleras y reconoció la voz de su vecina en el portal. Ya le preguntaría.

Fue a la cocina y puso en funcionamiento el hervidor de agua antes de vestirse. Vaqueros finos y rotos, y camiseta blanca con margaritas. Sandalias planas.

Se preparaba una taza de té cuando el timbre volvió a sonar. Esta vez acompañado de varios toques de nudillo, de quien tiene prisa en ser atendido.

Se dirigió hacia la puerta escuchando la voz de su vecina, que la llamaba por su nombre.

—Olivia, ¿estás ahí?

Al abrir, encontró el rostro moreno y fresco de Carmen, con el cabello recogido y arreglada para salir. Sostenía un paquete entre las manos.

—Hola, hija, perdona que te moleste tan temprano, es que tengo que salir y hace un ratito que ha llegado un chico con este paquete. Tú no estabas y el muchacho quería dejarlo en tu puerta. Me he hecho cargo porque ya sabes que hay gente con las manos muy largas —añadió bajando la voz.

Al cogerlo, Olivia se percató de que el paquete carecía de pegatinas, dirección y sellos de la empresa de mensajería.

—¿No ha dicho nada el repartidor? —preguntó extrañada.

—Nada, que era para Olivia Fernández, que debería habértelo entregado hace días y que tenía mucha prisa. ¡Estos jóvenes están cada vez peor!

Olivia depositó el paquete en la mesa del salón y se despidió de su vecina.

Al abrirlo, comprobó que se trataba de un ordenador portátil, un Mac usado, lo cual la desconcertó aún más.

Iba acompañado de una nota pulcramente escrita a mano.

> Querida Olivia:
>
> Me hubiese encantado verte y conversar contigo sobre tantas cosas... Te preguntarás por qué te envío mi ordenador. Reconozco que lo primero que me pasó por la cabeza fue enviarte un *mail* con el archivo y borrarlo definitivamente de mi portátil. Enseguida caí en la cuenta de que existen programas que recuperan los datos borrados y me he puesto a pensar de todo. Puede que me esté volviendo paranoica. Es mejor que lo guardes tú durante mi ausencia. Contiene el relato que comencé a escribir hace poco, justo al llegar a La Línea, y no deseo que lo lea nadie más.

Empecé a redactarlo por su efecto terapéutico. Escribir me ayuda a reflexionar, a dar claridad a las emociones vividas, explorar, comprender, reevaluar... Después noté que algunas veces me dirigía a ti sin darme cuenta, y es que en el fondo siempre he deseado contarte esa historia, y no confío en nadie más.

Espero que en algún momento la leas. Yo necesito tomar distancia durante un tiempo o acabaré loca.

Confío plenamente en ti porque sé que Álex y Nico te importan tanto como a mí, y hay que evitar que mi ordenador caiga en las manos equivocadas y acabe perjudicándolos. Espero que tú y yo logremos entender el pasado y juntas tomemos una decisión.

A principios de la próxima semana me marcharé, y antes de hacerlo intentaré reunirme con ellos. Ya va siendo hora de llegar a la verdad, o al menos intentarlo. De algo deberían servir los errores, las ausencias, las pérdidas, las muertes...

Si yo no lo consigo, tal vez tú obtengas las respuestas.

Volveré a ponerme en contacto.

Cuídate mucho.

Celeste

Olivia seguía de pie con la hoja entre las manos. Estaba acostumbrada a escuchar todo tipo de historias, sin embargo, esa nota era lo más insólito que había leído en mucho tiempo.

«¿Qué demonios se supone que debo hacer?», se preguntó con un gesto de incertidumbre de camino a la cocina para coger su taza de té.

Comprobó la hora en su reloj. Álex vivía en Nueva York y a esas horas debía de estar durmiendo. Le envió un mensaje mencionándole brevemente el asunto del *mail* y el ordenador. Estaba segura de que él le aclararía todas las dudas.

Era un hombre inteligente capaz de abordar cualquier desafío y siempre se habían apoyado mutuamente desde que eran niños, especialmente cuando sus padres se divorciaron. Una etapa complicada que no habría superado de la misma manera de no haber sido por él.

Tampoco olvidaría el día que ella lo animó a presentar sus trabajos a diferentes concursos internacionales y ganó el Premio de Fotografía Internacional del *British Journal*. Su obra fue expuesta durante tres semanas en el TJ Boulting, una innovadora galería en el corazón de Londres, y a partir de aquel momento Álex se convirtió en un fotógrafo muy cotizado.

Ahora él vivía en Nueva York, trabajaba para el *New York Times* y algunas revistas como *Gear* o *Premier*, y había formado su propia familia.

Por un momento le pareció que lo estaba oyendo: «Márchate tú también, hermanita, vuela por ti misma, La Línea no tiene futuro».

Álex siempre la animaba a que cambiara de aires y ella nunca lo convencería de que adoraba la ciudad en la que había nacido. Como un acuerdo tácito, todo lo relacionado con La Línea había quedado excluido de sus conversaciones. Ella ya no le contaba que en esa ciudad convivían su pasado y su presente, que adoraba el aroma de las calles, las playas, las avenidas, los jardines y las plazoletas en las que había jugado, donde se quedaron sus risas de niña, los pasos dados. Los errores y los aciertos. Sus vínculos emocionales estaban allí y sentía un profundo apego por la ciudad que consideraba su hogar.

Dio un sorbo al té y dirigió la mirada hacia el ordenador de Celeste. Contenía una historia que esa mujer no había compartido con nadie, y ese tipo de información le había despertado un interés inmediato.

Tomó asiento frente al portátil y lo encendió. Carecía

de contraseña y en el escritorio había un par de archivos. El primero contenía fotocopias de recortes de periódicos bastante antiguos que hablaban de la muerte de Miguel Heredia.

Olivia frunció el entrecejo. Recordaba a aquel chico. Álex, Nicolás y Miguel fueron grandes amigos. También Celeste formaba parte de aquel grupo siempre que llegaba a La Línea.

Además de los recortes de periódicos había hojas con anotaciones, una especie de cronología sobre lo que sucedió en las horas previas y posteriores a la muerte de Miguel.

No entendía adónde quería ir a parar Celeste con esa información.

El otro archivo contenía el relato del que hablaba en el *mail*.

No sabía qué debía hacer. La opción más razonable era reunirse con ella y preguntarle qué quería exactamente o qué necesitaba.

Miró su reloj. Pensó que tal vez aún no se habría marchado de la ciudad.

Recordó la agenda de piel que su madre conservaba como una reliquia desde tiempos de Matusalén. «No me pierdas esa agenda, que yo soy de las antiguas, de las de anotar los números en papel», le decía siempre. Confiaba en que no se la hubiese llevado a Londres.

Fue a la sala de estar. La buscó en un armario repleto de carpetas y documentos que fueron cayendo al suelo uno tras otro como en una estampida. La encontró al fondo del todo. Empujó el resto de los papeles hacia el interior y cerró la puerta del armario. Pasó las páginas hasta la letra C. Allí estaba, anotado con la caligrafía de Álex.

Dudaba de que ese teléfono siguiera en funcionamiento. Poca gente utilizaba los teléfonos fijos. Decidió probar de todos modos. Tras marcar, inmediatamente oyó la voz grabada de una operadora que la informaba de que el número marcado no existía.

Se colgó el bolso al hombro y salió de casa con el ordenador.

3

Olivia guardó el portátil en el maletero y condujo hacia la avenida España con las ventanillas bajadas para que el coche se aireara. Eran las diez de la mañana y el calor comenzaba a volverse cada vez más denso y pegajoso. Conectó el aire acondicionado y enseguida notó el agradable flujo refrescándolo todo.

Después enfiló el paseo Mediterráneo que recorría la playa de Levante. Prefería conducir bordeando el mar, por avenidas amplias y con el tráfico más fluido.

A la altura de la parroquia del Carmen, en la barriada de la Atunara, puso el intermitente hacia la derecha y se adentró en una de las calles estrechas que se abren al camino de Sobrevela.

Minutos después llegaba a Santa Margarita, una urbanización de casas independientes frente al mar.

Recordaba perfectamente el bonito chalet de Celeste, justo al final de una pequeña curva. Al verlo pensó que seguía igual, con la buganvilla roja cayendo sobre la fachada blanca y los techos de pizarra en diferentes alturas.

Al salir de su Mini de color blanco se percató de que la cancela estaba abierta y una anciana atravesaba el jardín a toda prisa. Venía en su dirección.

La reconoció enseguida, era Laila Lewis, una mujer muy conocida en la ciudad por las colectas benéficas que organizaba. Corrió hacia ella.

—¿Qué le sucede, señora Lewis?

—Arriba —balbució con el gesto descompuesto.

Olivia corrió hacia el interior de la casa, tiró el bolso en la entrada y subió las escaleras dando grandes zancadas. No se oía nada.

A medida que avanzaba por el pasillo miraba hacia las habitaciones que iba dejando atrás. La última tenía la puerta abierta. Se detuvo en el umbral. La habitación estaba en penumbras, iluminada apenas por la luz que se filtraba a través de las rendijas de las contraventanas. La atmósfera cargada de un silencio inquietante.

Entonces vio a Celeste en la cama y avanzó despacio hacia ella notando cómo el corazón se le aceleraba.

Por un instante la mano de Olivia se detuvo en el aire, indecisa. Celeste estaba bocarriba. Los labios ligeramente entornados, como si estuviese a punto de hablar, pero el aire de su voz ya no circulaba, y no daría sonido a las palabras que jamás le diría.

La tocó. Estaba helada.

Olivia notó los latidos desbocados de su corazón, que parecía a punto de estallar. Deseó salir corriendo de allí, y entonces algo le llamó la atención. En una de las mesitas de noche había una hoja escrita a mano.

En medio de la conmoción se obligó a controlar los nervios y se acercó un poco más. Sus ojos comenzaron a bailar sobre el texto.

> La vida es fugaz, en cambio el tiempo es constante, inalterable, sibilino. Mordaz como una frase intencionada, una ecuación con trampa a la que se le van añadiendo variables y el resultado final es siempre el mismo.
>
> No puedo seguir esperándote, Álex, como si mi tiempo fuese eterno. La ocasión ha revoloteado a mi alrededor tantas veces... Un cortejo de mariposas que yo he mirado

embelesada, perdiendo las oportunidades que nunca están a mi alcance, sin oír el rumor de las olas, hasta que finalmente el agua me moja.

Debo bajarme de este tren al que nunca subiste para acabar juntos el trayecto, y, tal vez algún día, la vida de repente... quiera...

Entonces seré el rostro de tus manos, el silencio eterno que te hable, la lluvia constante que tintinee en el tejado y quizá vengas conmigo.

A donde la vida quiera.

Terminó de leer aturdida. El miedo y la incertidumbre la envolvieron. Ahora el aire de la casa le resultaba sofocante y difícil de respirar.

Salió de la habitación y bajó las escaleras de manera precipitada notando que le flaqueaban las piernas. Trastabilló al poner el pie sobre uno de los peldaños y se sujetó al pasamanos para recobrar el equilibrio. Casi sin aliento alcanzó el vestíbulo.

Allí encontró a la señora Lewis sentada en una silla. La anciana parecía haberse congelado.

Corrió hasta la cocina con las manos temblorosas y los pensamientos alborotados. Llenó un vaso de agua y miró en todas direcciones. No sabía qué buscaba, era esa maldita necesidad de querer controlar la situación. La vista se le detuvo en las cajas de benzodiacepinas vacías que había sobre la isla de la cocina.

En una fracción de segundo su cabeza se había convertido en una máquina de calcular probabilidades. Barajó un sinfín de posibilidades, algunas inverosímiles.

Negó con la cabeza. Salió de la cocina y ofreció el agua a la anciana antes de buscar el móvil en su bolso y marcar el número de emergencias.

El sonido metálico de unas llaves cayendo al suelo la

hizo reaccionar. La señora Lewis se afanaba en recogerlas con una mano mientras en la otra sostenía torpemente el vaso de agua. Olivia cogió las llaves y se apresuró a ayudar a Laila sujetándola del brazo con firmeza.

Al otro lado de la línea la operadora le hacía preguntas, y le costaba centrarse.

—Señorita, ¿entiende lo que le estoy diciendo? Necesito la dirección exacta. No toque nada y salga del domicilio. Debe esperar fuera. Una unidad de la Policía Nacional está en camino.

Olivia facilitó los datos y colgó.

Tomó de la mano a la señora Lewis y le susurró con delicadeza:

—Debemos salir.

La mujer la siguió enjugándose las lágrimas.

Al llegar al jardín la cabeza de Olivia se había convertido en una olla a presión. Cerró los ojos y respiró profundamente. Por un momento deseó que su mente dejara de funcionar.

4

Había transcurrido una hora desde el hallazgo del cadáver cuando el inspector Rodrigo Ugalde detuvo su Nissan Qashqai en el lugar de los hechos. Se colgó la placa al cuello y observó el cordón policial, desplegado a lo ancho del muro que rodeaba la vivienda.

A lo largo de la calle se encontraban aparcados los vehículos de la policía científica, forense, el de la subinspectora, una ambulancia y dos coches zetas que mantenían encendidas las luces azules. Una actividad que despertó la curiosidad de los vecinos. Algunos habían salido de sus casas y otros miraban desde las ventanas.

Le extrañó ver en la acera al comisario conversando con un par de agentes uniformados.

Julián Escobar era un hombre fornido con el cabello tupido, gris y peinado hacia atrás. Esa mañana vestía con bermudas azules y camiseta playera. Sus ojos, enmarcados en unas pobladas cejas, se desviaron hacia el inspector.

—¿Qué haces aquí, Ugalde? ¿No pediste unas horas libres por el asunto de tu divorcio? —se interesó el comisario tras un breve saludo.

—Así es..., y ni mi ex ni su abogado se han presentado a la cita, así que aquí me tiene. Por cierto, quien no debería estar aquí es usted. Se suponía que hoy empezaba sus vacaciones.

—Y las he empezado, las he empezado, ¿no ve cómo

voy? —Escobar dio un tironcito a su camiseta floreada—, pero resulta que pasaba justo por aquí cuando montaban el dispositivo y no he podido evitarlo, gajes del oficio. Dentro ya están trabajando y la subinspectora te pondrá al corriente. La identificación preliminar la ha hecho una vecina. La víctima es Celeste Blanch. Treinta y tres años, de Madrid. Profesora. También está la documentación, el teléfono móvil... La casa es de su propiedad. Lo sé porque mi esposa y yo entablamos cierta amistad con los padres de la muchacha, que veraneaban aquí desde siempre. Los de la Científica han encontrado cajas de benzodiazepinas vacías y algún otro opiáceo, creo, no lo sé con exactitud. También una nota un tanto extraña junto al cadáver; la están examinando.

—¿Extraña?

—Ya sabes, algunos suicidas eligen una manera teatral de morir. La nota es poética, y en cierto modo tiene sentido. Era profesora de Literatura. O puede que fuera un impulso repentino. ¡Cualquiera sabe qué le pasó por la cabeza a esa pobre chica! —Escobar torció el gesto—. Yo no he visto la nota ni tengo intención de poner un pie ahí dentro. Si mi mujer se entera de que estoy trabajando habrá otro caso de divorcio en comisaría —añadió.

—¿Decía usted que conocía a la familia de la fallecida?

—A los padres, sí. La familia de la madre era de aquí, de La Línea, y ellos veraneaban en la ciudad de toda la vida, y ya sabes, por muchos habitantes que seamos, al final los matrimonios de cierta edad acabamos encontrándonos en los bares del centro, las cafeterías, los clubes... ¡Y las casetas de feria! —exclamó—, que mi mujer no se pierde un sarao. Vamos, que para la feria estamos de vuelta.

Rodrigo sonrió.

—Pues eso, a la muchacha la conocía solo de vista y de oídas —continuó en un tono más formal—. La gente murmuraba que era un poco rara. Una pija que se relacionaba con tipos de dudosa reputación. Estuvo en tratamiento psicológico o psiquiátrico, no conozco los detalles. Tenedlo en cuenta. Yo informaré a los familiares. De algún modo los conocía y es lo menos que puedo hacer.

El inspector Ugalde se despidió de su superior con un gesto de agradecimiento y se dirigió a la vivienda mostrando la placa. El grupo de curiosos se apartó. Atravesó el jardín siguiendo la ruta establecida. A pesar de que el césped estaba muy cuidado, en varias zonas no había crecido la hierba y se identificaban claramente huellas de pisadas, señalizadas con los marcadores amarillos de los forenses.

Se detuvo en la puerta principal. Se ajustó los guantes y escarpines de rigor observando la entrada. Estaba decorada con un gran espejo, un mueble bajo y un perchero del que colgaban algunas prendas y un bolso de playa. Observó los restos de arena en el suelo y ojeó las revistas que descansaban en el mueble antes de examinar las habitaciones de la planta baja.

Era una casa amplia y acogedora, con muebles en colores neutros combinados con madera y adornos muy curiosos. Todo parecía estar en orden. Nada evidenciaba signos de lucha.

Después tendría decenas de fotos que mirar, unas cuantas mostrarían detalles que ahora pasaría por alto, pero observar el escenario *in situ* le decía mucho sobre cualquier caso que investigara.

Varios agentes de la Científica se movían por la casa tomando fotografías, huellas y muestras. Los saludó y subió las escaleras hacia la planta alta, desde donde le llegaban murmullos y el clic de alguna cámara de fotos.

En la alcoba la temperatura era más elevada que en el resto de la casa debido a los focos y a las personas que entraban y salían. También los saludó.

El fotógrafo forense tomó un par de instantáneas y Rodrigo parpadeó molesto por la luz del *flash*, con la mirada puesta en la víctima, la protagonista muda del escenario. No era la primera vez que se enfrentaba a un cadáver, sin embargo, siempre se le hacía más cuesta arriba cuando la persona fallecida era joven.

Celeste Blanch estaba bocarriba, en posición decúbito supino. La cabeza sobre la almohada. El cabello largo y rubio destacaba sobre las sábanas rojas. Los brazos extendidos junto al cuerpo. Las manos protegidas con bolsas para preservar cualquier posible rastro. Aún se apreciaba el *rigor mortis*, por lo que dedujo que debía de llevar muerta menos de veinticuatro horas.

Odiaba esa parte de su trabajo. Contemplar lo que había sido un ser humano. Una mujer joven que ahora estaba rodeada de extraños que certificarían su defunción e investigarían los indicios que rodeaban su muerte para llegar a la verdad, una verdad que a ella no le serviría de nada, pero que merecía.

La subinspectora María Infantes se acercó a Rodrigo. Vestía vaqueros y una camiseta de color rosa claro. Tenía el cabello en distintas tonalidades de rubio recogido en una cola alta. El rostro, sin maquillar, aniñado, a pesar de rondar los cuarenta.

—Esta es la nota que hemos encontrado en la mesita. —La subinspectora le tendió la hoja, que ya había sido embolsada—. Hay frases que hablan de silencio eterno, bajarse del tren... En fin, parece que hacen alusión a la muerte.

Rodrigo sostuvo la bolsa y leyó la nota. Mientras lo hacía, María lo observaba. El asunto del divorcio estaba haciendo mella en su compañero, aunque tratara de disimularlo. Había perdido peso en unos pocos meses. Los vaqueros le quedaban holgados, igual que la camiseta. Llevaba el cabello más largo y la barba descuidada, nada habitual en él. Le dolía verle así. Él no solo era su compañero. Era su mejor amigo.

—Vete tú a saber cuándo la escribió —le respondió Rodrigo al devolverle la bolsa—. Por el doblez del papel parece que tiene algún tiempo, ya nos lo dirán los de dactilografía. ¿Qué sabemos de la mujer que ha encontrado el cadáver?

—Laila Lewis, vecina, vive justo al lado. Cuidaba de la casa. No he podido hablar con ella porque cuando he llegado la estaban atendiendo los sanitarios. Es una señora mayor y está muy afectada. La acompañaba una joven que al parecer acudió a socorrerla. González les ha tomado los datos de filiación y está esperando a ver si pueden prestar declaración esta misma mañana.

Rodrigo asintió con los ojos puestos en el forense.

Alberto Ochoa era un hombre alto y fuerte con una mirada reflexiva. Vestido con traje de protección y guantes de látex, se movía con cautela alrededor de la víctima. Trabajaba de manera metódica y en ese momento registraba los hallazgos en su grabadora. Un estudio cuidadoso del cuerpo y del lugar en el que había sido hallado.

El inspector Ugalde avanzó hasta el armario que ocupaba la pared de la izquierda procurando no estorbar. Abrió las cuatro puertas de madera clara y revisó el interior minuciosamente antes de dirigirse a la cómoda, sobre la que descansaban varios objetos, entre ellos una fotografía enmarcada.

En la imagen aparecían tres muchachos que daban la espalda al objetivo. Había sido tomada en la playa de Torre Nueva con un cielo azul intenso de fondo y los reflejos del sol centelleando en la superficie del mar. Estaba gastada y deslucida. La extrajo del portarretratos.

2002 era el año que aparecía anotado en el reverso.

La introdujo en una bolsa de pruebas y pasó varios minutos revisando los cajones. En uno de ellos encontró álbumes con fotografías y los estuvo ojeando.

—Pues hoy el día ha empezado movidito. —Oyó la voz del forense y se dio la vuelta para mirarlo—. De madrugada hemos atendido a una mujer víctima de agresión sexual y ya sabéis cómo es mi trabajo, recogida de muestras, parte de lesiones... En fin, qué os voy a contar, y ahora esta pobre chica, muerta en soledad. Es una pena. Va contra natura morir tan joven. Hasta echo en falta esa sobrecarga emocional de familiares o amigos que escuchas de fondo cuando llegas al domicilio de una víctima. En cambio, ella... estaba sola. —Alberto hizo un gesto de resignación, al tiempo que iluminaba la cama con una luz de Wood.

—Os interesará saber que esta mujer mantuvo relaciones sexuales horas antes de fallecer. Podéis ver la presencia de fluidos corporales en las sábanas, y, como sabéis, el que más brilla es semen. No he hallado signos de agresión, moratones, marcas ni señales de defensa. He pedido que le cubran las manos con bolsas por si encuentro algo bajo las uñas. Nunca se sabe.

Alberto procedió a girar el cuerpo con suavidad y quedaron al descubierto los depósitos de sangre de color vinoso que ocupaban el plano inferior. Evidenciaban que había fallecido en esa posición.

El fotógrafo forense tomó algunas fotografías más y salió de la habitación.

—Sabéis que este tipo de manchas se fijan entre diez y doce horas después del fallecimiento —continuó Ochoa—, así que..., como sé que os interesa la data aproximada... —pronunció al tiempo que hacía los cálculos—, basándome en la temperatura del hígado, el *rigor mortis*, las livideces, el calor ambiental..., debió de fallecer alrededor de medianoche, con los ojos cerrados, por lo que la pérdida en la transparencia de la córnea puede prolongarse hasta veinticuatro horas. Como suelo decir, os daré datos más concluyentes cuando realice la autopsia.

Rodrigo se había inclinado ligeramente sobre la víctima para observar más de cerca un pequeño tatuaje que llevaba en la parte posterior del cuello.

—Es un atrapasueños —informó María—. Una especie de amuleto como protección contra las pesadillas o algo así.

—Es curioso. Hay fotografías en las que la víctima aparece con un colgante idéntico, con esas mismas plumas de color rojo.

—Tendría algún significado especial para ella —sugirió el forense.

—Probablemente..., pero ¿dónde está? No lo lleva puesto, y no lo he encontrado entre sus cosas.

Rodrigo comprobó la hora en su reloj de muñeca. La jueza se retrasaba.

—Vayamos a ver si podemos hablar con la mujer que encontró el cuerpo —indicó a su compañera.

5

Olivia había aguardado con paciencia a que los sanitarios se ocuparan de atender a la señora Lewis, la mujer parecía más tranquila y esperaba para prestar declaración.

Ella en cambio no dejaba de darle vueltas a todo. Era como estar inmersa en una pesadilla que se sucedía más rápido de lo que era capaz de asimilar. Tenía que calmarse. Sabía que cuando los niveles emocionales son muy elevados la mejor respuesta es distraerse, solo así disminuiría el estrés.

A través de la cancela abierta podía ver la larga hilera de chalets que descendía hasta la playa. Las flores se alzaban sobre los muros y el sol brillaba en un cielo limpio, sin nubes, azul, mucho más azul que esa misma mañana. Respiró profundamente.

Siempre le había parecido una contradicción la indiferencia con la que la vida seguía ante las desgracias humanas.

Ahora tenía que decidir qué hacer. Contar lo que sabía o callar. Cualquiera de las dos opciones tendría consecuencias; en sus manos estaba enfrentarse a una o a otra. Celeste Blanch le había pedido ayuda. Le había confiado libremente algo que nadie más sabía, que no había compartido nunca. Como psicóloga, tenía muy presente el secreto de confidencialidad, aunque esa mujer estuviese muerta. Por otra parte, no podía dejar de pensar que guardaba el ordenador de una persona fallecida. Pensaba en el *mail*, en la nota que hablaba de inocentes y culpables, en Álex, en Nicolás y en la petición de Celeste: evitar que el ordenador cayera en las manos equivocadas. Y ahora, después de haber visto el cadáver de esa mujer, todo se le antojaba mucho más oscuro. Tenía miedo y no quería asumir un riesgo que ni siquiera era capaz de concretar. Esperaría, al menos hasta que averiguase qué quería Celeste de ella.

Respiró por la nariz y soltó el aire con fuerza por la boca. En ese instante se fijó en el hombre y la mujer que acababan de salir de la casa y caminaban por el jardín hacia ella y la señora Lewis. Entornó los ojos molesta por la luz del sol: no iban uniformados, aunque supuso que eran de la policía.

A medida que se acercaban reconoció al hombre. Era Rodrigo, el corredor con el que había estado hablando esa misma mañana. No lo esperaba. Volvió a coger aire. No permitiría que el nerviosismo dominara sus decisiones y trató de adoptar una actitud aparentemente razonable.

Rodrigo la había reconocido antes de llegar a su altura. Le llamó la atención verla allí, vestida de otra manera que no fuese con ropa deportiva. Pensó que le sentaban bien los vaqueros.

Él le dedicó una mirada corta y saludó a ambas antes de presentarse.

—Buenos días. Soy el inspector Rodrigo Ugalde, de la UDEV, y ella es mi compañera, la subinspectora María Infantes. ¿Cómo se encuentran? ¿Son familiares de la víctima? ¿Vecinas?, ¿amigas? —preguntó con amabilidad.

María aguardaba a su lado con el bolígrafo y el bloc de notas en la mano, sin pasar por alto las miradas que su compañero acababa de intercambiar con la joven.

—No. No nos encontramos bien, inspector —dijo la señora Lewis—. Tampoco somos familiares, aunque yo conocía a esa pobre muchacha desde que nació.

—¿Pueden explicar por qué estaban en el domicilio?

—¿Somos sospechosas? —preguntó la anciana con la mirada triste.

Rodrigo contempló a la mujer. Era pequeñita y de aspecto frágil. Le pareció enternecedora con la blusa de encajes y el pañuelo retorcido en la mano. Entendió que debía ser muy cuidadoso y armarse de paciencia si no quería herir la sensibilidad de esa mujer.

—Lo siento, señora. Lamento mucho su pérdida. Sé que son momentos muy duros, aunque si no tienen inconveniente me gustaría que ambas respondiesen a algunas preguntas. Trataré de ser breve. ¿Les parece bien? —Hizo una pausa y volvió a mirar a Olivia—. O si lo prefieren pueden acudir a comisaría en otro momento y prestar declaración cuando estén más tranquilas —les propuso.

—Necesito acabar cuanto antes y marcharme a casa —sentenció la señora Lewis.

—De acuerdo. ¿Puede decirme cómo ha entrado usted en la vivienda?

—Con mis propias llaves. Ya lo he dicho antes. Cuido esta casa desde siempre. Esta mañana llamé varias veces al timbre y, al no obtener respuesta, abrí. Me extrañó que no estuviesen echadas las dos vueltas de llave. Llamé a Celeste por su nombre, no respondió y subí. Quiero avisarle de que toqué a la chica en la zona de la carótida buscando un soplo de vida. Fui enfermera, ¿saben? También he tocado el vaso de agua que esta joven me ofreció y una silla en el salón.

—Gracias. Y dígame, ¿por qué le extrañó que no estuviesen echadas las dos vueltas de llave?

—Ella solía cerrar así todas las noches. —La mujer suspiró acongojada.

—Entiendo. ¿Vio o notó algo extraño en la casa además de la cerradura?

—La cancela chirría bastante; di el aviso para que la reparasen y el personal de mantenimiento no me hizo ningún caso. Ayer la escuché sonar varias veces por la tarde y por la noche, creo, ahora mismo no estoy segura de nada. Los jardineros sí hicieron su labor y el jardín lucía perfecto. Lo digo porque he visto que tomaban fotografías del césped.

—Es usted muy observadora. ¿Recuerda algo más que le llamara la atención?

—No. Lo que me llama la atención es que la muerte alcance a personas jóvenes. Es un sacrilegio, ¿no le parece, inspector? —dijo, y se limpió las lágrimas con el pañuelo.

—Sí, señora, lo es.

—¿Qué cree usted que le ha pasado? —inquirió la señora Lewis.

—Me temo que es muy pronto para saberlo, aunque estoy seguro de que cualquier información que pueda facilitarnos sobre su vecina nos servirá de ayuda.

Laila Lewis meditó unos segundos.

—No sé qué más puedo añadir. La casa perteneció a los abuelos maternos, que eran de aquí, de La Línea. La madre de Celeste, Mercedes —aclaró—, era muy jovencita por aquel entonces. Se casó con Jesús, un militar muy educado. Nació la chiquilla, que era hija única, y los padres de la chica fallecieron en un accidente de coche, otra tragedia. —La anciana hizo una pausa para sonarse la nariz—. La niña siguió viniendo a su casa, especialmente en verano. Adoraba este lugar. Era profesora de Literatura, ¿sabe? —la mujer se tocó la frente varias veces con los dedos—, eso creo que ya se lo he dicho al otro policía. Por lo demás, yo no estaba muy al tanto de su vida. Tiene una prima en Madrid, Marisa, ella podrá darles más información. Yo estoy cansada —añadió con tono lastimoso.

Rodrigo desvió la mirada hacia Olivia.

—¿Se encuentra bien?

Olivia se limitó a asentir. La voz de Rodrigo se le antojó difusa, amortiguada. Él continuó con sus preguntas.

—¿Vive por aquí cerca? ¿Conocía a la fallecida?

María observaba a su compañero al tiempo que daba pequeños golpecitos con el bolígrafo sobre el bloc de notas.

—No, no vivo aquí. Venía a una tienda de productos ecológicos cuando vi a la señora Lewis salir de la casa y correr por el jardín muy alterada. Supe que había sucedido algo y... Entré, subí al dormitorio..., la toqué en el brazo. No se movió. Me puse muy nerviosa. Bajé enseguida y llené un vaso de agua en la cocina para la señora Lewis porque no reaccionaba... La otra pregunta era...

—¿Conocía a la fallecida?

—Nos conocimos cuando éramos unas crías. Hacía mucho que no sabía nada de ella.

—¿A qué hora llegó usted al domicilio? —se interesó esta vez la subinspectora.

—Sobre las diez, o puede que algo más tarde. No estoy segura.

—¿Pasaba con el coche por esta calle para ir a la zona comercial que queda al principio de la avenida del Burgo?

—Sí.

—Dio usted un buen rodeo... —opinó Infantes posando el bolígrafo sobre sus labios.

—Me despisté. Santa Margarita ha crecido mucho, nuevas casas, nuevas urbanizaciones..., y ya he dicho que no vivo aquí. Vivo cerca del centro, en la ciudad.

—De acuerdo, no se incomode, es solo que necesito tomar nota de todos los detalles. Lo entiende, ¿verdad?

—Sí, por supuesto —respondió con la vista clavada en la subinspectora. Estaba segura de que había visto a esa mujer en alguna parte y no lograba recordar dónde.

—Pues por ahora eso es todo —les dijo Rodrigo—. Si son tan amables de firmar el acta de sus declaraciones podrán marcharse a casa. Y anoten sus números de móvil; es muy probable que queramos hablar con ustedes más adelante. Si recuerdan algo, cualquier cosa, no duden en llamar a este número —les pidió entregándoles un par de tarjetas.

Rodrigo le dedicó un gesto a Olivia a modo de despedida y regresó a la vivienda junto a su compañera.

—¿De qué la conoces? —le preguntó María.

—No la conozco exactamente. Salimos a correr por la misma zona. Solo eso.

—¿Solo eso?

—Sí. Y recuerda que no hace falta incomodar a los testigos después de una experiencia tan desagradable.

—¿Incomodar? Esa chica ha declarado que circulaba por la calle y vio a la señora Lewis cruzar el jardín. La vivienda de Blanch está justo después de una curva cerrada. No es posible verla desde la carretera a no ser que te detengas expresamente frente a la casa.

Rodrigo dedicó una mirada a su compañera. María tenía razón.

6

Olivia miró a la señora Lewis, que continuaba desorientada, y sintió la obligación moral de acompañarla a su casa.

Caminaban por la acera cuando un taxi se detuvo unos metros delante de ellas. Laila avanzó con rapidez en esa dirección al reconocer al hombre que salía del vehículo.

—¡Tom, Thomas! —alzó la voz haciendo señales con la mano.

El hombre se volvió para mirarla y, al percatarse del gesto descompuesto de la anciana, cruzó la calzada con prisas.

Thomas Clayton era vecino de la urbanización. Rondaba los setenta y, a pesar de tener algo de sobrepeso, caminaba con agilidad.

—¡¿Qué ocurre, Laila?! ¿Qué ha sucedido? —exclamó mientras miraba a la mujer al tiempo que descubría el despliegue policial en esa misma calle.

Laila Lewis miró a su vecino con lágrimas en los ojos.

—¿No te has enterado, Tom? —balbució.

—¿De qué? Acabo de salir del hospital. ¿Qué ha pasado? —insistió el hombre.

—¡Es Celeste, Tom! Está muerta —sollozó, y de nuevo los ojos se le inundaron de lágrimas.

Thomas Clayton miraba a la señora Lewis con el gesto descompuesto y la respiración agitada. Sus cejas se habían arqueado ligeramente formando profundas arrugas en su frente.

—¡No puede ser! ¿Cómo es posible? ¿Un accidente, no es eso? —exclamó sin hacer ni una pausa.

—La policía dice que es pronto para saberlo. ¿Recuerdas si la chica tenía problemas? ¿Alguna crisis? —quiso saber Laila con los ojos clavados en él.

—¿Problemas? —repitió el hombre—. No lo sé.

Olivia miraba alternativamente a la anciana y al vecino. «¿De qué tipo de problemas está hablando la señora Lewis? ¿Una crisis?», se preguntó, y siguió atenta a la conversación.

—Y ¿tú te encuentras bien? ¿Has pasado la noche en el hospital? ¿Estás enfermo? —dijo la anciana al reparar en que no se había interesado por la salud de su vecino.

—Eso ahora carece de importancia —musitó el hombre mirando a su alrededor.

—Él es el doctor Thomas Clayton, psiquiatra y escritor —Laila se dirigió a Olivia—, y el marido de Sofía Clayton, que en paz descanse —añadió con un profundo suspiro—. Sofía fue una mujer muy querida y admirada en la ciudad. Seguro que sabes de quién hablo.

Olivia asintió. Recordaba a la esposa del doctor. Durante muchos años dirigió Génesis, un centro cultural, deportivo y artístico donde los jóvenes de los barrios más desfavorecidos podían acudir a expresar sus inquietudes y a quienes la señora Clayton siempre ayudaba a conseguir sus metas.

—Su esposa fue muy buena —dijo Olivia con la vista puesta en el doctor—. Mi hermano colaboró como voluntario en Génesis. Él la admiraba muchísimo y hablaba con frecuencia de ella. En casa sentimos su muerte.

—Gracias, lo sé. Todos los jóvenes la querían.

—¿Quién es tu hermano? —se interesó la señora Lewis, que a pesar de no encontrarse bien tenía la costumbre de querer estar al tanto de todo.

—Álex Fernández, era monitor de baloncesto.

—Sí, creo que sé quién es... —respondió la anciana con los ojos entornados.

El doctor comenzó a toser, seguía respirando con dificultad.

—No estás bien, Tom, ¿qué te han recetado? —La señora Lewis parecía haber recobrado cierta vitalidad y sostuvo a su vecino del brazo—. Necesitas que te vea un médico. Puede que la ambulancia siga ahí. —Señaló con la mano libre hacia el fondo de la calle.

—No, nada de médicos, ya he tenido suficiente —replicó el doctor controlando el golpe de tos—, en urgencias me han recetado antihistamínicos, Laila... Es solo una crisis de alergia. Pasará. —La tranquilizó con dos leves toques en la mano de la mujer.

La conversación entre los vecinos se prolongó un poco más. Comenzaron a enumerar los achaques propios de la edad y siguieron lamentándose por la inesperada muerte de su joven vecina.

Olivia había dejado de escucharlos. La idea de que Celeste padeciese algún tipo de trastorno emocional había acaparado toda su atención y ahora se preguntaba qué sabría el psiquiatra. Necesitaba hablar con él.

Inmersa en sus propios pensamientos, reaccionó cuando oyó a la señora Lewis insistir al doctor en que debía marcharse a casa y descansar, que le visitaría más tarde.

Se despidió del doctor y observó cómo el hombre se detenía a hablar con una joven en la acera. Supuso que la chica debía de ser policía. Desde hacía un buen rato había agentes dando vueltas y haciendo preguntas a los vecinos. Ahora nada le apetecía más que perder a todos de vista.

Acompañó a la anciana hasta su casa bajo un sol abrasador, y experimentaron cierto alivio al cerrar la puerta y dejar al otro lado el murmullo de la calle. Olivia se ocupó de acomodar a Laila en un sofá en el salón y se ofreció a preparar unas infusiones relajantes.

—¿Quiere que avise a alguien? Hoy no debería quedarse sola.

—No te preocupes, mis amigas deben de estar al llegar. Habíamos quedado para almorzar juntas y jugar al *bridge*, y fíjate cómo cambian las cosas de un momento para otro. ¡Qué penita, por Dios!... —se lamentó llorosa.

Olivia echó agua en el hervidor y lo puso en marcha.

La cocina de la señora Lewis era de madera blanca, luminosa, y estaba tan bien ordenada que no le costó encontrar las bolsitas de infusiones en una cajita con distintos compartimentos. La porcelana a la vista, en un mueble con puertas de cristal.

Preparó las infusiones y regresó al salón. Ocupó una silla frente a Laila.

—Decías que eres hermana de Álex... Me acuerdo de él, cuando era jovencito siempre estaba por aquí, en cambio a ti no te recuerdo.

—Yo no solía venir mucho a Santa Margarita. Y soy menor que Álex. No teníamos muchos amigos en común.

—Entiendo, pero a Celeste sí la conociste, ¿no? —continuó la mujer con interés.

—Sí, mi hermano me la presentó un verano y congeniamos bien. De eso hace mucho. Ella era muy guapa. Me gustaban sus ojos y su manera de vestir y de hablar y las cosas que contaba de Madrid.

Laila le dedicó una mirada frágil y melancólica.

Sin esperarlo, un gato subió a las piernas de Olivia y ella se sobresaltó. Lo acarició. Tenía el pelaje suave, largo y gris, y unos bonitos ojos dorados.

—Es Hemingway, era de la pobre niña —le explicó Laila con tristeza—. Esta mañana mi perrita Chloe no dejaba de ladrar. A ella no le gustan mucho los gatos, ¿sabes? Salí al jardín y lo encontré tras unos setos, muy asustado, el pobrecito. Por eso fui a buscar a la muchacha tan temprano. No se lo he contado al inspector, ¿crees que será importante?

—Lo que ha sucedido es muy grave, lo extraño sería que usted recordara esos detalles. No se preocupe ni le dé más vueltas —trató de tranquilizarla.

Olivia dio un sorbo a la bebida con la mirada puesta en la mujer. Necesitaba hacerle al menos una pregunta, pero Laila parecía tan ensimismada que no quería molestarla. Dejó la taza sobre la mesa baja y, tras unos segundos, se atrevió:

—Disculpe mi interés. No he podido evitar escuchar que usted preguntaba a su vecino si Celeste tenía problemas o si había sufrido alguna crisis... —Dejó la frase suspendida, invitándola a hablar.

—Sí, así es. Le he preguntado a Tom porque él y su esposa fueron vecinos y amigos de los Blanch desde que llegaron de Estados Unidos hace décadas. Él es norteamericano, ¿sabes? Se enamoró de la española y aquí se quedó. Es médico psiquiatra y, si no estoy equivocada, trató a la muchacha hace muchos años.

—¿Celeste tuvo problemas emocionales? ¿Los tenía aún? —preguntó de corrido, e inmediatamente se arrepintió por haber mostrado tanto interés.

La mujer dudó. Entreabrió los labios.

—Tu hermano... —En ese instante sonó el timbre.

Olivia esperaba a que Laila continuara hablando, pero el timbre seguía sonando y la mujer miraba en dirección a la puerta. Olivia no tuvo más remedio que levantarse a abrir lamentando la interrupción.

«¿Qué intenta decirme Laila sobre Álex?», se preguntó al abrir y encontrarse frente a un grupo de señoras elegantes que la miraban con preocupación. Pronto estallaron en una sucesión de preguntas, un murmullo de frases entretejidas que la acompañaron hasta el salón.

—¡Dios mío, es una noticia terrible!

—Lo hemos sabido por los vecinos.

—¿Cómo ha sucedido?

—Nadie nos ha aclarado nada, ¿te encuentras bien, Laila?

Las mujeres acercaron algunas sillas al sofá y tomaron asiento alrededor de su amiga. Trataron de consolarla y distraerla.

La mente de Olivia estaba en otra parte, atrapada en la misma pregunta: «¿Qué ha intentado decirme Laila sobre Álex?».

No podía ser casualidad que desde esa misma mañana la presencia de su hermano se hubiese convertido en una constante.

Su móvil emitió el característico sonido de WhatsApp y echó un vistazo a la pantalla.

Álex había respondido a su mensaje.

«Olvida todo lo que esté relacionado con Celeste. Deshazte del ordenador y el *mail*. No puedo hablar ahora. No me llames. Me pondré en contacto contigo en cuanto pueda».

7

En el interior de la vivienda, la jueza intercambiaba impresiones con el forense y el inspector al mando. Una mujer madura, de carácter afable y profesionalidad intachable que acostumbraba a facilitar la labor a los investigadores.

Su rostro, marcado por arrugas suaves, reflejaba serenidad y seguridad por la larga experiencia profesional acumulada a lo largo de los años.

—He recibido una llamada del comisario. Al parecer, la víctima presentaba una patología psiquiátrica previa —anunció doña Pilar mirando a Rodrigo—. En la cocina se han encontrado envases de benzodiazepinas vacíos y todos sabemos la adicción que crean esos fármacos —añadió entrelazando los dedos sobre la falda oscura.

—Con el debido respeto, es pronto para hacer una evaluación. Aquí todos hemos visto casos de homicidio que tratan de simular un suicidio y al revés.

—Sí, tiene razón —consintió la jueza, e inmediatamente desvió la mirada hacia el forense—. Alberto, ¿qué puede adelantarnos?

Alberto Ochoa se ajustó las gafas y se bajó la mascarilla dejando al descubierto un rostro redondo.

—Los hallazgos son confusos, de momento solo puedo certificar que la muerte de esta mujer se debe a un paro cardiorrespiratorio de origen indeterminado. Podría tratarse de suicidio, homicidio o accidente.

—¿Puede concretar un poco más? —insistió la jueza.

—Me temo que no. Hay elementos que podrían apuntar hacia una posible intervención externa, y otros sugieren que pudo darse una serie de circunstancias desafortunadas que llevaron a esta mujer a la muerte. Todo lo que pueda añadir sería especulativo —concluyó cruzando los brazos.

La jueza meditó unos segundos y se quitó la chaqueta.

—De acuerdo, las pruebas periciales lo aclararán —dijo desviando esta vez la mirada hacia el inspector.

—No descartaremos ninguna línea de investigación —afirmó Ugalde.

—Bien. Yo debo marcharme. Mi cita con el cardiólogo no puede esperar y aquí hace mucho calor y empieza a oler mal. Ahora mismo les firmo la autorización para la autopsia médico-legal y ustedes le indican a mi secretario lo que necesiten. Cuanto antes averigüen por qué esta mujer ha acabado muerta, mejor para todos. Y asegúrense de que el cuerpo salga de la casa perfectamente cubierto —les advirtió alzando un dedo índice—. Pidan a los de Medicina Legal que coloquen el vehículo bien pegado a la vivienda. No solo habrá algún periodista, sino también gente con los dichosos móviles, que esa es otra. Los delitos a través de internet son cada vez más frecuentes —se quejó saliendo por la puerta.

—No estaría de más ir adelantando el auto para revisar el móvil de la víctima y proceder al registro de la vivienda en Madrid —solicitó Ugalde, que la seguía escaleras abajo.

—Sí, sí, por supuesto, lo que necesiten, y, como siempre, me mantienen informada de cualquier avance —concluyó antes de perderse por el pasillo.

Minutos después, Rodrigo y María abandonaban el domicilio. Allí no había mucho más que ellos pudieran hacer y tenían un grupo que organizar.

Al salir a la calle la temperatura había vuelto a subir varios grados. No se desprenderían fácilmente de la ola de calor, que ya había entrado en su sexto día y parecía que nunca iba a acabar, como si toda la bahía se encontrara encerrada bajo una inmensa lupa.

—¿Qué tal te ha ido esta mañana con tu ex? —se interesó la subinspectora.

—Mal. Ni Silvia ni su abogado se han presentado. Se ve que no quiere llegar a un acuerdo amistoso y no sé qué pretende. No soy rico ni famoso. Debe de ser el tío con el que se ha liado. Lo empapelé hace unos años y ya puedes imaginarte el cariño que me tiene.

—Siento por lo que estás pasando. Desde que vi a Silvia por primera vez supe que te daría problemas.

—Es lo que pasa con los errores, los cometes en un instante y te persiguen durante mucho tiempo.

—Esa es una buena frase.

—Me conoces, solo busco llegar a un acuerdo pacífico, dar carpetazo al asunto y seguir con mi vida.

—Otra cosa, esa chica, Olivia, la he reconocido. ¿Sabes que es amiga de Alicia?

—Ni idea.

—Si hablas con ella no le comentes nada, desconoce por completo que su amiga y yo somos pareja.

—Vaya, ¿mantenéis vuestra relación en secreto? —se extrañó.

—No es lo que imaginas —repuso María—. Además de amigas, son compañeras de profesión. Cuando quiso hablarle de lo nuestro, Olivia lo estaba pasando mal. Un tema delicado con un paciente... Alicia no creyó oportuno sincerarse en aquel momento y después, ya sabes, vamos dejando pasar los días y el tiempo vuela sin que nos demos cuenta.

—Comprendo. No te preocupes por mí. Soy una tumba —zanjó—. Ahora toca trabajar. Además de Óscar y Cristina, ¿qué agentes tenemos?

Rodrigo se detuvo junto a su coche y hundió los dedos en su cabello para echarlo hacia atrás. Estaba sudando.

—Cuando llegué, Isa Valderrama y Enzo Alonso ya se estaban pateando la zona con los interrogatorios puerta a puerta y buscando cámaras de vigilancia, aunque, si tal y como apuntan los indicios, esa mujer ha puesto fin a su vida..., no creo que haya mucho donde rascar.

—Avisa al grupo y nos vemos en comisaría.

Rodrigo subió a su coche y condujo en dirección al centro de la ciudad con la mente puesta en el nuevo caso.

Durante su carrera como policía había encerrado a traficantes, ladrones y maltratadores, y participado en varias investigaciones de asesinato relacionadas con ajustes de cuentas y narcotráfico. También tenían casos sin resolver, otros que se habían cerrado por falta de pruebas y... «unos pocos en los que nosotros la hemos cagado durante la investigación», se reconoció a sí mismo. Sin embargo, lo sucedido con Celeste Blanch le daba mala espina, y en un caso de muerte violenta o sospechosa había que seguir un proceso sumamente riguroso.

Reprodujo el escenario en su mente: las huellas en el jardín, las anotaciones en las revistas en la entrada, la cocina, las cajas de benzodiacepinas vacías, la nota sobre la mesita... Indicios, sutilezas y detalles que le decían que debía ir más allá de lo que estaba a simple vista.

Solía recordar la frase de la escritora francesa Delphine de Girardin: «El instinto es la nariz de la mente». Algo que está ahí, presente y al mismo tiempo oculto.

El semáforo en el cruce de la avenida María Guerrero con la calle Blanca de los Ríos acababa de cambiar a rojo, y Rodrigo se detuvo. De manera instintiva miró hacia la izquierda, hacia la Casa de los Chinitos, como la llamaban la mayoría de los linenses por las piedrecitas de colores a modo de mosaico que cubren la fachada. Una vivienda pequeñita con tejado de dos aguas.

Rodrigo pensó en su padre. Cuando era un niño y pasaban por allí, Ernesto Ugalde, aparejador de profesión, le contaba viejas historias sobre esa casa. Le explicaba que había entrado en ella por una invitación especial y que no solo el exterior combinaba arquitectura y arte, también en el interior se apreciaban cenefas de mosaicos perfectamente estudiados. «Y un pozo recubierto de igual manera —le decía Ernesto con una sonrisa—. ¿Sabes que cuando yo era un niño La Línea estaba llena de patios, y casi todos tenían un pozo? Los que vivíamos en los patios considerábamos a nuestros vecinos como si fuesen nuestra familia, eran otros tiempos..., aunque esta ciudad nunca perderá ese ambiente familiar».

La Línea había cambiado mucho desde entonces, pero su padre tenía razón. Lo echaba de menos y estaba seguro de que habría tenido un consejo adecuado para él, ahora que no atravesaba un buen momento.

El semáforo cambió a verde y Rodrigo regresó al presente. Giró a la izquierda hacia la calle Blanca de los Ríos y la atravesó hasta el cruce con Menéndez Pelayo. Viró a la derecha en dirección a comisaría.

Detuvo el coche en la calle Jardines, junto a la puerta lateral de la comisaría de La Línea, un viejo edificio de tres plantas y ladrillo visto frente a los juzgados y el antiguo mercado de abastos.

Subió las escaleras y se dirigió a la sala de trabajo, el lugar en el que se llevaría a cabo una parte fundamental de la investigación. Un espacio diáfano y bien iluminado, con varias filas de mesas, ordenadores, impresoras y estanterías en las que rebosaban archivadores con documentos metidos a presión.

Frente a la pizarra blanca realizó algunas anotaciones mientras los agentes iban llegando y ocupaban sus asientos.

—¿Estamos todos? —dijo a modo de saludo, más que de

pregunta—. De acuerdo, esto es lo que tenemos hasta ahora: la víctima es Celeste Blanch, treinta y tres años, de Madrid. El cuerpo lo encontró la vecina que cuidaba la casa. Le ha extrañado que no estuviese echada la llave en la puerta principal. Otra cosa, hay fotografías en las que la víctima aparece con un gato de pelo largo y gris. En el domicilio hay un trasportín y comida para el minino. Que alguien se encargue de localizarlo. Preguntad a los conocidos, vecinos... Me cuesta pensar que esa mujer se quitara la vida dejando al animal a su suerte.

La agente Cristina Vera levantó la mano solicitando permiso para hablar.

Cristina era una agente con experiencia. Treinta y pocos años, alta, delgada, de ojos oscuros, como el cabello, a excepción de la fina trenza azul que le caía sobre la mejilla derecha. La boca grande, como su sonrisa y su sentido del humor, a pesar de las tensiones del trabajo.

Ugalde le hizo un gesto a la agente, invitándola a hablar.

—No creo que la gente que se suicida se preocupe de su mascota ni de nadie. En un momento se le va la olla y... se acabó todo. No sé qué pensar, por la posición del cuerpo, la nota y los antecedentes psiquiátricos... Alguien así es impredecible.

—De momento esos antecedentes no están confirmados, Cris. Para eso estamos nosotros, para recopilar pruebas sólidas.

La agente asintió con un gesto y Ugalde deslizó la mirada por la sala.

—¿Cómo han ido los interrogatorios puerta a puerta?

Isa Valderrama levantó la mano. Era la más joven del grupo, y la más reservada. Una chica guapa, con la cara redonda y una bonita melena castaña y rizada. Los ojos enormes, color oliva, chispeantes, como si siempre estuviera en constante estado de alerta.

—El verano es complicado, jefe. Hay gente de vacaciones, en la playa, de compras... Los vecinos de enfrente sí estaban y, al igual que la señora que encontró el cadáver, aseguran haber escuchado chirriar la cancela varias veces por la tarde y por la noche. No están seguros de la hora. Otro vecino me ha contado que la víctima le telefoneó anoche. Al parecer lo llamó por error y apenas hablaron. El hombre no sabe si será importante, aunque es un señor mayor y no se encontraba muy bien. Supongo que habrá que esperar para volver a hablar con él, al igual que con la señora Lewis. Por lo demás, el resto de los vecinos no vieron ni oyeron nada —añadió encogiéndose de hombros—. Algunos la conocían solo de vista y coinciden en que no solía relacionarse mucho con el vecindario. De momento, eso es todo.

—Buen trabajo, Isa. Habrá que insistir.

—Ya sabemos que las rondas entre los vecinos son complicadas. Unos han oído más de la cuenta y otros nada —intervino la subinspectora.

—¿Alguien tiene algún dato más que aportar? ¿Alguna pregunta? Como suelo decir: no hay preguntas absurdas —continuó Ugalde.

—La nota encontrada en la mesita. ¿No es un tanto poética? —se interesó el agente Óscar González, el más veterano y el que más destacaba en el grupo. Medía casi dos metros de altura y tenía un cuerpo esculpido en el gimnasio. La tez bronceada y los ojos claros.

—Por el doblez del papel, la nota no parece reciente —opinó el inspector—. Puede que la víctima la dejara allí, o tal vez lo hizo otra persona. Sabemos que una prueba física se puede eliminar, o añadir... El escenario es manipulable.

—¿Podría tratarse de un homicidio? —continuó el agente—. Ni las puertas ni las ventanas han sido forzadas. Tampoco se han llevado objetos de valor, ni dinero, ni joyas...

—Los motivos podrían ser otros. Ella pudo abrirle la puerta al supuesto homicida. Tal vez lo conocía o había tenido un contacto previo con él —dijo la subinspectora, acomodada en una silla con los brazos cruzados.

—El tipo pudo cerrar desde fuera cuando se marchó y eso explicaría que no estuviesen echadas las dos vueltas de llave —añadió Cristina.

—Bien visto. De cualquier modo, ahora mismo todo son hipótesis. Está claro que nos enfrentamos a un caso que provoca dudas... —Ugalde hizo una pausa para escribir en la pizarra. Anotó tres palabras entre signos de interrogación: «¿Suicidio, homicidio, accidente?»—. No daremos nada por hecho hasta reunir pruebas.

—Y, como siempre, habrá que esperar los resultados de la autopsia. Confiemos en que sea más esclarecedora. Un cadáver no siempre cuenta qué le ha sucedido... —Era de nuevo María quien hablaba.

—Exacto. Lo que nunca engaña son los actos conductuales, y he comprobado que la víctima había hecho algunas compras: en el armario hay una bolsa con ropa deportiva y el *ticket* es reciente, comida saludable en la cocina... y anotaciones en revistas de viajes, parece que planeaba viajar. Si esa mujer puso fin a su vida, desde luego no fue un acto premeditado. Seamos cautos. De momento no lo catalogaré como suicidio en el informe preliminar.

La subinspectora continuaba con los brazos cruzados sopesando las observaciones de su compañero. Después de unos cuantos años trabajando juntos, valoraba la intuición de Rodrigo tanto como las pruebas.

—Seguiremos el protocolo habitual —concretó Ugalde—: Registros telefónicos, historial médico, de internet, relaciones personales... Averiguad si tenía problemas con alguien y echad un vistazo a las redes sociales, puede que utilizara alguna de esas páginas de citas. A veces la gente no es consciente de la cantidad de tarados que hay detrás de perfiles falsos.

—Sí, hay mucho majara enfermo y retorcido por ahí, que se aburre y da rienda suelta a sus fantasías —opinó de nuevo Cristina.

—Lamentablemente, también están esas webs oscuras —les recordó la subinspectora—. La delincuencia evoluciona, habrá que comprobarlo todo.

—Y por supuesto quiero saber quién es Álex y si es el mismo tipo que aparece junto a la víctima en muchas fotografías. Tened siempre presente la respuesta a la siguiente pregunta.

Rodrigo volvió a escribir en la pizarra: «¿Qué ocupaba la mente de Celeste Blanch cuando se enfrentó a la muerte?».

—Cristina y Óscar, vosotros dos os vais a Madrid. La víctima debía de tener un ordenador y lo quiero —les conminó el inspector.

—¿El guaperas y yo? Mi novio se va a poner muy celoso —bromeó Cris.

—¿Qué me has llamado? ¿Guaperas? —masculló Óscar, al que no le hacían la menor gracia los apelativos.

—Estás cachas, eres atractivo, tienes unos ojos muy bonitos... —enumeró la agente con expresión juguetona—. Aunque a mí no me impresionan los tipos como tú. No todas las mujeres tienen que rendirse a tus encantos —concluyó sacudiendo la mano en el aire sin perder el tono bromista.

—Gracias, mujer... ¿Y desde cuándo tienes novio? No me lo has presentado...

—¿A ti? Ni de coña.

—Dejaos de cháchara y a trabajar —los apremió Rodrigo.

8

Olivia había vuelto a leer el mensaje de Álex:

«Olvida todo lo que esté relacionado con Celeste. Deshazte del ordenador y el *mail*. No puedo hablar ahora. No me llames. Me pondré en contacto contigo en cuanto me sea posible».

Dejó caer el móvil en el interior del bolso y se le escapó un suspiro de confusión. La respuesta de su hermano era una advertencia.

«¿Por qué me pide que me deshaga del ordenador y el correo electrónico?». Era como si Álex estuviese en peligro o metido en algo turbio.

Durante unos segundos permaneció pensativa, inmersa en un paréntesis de irrealidad. Después miró a la señora Lewis. Estaba bien acompañada y no había ninguna razón para que ella siguiera allí.

Se levantó del asiento con Hemingway en brazos y se ofreció a cuidar de él.

—Me parece una idea estupenda, y muy generosa de tu parte. No a todo el mundo le gustan los gatos —agradeció la mujer.

—Si alguien pregunta por él, llámeme —le pidió dándole una tarjeta que la mujer ojeó pausadamente.

—¿Dice aquí que eres psicóloga?

—Así es. Si me necesita, llámeme. Ahora debo marcharme, y cuídese —añadió avanzando hacia la salida.

—Y tú trata de distraerte. El trabajo ayuda, querida. —Laila alzó la voz al comprobar que la joven ya había cruzado la entrada y se dirigía a la puerta.

Olivia la miró forzando una sonrisa. Sostuvo al gato y salió a la calle colgándose el bolso al hombro como pudo.

Llegó al coche asfixiada. Colocó al minino en el sillón trasero y el animal se hizo un ovillo. Sintió verdadera pena por él. Al ocupar su asiento frente al volante y poner el aire acondicionado se dio cuenta de que le costaba respirar.

Dirigió la mirada hacia la vivienda del doctor Clayton. Las verjas permitían ver el interior del jardín y parte de la casa. Divisó al hombre sentado en el porche, a la sombra. Estaba segura de que él debía de haber conocido bien a Celeste Blanch.

Salió del automóvil decidida a hablar con él. No podía marcharse sin antes intentar hacer algunas averiguaciones. No es que confiara en aclarar todas sus dudas, pero necesitaba algo más que un relato escrito por una mujer de la que desconocía todo.

Al acercarse a la verja, el doctor levantó la vista. Ella lo saludó con la mano e inmediatamente él se puso en pie.

—No quiero molestarle, solo saber si se encuentra mejor. —Alzó un poco la voz para hacerse escuchar.

—Pasa, pasa, la cancela casi siempre está abierta —le dijo avanzando hacia ella.

Olivia la empujó suavemente.

—Pues de la alergia parece que estoy mejor que ayer, por lo demás, no muy bien. Nunca esperas enterarte de una noticia así..., es terrible. Esa muchacha era muy joven y siempre duele ver morir a gente que conoces. —Negó con un gesto—. Y usted, ¿qué tal se encuentra?

—Tampoco muy bien. Entré en la vivienda para auxiliar a la señora Lewis y... verla así... me ha impactado.

—Imagino... Lo siento. Es duro, demasiado duro... ¿Su

hermano ya lo sabe? —preguntó Thomas con gesto sombrío.

Olivia miró al doctor sin entender nada.

—Le pregunto porque precisamente ayer le vi pasar por aquí.

—¿Cómo? Creo que debe de haberse confundido con otra persona. Hace mucho que Álex no viene a La Línea.

El doctor Clayton la miró desconcertado.

—Pues juraría que era él. Conducía un coche oscuro y pasó justo por delante de mi casa. Lo saludé con la mano... —Thomas hizo una pausa, la nariz fruncida—. Aunque ahora que lo dice..., él no me devolvió el saludo. Pensé que no me habría reconocido. Pues ahora me ha hecho dudar, puede que tenga usted razón y yo lo confundiese con otra persona. Mi vista ya no es la que era.

—No se preocupe... ¿Puedo preguntarle algo?

—Por supuesto.

—Verá, hacía años que yo no sabía nada de Celeste, en realidad la recuerdo vagamente. La señora Lewis ha insinuado que tuvo problemas... emocionales, supongo. ¿Los seguía teniendo?

El hombre negó con un gesto.

—El episodio al que debe de referirse Laila fue algo que sucedió hace ya muchos años. No sé qué relación puede guardar con su muerte, la verdad. Mi vecina siempre elucubrando...

—¿Qué pasó? —Al formular la pregunta, Olivia se lamentó por haber mostrado interés.

—No sé si es ético hablar de ella, ahora que no está, y como le digo fue algo que pasó hace años —repuso Clayton.

—Por supuesto, disculpe mi curiosidad. Deformación profesional, supongo. Soy psicóloga.

—¡Ah, comprendo! —exclamó—. Aunque diferentes,

nuestras profesiones se parecen, siempre preocupados por la salud emocional de los demás.

—Pues sí, por cierto, he leído uno de sus libros: *La fragilidad de la mente*. Me ha servido de gran ayuda.

—Me alegra saberlo.

—¿Compartiría conmigo qué fue eso que le sucedió a Celeste en el pasado? —insistió.

—A ver..., fue algo triste y extraño..., aunque debo decirle que yo nunca traté a esa muchacha como médico. La conocí principalmente como vecino y amigo de la familia. A Celeste la trató un colega de Madrid. —El doctor se secó el sudor de la frente con un pañuelo y comenzó a toser—. ¿Quiere pasar? Aquí a pleno sol no se está muy bien que digamos.

Estuvo tentada de aceptar. Le interesaba conocer toda la información que el doctor pudiera compartir con ella, sin embargo, Thomas Clayton no parecía encontrarse muy bien y Olivia entendió que no era un buen momento para hablar.

—No se preocupe, usted ahora necesita descansar. ¿Qué le parece si me paso en otro momento? ¿Le iría bien mañana? Tengo unos días libres y así le veo, por si necesita algo...

Al doctor se le dibujó una expresión más alegre en el rostro.

—Debo de parecerle una pesada.

—No, en absoluto. Su entusiasmo y curiosidad me recuerdan a mí mismo cuando era joven, claro que ambos son consustanciales a la juventud. Si le apetece desayunar con un viejo, aquí estaré.

Se despidió de él con media sonrisa y regresó a su coche.

Al ver al gato, cayó en la cuenta de que debía de estar muerto de hambre y sed. Se detuvo en la zona comercial para comprar algunas cosas y condujo hacia su casa dándole vueltas a todo.

Durante los quince minutos de trayecto repasó mentalmente lo que Celeste le decía en el *mail* y en la hoja que acompañaba al ordenador. Descompuso cada frase y estudió cada palabra, tratando de entender si podrían de alguna manera guardar relación con su muerte. Aunque sin duda eran extrañas, no le parecían haber sido escritas por una mujer inestable o con tendencias suicidas.

Cuando Olivia detuvo el coche frente al edificio en el que vivía, su preocupación por Álex apareció de nuevo a modo de nudo en el estómago.

Salió cargando con todo. Subió las escaleras hasta su casa, un tercer piso sin ascensor, y cuando al fin abrió la puerta estaba exhausta. Dejó lo que llevaba en el mueble de la entrada y el gato saltó de sus brazos para correr a esconderse. Apoyó la espalda contra la pared y experimentó una extraña sensación. Sin darse cuenta, su cuerpo se deslizó hacia abajo hasta que se quedó sentada en el suelo.

La casa estaba tal y como la había dejado esa mañana, con la rutina, las prisas, el desorden, el trabajo pendiente... No era así. Una vez más la muerte de una persona se le había venido encima.

Inevitablemente volvió a pensar en aquel paciente, Álvaro, aún le costaba pronunciar su nombre.

El móvil emitió un pitido y la sacó del pozo en el que estaba a punto de volver a caer. Sin levantarse del suelo se enderezó y cogió el bolso. Buscó el teléfono entre un montón de cosas y vio las llaves de la señora Lewis. Debió soltarlas en medio de la confusión. Ya se las devolvería.

El mensaje era solo un recordatorio de su cita con el dentista.

Marcó el contacto de su hermano al tiempo que se preguntaba por qué Álex le había pedido que se olvidara de todo. Eso no era normal. Necesitaba una explicación y ella debía decirle que Celeste había muerto. Contarle todo lo que estaba viviendo desde esa mañana.

El móvil de Álex estaba apagado o fuera de cobertura.

Profundamente desconcertada fue al baño y se lavó la cara y las manos. Al mirarse al espejo descubrió un rostro cansado. Los ojos vidriosos iluminaban el verde de sus iris. Se recogió bien la coleta y se puso agua en la nuca.

Fue a la cocina y se sirvió una cerveza muy fría. Estaba muerta de sed y demasiado nerviosa para pensar. Debía tranquilizarse.

Se dirigió a la entrada y posó la vista en el ordenador de Celeste, que acababa de dejar sobre el mueble. Había cargado con él para nada y ahora seguía allí, como si esperase a que ella hiciera algo.

Por más que lo intentara no le entraba en la cabeza la petición de su hermano. Álex la conocía muy bien y sabía mejor que nadie que ella jamás se quedaría cruzada de brazos si alguien necesitaba su ayuda, y aunque esa mujer estuviese muerta, no podría olvidarse de ella con un simple acto de voluntad.

Colocó el portátil en la mesita baja del salón frente al sofá y lo encendió. La pantalla iluminó la mesa con su resplandor.

Frente al ordenador, recordó la manera tan insólita en la que había llegado a ella. En realidad, todo le parecía surrealista.

Buscó en internet las distintas empresas de mensajería de la ciudad y tras varias llamadas infructuosas decidió dejarlo para otro momento.

Suspiró. No sería sincera consigo misma si no admitiera que le intrigaba conocer esa historia. Ella solía obsesionarse con las incógnitas y los imposibles, y era eso precisamente, un imposible, ya que nada de lo que descubriera o pudiera hacer, absolutamente nada, le devolvería la vida a Celeste.

9

Olivia continuaba sentada frente al ordenador. La idea de que Celeste hubiese sido una mujer inestable emocionalmente le cruzó de nuevo el pensamiento.

No estaba segura de nada. No la conocía, en cambio Álex era su hermano, la persona en la que siempre había confiado.

Si miraba hacia atrás, podía verlo cogiéndola de la mano para cruzar la calle, enseñándole a montar en bicicleta o abrazándola en los malos momentos.

Le vino a la cabeza una imagen muy tierna. Era muy pequeña y le gustaba bajar los tramos de las escaleras del edificio deslizándose por el pasamanos de madera. Álex la esperaba en cada uno de ellos para cogerla en brazos y que no se cayera. No había ni un solo momento de su infancia en el que no guardase un bonito recuerdo de él.

—¿Dónde estás, Álex? —susurró.

Por el momento no telefonearía a la familia. Era un hombre que por su profesión viajaba muchísimo y les extrañaría el interés y la urgencia de ella por localizarle. Esperaría.

Observó la pantalla del portátil. El primer archivo solo contenía unas pocas fotocopias de recortes de periódicos con detalles sobre la muerte de Miguel Heredia. Le pareció todo bastante confuso. Ese archivo lo único que le dejaba claro era que Celeste investigó sobre ese asunto o que tal vez seguía interesada en ello. Negó con un gesto.

Ahora tenía delante el otro archivo con el relato de Celeste. Se suponía que ahí encontraría las respuestas, aunque esa era una historia a la que de momento debía decidir si le daba o no credibilidad.

Dio un sorbo a la cerveza. Para averiguar el contenido, lo primero que debía hacer era comenzar a leer.

Miércoles, 21 de junio de 2017

Se fijó en la fecha. Era lo primero que Celeste había anotado. Inevitablemente, hizo los cálculos: hacía tan solo trece días que había comenzado a escribirlo. «¿Qué había sucedido en tan poco tiempo para que hubiese acabado muerta?».

A veces pasas toda la vida dándole vueltas a algo y de repente tomas una decisión de un segundo para otro.

Viajar a La Línea ha sido una de esas decisiones que no meditas y que llevas a cabo sin más, o probablemente sea el subconsciente, que me empuja y me recuerda que debo afrontar el pasado.

Esta mañana me he dado prisa en organizarlo todo y he llegado a la estación de Atocha con el tiempo justo para subir al tren con mi gato, el bolso en bandolera y una maleta que siempre parece estar más cansada que yo. Acomodada en el asiento, he mirado a Hemingway, que se atusaba en su trasportín como si tal cosa. El pobre está tan acostumbrado a ir de un lado para otro que nunca se queja.

Mientras contemplaba el paisaje he recordado cada una de las veces que he viajado a La Línea con la maleta cargada de ilusiones. Esperando reunirme con él. Sin querer ver más allá de su mirada.

Probablemente habría sido más feliz si Álex no se hubiese cruzado en mi camino, pero lo hizo, y lo paradójico es que el tiempo que he pasado junto a él me parece el único que realmente he vivido, el resto no sé muy bien adónde se ha ido. No recuerdo en qué lo he gastado, como si careciese del mismo valor. Un espacio en blanco que simplemente pasa sin dejar rastro.

En ocasiones oigo una vocecita en mi cabeza que me repite que mi amor por Álex no es normal, que no puede ser sano quererlo de esta manera, que debo de tener una tara que me nubla los sentidos. Disculpo sus idas y venidas, sus desaires, sus secretos y mentiras..., y esa vocecita, en lugar de hacerse fuerte, se ha ido debilitando con el tiempo y ya no me causa ningún efecto.

Ahora mi teléfono no deja de sonar. Estoy segura de quién es, y eso me irrita aún más.

La mujer que viaja frente a mí sostiene un libro entre las manos y no deja de mirarme.

En la pantalla se ilumina el nombre de Santiago. Me telefonea una y otra vez y el sonido de la llamada lo percibo como una sucesión de reproches: «Cógelo, Celeste, maldita sea, no hemos llegado a este punto de la relación para que ahora te deshagas de mí como quien se desprende de lo que ya no le sirve».

Lo he silenciado y mi compañera de viaje ha vuelto a mirarme agradecida, hasta ha sonreído. Si supiera que todas las llamadas las hace el mismo tipo se echaría las manos a la cabeza.

Santiago suele repetirme frases parecidas con demasiada frecuencia, especialmente desde hace unos días, cuando dejé el teléfono al alcance de su vista y el nombre de Álex se iluminó en la pantalla.

«Me cago en la puta», le escuché murmurar.

—¿No decías que estabas dispuesta a olvidarlo? —me gritó.

Era cierto, justo cuando había decidido olvidar a Álex, apareció de nuevo y empezamos otra vez.

Por un instante me sentí culpable, mezquina, miserable, aunque no lo suficiente como para no atender la llamada. Santiago supo que Álex y yo volveríamos a vernos y que ni él ni nadie conseguiría evitarlo.

Santi vive obsesionado conmigo y no deseo herirle. Entiendo que ha dedicado los últimos quince años de su vida a idolatrarme, tratando de salvar una relación que no existe, al menos no como él desea, y ahora insiste en que a primeros de julio se reunirá conmigo y pasaremos el verano organizando nuestra boda. Lleva años fantaseando con ella.

No es justo para Santiago, y yo me declaro culpable de haber permitido que sea él quien llene los espacios vacíos de mis días, los tristes, los oscuros, los rotos.

Olivia dejó de leer. Estaba asombrada. Era imposible que Álex hubiese mantenido una relación con esa mujer. Vivían a miles de kilómetros de distancia.

Una vez más dudó de la credibilidad del relato, y la idea de entregarlo a la policía apareció en su cabeza. No estaba segura de si podría cargar con más historias de muertos. Tal vez así podría recuperar cierta normalidad, porque la normalidad absoluta no existe. La vida no es fácil ni lineal. Siempre cogemos algo y dejamos algo. Funciona así, por eso somos quienes somos, por lo que elegimos y lo que dejamos. «Hay que evitar que mi ordenador caiga en las manos equivocadas y acabe perjudicándolos. No tengo a nadie más en quien confiar».

Las palabras de Celeste aparecieron de nuevo en sus pensamientos y ahora, tras la extraña reacción de Álex, no sabía muy bien qué hacer ni cómo actuar.

Aun así, continuó leyendo.

21 de junio de 2017

Nadie me esperaba en la estación de San Roque. No es que confiara en encontrarme con él, es solo que al moverme entre los pasajeros que corrían a abrazar a sus seres queridos se me ha ocurrido que hubiese sido bonito verle allí, entre la gente.

He subido al coche de alquiler y he conducido hasta La Línea observando el paisaje.

Adoro esta ciudad vibrante desde que era una niña. Yo la llamo «de puertas abiertas», porque la gente te trata como si te conociera de toda la vida. Los linenses son amables, solidarios, espontáneos, y no llevan esa prisa de las grandes ciudades. Se paran, te escuchan... con ese aire de familia, de hogar.

En cuanto a las vistas..., cada vez que las miro me dejan sin aliento. La carretera del Higuerón serpentea entre las montañas y ves el mar abajo, una paleta de azules mezclados armoniosamente. Al fondo el puerto pesquero, las palmeras erguidas, como guardianas de este paraíso, y la roca de Gibraltar, el telón de fondo perfecto.

Hoy una nube de levante, baja, pálida, grande, orbita la roca como un velo que se deshilacha girando a su alrededor. Me he preguntado si, al igual que esa nube se desarma, también me rompo yo.

Olivia volvió a hacer una pausa. Desde una perspectiva psicológica, las palabras empleadas por Celeste como *desarmarse* o *romperse* reflejaban que podría haber llegado a un punto de quiebre emocional, y en un estado como ese era fácil perder el control. Tras meditarlo, siguió atenta al relato.

Conozco este lugar como si hubiera nacido aquí. Solo con mirarlo puedo traer de vuelta el pasado y sentir cada instante de mi vida como si lo estuviese viviendo, sin embargo, sé que, aunque mil veces vuelva, ya nada será igual.

Al entrar en casa he abierto todas las ventanas y he

pasado un buen rato moviéndome perezosa por las habitaciones.

He pensado en mi madre. Cada verano llegaba a La Línea cargada con un montón de objetos. Era una mujer pequeñita y muy curiosa. Entraba en las tiendas y se perdía por los pasillos, adoraba los anticuarios y los mercadillos. Mi padre, Jesús, un militar bastante alto y con un bigote que le hacía parecer más serio, no se preocupaba demasiado por la decoración. En realidad, a él le sobraban todos los adornos habidos y por haber, de modo que dejaba que mi madre comprara todo cuanto se le antojaba y sonreía cuando llegaba a casa cargada con un montón de trastos que no encajaban en ningún sitio.

—Esto es para la casa de la playa, ¡ya veréis qué bien va a quedar! —nos decía.

Mezclaba lo antiguo y lo nuevo, y, al final, a mi padre y a mí siempre nos llamaba la atención la armonía que conseguía en todas las habitaciones.

Mis padres ya no están y los echo de menos, a pesar de que cuando los tenía a mi lado no era consciente de lo mucho que los quería.

Me he sentido un poco abrumada por la colección de recuerdos que hay en esta casa. A veces pienso que debería deshacerme de tantos tiestos inútiles que conservo, después los miro y comprendo por qué no lo hago. Cada uno atesora una parte de mí, de mi familia, y cuando estoy entre ellos puedo ver a la niña que fui, aquella que se entretuvo en las esquinas, los callejones, los escaparates que vendían sueños, persiguiendo un amor...

En ocasiones esa niña sigue asomándose a mis sueños, que ya no son suyos, pero siguen siendo los mismos. ¿Ha merecido la pena guardar silencio?, me pregunta. No sé qué responderle, tal vez aún no sea tarde, le digo.

Tal vez no lo sea...

Es por ello por lo que ahora, en este espacio reservado que es mi hogar, me dispongo a escribir la historia tal y como yo la viví.

Confío en que las palabras me sirvan como una terapia, una epifanía reveladora, o la catarsis que libere a mi mente de aquello que desde hace años me altera.

Olivia fue a dar un nuevo sorbo a la cerveza. El vaso estaba vacío y lo dejó sobre la mesa. Cogió el móvil y telefoneó a su hermano. Nada. Suspiró. Seguiría leyendo.

Para empezar a narrar mi historia debo remontarme a mi niñez, al año 1989. Dicen que los primeros recuerdos siempre se olvidan, como si durante esos primeros años de vida no hubiésemos existido, aunque a veces, si vivimos emociones fuertes, nos dejan una huella de amor o dolor que dura eternamente.

Cuando pienso en mi niñez, a mi mente siempre acude la misma escena. Yo debía de tener unos cinco años y me veo sentada en un sillón. Mis zapatitos de charol no llegan al suelo, llevo los calcetines bajados, arrugados, y mis pies danzan en las alturas haciendo piruetas. Mis manos se aferran sudorosas al vestido. Le hago pliegues y lo arrugo.

Sabía que mi madre se enfadaría conmigo y no me importaba porque yo estaba nerviosa. La terapeuta me hacía preguntas y mi mente infantil jugaba con palabras imposibles, como si mi lenguaje fuese muy diferente al que ella conocía, y al final siempre acababa diciendo la misma palabra: oscuridad.

Mi madre me llevaba a terapia por ese sueño recurrente que me despertaba en mitad de la noche, asustada, llorando, sudada.

En el sueño estoy jugando y hay niños a mi alrededor. De repente uno tira de mí con tanta fuerza que me hace daño en el brazo. Corremos. Oigo clin, clin, como campanitas, y después me quedo quieta en mitad de la oscuridad. Escucho mi respiración entrecortada y murmullos a mi alrededor. Alguien me tapa la boca y me despierto. Lloro.

No consigo recordar más. La terapeuta insistía en que eran solo sueños, que todos sentimos alguna vez miedo, que hay un miedo atávico que no se fundamenta en nada y que todo ser humano comparte, como algo heredado de nuestros ancestros que nos ayuda a protegernos de los peligros.

Con el tiempo, aquellos terrores nocturnos desaparecieron y mis visitas a terapia se interrumpieron. Eso no evitó que trascendieran en el colegio y algunos compañeros comenzaran a llamarme loca.

Loca, ese término que empleamos a menudo, con el que frivolizamos y definimos a otras personas cuyas conductas nos parecen fuera de lo normal. Me pregunto qué es lo normal. La locura se define como privación del juicio o del uso de la razón. Así que no, no estoy loca.

—No estoy loca —repitió Olivia en voz baja.

10

Rodrigo detuvo el coche frente a la playa de Torreguadiaro, a veinte minutos de la ciudad de La Línea en dirección Málaga. Desde que se había separado de Silvia vivía en el Puerto de Sotogrande, un complejo residencial exclusivo que él no podía costearse. Su madre le había insistido en que se alojara en el apartamento familiar, un bonito loft luminoso en el que había vivido muchos de sus mejores momentos. Ahora Rodrigo lo había convertido en un almacén, con cajas apiladas por todas partes.

Se desprendió de la camiseta de camino al baño. Abrió el grifo y se regaló unos minutos bajo el chorro de agua templada. Volvió a pensar en el nuevo caso. Confiaría en su instinto, que siempre lo había guiado con éxito en un gran número de casos, aunque su vida personal fuese un completo desastre.

Se recortó la barba frente al espejo y después se vistió con lo primero que encontró limpio. Vaqueros y camiseta azul.

Wendy lo había seguido y ahora golpeaba su cuenco con la pata.

Puso comida en el plato y agua limpia en el cuenco. La acarició.

—Habrá que comer algo —le dijo al animal.

Su madre le había llenado la nevera y el congelador, a pesar de sus negativas. «Tengo treinta y siete años, mamá», le había recordado. Al final tuvo que aceptar la comida y reconocerle que le venía muy bien, o Lourdes no se habría marchado tranquila a París. Y era cierto que todos aquellos platos cocinados le venían mejor que bien.

Estaba comiendo en la cocina cuando el teléfono comenzó a sonar. Miró la pantalla. Le alegró comprobar que era su madre.

—Estoy comiendo tus extrañas albóndigas con verduras —dijo él a modo de saludo, y escuchó la risa de ella al otro lado de la línea.

—¿Extrañas? Son de soja texturizada. Ya sabes que no como carne ni la cocino —siguió sin perder la entonación risueña—. Pues entonces te dejo para que comas, hijo. Tu hermana te manda besos. Está guapísima. El embarazo le sienta fenomenal y ya le he dicho que será una niña. Tiene la cara redondita, y cuando esperas un niño se te alarga, eso es así de toda la vida.

—¿Estás diciendo que cuando estabas embarazada de mí se te puso la cara larga? ¿Como de enfadada? —la picó un poco.

—Anda, anda, no digas tonterías. Ahora come. ¿Hablamos luego?

—Hoy estaré ocupado. Tengo trabajo. Mejor te llamo yo. Besos a las dos y saluda a mi cuñado de mi parte.

—Cuídate, Rodrigo, por Dios, y come.

—Que sí, mamá, puedes estar tranquila, María me vigila.

Su madre volvió a sonreír.

—¡Qué pena que esa chica tenga pareja! ¿En serio sale con la pelirroja que me presentaste? Son tan monas y parecen tan femeninas las dos que nadie lo diría.

—Hasta luego, mamá.

Cortó la llamada y negó con un gesto. Hablar con su madre era igual que viajar atrás en el tiempo.

Miró a Wendy, que seguía sentada a su lado y movía la cola.

—Anda, vamos, pero pórtate bien.

El animal lo siguió escaleras abajo. Se detuvo a hacer sus necesidades en la zona verde y Rodrigo se ocupó de recoger las heces antes de abrirle la puerta trasera del coche.

El animal saltó al sillón y se tumbó a todo lo largo.

—No te muevas de ahí —le ordenó antes de ponerse en marcha.

En comisaría, dejó a la perra en el patio al cuidado de los compañeros de guardia y subió las escaleras. Al pasar por el despacho del comisario vio la puerta abierta. Escobar estaba de espaldas a él, haciendo limpieza, con la papelera a rebosar y la mesa impoluta. Los marcos con las fotografías de los nietos, hijos y esposa bien alineados.

—¿Se puede saber qué hace aquí?

El comisario se dio la vuelta y lo miró pensativo.

—Un segundo —le pidió, y, saliendo por la puerta, se alejó por el pasillo.

Regresó con dos cafés fríos.

—Vaya, qué detalle. ¿Me va a sermonear o esto es porque se marcha de vacaciones?

Escobar sonrió.

—Mi mujer no quiere que tome café, dice que estoy constantemente atacado. Así que lo bebo a escondidas. Y admito que quería comentarte mi hipótesis sobre el caso de esta mañana —añadió el comisario tras cerrar la puerta.

Rodrigo tomó asiento frente a su superior y dio un sorbo largo al café.

Escobar era un buen jefe, con una carrera reconocida que pronto llegaría a su fin, y, aunque a veces podía ser muy pesado, sabía que lo echaría de menos.

—¿Algo que contar, Ugalde?

—De momento solo hemos establecido las directrices de la investigación.

—Entiendo. Como te adelanté esta mañana, telefoneé a una prima de la difunta. Está consternada, hecha polvo, normal. Al parecer eran de la misma edad y estuvieron muy unidas. Ella y su marido pensaban coger el primer vuelo disponible, así que no creo que tarden en llegar. Confío, por el bien de todos, en que este caso no se demore demasiado, ya sabemos que los trámites, cuanto más prolongados, más dolor causan a los familiares... —Escobar hizo una breve pausa y dio un sorbo al café—. Hasta donde he podido averiguar, la víctima vivía sola, no tenía pareja estable y sus amistades eran de lo más variopintas. Presuntamente tomaba benzodiacepinas, y esas pastillas, ya se sabe..., a mucha gente la pone majara y ella parece que tenía altibajos —comentó—. Por supuesto, no podemos dar nada por seguro, pero no habría sido extraño que quisiera quitarse la vida. Hay casos en los que las sospechas de suicidio son más que razonables, Rodrigo. Seamos eficaces y trabajemos de manera rápida y limpia.

—Lo tendré en cuenta.

Ugalde entendía que esa hipótesis les permitía solucionar el caso con rapidez, aunque él nunca se precipitaba a la hora de hacer valoraciones sin pruebas.

—Por la cara con la que me miras sé que se te ha ocurrido alguna idea, y que conste que no pretendo decirte cómo debes enfocar la investigación, que ya sé que eres minucioso en tu trabajo y quiero la verdad sea cual sea —matizó tamborileando la mesa con los dedos—. En cuanto a tu grupo, debería bastarte con la subinspectora y un par de agentes, y ya irás viendo cómo se desarrolla el caso, que hay otros asuntos que resolver y no creo que este en concreto se demore demasiado. O eso espero.

—Preferiría no prescindir de ninguno. Ahora mismo dos de mis agentes van de camino a Madrid...

—De acuerdo, de acuerdo, lo dejo en tus manos. —Escobar se secó el sudor de la frente con un pañuelo y se levantó del asiento apurando el café—. Ahora sí que me marcho. Debo ultimar algunos preparativos del viaje. Mi mujer se ha empeñado en ver ruinas, como si no tuviese suficiente conmigo.

—No diga eso. Usted es aún muy joven...

—Sí, vamos, un chiquillo —replicó con sorna—. Una última cosa —se detuvo antes de salir del despacho—, tened cuidado con lo que decís a los periodistas, que ya sabéis cómo son... Les gusta el sensacionalismo y no es eso lo que queremos. Sé que me repito mucho con este asunto, pero es que, según los datos del Ministerio del Interior, ¡que no me lo invento yo! —aclaró levantando las manos—, la tasa de criminalidad del año pasado en nuestra ciudad bajó con respecto a los anteriores y seguimos así de bien, bajando. Por eso me cabrea que se ponga en tela de juicio todo lo nuestro, y ya sabes que si hay una persona fallecida y no se determinan las causas de la muerte..., la gente empieza a darle a la sinhueso. Hay programas de la tele que se ceban con La Línea, que ya lo sabemos todos. ¿Sabes qué fue lo que escuché decir hace poco en un programita de esos de los cojones? —Escobar seguía dando explicaciones cada vez más alterado.

—Cualquier barbaridad, como siempre —respondió Ugalde.

—¿Barbaridad? Yo no sé ni cómo llamarlo. Resulta que la conductora del programa aseguró que las casas en La Línea están todas conectadas porque nos vamos pasando los fardos de hachís de unas a otras y que esto es un desmadre... *¡Er cormo!* —pronunció con un marcado acento andaluz.

—No se preocupe. Pasaremos una nota informativa a la prensa y se irá ampliando conforme avancemos en el caso.

—Sé que eres muy profesional, y yo soy un poco pesado.

Ya me conoces. ¡Con mis hijos me ocurre igual, no te creas! Y es que todo lo bueno que tiene La Línea no vende ni eleva el *share* de esas televisiones. Pero diles que han trincado a una banda de narcotraficantes, y en menos que canta un gallo hacen un programa hablando de la ciudad como si todos fuésemos delincuentes.

—Tiene toda la razón. Esperemos que eso cambie, pero no se altere, que su mujer va a tener razón con lo de que el café lo pone *atacao*.

El comisario soltó una carcajada.

—Tampoco olvidéis los informes, la jueza va a estar muy pendiente.

—Estamos en ello, ¿por qué no se marcha ya? —le propuso Ugalde en tono amistoso, avanzando hacia la puerta—. Disfruten de ese viaje a Italia.

Escobar le dio una palmadita en el hombro.

—Ya me voy, ya me voy, y tú me mantienes al corriente.

Rodrigo se despidió de su superior y fue directamente a la sala de trabajo, donde las carpetas comenzaban a amontonarse sobre las mesas.

Los agentes Isa y Enzo ya estaban en sus puestos. Como de costumbre, la mesa de Isa estaba organizada y limpia. Cualquier documento físico ella lo guardaba en carpetas pulcramente etiquetadas. La de Enzo, por el contrario, era un desastre, siempre con montañas de papeles aparentemente desorganizados, y lo más curioso era que nunca le había pedido un documento a Enzo que no le hubiese entregado al instante.

Cogió la carpeta que contenía las fotografías de la víctima y las fue clavando con chinchetas en el mural sin dejar de observar los detalles, como si interrogase a unos testigos mudos. A veces, esas pequeñas pruebas eran las que al final abrían grandes puertas.

María entró en la sala con cuatro cafés con nata helada y una hoja que sujetaba entre la barbilla y el pecho.

La agente Isa se levantó rápidamente para ayudarla.

—Gracias, jefa, ¡qué detalle! A esta hora me entra un sueño horroroso y el cafelito fresquito me espabila. ¡Y con nata está de lujo!

—Isa, ya que estás de pie, tráeme el mío, anda... —le pidió el agente Enzo, y su boca se curvó en una sonrisa.

Enzo Alonso era experto en delitos informáticos. Acababa de cumplir los treinta y ya se había convertido en un experto en una gran variedad de programas de *software*, *hardware*, técnicas de investigación y análisis de datos. Su rostro juvenil y la mirada intensa denotaban una mente ágil y una gran habilidad para descifrar los entresijos digitales.

—Toma, hijo, ¡qué flojera tienes! —le dijo Isa al poner el vaso en la mesa—. Es que te sientas frente al ordenador y parece que te han clavado en la silla para todo el día. No sé cómo estás delgado, que te mueves menos que un gato de escayola.

—Ese no es el refrán, Isa; es: ves menos que un gato de escayola.

—¿Qué pasa, que un gato de escayola se mueve mucho?

Los agentes siguieron bromeando mientras Rodrigo continuaba frente al mural, ajeno a la cháchara. Observaba la fotografía en la que los tres muchachos daban la espalda al objetivo.

—¿Quiénes eran? ¿Por qué la víctima conservó esta fotografía enmarcada, con manchas de humedad y los bordes estropeados? —se preguntó en voz alta.

María se acercó a él con la vista puesta en la imagen.

—Sí, la verdad es que está un poco estropeada... Seguro que debió de ser muy importante para ella. Por eso conservó el original. Hay gente que le da importancia a esos detalles, ¿sabes? —sugirió María, y le tendió un vaso de café—. Tengo el informe de las huellas de calzado —continuó María, que se había sentado en una esquina de la mesa con la hoja en la mano—. No sé si nos servirá de mucho. Gracias al programa SoleMate ahora sabemos que se corresponden con unas deportivas Nike Air Force 1. Las más vendidas de la historia. En la base de datos constan el nombre del fabricante, la referencia y hasta la fecha de lanzamiento. Por el patrón de desgaste, esas deportivas pertenecen a un solo individuo. ¿Y ahora qué? —Dejó caer la hoja sobre la mesa—. Rara vez este tipo de huellas han servido para esclarecer un caso, y vete tú a saber cuántos días llevarán allí. Podrían pertenecer a los jardineros, a los de mantenimiento...

—No creas. Deben de ser del pasado lunes o incluso de la noche del domingo —respondió Rodrigo tras echarle una ojeada al informe—. El domingo tuvimos una buena tormenta de verano. Llovió toda la noche.

—Ya, y la arena estaba tan blanda que por eso las pisadas dejaron un rastro tan claro... —confirmó la subinspectora.

—Eso pienso yo. Y, según la declaración de la señora Lewis, los de mantenimiento no pasaron por allí y los jardineros estuvieron antes del domingo... Podrían ser de un delincuente habitual que merodeaba por allí con la intención de entrar a robar... —sugirió Rodrigo.

—Santa Margarita es una zona bastante tranquila —repuso la subinspectora—. Ni robos, ni altercados, nada. No hay denuncias de ningún tipo. Lo he comprobado.

—Lo que no significa que no se colara alguien en esa casa.

—Todo puede ser —consintió María.

—¿Sabemos algo del registro de llamadas? —Ugalde se dirigió al agente Enzo Alonso.

—Lo solicité esta mañana a la compañía de telefonía. Calculo que lo recibiremos en las próximas horas. Lo que está dando la lata es el teléfono de la víctima, jefe, un coñazo. Los iPhones son complicados.

—¿Y el puerto USB? —preguntó María—, ¿no sirve para transmitir datos?

—¡Qué va! Solo sirve para cargar el teléfono y, aunque técnicamente se podría..., Apple ha implementado medidas de seguridad. Me emplearé a fondo con él y si no consigo nada se lo pasaremos a los compañeros de Sevilla.

—Y, como es evidente, eso tardará —dijo Rodrigo—. Esperemos que Óscar y Cristina encuentren otro dispositivo en la vivienda de Madrid. Sería raro que esa mujer no tuviese un ordenador... ¿Y de las redes sociales? ¿Tienes algo?

—Poca cosa, la víctima solo utilizaba Facebook con fines docentes. No creo que saquemos mucho de ahí.

El teléfono de Rodrigo comenzó a sonar. Los familiares de la víctima acababan de llegar al Instituto de Medicina Legal, en Algeciras.

11

Olivia se hundió en el sofá, apoyó la cabeza en el respaldo y cerró los ojos. «No estoy loca», repitió la última frase leída.

Por un momento se sintió una intrusa en la vida de Celeste. Le ocurría cada vez que un paciente le mostraba la parte oculta, la que no había compartido con nadie. Ese secreto que ella estaba obligada a guardar y dejaba en una parte de su cabeza, como si se tratara de un almacén repleto de estanterías en las que iba colocando cajas etiquetadas, precintadas, con los nombres de los pacientes rotulados en las solapas.

En ocasiones algunos casos le pasaban factura y acababa hecha una mierda.

Siguió con los ojos cerrados y en la misma posición. Su mente retrocedió en el tiempo. Vio a Álvaro, el paciente que se suicidó la misma tarde que acudió a su consulta. Un mujeriego irredento al que había conocido un tiempo atrás en un bar. Al principio le pareció un buen tipo, tal vez obsesivo, claro que ella era un imán para los tíos raros, tarados o con problemas. Se vieron unas cuantas veces. Nada serio.

Fue después de meses sin saber de él cuando Álvaro le pidió cita con un nombre falso. Al abrir la puerta de la consulta, a Olivia le costó reconocerlo. Parecía que había envejecido una década. Extremadamente delgado, la piel cetrina. No supo qué decir. Álvaro ocupó un sillón frente a ella. Parecía relajado y, aun así, ella vio en sus ojos la tragedia. Se puso en alerta.

Cuando un paciente comenzaba a hablar nunca sabía en qué momento abriría la puerta de sus secretos más ocultos.

Él le explicó los detalles del accidente que sufrió junto a su familia. Su mujer y sus hijos de pocos años murieron y él sobrevivió. Para él no fue un milagro, sino una condena.

Olivia se quedó en *shock*. Ni siquiera sabía que estaba casado.

Él seguía hablando.

«Eres inteligente, intuitiva... *Quid pro quo?* Ya sabes, algo por algo...», le dijo Álvaro mientras ella seguía impresionada por lo que le había contado.

Fue mucho después cuando empezó a entender y fue demoledor.

Desde entonces había tratado de convencerse de que Álvaro padecía un trastorno psicótico. Las personas con psicosis solían comportarse de manera impredecible, amenazante, y eran también las que tenían más probabilidades de hacerse daño a sí mismas.

El teléfono fijo empezó a sonar y abrió los ojos de golpe, sobresaltada. Desvió la vista hacia el mueble donde estaba el teléfono. Jamás lo utilizaba. La compañía telefónica se lo había ofrecido como parte de una promoción y llevaba años instalado en el piso.

Se levantó y antes de que pudiese descolgarlo había dejado de sonar. Se dio la vuelta para regresar al sofá y la llamada entrante repicó repetidas veces a su espalda. Se giró y levantó el auricular.

—Sí... —respondió.

Enseguida colgaron.

Negó con la cabeza y fue a la cocina a por un vaso de agua fría. Estaba deshidratada.

Regresó frente al ordenador dando sorbos. Seguiría leyendo.

22 de junio de 2017

A principios de los años noventa yo era muy consciente de que algunos compañeros del colegio en Madrid me miraban como a un bicho raro. Habían dejado de llamarme loca, pero seguían mirándome como si yo fuese diferente a ellos. Por eso adoraba el verano, porque podía viajar a La Línea y pasar el tiempo con mis verdaderos amigos: Nicolás, Miguel y, por supuesto, Álex. Los conocí gracias a mi vecina Sofía, la directora de Génesis. Ellos nunca me juzgaban y, a pesar de que nuestros mundos eran muy diferentes, eran lo mejor que me había pasado nunca.

Como debes saber, Sofía siempre se preocupó por Nicolás y Miguel. A mí Nicolás me daba pena. Me contaba que no solía hablar de su padre, que se lo robó el cáncer y que eso nunca se lo perdonaría a la vida. Creo que fue en ese momento cuando Nico se enfadó con el mundo. La madre trabajaba todo el día para sacar a los hijos adelante y la hermana mayor, Aurora, vivía en la convicción de que se casaría con un millonario y conseguiría escapar de la monotonía. Nunca se preocupó de su hermano.

Olivia hizo una pausa. Había detalles del relato que desconocía, como si Álex y sus amigos hubiesen vivido en una órbita distinta. Claro que no era tan extraño, en etapas tempranas de la vida la diferencia de edad es más significativa, a veces un abismo. No sería hasta mucho después cuando ella se interesaría por Nico.

Por su lado, Miguel me contaba que sus padres se separaron cuando él aún llevaba pañales y desde entonces lo cuidaba su abuela, Rosario, aunque la pobre mujer tenía tantos nietos a su cargo que no podía ocuparse de todos «como Dios manda», decía ella.

En cuanto a Álex, me parecía un jovencito increíble. No recuerdo con exactitud cuándo fue la primera vez que lo vi, yo era tan niña... De lo que estoy segura es de que fue en época de vacaciones, y puedo situarlo con precisión en la playa, bajo la luz del sol y un cielo azul claro, envuelto en su perpetuo olor a verano.

El tiempo transcurría y mi calendario continuaba dividiéndose en dos partes: el verano, repleto de emociones, y el resto del año en Madrid, aburrido y monótono. Corría el año 1997 y pronto cumpliría trece años. Llegamos a La Línea con unas inmensas ganas de disfrutar de las vacaciones.

Recuerdo que antes de entrar en casa mi madre se detuvo a saludar a Sofía. Álex estaba allí, de espaldas a mí, y, mientras ellas conversaban en el jardín, me dediqué a observarle: el cabello con reflejos de sol, las piernas torneadas, los hombros rectos.

Se giró y me miró. Vi esa mueca en sus labios, el aire resuelto, el mentón erguido y la cabeza ligeramente ladeada, como si me estudiara. Y yo no acerté a entender el nerviosismo apabullante que se adueñó de mí y me encendió las mejillas.

Mi corazón se aceleró, como me sucede cada vez que me encuentro con él, da igual que hayan pasado cien años o un día. No lo puedo evitar. Debe de ser cosa del corazón y de ese desbarajuste que nadie entiende.

Yo sabía que muchas chicas estaban locas por él. Álex también lo sabía y no perdía la oportunidad de estar con quien le diera la gana. Yo solo era una chica más que le devolvió la sonrisa, sin saber que mi vida ya nunca sería la misma. Lo hice a escondidas de mi madre. No quería que ella se diese cuenta de que aquel chico me gustaba a rabiar.

Ella no soportaba a los jóvenes a los que Sofía ayudaba, tampoco a los que, como Álex, ayudaban a los demás. Decía que la mayoría provenían de familias desestructuradas, y el que no, era que algo le fallaba.

Nos despedimos de Sofía y seguimos caminando con la vista al frente. Me pellizqué el brazo para asegurarme de que no era un sueño, y antes de entrar en casa contuve las ganas de girarme y volver a mirarlo. La alegría del reencuentro duró apenas un instante, hasta que mi madre abrió la boca y sentenció solemne: «Ni se te ocurra fijarte en él».

Ajena a sus advertencias, pasé el verano buscándolo por todas partes. Le preguntaba constantemente a Nico y a Miguel. Fue ese verano cuando me di cuenta de que mis amigos habían cambiado, no eran los mismos, aunque siguieran mostrándose cariñosos conmigo. Al principio supuse que debía de ser cosa de la edad y las hormonas, que disparatan a cualquiera.

Me dediqué a observarlos. Algunos días desaparecían de mi vista y se reunían en la playa de Torre Nueva, esa fortaleza frente al mar que a mí siempre me ha parecido imponente.

Una mañana los escuché decir que esa noche se verían allí mismo. Me picó la curiosidad. No les dije nada, y en cuanto mis padres se fueron a la cama subí a mi bicicleta y salí de casa a escondidas.

Recorrí la larga carretera que sube a la torre y empecé a sentir miedo. El viento soplaba fuerte de levante y me empujaba impidiéndome avanzar. Me repetí que estaba loca de atar. Y seguí. El mar rugía de fondo y las nubes corrían veloces interrumpiendo la luz de la luna. Y no fue lo inhóspito del paisaje lo que me paralizó, como si me hubiese dado de bruces contra un cristal, sino el llanto de Miguel, los susurros de Álex y las protestas de Nicolás, que no logré entender.

No me acerqué, no dije nada, permanecí inmóvil escondida tras unos juncos, incapaz de vulnerar ese momento íntimo y extraño que solo pertenecía a ellos tres.

Unieron las manos y los escuché decir que sería su secreto. Un pacto entre amigos que jamás romperían.

No me di cuenta entonces de que un muro se erigía entre nosotros. No lo vi, no lo presentí, ni remotamente imaginé que nos separaría el resto de nuestras vidas.

Ahora, desde la distancia del tiempo transcurrido, reconozco que ha habido veces, muchas veces, en las que hubiera deseado no ser aquella jovencita testigo de sus encuentros, la que se hizo preguntas y buscó respuestas. La que no comprendió.

Con el paso de los años aprendí a distinguir los silencios de Nico, siempre tan concentrado en su particular mundo interior, enfadado por todo y con todos.

Miguel seguía a lo suyo, enamorado en silencio de su mejor amigo. Nunca lo contó, no quería que Nicolás supiera que estaba loco por él.

El amor de Miguel por Nicolás fue uno de esos amores clandestinos y no correspondidos que te destrozan por dentro.

En cuanto a Álex, es complicado seguirle la rutina. Siempre tan ocupado... Y su mirada..., capaz de decirlo todo o de no decir absolutamente nada.

Él nunca me ha parecido de este mundo, es un misterio, una incógnita, y tal vez sea eso lo que me vuelve loca de él.

Olivia dejó de leer. No tenía recuerdos de aquel tiempo en el que ella era solo una niña, en cambio sí recordaba el día que se fijó en Nicolás: ella dejaba atrás la adolescencia, comenzaba a maquillarse y a utilizar sandalias de tacón. Al salir del portal de su edificio lo vio. Él estaba fumando, charlando con Álex. Exhaló el humo y le dedicó una mirada profunda.

Nicolás seguía siendo el chico más reservado del grupo, el solitario, el que la contemplaba en silencio. El que una vez le enseñó la pequeña embarcación a la que le había rotulado el nombre de Olivia en color verde, «como tus ojos», le susurró antes de robarle el primer beso.

Cada vez que Olivia y Nico charlaban, Miguel la miraba, le sonreía discretamente y los dejaba a solas.

Pensó en aquel chico al que no llegó a conocer bien, solo de vista. Ahora le dolía imaginar cómo se sentiría al verlos juntos. Debió de amar mucho a Nico y, al mismo tiempo, también debió de sufrir.

Recordaba el día que Miguel murió en un accidente. Álex y el resto de los amigos lo pasaron muy mal. «¿Por qué Celeste conservaba esos recortes?».

A medida que avanzaba en la lectura, se agravaban sus dudas respecto a todo.

12

Después de media hora de trayecto, Rodrigo Ugalde y María Infantes entraron en el Instituto de Medicina Legal de la ciudad de Algeciras. Les tocaba acompañar a los familiares y tratar de facilitarles las cosas, esa otra parte de su trabajo que nunca aprenderían, porque nada de lo que pudieran decir o hacer mitigaría el dolor de esas personas.

Se reunieron con Marisa Blanch y su marido en una pequeña sala. El matrimonio estaba sentado en un sofá junto a una ventana abierta. Vestían de manera sobria y elegante. Ella descansaba la cabeza sobre el hombro del marido y al verlos se levantó.

—¿Son ustedes de la policía? —musitó secándose las lágrimas.

Guardaba un enorme parecido con la víctima, a excepción del cabello: lo llevaba distinto, corto y oscuro, muy al estilo francés. También los ojos eran diferentes, castaños, en ese momento enrojecidos y cubiertos de lágrimas. El gesto roto de dolor.

Rodrigo les tendió la mano.

—Soy el inspector Rodrigo Ugalde, de la UDEV, y ella es mi compañera, la subinspectora María Infantes. Lamentamos muchísimo su pérdida.

—Gracias. Necesito ver a mi prima —dijo con urgencia—. No puedo creer que esté muerta..., no tiene más familiares directos, solo mis padres y yo.

Acompañaron al matrimonio a la antesala de autopsias, con ese olor frío y aséptico que lo abarcaba todo. Marisa caminaba aferrada al brazo del marido. Los pasos firmes, aunque a veces daba la impresión de que estaba a punto de derrumbarse.

Infantes abrió la puerta de la sala de identificación, un espacio anodino con un par de sillas y una mesa baja sobre la que descansaba un jarroncito de cristal con unas pocas flores diminutas.

Marisa Blanch avanzó hasta situarse frente al ventanal, tapado por una cortina oscura. La tensión inundaba el reducido espacio en el que esperaban y se hizo más palpable cuando la ayudante del forense descorrió la cortina.

La luz de la sala de exposición iluminaba la camilla en la que descansaba el cuerpo de Celeste Blanch. Estaba cubierto hasta la barbilla con una sábana blanca.

Marisa se acercó un poco hasta posar su mano contra el cristal. Le sobrecogió ver a su prima así, como si la imagen que tenía ante sus ojos no fuese real, como si aún estuviese llena de vida.

Rodrigo intentó imaginar por dónde vagaban los pensamientos de esa mujer. Tal vez por los momentos compartidos, las historias, las confidencias, las risas y los secretos que se contaron o quizá por los que ya no compartirían jamás.

Marisa se permitió llorar. El marido la rodeó entre sus brazos tratando de apartarla y ella se lo impidió con un gesto.

Los investigadores aguardaron en silencio durante unos minutos que se hicieron muy largos.

La mujer se dio la vuelta y miró al inspector.

—Mi prima no se ha suicidado.

Salió de la sala llorando y acompañada del marido. La subinspectora Infantes los siguió tras dedicarle un gesto a su compañero. Se verían fuera.

Rodrigo los vio perderse por el pasillo.

Como investigador necesitaba hacer varias preguntas a los familiares, como ser humano tenía muy presente que el respeto al dolor debía prevalecer. Esperaría.

Se dirigió a la sala de autopsias y se cubrió la ropa con un mono fino de plástico. La mirada clavada en las hileras de puertas de acero inoxidable y de mesas de disección que relucían bajo la luz de los fluorescentes. Ese lugar le provocaba una extraña sensación. A veces creía que estaba acostumbrado a ver la muerte de frente, hasta que se topaba de nuevo con ella.

Saludó al forense y a su ayudante. Ambos vestían ropa quirúrgica azul y mascarillas. Alberto Ochoa se la quitó al ver al inspector.

—Enfrentarse a los familiares debe de ser un trago —le dijo a Rodrigo—. No hay nada que les puedas decir para consolarlos. Los muertos en cambio no exigen, no se lamentan por lo que les ha sucedido, aunque cada vez que los tengo delante me comprometo a escuchar su silencio.

Rodrigo miró a Alberto. Además de amigo suyo era un patólogo brillante que infundía profesionalidad y respeto.

—¿Y qué te ha contado el cuerpo de Celeste Blanch?

—Hace unos minutos te he enviado el resultado de la autopsia. Hay algunas muestras, como el ADN y la ropa, que requieren un análisis más exhaustivo. Todo está en el laboratorio y en cuanto reciba los resultados los tendrás. El análisis toxicológico en sangre y el contenido gástrico revelan sobredosis de barbitúricos y benzodiacepinas, son drogas habituales en los casos de suicidio. Eso le provocó somnolencia y progresivamente entró en coma, depresión del centro respiratorio y muerte —enumeró—. Como sabes, en casos de sobredosis de medicamentos no hay forma de asegurar si se trata de un homicidio o un suicidio. Esa jodida relación bidireccional... —Se mordió el labio inferior.

—Ya, consumir opiáceos lleva al estado depresivo y a padecer ideas suicidas.

—Del mismo modo que los estados depresivos te llevan a consumir drogas. No es lo que esperabas oír y es lo que hay. Lamento no tener certezas.

—Sí..., no era eso lo que quería escuchar.

—Los casos de muerte indeterminada son complejos —afirmó el forense.

—Ni me lo digas, para nosotros es un verdadero quebradero de cabeza. ¿Descartas que la muerte se haya producido de manera accidental?

—Eso sí —afirmó Alberto—. Es poco probable que esa mujer tomara las sustancias de manera inconsciente, aun habiendo estado ebria...

—Y por la cara que pones no es el caso.

—Exacto. La dosis de alcohol en sangre era baja, una o dos copas a lo sumo.

—Confiemos en que los análisis que faltan sean más esclarecedores.

—En caso de que se trate de homicidio, ya te adelanto que el asesino ha sido cuidadoso en no dejar rastros. Habría que buscar más información, antecedentes patológicos y algunas otras pruebas complementarias.

—¿Data de la muerte?

—Calculo que falleció entre las doce de la noche y la una de la madrugada. Y te interesará saber que estaba embarazada de diez semanas.

Rodrigo se extrañó. Tampoco esperaba oír eso. En un acto reflejo desvió la mirada hacia el cadáver. Pensó en el hijo que llevaba en su interior y de repente se sintió aún más desmoralizado.

Era muy consciente de que no debía ver a las víctimas como a las personas que habían sido, que estaba obligado a poner distancia, a no involucrarse personalmente si no quería ser arrastrado por el dolor, pero por suerte o por desgracia la línea que separaba su vida personal de la profesional era tan fina que a veces le costaba diferenciarla.

Volvió a escuchar a su instinto. No le encajaba que esa mujer se hubiese suicidado. No lo creía, y eso era lo bueno de sus propias certezas, a pesar de que continuaba sin poder demostrarlo.

Se despidió de Alberto y del ayudante con la mente puesta en la víctima. Se preguntaba cómo habría sido en vida: ¿fiel a sus principios, alocada, frustrada por los objetivos no alcanzados, feliz, vehemente...? Solo conociendo a la persona que había sido llegarían a la verdad.

Inevitablemente pensó en la vida, en los momentos que desperdiciamos, que no valoramos, que malgastamos sin saber si un segundo después dejaremos de existir. Extrajo el móvil del bolsillo trasero de sus vaqueros y sin darle más vueltas envió un mensaje a Olivia. Haría todo lo posible por encontrar un rato libre.

«¿Te apetece tomar una copa esta noche? Pasaré por el Vogg».

Al salir a la calle se percató de que su compañera trataba de calmar a un desconocido que increpaba a Marisa Blanch con los brazos en alto.

Bajó con estrépito los escalones del edificio y echó a correr hacia ellos.

13

A través de las cortinas se filtraba la luz del atardecer. Los débiles rayos del sol incidían en el salón y una suave brisa se colaba por la ventana.

Olivia se había quedado dormida en el sofá y un pitido en el móvil la sacó del sueño bruscamente. Desorientada, miró a su alrededor. Le costó unos segundos tomar conciencia de la realidad.

El móvil estaba en la mesa y en la pantalla se iluminaba el mensaje de Rodrigo. Se incorporó. Cogió el teléfono y lo leyó. No estaba segura de quién la invitaba a tomar una copa: si el corredor que se presentó esa misma mañana o el inspector de policía que se había comportado como si no la conociera de nada.

Dejó el móvil. Estaba sudando. Se dio una ducha rápida antes de bañar al gato. No tenía la menor idea de por dónde habría andado el animal y estaba segura de que esa noche iría a dormir a su cama.

Envuelta en la toalla entró en la cocina. Eran las siete de la tarde y no había comido nada sólido desde el día anterior.

Al abrir la nevera constató que se imponía una visita al súper. Ya lo haría. Ahora no tenía tiempo ni ganas. Extrajo una porción de *pizza* del congelador y la metió en el horno.

El teléfono comenzó a sonar y fue a buscarlo. Era su madre. No estaba segura de querer hablar con ella. La quería muchísimo, era solo que últimamente se había vuelto demasiado protectora y eso la sacaba de quicio. Rachel jamás se había comportado así, y justo ahora que Olivia prefería estar sola, su madre se interesaba por ella todos los días.

Acabó por responder.

—¿Cómo estás, cariño? —la escuchó decir en inglés.

—Bien, mamá, ¿y tú y el tío Fred?

—Perfectamente, sobre todo después de haber acabado las reformas del salón de belleza. Ha quedado espectacular. Deberías venir a Londres. Álex lo hará pronto. Sería estupendo teneros a los dos juntos unos días —le propuso.

—¿Álex viajará a Londres?

—Sí, está en Marbella. Tenía trabajo en la costa y a Antonio le venía bien que le echase una mano con un reportaje. Es lo que tu hermano me explicó.

—A nuestro padre le venía bien, mamá. Antonio es nuestro padre —la corrigió al tiempo que su cabeza comenzaba a circular por otra parte.

«¿Álex estaba en Marbella? ¿Aceptó finalmente reunirse con Celeste? ¿Qué pasó? De ser así..., ¿era cierto que el doctor Thomas Clayton lo había visto?», se preguntó en décimas de segundo.

—Pues eso, vuestro padre necesitaba que le echase una mano —repitió Rachel—. ¿No lo sabías?

—No.

—Supongo que Álex no te ha contado nada porque andan liadísimos, en cuanto se relaje estoy segura de que quedará contigo, coméntale lo de venir a Londres juntos. Nada me apetece más, y a ti te vendría bien cambiar de aires, Olivia. Trabajas demasiado y en tu situación deberías descansar más.

—¿En mi situación?

—No te lo tomes a mal. No sé qué pasó. Nadie sabe qué pasó en realidad con ese paciente tuyo... ¿Era la primera vez que acudía a la consulta? —quiso saber.

—Olvídalo, mamá —la interrumpió.

—Todos estamos preocupados por ti.

—Estoy bien, de verdad. Dejad de preocuparos —dijo despacio, esta vez en español—. Ahora tengo que dejarte. Te llamaré. Dale besos al tío Fred de mi parte.

Cortó la llamada y marcó el contacto de su hermano. El teléfono seguía apagado o fuera de cobertura. En un primer momento le extrañó la cantidad de horas que llevaba incomunicado, después lo justificó diciéndose que debía de estar ocupado con el trabajo: tenía que ser esa la explicación.

Extrajo la *pizza* del horno y le dio un mordisco sin apenas apetito. Regresó al salón y tomó asiento frente al ordenador.

23 de junio de 2017

Hoy me ha despertado el sonido del mar. ¡Cómo lo añoro cuando estoy lejos de aquí!

Después me he puesto de mal humor. Santiago me ha enviado flores. El repartidor las ha dejado en el jardín. Una cesta enorme con rosas rojas acompañada de una nota en la que me recuerda que está loco por mí y que en cuanto resuelva unos asuntos vendrá. Me ha sentado fatal.

Me he dado un largo baño en la piscina, me he sentido mucho más relajada y he salido a hacer algunas compras. Tenía la nevera y la despensa vacías, y a pesar de mi pésimo estado de ánimo se me ha abierto el apetito.

Ahora debo seguir escribiendo, y aquí, frente a mi portátil, regreso con el pensamiento al año 2002.

En apariencia, había sido un verano como otro cualquiera: días brillantes y horas lentas que acababan en la playa, bañándome con los amigos a la luz de la luna, bebiendo, fumando, tumbados en la arena, con los pies apuntando al cielo y la cabeza en las estrellas, soñando ese futuro perfecto que la osadía de la juventud se atreve a creer, como si tuviésemos todo el tiempo del mundo para intentarlo.

Fue el año que tú y yo estuvimos muy unidas. Antes nos habíamos cruzado algunas veces, esas tardes en las que ibas a la playa con tus amigas y Álex te vigilaba de cerca, siempre ejerciendo de hermano mayor. Aquel verano nos presentó. ¿Te acuerdas?

—Por supuesto que me acuerdo —susurró como si Celeste estuviera a su lado, compartiendo sus anhelos y pesares.

Se vio a sí misma cuando era niña. Su cuerpo todavía luchaba por adquirir nuevas formas y empezaba a tomarse muy en serio hacer ejercicio. Aquella tarde, nadaba. El agua estaba fría y muy azul, como siempre que sopla el viento de poniente en el Estrecho. Álex y Celeste tomaban el sol. Cuando Olivia salió del agua, su hermano le hizo una señal y ella corrió a saludarlos. Se moría de curiosidad por conocer a la chica con la que Álex parecía estar tan a gusto.

Celeste le dedicó una sonrisa y le dio dos besos. Olía a bronceador de coco. Llevaba un bonito bikini blanco, tenía la piel tostada y el cabello largo y rubio. Además de guapa le pareció simpática, dulce, de rasgos delicados, como de eterna niña.

Las chicas la llamaban presumida, pija, tonta..., y, al final, todas trataban de imitarla.

Celeste estaba en lo cierto. Aquel verano estuvieron unidas. La joven la invitaba muchas tardes a su casa. Se bañaban en la piscina, merendaban o salían a correr por el camino de la Torre cuando aflojaba el calor. Olivia se quedaba embelesada escuchándola hablar. Le gustaba su acento, tan distinto al del sur...

Olivia seguía con el trozo de *pizza* en la mano. Acabó de comérsela antes de ir al baño a cepillarse los dientes. Cuando regresó frente al ordenador se dio cuenta de que su cabeza seguía en ese tiempo, conectada a la historia, concentrada, intentando desentrañar qué significado oculto había tras esas palabras.

Bajó la mirada y siguió leyendo:

Detrás de la inocente apariencia que mostraban mis amigos, muchas cosas habían cambiado. Se distanciaban cada vez más, aunque disimularan en mi presencia.

Miguel, con sus borracheras y excesos, hacía mucho que llevaba otra vida lejos de nosotros. Una completamente distinta a la que yo había imaginado para él.

Cada noche se arrastraba tambaleante por los *pubs* y bares. No tardamos en descubrir que había comenzado a vender su cuerpo buscando afecto y amor, y eso no lo encontraría en el mundo de la prostitución ni en ningún otro lugar, porque su verdadero amor jamás le correspondería.

Deambulaba por calles desiertas y callejones sin luz, sin pensar en los peligros. Yo trataba de hacerle entender que no era bueno para él. No me escuchaba, nunca lo hizo.

Álex y Nico discutían constantemente con él, a todas horas, y también se peleaban entre ellos. La situación era insostenible y con el tiempo acabaron por aceptar que sería imposible cambiar la inclinación autodestructiva de Miguel, que era un alma perdida, o puede que en el fondo estuviesen hartos de pelear o cansados de ser los tres.

La amistad que de niños los había unido se resquebrajaba y rompía delante de mis ojos sin que yo pudiera hacer nada. Me entristecía y no encontraba el modo de remediarlo, bastante tenía yo con mi vida. Mis vacaciones habían llegado a su fin y al día siguiente regresaba a Madrid.

Me tumbé ofuscada y un segundo después la arena crujió a mi lado. Giré el rostro. Allí estaba Álex. Nuestras miradas se encontraron y seguimos contemplándonos. No recuerdo quién dio el paso. Nos besamos, y ese beso me acompañó de regreso a Madrid sin que lograra sacármelo de la cabeza.

Me había enamorado locamente de sus ojos, de la curvatura de sus labios, de su voz y su risa acariciando el viento, y de ese aire de independencia tan absoluto que lo hace irresistible. Álex trastornó mi inexperto corazón y sigue poniendo mi mundo patas arriba.

—¿«Sigue poniendo mi mundo patas arriba»? —se preguntó Olivia reparando en ese tiempo presente de los verbos.

Esos textos reflejaban aspectos de la vida de Álex que desconocía por completo. Cada párrafo que leía contenía una carga emocional que se iba acumulando a modo de preguntas. El pasado de su hermano y su relación con Celeste se habían convertido en un enigma, piezas de un rompecabezas que debía armar.

24 de junio de 2017

Empezaba el mes de diciembre de 2002 y yo acababa de cumplir los anhelados dieciocho años. Me sentía adulta, como si al alcanzar la mayoría de edad el mundo entero estuviera a punto de abrirse ante mí, listo para ser pintado con los colores de mis deseos. Pedí a mis padres que me permitieran viajar unos días a la casa de la playa y la respuesta fue inmediata.

—¿Sola? ¡Estás loca! —dijo mi madre, y siguió leyendo un libro.

Mi padre, también chapado a la antigua, ni siquiera se tomó la molestia de contestar. Dejó de ver la tele un segundo, me miró y me dedicó una de esas sonrisas que yo entendí como: «¡Hay que ver las cosas que tiene esta niña!».

Durante una larga semana soporté sus negativas, hasta que, para mi sorpresa, nuestros vecinos, los Clayton, telefonearon a casa: me invitaban a pasar unos días con ellos. ¡No podía creerlo! Me costó convencer a mis padres, pero acabaron cediendo.

Aquella fría mañana salté de la cama con impaciencia. Comprobé el contenido de la maleta una y otra vez, el bolso de mano y las llaves de casa, sobre todo las llaves. Se me había presentado la oportunidad de disfrutar de cierta libertad y no estaba dispuesta a desperdiciarla.

Antes de subir al tren para ir a La Línea, mi madre me advirtió que no cometiera ninguna locura, que pusiera los pies en la tierra y dejara de fantasear, y yo, sentada en el vagón, miraba a los chicos que viajaban frente a mí. No dejaban de besarse. Entrelazaban las lenguas todo el tiempo. Me miraban, se miraban, se retocaban el cabello, la ropa, y de nuevo se besaban.

Pensé en el sexo, porque si había algo que no había probado y me apetecía más que nada era eso, con él.

Al bajar del tren vi a los Clayton, que me esperaban en la estación y me hacían señales con la mano. Llovía a cántaros y nos apresuramos hasta el coche entre saludos y conversaciones precipitadas sobre la familia, los estudios y lo mucho que yo había cambiado en pocos meses; dijeron varias veces que me había convertido en toda una mujer.

Acomodada en el asiento de atrás, contemplé la lluvia resbalar por los cristales. Bajé la ventanilla y aspiré el olor a tierra mojada, a bruma, a la humedad del levante que cubre el Estrecho, y descubrí que el invierno sabe distinto en el sur, que sigue oliendo a sal, a verano, a él.

La vivienda de los Clayton me recibió con el encanto

propio de la Navidad. Pequeñas luces que centelleaban en el porche y un abeto enorme en el vestíbulo. Hacía mucho que no entraba en esa casa, aunque inmediatamente recordé los espacios, sus recovecos y la luz que provenía de los amplios ventanales.

Los Clayton eran un matrimonio muy elogiado por todo el mundo, de modo que yo había dado por hecho que mi madre se relajaría, a fin de cuentas, pasaría unos días con los vecinos que ella tanto admiraba, pero antes de subir al tren mi padre me dio un teléfono móvil. Me explicó cómo utilizarlo y me pidió que lo llevara a todas partes. Era la primera vez que tenía uno en mis manos, una de esas BlackBerry de las que mis compañeras de instituto empezaban a hablar, un modelo que acababan de lanzar al mercado. A mí me sentó como un tiro. ¿Era una especie de localizador?

Lo saqué del bolsillo de mi abrigo y lo dejé en la maleta. Me olvidé de él.

En la casa de los Clayton me instalé en una preciosa habitación en la planta superior. Desde la ventana se veía mi casa y me imaginé entrando a hurtadillas seguida de Álex. Esa tarde habíamos quedado y me di prisa en arreglarme.

Antes de bajar las escaleras me detuve en mitad del largo pasillo. La puerta del fondo me resultó vagamente familiar y me acerqué a mirar.

Era distinta a las del resto de la casa, como si las reformas de la vivienda nunca hubiesen tenido la menor intención de llegar hasta allí. Tenía figuras infantiles labradas y del pomo colgaba un atrapasueños. Acerqué la mano hasta tocar los aros y las finas cuerdas entrelazadas; las suaves plumas que pendían de ellas bailaron con el toque de mis dedos.

Intenté abrir la puerta. Estaba cerrada con llave. Durante un rato me quedé inmóvil, mirando la figura. Y, sin esperarlo, mi mente me devolvió al pasado.

Aquel clin, clin que sonaba en mis pesadillas era mi colgante. Me di cuenta de pronto. Era pequeñito y recreaba esa misma figura, con cadenitas y bolitas de oro que chocaban entre sí. Inmediatamente recordé que los chicos llevaban un tatuaje con esa misma imagen en la parte posterior del cuello que yo copié y me tatué después.

Pronto sabría que fue al revés, no los copié a ellos, me copiaron ellos a mí.

A veces pienso en los recuerdos: por muy lejanos que sean, algunos siempre acaban regresando, es solo que a veces no se presentan en orden.

La tarde de aquel 9 de diciembre avanzaba y Álex me esperaba en el centro de la ciudad. Al verle me pareció mucho más maduro, con el abrigo largo y la bufanda clara que caía despreocupada alrededor de su cuello.

Nos besamos en los labios y las mejillas se me encendieron. Pensé que si esa tarde no me besaba como Dios manda, me volvería loca. Paseamos por calles peatonales entre ríos de gente, árboles, luces, terrazas con estufas y ese olor a dulce, a anís, a canela, que había por todas partes.

Entramos en la confitería Okay y Álex compró un par de japonesas rellenas de crema. Ese dulce típico de La Línea es mi debilidad. Al darle un mordisco se salió la crema y me llené los labios. Con su dedo índice los limpió y lo dejó posado en ellos. Se quedó esperando. Lamí su dedo.

Seguimos paseando, conversando, y fue al interesarme por cómo estaban nuestros amigos cuando torció el gesto.

—Apenas nos hablamos —me dijo con la vista al frente.

—¿Por qué? No deberíais romper vuestra preciosa amistad. Siempre habéis sido como hermanos.

—No creas.

Quise saber por qué lo decía, qué había sucedido. Me respondió que no le apetecía hablar del tema y yo le insistí, porque soy así de tozuda, y justo cuando parecía estar a punto de contarlo empezó a llover con fuerza, me cogió de la mano y echamos a correr.

Las respuestas se quedaron en los charcos que pisamos juntos y en las calles que fuimos dejando atrás. Llegamos hasta la calle Real y entramos en la cafetería Modelo, tan antigua y señorial como acogedora. Seguí a Álex a través del salón y subimos por la escalera ancha redonda y elegante que conduce a la planta alta. Arriba no había nadie más. Nos desprendimos de los abrigos mojados, mirándonos a los ojos.

Le observé sacudirse el cabello húmedo. Me encanta tenerle cerca, contemplar cada rasgo de su rostro, escucharle hablar. Álex me hipnotiza con sus historias. Salta de una a otra sin que te des cuenta y el tiempo a su lado se desliza con suavidad. No quise romper el momento. No volví a preguntar.

Me acompañó a la casa de los Clayton y antes de despedirnos volvimos a besarnos y yo no quería parar.

Al día siguiente nos veríamos de nuevo. Esa vez en mi casa.

Aquella noche no logré conciliar el sueño. Me había enamorado perdidamente de un chico que mis padres difícilmente aceptarían. Mi madre se había empeñado en que yo saliese con Santi, el hijo de sus mejores amigos. Siete años mayor que yo, impartía clases en la Facultad de Filología y era el único heredero de la fortuna familiar. «Todo un hombre hecho y derecho y de las mejores familias de Madrid», me repetía mi madre un día sí y otro también.

A mí me parecía tan ordenado, tan comedido, tan cursi...

Olivia apartó la vista de la pantalla.

No podía quitarse de la cabeza que Celeste le había enviado su ordenador y ahora estaba muerta. Desconocía por qué había perdido la vida y una parte de ella le decía que debería meter el portátil en una bolsa y entregarlo a la policía; sin embargo, sabía que no lo haría, que seguiría allí sentada, tratando de encontrar la razón por la que estaba haciendo eso.

¿Qué pretendía actuando como lo hacía? ¿Demostrarse que podía hacer algo por esa mujer? ¿Limpiar los terribles recuerdos que conservaba de su paciente suicida?

Había leído demasiado tarde el correo que Celeste le envió, ese *mail* en el que le pedía ayuda. Imaginó cómo podrían haberse sucedido los hechos de haberlo abierto a tiempo.

Se abrazó a un cojín sumida en un mar de pensamientos turbios. Con aquel paciente quizá también se equivocó, era mucho más que probable que se hubiese equivocado.

El peso de la culpa se había posado sobre ella. Tenía que dejar de lamentarse, seguir adelante y cumplir la última voluntad de esa mujer. Investigaría a fondo, buscaría pistas, recopilaría información, lo que fuese necesario hasta encontrar las respuestas que Celeste buscaba.

14

Rodrigo se interpuso entre los familiares de la víctima y el desconocido, un hombre de unos cuarenta años que estaba fuera de control. Lo sujetó por los hombros y lo miró a la cara. Tenía los ojos rojos y cubiertos de lágrimas.

—Haga el favor de calmarse —le pidió en tono tranquilizador—. Mi nombre es Rodrigo Ugalde, inspector de la UDEV. ¿Puede identificarse?

—¡Soy el prometido de Celeste! —gritó llamando la atención de los transeúntes—. Nadie me ha dado la noticia. Lo he sabido por los vecinos. ¡¿Entiende que no pueda ni quiera calmarme?!

—Le estoy pidiendo por las buenas que se tranquilice. Lamento mucho lo que está viviendo, pero gritar no le servirá de nada.

—¡Tú no eras el prometido de mi prima! —se oyó la voz de Marisa—. Te has tomado atribuciones que ella nunca te dio.

La subinspectora María Infantes seguía junto a la pareja y trataba de hacerlos entrar de nuevo en el edificio. Debía controlar la situación.

Rodrigo seguía frente al hombre, que miraba a Marisa con el ceño fruncido.

—Lo siento, señor. Si no se calma y se identifica, lamentándolo mucho tendré que esposarle y detenerle. ¿Comprende lo que le estoy diciendo? —continuó Ugalde.

El desconocido respiraba de manera acelerada. El pecho subía y bajaba mientras luchaba por recuperar el aliento.

—Mi nombre es Santiago Ordóñez Cid y soy el prometido de Celeste. No hagan caso a Marisa, ella no me soporta. No tiene ni idea de lo que dice. Celeste y yo íbamos a casarnos.

Rodrigo aguardó unos instantes de cortesía antes de pedirle que lo acompañara al interior del edificio. Miró en todas direcciones para asegurarse de que los familiares no estaban cerca.

María los había acompañado a una sala de espera y tras cerrar la puerta se unió a su compañero en la entrada. Ambos se miraron un instante. Sabían por experiencia que el dolor y la conmoción no afectaban a todas las personas de la misma manera. Había quienes lloraban, gritaban o se quedaban paralizados. Otros, como Santiago Ordóñez, se enfurecían y perdían el control.

—Ni Marisa ni Javier se han dignado a llamarme. ¿No les parece terrible? —se lamentó Ordóñez.

—Le repito que lo sentimos. Nuestro deber es notificarlo a los familiares directos y usted no consta como tal.

—¿Qué le han contado?, ¿que yo era un pesado, un acosador? —se dirigió esta vez a María, que no respondió—. ¡¿Han detenido a Fernández?! —continuó.

—¿Quién es Fernández? —preguntó la subinspectora.

—¡El culpable de que ella esté muerta! ¿No lo entienden?

—No. ¿Puede explicarse mejor?

—Álex es el cabrón hijo de puta del que ella se enamoró hace años y... —Ordóñez rompió a llorar.

—¿Está diciendo que un tal Álex Fernández mantenía una relación sentimental con su prometida? —continuó el inspector.

—¡Es más complicado de lo que se imaginan! ¡No tienen

ni idea! A mí me ha destrozado la vida, y a ella... —La voz se le quebró, interrumpida por sollozos entrecortados.

Los investigadores aguardaron hasta que recuperó cierta calma. Las manos seguían temblorosas y se movía inquieto.

—En estos momentos no responderé a más preguntas. Hoy no. ¡Quiero verla, necesito verla y nadie me lo impedirá! —Hizo una pausa para volver a coger aire—. Mañana me tendrán en comisaría y les contaré todo lo que sé, aunque si yo estuviese en su lugar no perdería el tiempo y detendría a ese miserable. —Dicho esto les dio la espalda y se perdió por el pasillo.

—Marisa Blanch quiere prestar declaración —informó María—. Nos esperan en la sala. Después de ver a este tipo está más cabreada que triste, que ya es decir.

Ambos se dirigieron a la sala. Encontraron a Marisa Blanch fumando junto a la ventana abierta, que estaba desprovista de cortinas y persianas. Todo allí parecía desnudo, y una estela de humo con olor a tabaco negro flotaba alrededor de la mujer. Marisa Blanch protestaba y discutía con el marido, que permanecía sentado en el sofá con la mirada clavada en el suelo. Al ver a los inspectores se giró hacia ellos.

—Lamento haber gritado en la calle. Santiago me pone de los nervios. No sé cómo mi prima pudo soportarlo tantos años.

—No se preocupe. Nos hacemos cargo de la situación. Si tiene la bondad de sentarse...

Ocupó un asiento junto al esposo. Él le cogió una mano entre las suyas.

—Tienen que averiguar por qué está muerta —Marisa balbució con un ligero temblor de barbilla.

—Lo haremos. No le quepa la menor duda de que llegaremos hasta el final. Y ahora, ¿podrían responder a algunas preguntas? Es muy importante que lo hagan. Como supondrán, desconocemos muchas cosas sobre la señorita Blanch.

—Por supuesto. No hay nada que desee más que averiguar qué le ha sucedido a mi prima, y estoy segura de que no se ha suicidado.

—¿Qué le hace estar tan segura?

—Hablé con ella hace unos días. Me confesó que sospechaba que estaba embarazada. ¿Qué mujer ilusionada con ser madre se suicidaría? Mi prima tenía problemas sentimentales, como mucha gente, y también unas increíbles ganas de vivir. No estaba mal de la cabeza, en absoluto, si es lo que desean saber, y no sé cómo no acabó loca de remate.

—¿Por qué lo dice?

—No tuvo suerte con los hombres —dijo enjugando las lágrimas en el pañuelo que el marido acababa de darle.

—¿Le dice algo el nombre de Álex Fernández?

—¿Ya lo ha mencionado Santiago? ¡Cómo no!, Santi es un enfermo —soltó antes de dar una profunda calada al cigarrillo—. Álex es el hombre del que mi prima estuvo enamorada toda la vida y podría asegurar sin temor a equivocarme que seguían viéndose. Una relación plagada de idas y venidas que nunca entenderé. Santiago sabía perfectamente que esa relación existía y no le importaba. ¡Siempre ha sido un cornudo obsesionado con ella! Es por eso por lo que no sé cómo fue capaz de soportarlos a ambos sin acabar desquiciada —dijo encolerizada.

—Marisa, por favor, no deberías decir esas cosas tan a la ligera —le pidió el marido.

La esposa dio una nueva y profunda calada al cigarrillo que se le consumía entre los dedos antes de aplastarlo en el cenicero.

—No hablo a la ligera, Javier. ¡Mi prima estaba cansada de Santiago! Yo misma le aconsejé que dejara de verlo, que, si hacía falta que lo denunciara, yo la acompañaría a donde fuera. No lo hizo. Era demasiado buena, noble y tonta, como ella misma decía a veces.

La mujer comenzó a llorar de nuevo. Rodrigo y María esperaron a que se calmara y continuara el relato. La mayoría de las veces los familiares entraban en un estado de nerviosismo en el que hablaban de manera compulsiva, y ese era un buen modo de recopilar información sin presionarlos.

—Mire, inspector, Santiago la seguía a todas partes y la situación llegó al límite cuando él... yo diría que la amenazó.

—¡Marisa! Creo que deberías pensar antes de hablar. Puedes provocar que se hagan una idea equivocada.

—Deje que su esposa continúe, por favor —le pidió Rodrigo con amabilidad—. Decía usted que Santiago la amenazó —se dirigió de nuevo a ella.

—Sí. Todo empezó cuando mi prima pidió plaza en un instituto de La Línea y no la consiguió. La obtuvo en Sevilla y aceptó; quería estar más cerca de la ciudad y al mismo tiempo alejarse de Santiago, que daba clases en Madrid. ¡Y no imaginan qué hizo él! Movió hilos entre sus contactos y se trasladó a trabajar a Sevilla. Santiago estaba convencido de que tarde o temprano mi prima se casaría con él, formarían una familia y entonces le cortaría las alas. Se creía con el derecho de dirigir la vida de ella. ¡Iluso! —exclamó como si lo tuviera delante—. Celeste se enfrentaba a Santiago y él la miraba de una manera extraña. ¡Si está involucrado en la muerte de mi prima deberá pagarlo!

El marido negó con la cabeza.

—Mi mujer está demasiado alterada, espero que lo tengan en cuenta.

Todos aguardaron después de que la señora Blanch mirara al marido profundamente enojada. A continuación, se limpió los ojos y la nariz.

—¿Qué más puede decirnos de las relaciones personales de su prima? ¿Podría facilitarnos nombres de amigos, conocidos...? Tal vez puedan aportar algún dato útil. Nunca se sabe.

—Además de su gran amor, Álex Fernández, uno de sus mejores amigos es Nicolás Durán. Mi prima los conoció en La Línea cuando eran unos críos. Yo no solía veranear por esta zona con la misma frecuencia y apenas los traté. Celeste siempre hablaba maravillas de ellos. Por supuesto, están sus amigos de Madrid, y los compañeros de trabajo... —Marisa hizo una pausa—. Ahora mismo me cuesta pensar... Les facilitaré los nombres de los que conozco.

—Todo puede servir. ¿Y enemigos? ¿Sabe si a alguien le beneficiaba su muerte?

—¡No!, ella se llevaba perfectamente con todo el mundo, y no era rica, aunque vivía muy bien, ¿por qué lo preguntan?

—Es rutina, señora, no se alarme. Verá, hay algo que tal vez carezca de importancia. En muchas fotografías su prima llevaba un colgante que aún no hemos localizado, un atrapasueños, como el tatuaje en la parte posterior de su cuello. ¿Sabe si tenía un significado especial?

—Yo diría que sí... Llevaba ese colgante desde siempre y el tatuaje se lo hizo hace muchos años. Siendo sincera, en estos momentos soy incapaz de recordar.

—Lo entendemos. Permítanos una última pregunta. ¿Su prima tenía un gato?

—¡Sí! Hemingway. ¿Dónde está?

—No lo sabemos. Puede que se haya escondido en alguna parte. No se preocupe, lo encontraremos.

—Se lo agradezco.

—No la molestamos más. Entendemos que necesita descansar. Puede que volvamos a preguntarles algo más adelante. Gracias por su colaboración.

Se despidieron del matrimonio y regresaron al coche.

—La autopsia ha revelado que la víctima estaba embarazada de diez semanas —informó Ugalde a su compañera.

María lo miró un instante y salió del aparcamiento.

—¿Y un móvil sexual? —propuso.

—Podría ser. Es tan antiguo como el mundo y de los más letales...

—Y si, como parece, la víctima mantenía relaciones con dos tipos al mismo tiempo, no tendría nada de extraño... —sugirió María—. ¿Qué te ha parecido ese tipo, Ordóñez?

—No estoy seguro.

—Yo entiendo que esté hecho polvo y fuera de sí... Es solo que hay algo en él que no me gusta ni un pelo.

—Tampoco a mí... Es complicado. No todos manifestamos lo que sentimos de la misma manera.

—Lo sé, cada persona es un mundo.

—Ya lo comprobaremos, ahora tenemos que localizar a Álex Fernández y a Nicolás Durán. Si formaron parte de la vida de la víctima, debieron de conocerla bien.

Rodrigo se acomodó en el asiento y trató de relajarse. Investigar una muerte era estresante. Siempre le asaltaba esa maldita sensación que ya conocía y que surgía cada vez que su misión no era la de salvar una vida, sino la de averiguar por qué la persona había acabado muerta. En cualquier caso, los familiares merecían la verdad, aunque para él fuese sinónimo de llegar tarde.

El teléfono comenzó a sonar, eran los agentes desplazados a Madrid. Rodrigo pulsó el botón de manos libres.

—Hola, jefe, soy Óscar —escucharon la voz del agente González, que parecía de buen humor—. Ya hemos acabado el registro y regresamos con un ordenador portátil, por lo demás, nada de interés en el domicilio de la víctima.

—Además de sus pertenencias, en el armario hay ropa de hombre. —Esta vez escucharon la voz de la agente Cristina Vera, que se había pegado al teléfono de su compañero—. No demasiada: un par de pantalones, camisas, ropa interior y útiles de aseo... Típico de quien está de paso o se queda una temporadita. Por tanto, no vivía del todo sola, además del gato, claro está. Hay un arenero, comida...

—Gracias, Cris, ¿algo más?

—Ha sido extraño entrar en el piso —continuó la agente—. Estoy más que acostumbrada a hacer registros domiciliarios, y sin embargo hoy... No sé, era como si todas sus pertenencias estuviesen allí, esperándola, y de repente unos intrusos irrumpen en él y comienzan a curiosear sus fotografías, sus libros, su ropa... Hay unos cuantos pósits en la nevera con encargos que debía hacer a la vuelta: recoger una alfombra que había mandado a limpiar o llevar a vacunar a su gato en septiembre. Los adornos y los colores del piso dan buenas energías. Es lo que yo llamaría una casa llena de vida.

—Eso no significa que en un momento dado no le diese un barrunto —repuso Óscar, que siempre parecía tenerlo todo bajo control.

—No seas insensible, González —le llamó la atención la subinspectora, que seguía atenta a la carretera.

—Yo tengo claro que hay que ser objetivo —continuó Óscar.

—Tú eres un robot —escucharon decir a Cristina.

—Te recuerdo, Cris, que fuiste la primera en cuestionar la salud mental de la víctima.

—¿Algo más? —quiso acabar Rodrigo tras percatarse de que los agentes empezaban a irse por las ramas.

—Estamos en el aeropuerto, jefe. Hora de embarcar.

—Pues buen viaje de vuelta a casa. Nos vemos por la mañana.

Nada más colgar recibieron una nueva llamada, esta vez era de los agentes del turno de noche. Había coincidencias entre una de las huellas dactilares extraídas en el exterior de la vivienda y la base de datos. Pertenecía a Jonathan Herrera, delincuente habitual.

—¿Qué haría Herrera en la casa de la víctima? —lanzó la pregunta Infantes—. No se dedica a robar. Lleva años trapicheando con tabaco y hachís.

—Que sepamos. Habrá que esperar a que lo localicen y que sea él mismo quien nos lo aclare.

Rodrigo se acomodó en el asiento y su mirada se perdió en el horizonte. Empezaba a oscurecer y a medida que se extinguía la luz los contornos del paisaje adquirían otra dimensión.

Miró la pantalla del móvil. Olivia no había respondido a su mensaje. Le pareció curioso que en su ocupada mente hubiese espacio para ella, y lo cierto era que tenía ganas de volver a verla.

15

El sonido del timbre sobresaltó a Olivia. No esperaba visita. Caminó de puntillas hasta la puerta y acercó un ojo a la mirilla. Era Alicia. Al abrir, su amiga entró acalorada. La cara igual de roja que el cabello y las pecas que le salpicaban la piel clara.

—¡¿Por qué no me has llamado?! —se quejó dejando caer el bolso al suelo para abrazarla—. ¿Y qué hacías esta mañana en Santa Margarita?

—¿Cómo lo has sabido? ¿Tan rápido corren las noticias en esta ciudad?

Olivia fue a la cocina y sirvió un par de vasos de agua. Ofreció uno a su amiga, que bebió agradecida.

—¿Cómo estás? ¿Se trata de la misma Celeste que tonteaba con tu hermano? —se interesó Alicia mientras se sentaba en el sofá.

Olivia advirtió que el portátil estaba abierto. Los textos en la pantalla. Lo cerró y lo desplazó hacia un lado de la mesa.

Alicia acababa de pronunciar el nombre de Álex y volvió a pensar en él. El pasado de su hermano y su relación con Celeste se habían convertido en un enigma que se sentía obligada a desentrañar. Ahora estaba completamente segura de que no podía entregar el portátil a la policía así, sin más, antes debía terminar de leer y releer cada párrafo y, lo más importante, su hermano tenía que aclararle algunas dudas. No iba a ponerlo en riesgo por ningún motivo.

—Sí, es la misma persona —respondió.

—Pobre muchacha. Has debido de pasarlo fatal, encontrarla muerta..., horrible. Deberías haberme telefoneado —insistió.

—En un momento así no piensas en nada. Lo único que quieres es salir corriendo.

Olivia hizo una pausa. Miró a su amiga. Alicia estaba realmente preocupada, llevaba meses tratando de ayudarla y ella no se dejaba. Solo tenía que mirar la expresión de su rostro. Los ojos de color almendra que siempre mostraban calidez ahora estaban entornados y cargados de inquietud, como si tratara de adivinar qué tenía dentro.

Se debatía interiormente entre seguir callada y guardarse para sí lo que estaba viviendo o desahogarse de una vez con su amiga, que más que una amiga era su hermana.

—Sabes que siempre estaré aquí para escucharte. Puedes contarme cualquier cosa —dijo Alicia tratando de animarla a hablar.

Olivia respiró hondo.

—Necesito contarte algo y no como amiga, sino como la psicóloga que eres.

—Lo que necesites.

Olivia compartió con Alicia todo lo que había vivido desde que a primera hora leyó el correo de Celeste. Tras desahogarse se sintió un poco más relajada.

—¿Me estás diciendo que la profesora te envió un *mail* y su ordenador personal porque tenía dudas sobre un asunto del pasado? ¿Y delegó en ti para que lo averiguases tú, después de que tu hermano y Nicolás le dieran la espalda?

—Sé que puede sonar raro...

—No suena raro, lo es —la interrumpió, muy seria—. Sospecho que las circunstancias que rodean la muerte de esa mujer no están claras. La prensa, las redes..., todo el mundo especula. Tienes que notificarlo inmediatamente a la policía.

—No. El secreto profesional no se extingue con la muerte del paciente.

—No es una paciente, Olivia —le dijo clavándole la mirada.

Los ojos de Alicia se habían entornado en un gesto de preocupación.

—Confió en mí. Desde ese momento me siento responsable.

—¿Confió en ti? Yo no lo llamaría de ese modo. Delegó en ti su problema, que es bien distinto.

Olivia guardó silencio. Fue a la cocina y tras servir un par de cervezas ofreció una a su amiga.

—Tienes razón, Alicia, delegó en mí, y ahora necesito saber qué quería exactamente. En principio es un relato que me envió una antigua amiga. No puedo dejarme llevar por el miedo ni la histeria porque ahora esté muerta. Tal y como ella me pidió, lo leeré con calma y si descubro que es trascendental para esclarecer su muerte lo entregaré a la policía. Tienes que saber que ella no temía por su vida cuando escribió el relato, ni siquiera cuando me lo envió.

—De acuerdo. Me has pedido que te escuche como psicóloga, de modo que, como tal, te recuerdo que cada persona construye su propia realidad en virtud de sus experiencias, de las ilusiones que todos llevamos a cuestas... Y dices que ella no tenía miedo. Vale, pero ¿no temer por su vida significa que no corriera peligro? Y, lo más importante, ¿te asegura de alguna manera que no lo corras tú?

—No hay nada seguro en esta vida, Alicia, y resulta que esa historia implica a terceros. A mi hermano y a Nicolás no puedo ponerlos en el punto de mira de la policía sin saber antes de qué se trata.

—Hace un momento me has contado que ellos dos no han querido saber nada. ¿Les has preguntado por qué? Supongo que deben de tener alguna razón de peso. ¿No te parece?

—No he hablado con ellos aún, en cualquier caso, ella recurrió a mí.

—Te recuerdo que está muerta y ya no puedes ayudarla.

—Lo sé. —Esta vez fue Olivia la que habló con un tono muy serio—. Pero Álex es mi hermano.

—Te entiendo, créeme que te entiendo, lo que sucede es que te conozco lo suficiente como para saber que no te encuentras bien, y no creo que estés llevando este asunto como lo harías si fueses la de siempre. Desde que aquel paciente decidió dejar este mundo, tú... No sé qué te contó. Nunca lo has compartido conmigo y te respeto, es solo que... no eres la misma.

Alicia se quedó mirando a Olivia esperando a que dijera algo. No lo hizo. Dio un sorbo a la cerveza y paseó la mirada por una de las paredes del salón. Estaba cubierta de estanterías con cientos de libros. Algunos ordenados, otros dispuestos en pequeños montoncitos por falta de espacio. Muchos eran de su etapa de estudiante.

—Fíjate en todos esos libros —continuó Alicia—: Estudios y ensayos clínicos que explican emociones humanas de todo tipo. Frases, ejemplos, teorías que diseccionan sentimientos y nos dicen el mejor modo de abordarlos, sin embargo, no es fácil explicar cómo nos sentimos, ¿verdad?

Olivia quiso responderle a su amiga que en algún momento se sinceraría, que la historia que había detrás de Álvaro era demasiado dolorosa y no podría superarla sin su ayuda; pero no era el momento.

—Dejemos eso ahora. Es cosa mía y no tiene nada que ver con la muerte de Celeste.

—De acuerdo, es cosa tuya, solo te pido que al menos no te mortifiques.

—No lo hago. Y, ahora, olvida todo lo que te he contado.

Alicia suspiró. Dio un nuevo sorbo a la bebida y dejó el vaso sobre la mesa.

—Yo también debo contarte algo. No quiero ocultarte por más tiempo que mantengo una relación sentimental en secreto y...

—¿En secreto? ¿Por qué lo ocultas? ¿Está casado?

—¿Recuerdas a la mujer rubia que te presenté el pasado verano en el chiringuito DBlanco, en la playa de La Alcaidesa? Se llama María, es subinspectora de la UDEV y somos pareja.

Las cejas de Olivia se desviaron hacia arriba y sus ojos se volvieron enormes. Ahora entendía por qué el rostro de esa mujer le resultaba familiar. Estaba perpleja. Conocía a Alicia desde que iban juntas al colegio y todas sus parejas habían sido hombres, aunque ¿quién era ella para juzgar las relaciones de los demás?

—Nos conocimos en una fiesta de verano —trataba de explicarse Alicia—. Ella vestía un top minúsculo y unos vaqueros cortos. Me quedé mirándola y..., no sé... Fue una sensación extraña y agradable que me sorprendió. Después coincidimos en un par de ocasiones más y... Empecé a asumir que me atraían las mujeres y los hombres de igual manera. ¿Qué más da? Te sientes bien con alguien y ya está. Los sentimientos no son algo dicotómico, supongo.

—No hace falta que me des explicaciones.

—Para mí es importante dártelas. Yo quería tenerlo muy claro antes de hablar contigo y cuando quise hacerlo tú estabas mal. No me pareció una buena idea. Ahora estoy segura de que la quiero. No vivimos juntas, aunque paso mucho tiempo en su casa y soy feliz. Ya está. Lamento haberlo soltado así, de sopetón, y mucho más en un día tan complicado para ti. —Miró a Olivia con las cejas fruncidas por la preocupación—. Lo siento, de verdad, a veces no hay otro modo de decir las cosas. Y... entiendo que me conoces desde siempre y que ahora esto te chocará.

Olivia se restregó la cara con ambas manos.

—¿Chocar? Tendré que procesarlo, porque es muy rarito.

—¿Rarito?

—Sí. No me malinterpretes ni lleves mi respuesta a estudio. Llevamos toda la vida juntas y es nuevo para mí, aunque lo que no comprendo en absoluto es tu falta de confianza.

Olivia guardó silencio. No tenía ningún derecho a exigirle que no tuviera secretos. También ella los tenía.

—Cuando éramos unas niñas nos prometimos que jamás habría secretos entre nosotras —dijo Alicia—. Tú rompiste el pacto.

—Lo sé, e insisto en que esto es diferente. Acabo de confiarte lo que estoy viviendo, que es muy grave.

—Precisamente por eso debes ponerlo en conocimiento de la policía. Si quieres puedo hablar con María sobre...

—No —la interrumpió—, yo hablaré con la policía cuando llegue el momento.

Alicia se quedó mirándola. La conocía muy bien y sabía que nada de lo que ella pudiera decirle la haría entrar en razón.

La conversación duró un poco más, y ambas procuraron que discurriera por cauces más convencionales: la consulta, los pacientes... Al cabo de un rato Alicia se levantó del sofá y Olivia la acompañó a la puerta.

—No dirás nada a tu pareja sobre lo que hemos hablado —le advirtió Olivia.

Alicia le clavó la mirada.

—Tenía que decirlo.

—Nunca olvides que eres mi persona favorita, que siempre estaré a tu lado para apoyarte. Si me necesitas solo tienes que llamarme y aquí estaré, aunque no quieras hablar. Solo te pido que no cometas ninguna locura.

16

Olivia se asomó a la ventana. Le costaba entender el inesperado cambio de orientación sexual de su amiga. Para ella no era algo normal. La conocía desde que iban juntas a primaria y jamás había mostrado interés por las chicas. Por la vida de Alicia habían desfilado muchos hombres; el último, Raúl, un pijo cuadriculado con el que mantuvo una relación de varios años, hasta que un buen día, delante de un grupo de amigos, ella le gritó a la cara que no lo soportaba y se largó.

Nadie esperaba tal reacción y el grupo al completo se volvió hacia Olivia, que se limitó a encogerse de hombros.

Confiaba en que esta vez Alicia no estuviese equivocada.

Apuró la cerveza mirando las calles. A lo lejos, en uno de los bancos de la urbanización, divisó a Nicolás. Se dio prisa y se puso el primer vestido que encontró colgando de las perchas.

Al salir del portal vio que las sombras de ese nuevo anochecer se deslizaban sobre los techos de los edificios. Avanzó hacia Nicolás escuchando el zumbido de las mariposas nocturnas que revoloteaban alrededor de las farolas.

Nicolás levantó la mirada. Reconocería los pasos de ella en cualquier parte. El sonido de su risa, de su voz, y hasta un suspiro leve entre un millón. Cruzarse con Olivia le resultaba tan dulce como doloroso.

—Lo siento mucho, Nico. Sé que Celeste y tú erais muy buenos amigos —dijo sentándose junto a él.

La tristeza se asomó involuntariamente a los ojos de ella al mirarlo de frente. No pudo evitarlo. Nicolás le provocaba una mezcla de melancolía y dulzura, por los momentos compartidos.

—Estoy jodido —acertó a decir tras dar una calada al cigarrillo, aunque ese no era un sentimiento nuevo para él—. Celeste era una mujer estupenda y tozuda. Tenía una habilidad innata para sacar de quicio a cualquiera, y ella... —Negó con un gesto y dio un sorbo a la botella de whisky que sostenía en la otra mano.

—¿Ella...? —repitió Olivia buscando los ojos de él, que ahora estaban girados hacia otra parte.

Lo conocía muy bien y estaba segura de que había algo que no se atrevía a decir, un obstáculo que no quería afrontar.

Nicolás le clavó la mirada.

—Estás muy guapa, o, mejor dicho, eres muy guapa.

—No cambies de conversación, por favor.

—Es la verdad y lo sabes.

Ella no dijo nada. Esas palabras estaban fuera de lugar y Nicolás había bebido más de la cuenta.

—Nico, hoy he pasado el día pensando en Celeste y en la relación que mantuvo con mi hermano. Realmente no recuerdo casi nada. ¿Qué hubo exactamente entre ellos dos?

—¿Por qué no le preguntas a él?

—Estoy contigo.

—Y él es tu hermano —masculló, y dio un nuevo trago a la botella.

—No me andaré con rodeos, me conoces y sabes que mentir se me da fatal. Celeste me envió su ordenador con un relato en el que narra hechos del pasado. Hay algo que le preocupaba muchísimo y que nadie conoce excepto mi hermano y tú.

—No sé de qué hablas.

—Ella planeaba reunirse con vosotros. ¿Lo hicisteis?

¿Qué sospechaba? ¿Qué crees que le ha sucedido? ¿La creías capaz de suicidarse?

—¿A qué vienen tantas preguntas? ¡No voy a hablar de ella! Ni hoy ni nunca. ¿Me oyes? —exclamó.

—¿Por qué gritas? ¿Qué ocultas, Nico?

—¿¡Qué oculto!? —Alzó más la voz, los ojos fijos en ella—. ¡No tienes ni idea! Lo mejor que puedes hacer es dejar el pasado donde está, largarte y seguir con tu vida.

—¿Es una amenaza?

—¡No te estoy amenazando, joder! ¿Cómo se te ocurre pensar que...? Nunca te haría daño, y lo sabes.

—No, no lo sé. Me hiciste daño una vez, cuando desapareciste de mi vida sin dar explicaciones y me quedé esperando día tras día. Y el tiempo pasó y pasó y yo estaba mal, Nico, muy mal, porque...

Nico no podía apartar los ojos de ella. Le sostuvo la barbilla y la besó en la boca. No pudo evitarlo.

Ella no lo esperaba. Tampoco se apartó.

El beso trasladó a Nicolás a otro tiempo. A la primera vez que se besaron. Un beso dulce que dio paso a una relación que les burbujeaba por dentro cada vez que se veían a escondidas de Álex porque él nunca aprobó que su hermana pequeña saliese con un tipo que tenía la misma edad que él y estaba de vuelta de todo.

Nico se apartó consciente de que ese beso había estado fuera de lugar, que debería haberse controlado.

—Lo siento —acertó a decir.

Estaba cansado de soportar la carga que le abatía día tras día, de levantarse e irse a la cama con el mismo pensamiento que le oprimía las ganas de vivir.

Volvió a mirarla un instante. Olivia siempre sería el soplo de aire limpio que necesitaba.

También ella lo miraba y, aunque algo se le había removido en el interior, ese beso llegaba a destiempo.

—Tienes razón, Nico, la mayoría de las veces es mejor dejar el pasado donde se quedó. Conservar intactos los recuerdos. No tocarlos para no estropearlos, aunque lo que le ha sucedido a Celeste es muy diferente. Está muerta y quiero saber por qué. ¿Os reunisteis con ella? —insistió.

—¿Le has preguntado a tu hermano qué sabe él?

—¿Qué sabe acerca de qué? ¿Qué insinúas?

—No insinúo nada, si realmente quieres información sobre ella, pregúntale a Álex. En cuanto a ti y a mí... Siento mucho no haber estado a la altura, no merezco que sufrieras por mí. Lamento no ser el hombre que creías que era, el que mereces.

Nicolás se levantó del asiento y ella lo vio perderse en la oscuridad. Olivia no vio las lágrimas que le recorrían las mejillas, ni sintió el dolor que le aprisionaba el pecho a medida que se alejaba. Tan solo lo miraba, preguntándose qué le estaba ocultando Nico.

Buscó el móvil en el bolso y marcó el número de su hermano. Nada.

Descartó telefonear a su padre. Comenzaría a hacer preguntas y no sabría qué responder.

Tenía que dejar que su mente descansara, tal vez al día siguiente lo vería todo de otro modo. Era lo mejor que podía hacer. Desconectar.

Se levantó del asiento y caminó despacio por la calle Sol en dirección al centro de la ciudad. Le gustaba caminar, respirar el olor a dama de noche y a don Pedro, esas florecitas silvestres que en verano crecen por todas partes.

A mitad de la calle Sol se desvió hacia la derecha, buscando la calle Duque de Tetuán. Había gente que entraba y salía de los bares y los *pubs*, también grupos de amigos que bebían y charlaban en las puertas de los establecimientos.

A medida que se acercaba a la plaza de la Iglesia de la Inmaculada vio que estaba muy concurrida, las terrazas llenas, y alrededor de la escultura de *Las Tres Gracias*, un precioso homenaje a las mujeres de la ciudad, había un montón de gente charlando y riendo. Le gustaba el verano. Se respiraba ese ambiente alegre y despreocupado que tanto necesitaba. La vida siempre seguía... Se detuvo en mitad de la acera y sin dudarlo entró en un *pub* a su izquierda, el Vogg. También había bastante gente. Sonaba *I Feel It Coming*, de The Weeknd. Avanzó unos pasos hacia la barra y vio a Rodrigo sentado frente a una copa en uno de los taburetes. Estaba solo. Se acercó. Él no reparó en ella hasta que Olivia tomó asiento a su lado. Entonces se giró.

—Vaya, no contaba con que vinieras —dijo a modo de saludo.

—Tenía dudas. No sé quién me invita a la copa, ¿eres el corredor majara o el poli que esta mañana fingió no conocerme de nada?

—¿Quiénes te caen peor, los majaras o los polis?

—No he conocido a ninguno de esos especímenes todavía. ¿Cuál eres tú?

Rodrigo sonrió. Le atraía la autoconfianza de ella y ese punto irónico que acababa de arrancarle una sonrisa. Y le gustaban mucho sus ojos, grandes, verdes, que ahora lo miraban con descaro y cierta dosis de fragilidad.

—¿Qué tal si te tomas la copa con Rodrigo, a secas?

Olivia le sostuvo la mirada.

—¿Qué bebes?

—No soy delicada. Lo que estés tomando tú.

Rodrigo pidió un Jack Daniel's con Coca-Cola.

Ella lo observaba. Le quedaba muy bien la camiseta azul grisácea, como el color de los ojos, y el aire desenfadado de las pulseras de cuero y metal que adornaban una de sus muñecas. También se dio cuenta de que llevaba la barba perfectamente recortada y que le sentaba muy bien.

—¿Y si nos sentamos en una zona más tranquila? —propuso él.

Olivia cogió su copa y se dirigió a una de las mesas del fondo del local.

En su cabeza aún se repetían las palabras de Nicolás como uno de esos viejos discos de vinilo rayados.

Tenía que dejar de pensar.

17

—¿Estás bien? —La voz de Rodrigo la liberó de los pensamientos.

—Más o menos.

—Entiendo... Lamento que hayas pasado por una situación como la de hoy. Descubrir un cadáver nunca es agradable.

—Supongo que tú debes de estar más que acostumbrado.

—En mi profesión, o te acostumbras o lo dejas.

—¿Y cómo te acostumbras?

—¿En serio te interesa? No es una conversación muy apropiada para dos personas que acaban de conocerse.

—¿Qué conversación sugieres? ¿Hablamos de los horóscopos?

—No, los horóscopos no. —Los labios de Rodrigo se curvaron en un gesto divertido.

—En ese caso...

—¿Siempre eres así de... directa?

Ella se limitó a alzar las cejas.

—De acuerdo..., pues no, nunca te acostumbras a la muerte. Por mi profesión, lo primero que me pregunto ante un cadáver es por qué ha acabado así, y desde ese instante tengo claro que no pararé hasta averiguarlo. Siento que se lo debo, y es precisamente ese deber el que me da fuerzas para seguir adelante y llegar a la verdad.

—La verdad —repitió— es lo que más valoro. Las mentiras siempre hacen daño.

Rodrigo dio un sorbo a la bebida con la vista puesta en Olivia.

—¿Te han mentido mucho?

—A veces no hacen falta muchas mentiras para hacer daño.

Rodrigo se limitó a asentir.

—Y bien, ya sabes a qué me dedico. Y sé que tú eres psicóloga. Mi compañera te reconoció esta mañana.

—He hablado con Alicia. Una curiosa casualidad, ¿no te parece?

—Dicen que el mundo es un pañuelo... Y ahora que sé a qué te dedicas... espero que no me analices demasiado —bromeó.

—No es fácil conocer a la gente. Aunque se sienten frente a ti y pasen horas hablando de su vida, de sus problemas, de sus sentimientos. Nunca sabes qué piensan en realidad.

—Por el modo en el que hablas debes de haber vivido experiencias complicadas.

—¿Quién no?

—¿Qué tal si cambiamos de conversación? Es mejor no mezclar la vida profesional con la personal. Más que nada por salud mental. Y eso no significa que haya que hablar de nuestros horóscopos.

Olivia esta vez sonrió.

Durante un buen rato permitió que fuese él quien llevara el ritmo de la conversación. Mientras lo escuchaba descubría que tenían cosas en común, que se trataba de un hombre muy inteligente con el que era fácil conversar, aunque ella se había acostumbrado a ponerlo todo en duda, incluso lo que creía que sabía. Lo cuestionaba todo, lo analizaba y estudiaba, y siempre estaba en alerta.

Sin que se diesen cuenta el local se había llenado de gente y era complicado mantener una conversación. Decidieron dar un paseo y acabaron en el puerto deportivo, el lugar al que solían ir a correr.

A esas horas de la noche se había formado una capa de niebla en la superficie del mar y una estela húmeda y fresca avanzaba hacia ellos. Las farolas no tardaron en convertirse en meros borrones de luz que dibujaban sombras sobre las embarcaciones, los noráis y las gruesas cuerdas marineras.

—Tu vida debe de ser interesante y peligrosa, además de un no parar. Tengo curiosidad por saber cómo es tu trabajo en el día a día.

—¿Te empeñas en hablar de trabajo? —le preguntó mirándola a los ojos, y tras una breve pausa siguió conversando—. De acuerdo. El día a día nos exige demasiado. Pasamos por muchos tipos de situaciones, jornadas largas, algunas interminables. Para llegar a ser inspector tienes que empezar desde abajo, patearte la ciudad: persecuciones, traslado de detenidos..., encargarte a diario de muchos problemas antes de ascender. En la calle es donde se aprende a ser un poli de verdad. Ahora también hay días vertiginosos con muchas y diferentes situaciones. En cada caso hay que empezar de cero y no sabes a qué te enfrentarás, solo estás seguro de que tienes por delante un no parar hasta solucionar el caso.

—¿Y el de hoy? ¿Cómo se presenta? ¿Crees que Celeste estaba bien emocionalmente? No pude evitar ver todas esas cajas de pastillas vacías en la cocina.

—Eso aún no lo sabemos.

—Comprendo... No quieres hablar..., supongo que enfrentarse a un caso en el que una persona ha muerto debe de ser tremendo. Aunque no se trate de tu familia, si forma parte de tu día a día, al final las muertes arrasan con todo lo que hay a su alrededor.

—¿Has vivido la muerte de un paciente?, ¿es eso?

Ella le clavó la mirada.

—Eres muy perspicaz. Sí, la he vivido, aunque para ti debe de ser muy distinto, te dedicas a eso.

—Para nosotros también es duro. Los policías tenemos corazón, sentimos igual que el resto y es inevitable ponerte en la piel de la víctima, o de los familiares, lo que sucede es que estamos obligados a mantener cierta distancia, a no involucrarnos personalmente.

—Entiendo. Nunca hay que cruzar la línea que separa nuestra vida profesional de la personal —añadió Olivia.

—Así es, supongo que a ti te sucederá lo mismo.

—Pues sí. ¿Y cómo eres tú? ¿El Rodrigo majara?

—Mi vida anda un poco revuelta.

—¿Puedo saber por qué?

—¿Te han dicho que eres muy preguntona? —bromeó, e inmediatamente habló en tono serio—. Estoy metido de lleno en un proceso de divorcio.

—Uf, lo siento. Los divorcios son complicados.

—¿Te has divorciado?

—No. Mis padres. Yo era muy jovencita y lo pasé mal.

—Entiendo...

—¿Por qué te has separado? ¿Engañaste a tu mujer?

Rodrigo se detuvo en mitad del camino.

—¡No! ¿Te han engañado a ti alguna vez? ¿Todas tus preguntas son siempre tan directas y punzantes?...

—Disculpa, no era mi intención molestarte.

—No engañé a mi mujer, no, y creo que nuestras conversaciones siempre se vuelven demasiado serias y teniendo en cuenta que no nos conocemos de nada... No sé, todo esto está sonando bastante raro.

—A mí no me lo parece. Estoy acostumbrada a escuchar a los desconocidos.

—Ya, es tu trabajo.

Acababan de llegar al final del paseo y dieron la vuelta para emprender el camino de regreso.

Rodrigo parecía algo contrariado. Las conversaciones con Olivia entraban en un terreno demasiado personal. No era un tema apropiado para compartir con alguien a quien apenas conocía.

—Te he incomodado. Lo siento, de verdad —dijo ella al enfilar la avenida de regreso a casa.

—No te preocupes..., yo he sacado el tema de mi divorcio y en realidad tampoco tengo inconveniente en contarlo, después de todo no es ningún secreto, aunque para hablar de esa parte de mi vida debería retroceder en el tiempo. —Hizo una breve pausa y volvió a mirarla a los ojos.

—No estás obligado a contarlo.

Olivia habló con ternura y él se fijó en la expresión de su rostro. Por un momento y sin darse cuenta, ella acababa de romper la coraza que llevaba siempre puesta.

—Soy un hombre muy familiar y siempre he estado muy unido a mis padres y a mi hermana —comenzó a decir Rodrigo—. La vida nos trataba bien hasta que a mi padre le diagnosticaron una enfermedad terminal. Pasábamos mucho tiempo en el hospital y allí conocí a Silvia. Ella cuidaba a una hermana enferma y, cuando te rodeas de dolor, supongo que te apoyas en esas otras personas que están pasando por situaciones similares. Afortunadamente, su hermana se recuperó. Mi padre falleció. Silvia estuvo a mi lado en aquellos momentos tan duros y comenzamos a vernos con cierta frecuencia. Tras unos pocos meses de relación decidimos casarnos. No recuerdo quién lo propuso, solo sé que fue con unas copas de más. No creas que trato de excusarme, es que fue así —quiso aclarar—. Nos precipitamos. Desde el principio del matrimonio nos fuimos distanciando cada vez más. Yo trabajaba y me preparaba para presentarme a inspector, una sobrecarga que me mantenía demasiado ocupado. Había días en los que ni siquiera nos veíamos, y muchas mañanas me despertaba con la sensación de que la persona que dormía a mi lado era una completa extraña. Me di cuenta de que lo había sido desde siempre. Yo no pasé del amor al odio en un segundo, como dicen algunas personas. Ni siquiera la detesto, simplemente no había nada entre nosotros dos, como si me encontrase en una carretera que no me llevaba a ninguna parte. Un día llegué a casa y la encontré en nuestra cama con el dueño del gimnasio al que ella va. Fin de la historia.

—Eso debió de doler. Lo siento.

—No pasa nada. En realidad, no me dolió. A ver, dicho así puedo parecerte frío, pero es lo que sentí en aquel momento, y lo sigo sintiendo. Me quitó un peso de encima, de modo que no la culpo. En realidad, éramos casi dos desconocidos. —Rodrigo se quedó en silencio durante un instante—. Y ahora... cuéntame algo sobre ti.

—¿De mí? Tengo padres y un hermano, y ninguno vive aquí. Cuando mis padres se divorciaron, mi madre regresó a Londres. Ella nació allí. Vive con su hermano, mi tío Fred, y trabajan juntos en su salón de belleza. Mi padre sí vive cerca, en Marbella, aunque viaja mucho porque es paparazi.

—¿Paparazi? Suena divertido.

—No creas, a veces los guardaespaldas de los famosos pueden llegar a ser muy agresivos. Se pasa más de media vida viajando de un lado a otro con su cámara a cuestas. Mi hermano también es fotógrafo y se marchó hace mucho tiempo. Vive en Nueva York y ha formado su propia familia. Tengo una cuñada a la que no conozco demasiado y dos sobrinas preciosas a las que me gustaría ver con más frecuencia de la que lo hago.

—Vaya, de modo que andáis desperdigados.

—Sí y no. A mi padre lo visito con regularidad o él a mí, y Londres, como dice mi madre, está a un salto desde Gibraltar... Con mi hermano es más complicado.

—Entiendo...

—Yo vivo justo aquí. —Olivia se detuvo en mitad de la acera—. Y supongo que es hora de irse a dormir. Mañana te esperará un día duro.

—Sí, mañana me espera un día bastante complicado, pero hoy no me apetece despedirme de ti.

Olivia se quedó mirándolo.

18

Abrió la puerta a oscuras. El piso estaba parcialmente iluminado por la luz de las farolas. Cerró la puerta y, al girarse, vio a Rodrigo frente a ella. Sus miradas se encontraron. Dos desconocidos sin ganas de poner el freno.

Desde que esa mañana se presentaron sabían que acabaría pasando.

Él dio dos pasos hacia ella y se besaron con ganas. Sus manos se perdieron con prisas bajo la ropa.

Ella lo guio hasta el dormitorio.

Rodrigo le subió el vestido y ella se deshizo de las bragas. Después le quitó a él la camiseta y hundió la nariz en su pecho. Le gustaba el olor del perfume mezclado con su aroma personal, dulce y masculino.

Rodrigo se quitó el pantalón y ella lo invitó a tumbarse en la cama con un ligero empujoncito. Él la sostuvo de la cintura cuando ella subió a horcajadas sobre él. La erección de Rodrigo se abrió paso entre sus piernas y Olivia gimió al sentirlo dentro.

Olivia se inclinó sobre él y lo besó en la boca buscando un contacto más íntimo y excitante. Le gustaba el sabor templado de sus labios y el tacto de las manos que ahora sostenían con fuerza sus caderas, acompañándola en los movimientos, las embestidas fuertes, las ganas de seguir. Los besos y las caricias exploraron lugares desconocidos.

Ella se movía cada vez más rápido. Los movimientos se

aceleraron, aumentando la tensión hasta que la excitación se volvió incontrolable. Ella arqueó la espalda, sintiendo cómo su cuerpo se tensaba y estallaba en un orgasmo que la dejó sin aliento. Tembló. Tampoco él se contuvo.

Él le sostuvo la cara y volvió a besarla. No dijeron nada. Rodrigo no se marchó y sin darse cuenta se quedaron dormidos.

Aún no había amanecido cuando el teléfono de Rodrigo comenzó a vibrar. A oscuras, tanteó la ropa esparcida en el suelo hasta que lo vio brillar.

Acababan de localizar a Nicolás Durán en el puerto pesquero, preparando la embarcación para salir a navegar. Era uno de los amigos de Celeste Blanch, y Rodrigo necesitaba entrevistarse con él cuanto antes.

—Retenedlo unos minutos. Salgo para allá ahora mismo —pidió al compañero en voz baja.

Se vistió a toda prisa y salió del piso procurando no hacer ruido.

Puso rumbo hacia el puerto pesquero y doce minutos más tarde aparcaba junto al coche zeta. Cogió la placa de la guantera y salió del vehículo en dirección a los compañeros que aguardaban junto a Durán en la zona del espigón.

Uno de ellos echó a caminar hacia él.

—Buenos días, inspector. Lamento haberle sacado de la cama tan temprano, pero ese tipo, Durán, ha bebido. No creemos que esté en condiciones de navegar. ¿Qué hacemos?

—Ahora mismo nada. Hablaré con él. Esperad en el coche.

Rodrigo se acercó a Nicolás, que se encontraba sentado en una zona de grandes piedras con las piernas colgando sobre la superficie del mar. Lo saludó y se identificó mostrándole la placa.

—Gracias por esperar, señor Durán. Como debe de saber por mis compañeros, se ha iniciado una investigación por la muerte de la señorita Blanch. Hemos sabido que usted era uno de sus amigos y si no tiene inconveniente me gustaría hacerle algunas preguntas.

—Usted dirá.

—Gracias. ¿Podría decirme cuándo fue la última vez que vio a la señorita Blanch o habló con ella?

—¿Hoy ya es miércoles? —preguntó y, sin esperar respuesta, siguió hablando—. El lunes por la mañana pasó por aquí para saludarme. Serían las nueve y media de la mañana. Se marchó enseguida. Eso fue todo.

—¿Le pareció que estuviese preocupada, nerviosa...? ¿Le contó algo que a usted le llamara la atención?

Nicolás negó con un gesto.

—Ella estaba como siempre, normal. No hablamos de nada en concreto. Como acabo de decirle, nos saludamos. Eso fue todo.

—Entiendo. ¿Le suenan los nombres Álex Fernández o Santiago Ordóñez?

—Eran amigos de ella, o eso creo. A Fernández lo conocí hace mucho. Se marchó a vivir al extranjero. En cuanto a Ordóñez, es un tipo de Madrid al que solo conozco de oídas.

—¿La señorita Blanch le habló alguna vez de la relación que mantenía con esos dos hombres?

—Debería preguntarles a ellos, ¿no le parece?

—Ahora le estoy preguntando a usted.

—Nunca me ha interesado lo que mis amigos hacen cuando no están conmigo, y ella no era una excepción —dijo tratando de zanjar la conversación.

—Le aseguro que no estoy aquí para molestarle. Mi único interés es el de esclarecer los motivos por los que su amiga ha acabado muerta, y supongo que a usted también le interesará saber qué le ha ocurrido, ¿me equivoco?

—¿No cree que Celeste se haya suicidado?

—Y usted, ¿lo cree?

Nicolás no respondió.

—¿Podría decirme dónde se encontraba usted la noche del pasado lunes y la madrugada del martes?

—¿Soy sospechoso de algo, inspector?

—Debo completar informes, solo eso, de momento.

—Estuve aquí, en mi barco. Me vieron algunos colegas. Me marché a casa sobre las doce de la noche. Casualmente mi madre ha venido a pasar unos días conmigo, puede que me oyera llegar, no lo sé, tiene un sueño muy profundo. Tendrá que preguntarle a ella.

—Lo haré. ¿Usted se marchaba...?

—No. Estaba aquí tranquilamente.

Rodrigo miró la embarcación que tenían justo enfrente, una Sunseeker Portofino 53 con una línea muy deportiva. Debía de tener algunos años, aunque se conservaba en perfecto estado.

—¿Es suya?

—Sí.

—¿Le importa que le eche un vistazo?

—¿Tiene una orden?

Rodrigo se quedó mirándolo. Le tendió una tarjeta.

—No, no la tengo. Probablemente volveremos a ponernos en contacto con usted, pero si recuerda algo, llámeme.

Regresaba al coche cuando vio con el rabillo del ojo una sombra que se desplazaba por la embarcación.

Giró la cabeza y vio cómo la sombra saltaba del barco y emprendía la huida hacia la carretera. Echó a correr tras él, pasando justo delante del coche zeta.

Los compañeros se percataron y rápidamente encendieron las luces azules intermitentes uniéndose a la persecución.

El sospechoso atravesó la acera del puerto y se perdió en

uno de los pequeños callejones que se entrecruzan con la calle Canarias, en el antiguo barrio de pescadores de la Atunara. El coche policial dio la vuelta a la manzana y se situó en la calle Cartagena para cortar la salida.

Ugalde aflojó la marcha. A excepción del puerto, las calles a esas horas estaban desiertas y el individuo había desaparecido delante de sus ojos.

Recorrió el callejón en ambas direcciones escuchando el sonido de sus pisadas. No podía haber ido muy lejos. Tenía que estar escondido en alguno de los pasajes que discurrían paralelos al mar.

A su derecha captó un movimiento. Se giró y lo vio trepando por uno de los muros de las casas bajas. El sospechoso apoyó el pie en una tubería y saltó al otro lado de la callejuela.

Rodrigo rodeó el callejón. El coche zeta continuaba cortando la salida de la calle Canarias. Uno de los agentes había bajado del coche y corría hacia el inspector haciéndole señales con una mano, indicándole el lugar en el que se había refugiado el sospechoso.

Lo tenían.

Rodrigo lo pilló desprevenido por la parte de atrás. Se abalanzó sobre él y lo inmovilizó sujetándolo de los brazos.

—Será mejor que no opongas resistencia.

El cansancio del día anterior se hacía notar. A Rodrigo le faltaba el aire y esperó a que los agentes lo esposaran antes de darle la vuelta para verle la cara.

—Hombre, Herrera, ¡qué sorpresa! Te estábamos buscando. ¿Se puede saber por qué corrías?

—Yo no he hecho nada. No diré nada. Conozco mis derechos.

—¿Tus derechos? Déjate de rollos y dime qué hacías en la embarcación de Durán.

Herrera no respondió.

—Vale. Ya nos lo contarás en comisaría. Yo sí te diré algo. Hemos encontrado tus huellas en una vivienda en Santa Margarita y resulta que la propietaria está muerta.

—¡¿Y qué pollas tengo yo que ver con la muerta?!

—¡No lo sé, dímelo tú! Este asunto no huele bien, ¿sabes?, y con tus antecedentes la cosa se puede poner muy fea para ti, así que piénsalo.

—¿Antecedentes? Hace mucho que no me meto en líos —protestó al tiempo que se sacudía los hombros tratando de apartar de su lado a los agentes que lo retenían en la acera.

—Tráfico de drogas, tenencia ilícita de armas... ¿Sigo? —replicó Ugalde con mucha calma—. Ahora te vas a comisaría con mis compañeros y empiezas a tranquilizarte. Dentro de unas horitas volveremos a vernos las caras. Y recuerda que no me andaré con contemplaciones, o colaboras o te imputo por obstrucción en una investigación. Eso para empezar —concluyó antes de que los agentes metieran a Herrera en el coche.

Rodrigo se despidió de los compañeros y se dirigió hacia su vehículo. Al llegar a la altura del puerto vio cómo el barco de Durán se alejaba en el mar.

—¡Mierda! —protestó.

Se quedó contemplando la estela de espuma blanca que la embarcación dejaba atrás. Una inmensa bola naranja asomaba por el horizonte. Empezaba a amanecer.

No podía hacer nada porque no tenía pruebas contra ese hombre, aunque estaba seguro de que ocultaba algo.

Desde la embarcación, Nicolás observaba cómo la figura del inspector se hacía cada vez más pequeña. Sabía que no pararían hasta llegar a la verdad y no había nada que pudiera hacer para detenerlos. Ni siquiera sabía si era eso lo que quería. Detenerlos. Estaba cansado. Cansado de inventar una vida que no era la suya como quien inventa figuras con las nubes. Cada día había intentado ir despacio, hacer las cosas bien, empezando de nuevo, paso a paso, un camino, un horizonte, un futuro. Y, al final, el vacío.

Toda su vida estaba podrida porque algo había fallado. Se habían hecho demasiadas cosas mal y eso nadie lo podría reparar. Ahora nada le apetecía más que acabar con todo.

19

Alicia se desperezó. Hacía mucho que no descansaba tan bien. Sincerarse con Olivia le había quitado un peso de encima, aunque ahora le preocupaba el asunto que su amiga se traía entre manos y del que no podía hablar.

Miró hacia el otro lado de la cama. Eran las siete de la mañana y María ya se había levantado. Estiró el brazo y alcanzó el quimono estampado con el que cubrió su desnudez.

La casa olía a beicon, a huevos revueltos y pan caliente. Bajó las escaleras y se dirigió a la cocina. María estaba de espaldas, removiendo la comida con prisas. Apoyó la cabeza en el hombro de ella, que inmediatamente giró el rostro para mirarla. La besó en los labios.

Alicia puso en funcionamiento la cafetera y preparó dos cafés.

—Espero que tengas apetito —dijo María—. He preparado un montón de comida. Me espera un día duro y si no como lo suficiente me pongo de un humor de perros.

—Lo sé. Yo tomaré café. Es demasiado temprano para mí. ¿Puedo saber por qué te espera un día complicado? ¿Es por lo de esa chica que ha aparecido muerta?

María no respondió y terminó de cocinar.

—Ya, prefieres no hablar porque no te fías de mí... Te adelanto que la prensa empieza a especular de todo.

—No se trata de confianza, Alicia. Y a la prensa ni caso; como bien dices, especulan. Ni siquiera nosotros sabemos qué le ha sucedido a esa pobre mujer.

—Entiendo..., y aquí en La Línea los casos de homicidio son muy pocos.

—Yo no he dicho que se trate de un homicidio.

María se sirvió la comida en un plato y tomó asiento frente a Alicia, que no añadió nada más sobre ese asunto.

—Ayer hablé con Olivia. Le conté lo nuestro.

—¿Y...?

—Tendrá que procesarlo.

María frunció el entrecejo y se llevó la comida a la boca.

—Quita esa cara. Olivia y yo nos conocemos desde que éramos unas niñas y pensaba que yo era hetero. Entenderás que le haya extrañado.

—No te pongas a la defensiva. Es comprensible. Por cierto, ¿sabías que Rodrigo y ella están...? —soltó de repente dejando la frase sin acabar.

—¿Cómo? ¿Liados? ¡No! ¿En serio?

—Él no lo ha reconocido abiertamente, aunque da la casualidad de que anoche cuando salí a correr los vi y me pareció que estaban muy a gusto.

—No tenía ni idea.

—Me resulta raro que vosotras seáis amigas y nosotros dos también. ¡Que La Línea no es un pueblecito pequeño precisamente! —dijo mientras cortaba un trozo de pan.

—Hay muchos lugares de la ciudad a los que vamos la mayoría...

—Sí, lo que tú quieras... Pero somos más de sesenta mil habitantes, Alicia. Yo me conozco todos los rincones y me cruzo a diario con gente que no he visto en mi vida.

—Bueno, las casualidades son la manera en que Dios se mantiene en el anonimato, dijo Einstein.

—¡Mírala ella! Soy atea, Alice —le recordó antes de llevarse comida a la boca.

—¿No crees en las casualidades?

—¿Casualidades? —repitió María con cara de asombro y

la boca llena—. No. Soy poli. No creo en coincidencias o casualidades sin pruebas que las respalden.

—Pues hay quienes dicen que todo sucede por algo, por un motivo. A veces las cosas ocurren, sin más.

María negó con un gesto y siguió comiendo.

—Puedes negar todo lo que quieras. La gente que cree en el destino y en las casualidades asegura que hay sucesos que no podemos controlar.

—Tampoco creo en el destino —zanjó María.

—¡Ah!, ¿no? —Alicia frunció el ceño—. Pues la física cuántica es algo real y nos parece magia solo porque la desconocemos. En el campo cuántico estamos conectados a todo.

—Uf, la física nunca se me ha dado bien, así que imagínate la física cuántica, ¡esas son palabras mayores!

—De acuerdo, incrédula.

—¿Me has llamado incrédula?

—Sí.

María volvió a negar, esta vez con media sonrisa. Comprobó la hora en el reloj, quería llegar pronto a la comisaría. Apuró la comida y subió las escaleras hacia el cuarto de baño.

Alicia la siguió. Se apoyó en el quicio de la puerta observando cómo María se cepillaba los dientes.

—Ya sé que tienes prisa, de modo que te resumiré un claro ejemplo de casualidad que protagonizó un actor que me encanta, Anthony Hopkins. Resulta que estaba preparando su papel para la versión cinematográfica de la novela *La chica de Petrovka* y, como no la había leído, fue a buscar el libro a Charing Cross. No lo encontró en ninguna parte y, decepcionado, cogió el metro para volver a su casa. Al ir a sentarse encontró un libro. Un viejo ejemplar plagado de anotaciones.

María había acabado de cepillarse los dientes y miraba a Alicia con interés, al tiempo que se recogía el cabello en una cola alta.

—¡El libro era esa misma novela! ¿No es una casualidad? Dos años después, durante el rodaje de la película, Hopkins conoció a George Feifer, el autor. Feifer le contó que dos años antes le había dejado prestado a un amigo su ejemplar, que estaba lleno de anotaciones, pero que el amigo lo había perdido en el metro. Y ahora dime, ¿cómo llamarías a ese episodio?

—¿*Poltergeist* o algo parecido? —bromeó.

Alicia se cruzó de brazos.

—De acuerdo, de acuerdo, me rindo, creo que por ti soy capaz de creer en cualquier cosa —dijo María de camino al dormitorio a buscar el bolso y el arma.

20

Rodrigo llegó muy temprano a comisaría. Su perra había aprendido el camino y corrió a jugar al patio. En la planta baja había ajetreo, agentes uniformados del turno de noche que lidiaban con algunos jóvenes detenidos por escándalo en la vía pública.

Entró en su despacho y encendió el ordenador. Estaba de mal humor, Nicolás Durán se había marchado delante de sus narices y estaba seguro de que ese hombre ocultaba algo, aunque esa certeza no le servía de nada. Necesitaba pruebas. Accedió a la intranet del Cuerpo Nacional de Policía y escribió el nombre completo de Durán en el buscador de la base de datos. Esperó unos segundos hasta que apareció la información: filiación, fecha de nacimiento, estado civil, fotografía... No tenía antecedentes.

Se reclinó en el asiento. La ausencia de antecedentes no garantizaba que no hubiese estado involucrado en algún asunto turbio. Y, por otra parte, siempre había una primera vez para todo. Abrió el cajón de su escritorio y cogió una barrita de chocolate. Le dio un mordisco y revisó lo que tenían hasta ahora.

—Traigo café del bueno, de cafetería. —Oyó la voz de la subinspectora, que llegaba con dos vasos. Alzó uno y se lo pasó por encima de la mesa.

Rodrigo lo aceptó agradecido y la puso al corriente de su encuentro con Durán y de la detención de Herrera.

—Eso quiere decir que te sacaron de la cama tempranito —le dijo en tono burlón, repantigada en la silla.

—¿Qué pasa?, ¿te hace gracia que me haya echado unas carreritas por la Atunara?

—No, disculpa, anoche salí a correr y te vi con esa chica a la que solo conoces de vista.

—¿Y...?

—Nada, no he dicho nada —zanjó—. ¿Herrera ha contado algo? Ya sabemos que ese tipo es un liante y miente más que habla.

—Por eso está encerradito, para que piense, a ver si se le ocurre algo interesante que decirnos. De momento no tenemos ni siquiera el análisis forense de la escena, a excepción de las huellas dactilares y las de pisadas.

Rodrigo se dirigió a la sala de trabajo y se detuvo frente al mural donde estaban desplegadas las fotografías. María lo había seguido y fue la primera en hablar.

—A ver, recopilemos. Tenemos a una mujer de treinta y tres años, profesora de Literatura, que vivía sola con un gato que se ha esfumado. Por la ropa de hombre encontrada en el domicilio de Madrid, es obvio que tenía encuentros con alguno. ¿Ordóñez, Fernández? ¿Otro tío? Tomaba benzodiacepinas y ha muerto por sobredosis. Poco sociable según los vecinos, aunque no creo que nadie quisiera matarla por sociópata, ¿o sí?

Los agentes Óscar González y Cristina Vera llegaban en ese momento.

—Ya hemos entregado el ordenador portátil a los compañeros informáticos. Enzo está con ellos y se darán toda la prisa que puedan —dijo Cristina.

—Bien. ¿Qué tal estáis? ¿Cansados?

—¡Qué va! —dijo Óscar de buen humor—. En el vuelo de vuelta vinimos dormidos. Después nos recogió el novio de Cris en el aeropuerto y yo seguí durmiendo en la parte de atrás, ni me enteré, como un bebé, ¡vamos!

—¿Al final le presentaste a tu novio, Cris? —preguntó la subinspectora con retintín.

—Sí —Óscar se adelantó a responder—, es un encanto de muchacho, mucho más simpático que ella, ¡dónde va a parar!

—Pero si acabas de reconocer que te quedaste frito. No hablaste en todo el camino ni sabes nada de él. Tienes una guasa... —le reprobó Cristina.

—Me alegro de que hayáis descansado y estéis de buen humor porque quiero que os deis una vueltecita por el puerto —les indicó Ugalde—. Hay que localizar a Nicolás Durán, averiguad todo lo que podáis de ese tipo.

Óscar y Cristina se dirigieron a la salida.

—Os quiero de vuelta dentro de un par de horas —alzó la voz Ugalde antes de perderlos de vista.

—Aquí estaremos —respondió Cristina desde el pasillo.

Enzo apareció en la sala blandiendo una hoja en el aire.

—Tal vez esto nos ayude a conocer al círculo más cercano de la víctima mientras procesamos el ordenador. Es el registro de las llamadas entrantes y salientes. Como sabemos, Nicolás Durán, Álex Fernández y Santiago Ordóñez eran los contactos más frecuentes, con algunas particularidades. Con Álex Fernández hay llamadas en ambos sentidos; sin embargo, la víctima telefoneó a Nicolás Durán en reiteradas ocasiones los días previos a su muerte y él no atendió las llamadas. Con el prometido, o supuesto prometido, Santiago Ordóñez, ocurrió justo lo contrario. Ese tipo la llamaba a todas horas y ella pasaba de él.

—¿Ordóñez la acosaba, tal y como ayer declaró la prima? Y... ¿qué querría la profesora de ese tal Durán al que llamaba con tanta insistencia? —María lanzó las preguntas mirando a Ugalde.

—No lo sé.

—Las que me parecen bastante significativas son las dos últimas llamadas que hizo la víctima la noche que murió —continuó Enzo—. Telefoneó a un psiquiatra y a un cura, aunque el psiquiatra ha declarado que la víctima le telefoneó por error.

—Yo hablé con el psiquiatra —informó Isa desde su puesto de trabajo—, ese hombre no se encontraba bien, puede que la víctima no quisiera molestarle y telefoneó al cura, que a fin de cuentas es alguien a quien poder hablarle de tus problemas y que te escuche sin que te mande a la mierda.

—Bien visto, Isa —le dijo Ugalde.

—De todas maneras, ¿por qué llamas a un psiquiatra y a un cura? ¡Algo no iba bien en su vida, eso fijo! —comentó la subinspectora jugueteando con el vaso de café—. ¿Alguna vez has investigado un caso en el que hayas tenido que indagar en la vida de una persona con trastornos psicológicos?

—Trabajamos con hipótesis, María, no podemos afirmar que tuviese problemas emocionales. Ya escuchaste la declaración de Marisa Blanch.

—La prima no tenía por qué estar al tanto de esas cosas. Nadie va pregonando por ahí que es adicta a las benzodiacepinas.

El teléfono de sobremesa comenzó a sonar. Acababan de localizar a Álex Fernández en Marbella y estaba al teléfono.

Rodrigo se dirigió a su despacho seguido de su compañera. Puso el altavoz. Tras un breve saludo pasó a formularle algunas preguntas básicas. No hubo respuesta. Era como si al otro lado de la línea no hubiese nadie.

—¿Señor Fernández?

—Disculpe —dijo tras una pausa prolongada que comenzaba a resultar incómoda—. Acaban de darme la noticia y estoy en *shock*.

—Siento oír eso. Lo lamento, de verdad. —Hizo una breve pausa—. ¿Le importaría responder a unas preguntas? Es importante.

—¿Ahora?

—Se lo agradecería. Usted era uno de los contactos de la señorita Blanch y recopilamos información. No le robaré mucho tiempo.

—¿Podríamos hablar en otro momento? —preguntó con la voz rota—, no estoy en condiciones de responder y ahora mismo me hallo rodeado de muchas personas. Estaba a punto de empezar una sesión fotográfica que tendré que posponer porque... —Silencio.

—No se preocupe. ¿Cuándo podríamos hablar? Usted se encuentra en Marbella, ¿no es así?

—Sí, así es. Podría viajar a La Línea y pasar por comisaría mañana por la tarde, si les parece bien.

—De acuerdo, mañana nos vemos.

Rodrigo miró a su compañera después de colgar el teléfono.

—Habla con Aguirre —le indicó con urgencia—, ese tipo está en Marbella y, revisando los informes, he comprobado los datos del GPS del vehículo de la víctima y ella viajó a Marbella, en concreto al hotel Don Carlos. Si se vieron, puede que las cámaras de seguridad hayan captado algo de interés. Y si tú le pides la orden a Aguirre la tendremos antes.

—Muy graciosillo.

—Fuiste su pareja, ¿no? —dijo al levantarse del asiento—, ahora toca hablar con Herrera.

María bufó y lo siguió escaleras abajo, hablando por teléfono.

—El secretario de la jueza está reunido. Insistiré —informó María antes de abrir la puerta de la sala de interrogatorios.

La habitación era un espacio desprovisto de adornos.

Una mesa de madera rectangular ocupaba el centro de la habitación. Estaba estropeada, llena de arañazos, muescas y manchas de tinta. Alrededor había varias sillas dispuestas de cualquier manera. El detenido ocupaba una de ellas. Herrera giró el rostro y los miró con actitud desafiante.

María cerró la puerta y se situó a un lado del detenido, de pie, con los brazos cruzados sobre la camisa blanca ajustada, las piernas ligeramente abiertas enfundadas en unos vaqueros.

—Aún no sé por qué coño estoy aquí. Conozco mis derechos.

—Creo que esta mañana no tuve tiempo de presentarme. Soy el inspector Ugalde y ella es mi compañera, la subinspectora Infantes.

—¿Sois el poli malo y la poli buena? Porque buena está un rato. —Entornó los ojos claros, con la vista puesta en Infantes.

—¿Alguna vez te han partido la cara? —replicó María.

Ugalde rodeó la mesa y tomó asiento frente a Herrera.

—De modo que no sabes por qué estás aquí. Te refrescaré la memoria. Hemos encontrado tus huellas dactilares en una vivienda en la urbanización Santa Margarita y da la casualidad de que la propietaria está muerta. Y apostaría a que las huellas de pisadas que hay alrededor de toda la casa también son tuyas. Debiste de pasar un buen rato merodeando por ese chalet, ¿no? —dijo con la mirada puesta en las deportivas del detenido.

—¡Yo no me he cargado a nadie, ni me dedico a robar! —exclamó cruzando los brazos, tatuados desde las muñecas hasta los hombros.

—Cuéntanos entonces qué hacías en el domicilio de Celeste Blanch y esta mañana en la embarcación de Durán. Y dinos también por qué saliste corriendo. Piensa bien lo que vas a responder porque a nosotros no puedes engañarnos. Estamos acostumbrados a tratar con ladrones, traficantes, maltratadores, tarados, asesinos...

Rodrigo lo observaba. Herrera parecía tranquilo, más por la costumbre de pisar comisarías, juzgados y cárceles que por tener la conciencia limpia.

—¿Te encargó Nicolás Durán que hicieras algún trabajito para él?

—Estáis flipados.

Ugalde se levantó del asiento, colocó las manos sobre la mesa y se inclinó hacia delante, acercando la cara a la del detenido.

—Escúchame bien. No nos gusta perder el tiempo con gente como tú. Si no tienes nada que ver con la muerte de esa mujer empieza a hablar o, de lo contrario, te tendré aquí hasta que me salga de los cojones. Para empezar, quítate los zapatos. Aquí no dejamos nada sin comprobar.

—¿Mis deportivas? Son guapas, ¿verdad?

Levantó una de las piernas y movió el pie en el aire, mostrando a los inspectores las icónicas Nike Air Force 1.

—No son para mí. A los chicos del laboratorio les van a encantar. Vendrán a recogerlas ahora mismo y tú te quedas aquí hasta que se te refresque la memoria. Espero que cuando vuelva a preguntarte me cuentes qué hacías con Durán. No me fío ni de ti ni de él.

—Ya lo dijo el Nico, que la muerte de esa mujer acabaría salpicándole.

Rodrigo colocó una mano en el respaldo de la silla y se inclinó sobre Herrera.

—¿Qué más te contó?

—Solo eso, y yo tampoco le hice caso porque estaba borracho.

—De acuerdo, si no quieres hablar, allá tú.

Salieron de la sala y escucharon las protestas del detenido al otro lado de la puerta.

21

Olivia había conseguido dormir sin soñar nada y, sin embargo, tenía la sensación de que no había pegado ojo en toda la noche. Hemingway dormía a su lado. Fue a la cocina y se preparó una taza de té antes de revisar el correo. Tenía un *mail* de Rosa, una mujer que llegó a la consulta con un trastorno de ansiedad de agorafobia con ataques de pánico. Su vida social había quedado anulada por completo y habían mantenido varias sesiones a través de videollamadas y correos electrónicos. Ahora, al fin, después de dos meses de tratamiento, comenzaba a mejorar. Rosa empezaba a entender qué era lo que le sucedía y últimamente se sentía más animada.

Le pedía una nueva cita. Esta vez presencial.

Olivia se alegró por ella, al menos ese día amanecía con una buena noticia. Le transmitió la enhorabuena por los logros conseguidos y le dio la cita. Se verían al cabo de diez días, justo al terminar su descanso forzado.

Desvió la mirada hacia el ordenador de Celeste.

Alicia estaba en lo cierto. Cada persona construye su propia realidad, del mismo modo que en cada historia hay al menos dos versiones y todavía no conocía la de su propio hermano. Sin más demora volvió a telefonear a Álex. Tras varios tonos, al fin atendió la llamada. No oyó su voz, solo conversaciones de fondo.

—¿Estás ahí, Álex?

—Sí, disculpa, acabo de saber... No puedo creer que esté muerta. —La voz sonaba arrastrada, como si le faltaran fuerzas—. La policía me ha telefoneado. Yo era uno de los contactos de Celeste y...

—¿Por qué nunca has hablado de ella en todos estos años? ¿Teníais una aventura?

—¿Qué? No estoy solo, Olivia, hay gente aquí, pero te diré algo: si se ponen en contacto contigo, no sabes nada. ¿Me oyes?

—No, Álex, escúchame tú. Tenemos que vernos y hablar. Puedo estar en Marbella dentro de cuarenta y cinco minutos.

Al otro lado de la línea se hizo nuevamente el silencio, solo se oían las voces de fondo.

—Hoy estaré todo el día ocupado y maldita la gracia que me hace tener que trabajar. He intentado posponer la sesión de fotos, pero los de la agencia quieren acabar el *spot* publicitario hoy mismo. Mañana pasaré por la comisaría de La Línea para prestar declaración, te llamaré y nos veremos.

Olivia dudó un instante. Llevaba muchas horas necesitando hablar con él y no le hacía la menor gracia tener que posponerlo.

—De acuerdo —dijo de muy mal humor.

Entendía que no era un buen momento para hablar ni era adecuado tener esa conversación por teléfono, era solo que le frustraba no poder hacerlo.

Se despidió de su hermano con una sensación ambivalente. El estado anímico de Álex era pésimo. Sonaba francamente mal, como si estuviera deprimido y al mismo tiempo enojado. No sabía qué pensar. Tal vez, y después de todo, ella se estaba dejando llevar por un relato escrito por una mujer que a todas luces debió de tener una vida plagada de desaires amorosos, con toda la carga emocional y subjetiva que eso conlleva.

Necesitaba algo más. Comprobó la hora en el reloj. Eran casi las nueve y media de la mañana y había quedado para desayunar con el doctor Clayton.

Se cepilló los dientes y se recogió el cabello. Eligió un vestido cómodo y fresco y tras asegurarse de que dejaba comida al minino salió de casa.

Se dirigía al coche cuando una mujer la abordó.

—¿Eres Olivia Fernández, la psicóloga? —preguntó cortándole el paso.

La mujer llevaba un vestido negro, al igual que el cabello y las gafas de sol. No la había visto nunca.

—¿Nos conocemos?

—No, no me conoces. Soy hermana de Álvaro. Tampoco tienes ni idea de cómo estamos sufriendo mis padres, mis hermanos y yo... Estamos destrozados por el suicidio de mi hermano y necesitamos saber qué te contó. ¿De qué te habló? ¿Qué te dijo?

Por un breve instante Olivia se quedó inmóvil, sorprendida.

—Siento muchísimo vuestro dolor. De verdad que lo lamento. Hablé con tus padres. Tu hermano tomó una decisión. Las personas hacen ese tipo de cosas. Toman decisiones que el resto no entendemos, pero que hay que respetar y aceptar. No estaba en mis manos ni en las de nadie librarlo de lo que hizo.

—Tienes que ayudarnos. Una persona decide buscar ayuda, acude a una profesional y ese mismo día se suicida, ¿no te parece raro? Para mí lo es, ¿qué te contó? ¡Fuiste la última persona que lo vio con vida! —continuó cada vez más ofuscada.

—Lo siento, no puedo desvelar esa información y, por otra parte, si tu hermano hubiese querido contároslo lo habría hecho. No lo hizo. Esa es la respuesta.

—Necesito oírte... ¿Qué le dijiste? —insistió fuera de sí.

—No tienes ningún derecho a venir a buscarme. Y menos a cargarme la responsabilidad por la trágica decisión de tu hermano. No tomaré medidas contra ti, pero no vuelvas a molestarme. Y ahora, si me disculpas —añadió esquivando a la mujer para dirigirse a su automóvil.

—¿Qué es lo que no quieres que sepamos? ¿O solo buscas que no perjudiquemos tu reputación? —le oyó decir a su espalda.

Se dio la vuelta para mirarla de frente.

—No se trata de mí, sino de tu hermano. Fue él quien tomó la decisión.

—Por favor —dijo esta vez con un tono de súplica—, si en algún momento recuerdas algo que pueda ayudarnos a entender... Llámame.

La mujer le tendió una tarjeta con su nombre y número de móvil. Olivia dudó un instante. Finalmente la cogió y la dejó caer en el bolso antes de entrar en el coche.

Condujo hacia Santa Margarita presa del nerviosismo. Las palabras de esa mujer se repetían en su cabeza: «Una persona decide buscar ayuda, acude a una profesional y ese mismo día se suicida, ¿no te parece raro?».

Le pesaba reconocer que la hermana del paciente estaba en lo cierto.

«El pasado siempre acaba regresando cuando menos lo esperas», se dijo, y seguidamente aporreó el volante y comenzó a maldecir en voz alta.

Conducía sin ser consciente de que lo hacía. No quería pensar en ello y todos los esfuerzos por apartarlo de su cabeza estaban siendo inútiles. Sin pretenderlo, rememoró la tarde que el paciente llegó a la consulta.

Él le habló del dolor que sintió mientras escuchaba los gritos de su familia dando vueltas en el interior del coche. Después dejó de oír a su mujer. Los niños agonizaron delante de sus ojos sin que él pudiera hacer nada. Estaba atrapado y no podía moverse. Les habló, les gritó, intentó sacarlos y no pudo. Cuando la ambulancia y los bomberos llegaron era demasiado tarde.

Aquella tarde Olivia estaba en *shock* y el paciente continuaba hablando. Después pronunció las últimas palabras mientras la miraba fijamente con una expresión en el rostro que ella nunca olvidaría.

Paralizada, observó la espalda de Álvaro saliendo por la puerta para no volver a verle nunca más.

22

Eran las diez de la mañana y el grupo al completo se encontraba en la sala. Ugalde cogió el rotulador e hizo varias anotaciones en la pizarra.

—La autopsia ha revelado que Celeste Blanch falleció entre las doce y media de la noche y la una de la madrugada —comenzó a decir—. La última llamada que realizó fue a las nueve y treinta de la noche, a la parroquia del Carmen. ¿Qué ocurrió desde que llamó al cura y la hora de su muerte? Tenemos tres horas y treinta minutos para cruzar datos. ¿Alguien ha localizado al cura o al psiquiatra? ¿Cuándo podremos hablar con ellos?

La agente Valderrama levantó la mano.

—Los dos estarán libres a partir del mediodía, aunque al cura no se le podrá visitar en horario de misa.

Ugalde le dedicó un gesto de conformidad. En ese tipo de investigaciones prefería reunirse con las personas cercanas a las víctimas de manera informal. Citarlas en comisaría solía ponerlas nerviosas y acababan contando menos de lo que sabían.

—Por lo demás —continuó la agente Isa Valderrama—, he pasado media hora visualizando las cámaras de vigilancia de Santa Margarita. Tengo los ojos que veo puntitos por todas partes. De momento, gente anónima. Estoy tomando nota de las matrículas de los coches que pasaron por allí en la franja horaria establecida y las introduciré en el sistema de datos de la DGT. A ver de quiénes son.

—Bien. ¿Alguna novedad sobre Nicolás Durán? —preguntó Ugalde dirigiéndose a los agentes Vera y González.

Cristina tomó la palabra:

—Hemos pasado por el domicilio y nos ha recibido la madre. Dice que no tiene la menor idea de dónde está su hijo, aunque ya sabemos cómo son las madres —matizó.

—Ya, y todos sabemos que nadie tiene obligación de declarar contra un familiar, a no ser que sea por decisión propia —respondió el inspector—. De momento no tenemos nada y no la molestaremos. Volveremos a intentarlo más adelante. Sin duda, las madres suelen ser una gran fuente de información. ¿Qué más?

—Después nos hemos pasado por el puerto pesquero —continuó esta vez Óscar—. Un par de pescadores aseguran que vieron a Durán conversando con la víctima la mañana del lunes, y Herrera estaba con ellos. El testimonio de los pescadores respalda la versión de Durán.

—Bien —dijo, y se dio la vuelta para escribir algunos nombres en la pizarra—. Prestad atención. Enfocaremos la investigación en torno a estos tres hombres: Nicolás Durán, amigo de la víctima. Estoy seguro de que oculta algo y quiero saber qué y por qué. El segundo es Álex Fernández. Los indicios nos dicen que mantenía una relación sentimental con la víctima y, a falta de más comprobaciones, sospechamos que se citaron en un hotel de la costa malagueña el día de autos. El tercero es Santiago Ordóñez, supuesto prometido. Conocía la relación entre Blanch y Fernández, hoy pasará a declarar. Indagad en sus vidas. Quiero saber absolutamente todo sobre ellos. No podemos perderlos de vista. Así que a trabajar.

—Aguirre de los cojones —escuchó farfullar a la subinspectora, con el móvil pegado a la oreja—, este tío disfruta haciéndome esperar. No sé qué pude ver en él para perder el tiempo a su lado durante meses.

Justo en ese momento escuchó la voz de Ignacio Aguirre al teléfono:

—¡Qué sorpresa que seas tú quien me telefonee, María! Me alegra saber que me necesitas.

—No flipes. Lo que necesitamos es una orden para visualizar los vídeos grabados por las cámaras de vigilancia del hotel Don Carlos. Tenemos información que sitúa a la víctima en el hotel marbellí horas antes de fallecer, así que es urgente.

—¡Don Carlos! Jamás olvidaré los días que pasamos allí.

—Tenemos prisa.

Escuchó a Aguirre carraspear.

—La jueza está muy ocupada. No creo que sea una buena idea molestarla en estos momentos. Si te hago ese favor, necesitaré una compensación.

—¿Se puede saber qué coño has desayunado hoy?

Ignacio soltó una carcajada.

—De momento solo café. Permíteme que te acompañe y almuerza conmigo.

—¿Se te ha ido la pinza? ¿Acompañarme? ¡Tú no eres poli!

—A ver, María, tengo mucho papeleo y apuesto lo que quieras a que no has encontrado ni una sola prueba que establezca relación directa entre la muerte de esa mujer y el hotel, por tanto, no es urgente.

María bufó.

—De acuerdo, acompáñame, sin que sirva de precedente —le respondió antes de colgar.

—¿Insiste en acompañarte? —preguntó Rodrigo enarcando una ceja y una sonrisa burlona.

—Pues... se trata de una diligencia de la investigación. Si las imágenes son relevantes, Aguirre las custodiará. Digo yo que habrá que ponerlas a disposición judicial —trató de justificarse.

Rodrigo miró a su compañera con un gesto de divertida incredulidad.

—Vale, Ignacio Aguirre es un plasta y también rápido en su trabajo, así que mejor no preguntes.

Apenas había transcurrido media hora desde la puesta en común cuando Enzo Alonso entró en la sala con el ordenador incautado en Madrid.

—Deberíais ver esto.

Enzo hizo un hueco en la mesa apartando los papeles y lo colocó de manera que todos pudieran verlo.

—Este ordenador no pertenecía a la víctima, sino a Santiago Ordóñez —informó, para sorpresa de todos—. Hay bastante material. Más de cuatro mil fotos de la víctima fechadas entre diciembre de 2002 y junio de este año 2017.

Enzo pulsó un botón y en la pantalla del portátil se desplegaron una multitud de imágenes que a todas luces habían sido tomadas sin pedir permiso. En ellas, la víctima aparecía durmiendo, desnuda, en la ducha, tomando el sol...

—Además de las instantáneas hay una serie de anotaciones que evidencian que ese tío la controlaba. Tenía una lista donde apuntaba los movimientos que hacía la profesora. Si viajaba, con quién iba, si salía, adónde iba... —continuó Enzo.

—Eso en mi tierra se llama acoso —protestó la agente Valderrama.

Ugalde se había situado de pie frente a la pantalla. Los brazos cruzados.

—Está claro que Ordóñez padecía una obsesión malsana hacia la víctima. Imprime algunas de esas imágenes. Las voy a necesitar.

—Eso está hecho, jefe. Otra cosa —continuó el agente—. Ese tío ha utilizado Zero Filling.

—Zero ¿qué? —se interesó Óscar.

—Es un formateo de bajo nivel. Lo que hace ese programa básicamente es sobrescribir datos. Los bits que se habían grabado como un uno se sustituyen por un cero. El disco duro, por tanto, se llena de ceros y no los recupera ni el Recuva.

—¡Joé!, y eso que nos lo vendían como el programa estrella de recuperación de datos —continuó Óscar.

—Lo que Ordóñez no debe de saber es que cuando se borran datos de ese modo las señales no quedan exactamente iguales, sino que experimentan una leve inclinación, la suficiente para que alguien como yo pueda interpretarlas —pronunció ufano.

—Tengo información sobre Álex Fernández —dijo Cristina desde su escritorio sin apartar la mirada del ordenador—: Es fotógrafo *freelance*. Casado, padre de familia, reside en Nueva York. Hemos rastreado sus movimientos y hace una semana llegó al aeropuerto de Málaga, y lo más significativo es que a última hora de la tarde del lunes alquiló un coche aquí, en La Línea.

Ugalde e Infantes cruzaron las miradas.

—Recogió el vehículo a las 8.30, un Ford Focus azul. Lo entregó al día siguiente en Málaga —continuó Cristina—. Tiene dos líneas de teléfono a su nombre. Uno de los números era el que utilizaba para comunicarse con Blanch.

—Es comprensible, si está casado... —dejó caer Isa.

—A ver —la interrumpió la subinspectora—. Si este ordenador se encontraba en la vivienda de la víctima en Madrid y, como sabemos, también había ropa de hombre, de pertenecer a Ordóñez es muy probable que viviesen juntos o que pasaran temporadas bajo el mismo techo. —Se detuvo un segundo—. Tengo un verdadero lío con la relación que la profesora mantenía con esos tíos, la verdad. ¿De qué iba? Vive con Ordóñez y sin embargo no atiende a sus llamadas, y se ve con un tipo que vive al otro lado del charco y está casado. Y en cuanto a Durán, ¿qué quería de él? No sé a vosotros, pero a mí la víctima empieza a darme mal rollo.

—Hay más información sobre el fotógrafo —continuó Cristina—. Su nombre completo es Álex Fernández Cook. Sus apellidos coinciden con los de la chica que ayer telefoneó a emergencias, Olivia Fernández Cook. Acabo de comprobar que son hermanos.

Infantes desvió la mirada hacia su compañero.

Contrariado, Rodrigo dudó un instante...

—Gracias, Cris, yo me encargo —le indicó levantándose del asiento—. Toca volver a hablar con Herrera.

La subinspectora lo siguió escaleras abajo.

—¿Sabías que...?

—No, ¿por qué debería saberlo? —respondió tajante.

23

Olivia detuvo el coche frente a la vivienda de Thomas Clayton. Bajó el espejo retrovisor y descubrió una mirada cansada y cargada de preocupación. Respiró profundamente. Separar su mundo interior del profesional se había convertido en un desafío constante y no podía permitirse más emociones fuertes, al menos no en ese momento; de lo contrario arruinaría su entrevista con el doctor.

Al salir del vehículo advirtió que la temperatura en el exterior era mucho más alta y se dio prisa. La cancela estaba parcialmente abierta y la empujó. Atravesó el jardín siguiendo el camino de baldosas blancas con forma de media luna hasta la puerta principal. Se alisó el vestido. Prestó atención al canto de los pájaros y al sonido de los aspersores. Se respiraba un ambiente sereno. Inspiró varias veces despacio. A pesar de su intento por mantener la compostura, sus manos temblaron ligeramente al pulsar el timbre. Unos segundos después la recibía una mujer. Debía de rondar los sesenta y tenía el cabello oscuro recogido en un moño alto. Llevaba un bolso en la mano y un vestido estampado que le alegraba el rostro.

—Buenos días, mi nombre es Olivia Fernández. ¿Se encuentra el doctor Clayton en casa?

—Sí, pase, yo soy Manuela, la asistenta. Ya me marchaba. Espere aquí un momento, si es tan amable.

Olivia la observó cruzar el amplio vestíbulo y girar hacia

la izquierda hasta que la perdió de vista. Miró a su alrededor tratando de distraerse. La entrada era amplia y estaba llena de luz. Inmediatamente recordó la descripción que hizo Celeste.

Imaginó ese lugar decorado con los adornos navideños, las luces en el porche y el abeto allí mismo, tal y como decía en los textos. Fue incapaz de no pensar en lo ilusionada que debió de llegar a la ciudad aquellas navidades de 2002. Una chica muy joven con unas inmensas ganas de vivir nuevas experiencias. «¿Qué sucedió?», se preguntó.

—El doctor se encuentra en el jardín trasero. —La voz de Manuela la devolvió a la realidad. La mujer había regresado tan sigilosa como se había marchado, y añadió con una agradable sonrisa—: Siga este pasillo hasta el final. No tiene pérdida. He preparado té y hay pastas.

—Gracias —respondió Olivia.

La asistenta se despidió y salió de la casa cerrando tras de sí.

Olivia avanzó unos metros y enseguida divisó la doble puerta acristalada que permitía ver un jardín muy coqueto.

Thomas Clayton no tardó en acercarse. Vestía bermudas y camisa clara. Tenía la piel sonrosada, y el cabello plateado brillaba bajo el sol. Extendió la mano y estrechó la de Olivia.

—¿Se encuentra bien, señorita Fernández? Hace calor y tiene usted las manos heladas.

—Supongo que sí, que estoy bien. ¿Y usted?

—¿Solo lo supone? —Thomas Clayton sonrió ante la extraña respuesta—. Pase, pase. Yo ahí voy..., ni bien del todo ni peor, gracias.

Olivia siguió al doctor hasta una bonita mesa de exterior dispuesta bajo una gran sombrilla blanca.

—¿Quiere una taza de té helado? Manuela acaba de preparar esta gran jarra. Y tenga cuidado con los tiestos. He tenido que posponer mis trabajos de jardinería a causa de la alergia y todo está hecho un desastre.

—No se preocupe. ¿Se encarga usted de cuidar el jardín? —se interesó ella al tomar asiento.

—No, en absoluto. Los jardineros vienen una vez a la semana, yo solo cuido algunas flores. Tendrán que esperar. Hoy no es un buen día, además de la alergia, no he pegado ojo en toda la noche pensando en mi pobre vecina. Laila acaba de pasar por aquí para ver cómo me encontraba y me ha traído una sopa. Ha vuelto a preguntarme por los problemas de Celeste —añadió Clayton con gesto de preocupación.

—Sí, la señora Lewis está muy interesada en saber qué le sucedía, y no es de extrañar. En la cocina había cajas vacías de pastillas y... —Dejó la frase sin acabar invitándolo a hablar.

—Lo sé, lo sé, me lo ha contado. Y yo le he respondido: ¿cómo voy a saber yo si esa pobre muchacha tenía problemas? Nuestras conversaciones se limitaban a las típicas entre vecinos. No me hablaba de su vida más íntima y, por otra parte, Celeste no vivía aquí todo el año —continuó el doctor al tiempo que servía dos tazas de té y ofrecía una a su invitada.

—Entiendo... Ayer decía usted que Celeste tuvo problemas emocionales hace algunos años. Yo la conocí cuando éramos niñas y no consigo recordar nada en especial.

—Tal vez usted no lo recuerda porque lo desconoce.

Olivia, que estaba a punto de dar un sorbo al té, retiró la taza de sus labios.

—¿Qué sucedió?

El doctor dejó la taza en la mesa y entrelazó los dedos sobre su abultado vientre.

—Celeste vivió la muerte de un amigo, Miguel, y el distanciamiento del joven al que quería, Álex, su hermano, eso sí debe de saberlo usted mejor que yo.

Olivia apretó los labios.

—Me temo que no demasiado. En realidad, más bien poco. Álex es mayor que yo y tenía su propio grupo de amigos.

—Y... ¿nunca le contó nada su hermano?

—¿A qué se refiere exactamente?

—No se preocupe. Será mejor que se lo cuente desde el principio y así acabaremos antes. El año que Miguel falleció, Celeste pasaba unos días con nosotros. Sofía tuvo la idea de invitarla porque Álex la echaba de menos y los padres de la muchacha no veían con buenos ojos que la chica saliera con un muchacho de aquí, que no sé por qué algunos padres se empeñan en trazar el futuro de sus hijos, como si supieran lo que más les conviene —negó con un gesto—, pero bueno, esa es otra cuestión, que me voy por los cerros de Úbeda. Pues eso, mi mujer invitó a la muchacha.

—Ya...

—Yo le decía a mi mujer que no hiciera de celestina, que estábamos en el siglo xxi. Ella se reía y decía que el amor no tiene edad, ni época, ni nada.

—Estoy de acuerdo.

—Yo también. Si mal no recuerdo, uno o dos días después de que la chica llegara ocurrió la tragedia. Miguel sufrió el accidente que le costó la vida. Eso debe de recordarlo usted...

—Sí, por supuesto que lo recuerdo. Álex lo pasó muy mal. Una desgracia.

—Ya lo creo, una desgracia. Pues bien, también recordará que la policía habló con los familiares del muchacho, los amigos, conocidos... En fin, lo normal en esos casos... Resulta que los chicos, los amigos —aclaró—, dieron versiones distintas, un jaleo que yo achaqué a los nervios y a la tristeza de perder a su amigo. Realmente fue todo muy confuso y por supuesto muy muy triste —añadió antes de dar un sorbo al té.

Olivia frunció ligeramente la frente en un gesto de extrañeza. A pesar de que recordaba perfectamente la muerte del muchacho, era la primera vez en toda su vida que oía esa versión de los hechos.

—¿Los amigos dieron versiones distintas? —no pudo evitar preguntar.

—Sí, eso fue lo que dijo la policía, que las distintas versiones de los chicos los confundieron, especialmente la de Nicolás, si mal no recuerdo, aunque, bueno, aquello ya pasó y finalmente, como todos sabíamos, la autopsia determinó muerte por accidente.

—Sí, es exactamente lo que recuerdo.

—Y así fue. La muerte de Miguel distanció a los chicos y Álex y Celeste rompieron... La chica cogió un berrinche de mil demonios, los padres se alteraron muchísimo y decidieron llevarla a un especialista.

Olivia escuchaba al psiquiatra. La versión del doctor le aclaraba los motivos por los que a Celeste le cambió el carácter aquel año. Ahora entendía por qué se distanciaron.

Thomas Clayton seguía hablando.

Olivia dio un sorbo al té ensimismada, hasta que, al dejar la taza sobre la mesa y levantar la vista, fue consciente de que había perdido el hilo de la conversación.

—Disculpe, ¿decía...?

—Decía que me alegra saber que usted disfrutó leyendo uno de mis libros.

—Sí, mucho, y lo más importante es que en cierto modo me ayudó. Intento superar conflictos.

—¡Vaya! Lo siento. A veces también los profesionales necesitamos que alguien nos escuche... No desespere, en esta vida todo tiene arreglo, menos la muerte.

—Tal vez sea eso, que un hombre se suicidó el mismo día que fue a mi consulta y algunas cosas me corroen, me hacen dudar, reflexionar, hacerme preguntas.

Olivia guardó silencio de repente. Era la primera vez que ponía voz a lo que sentía y ese era un tema del que no quería hablar con nadie.

Al doctor se le había dibujado un gesto de asombro y tristeza.

—¡Oh!, ¡cuánto lo lamento! Debió de ser una experiencia traumática.

—Lo fue. No consigo olvidar ciertas cosas y otras no están claras.

—Precisamente hace unos meses asistí al Congreso Nacional de Psiquiatría en Santiago de Compostela, y uno de los temas que tratamos fue el suicidio. Es una de las circunstancias que más nos inquieta a los psiquiatras, nuestra responsabilidad con ese tipo de pacientes... Solo puedo decirle como profesional que, si en algún momento desea hablar, ya sabe dónde encontrarme. Imagino que usted denunció dicha situación de riesgo —quiso saber.

—Sí, lo hice. Actué bien. No me preocupa una denuncia.

—Pues entonces tranquilidad. Y no desespere. Como para la mayoría de las cosas que vivimos, el tiempo es un buen aliado.

—Sí, eso dicen.

El doctor volvió a hablar de nuevo de las plantas, las flores..., y ella esperó a que el hombre hiciera una pausa para levantarse y ofrecerse a llevar el servicio de té a la cocina.

—Gracias por todo, doctor, y cuídese —le dijo ya en la puerta.

—No hay de qué. Cuídese usted también, y si me necesita... —concluyó el doctor.

Durante el trayecto de regreso a casa repasó su conversación con el psiquiatra. Ahora contaba con una información que antes desconocía por completo. Estaba segura de que Álex nunca contó en casa que prestó declaración ante la policía y mucho menos que hubiese habido polémica en torno a ellos. Se respondió a sí misma que tal vez su hermano no quiso preocupar a la familia. Lo que no entendía, por más vueltas que le daba, era qué relación tenía la muerte de Miguel con el distanciamiento del grupo o la ruptura sentimental de Álex y Celeste.

24

En la sala de interrogatorios, Herrera empezaba a impacientarse. Se estiraba la camiseta y se recogía las mangas hasta dejarlas arrugadas a la altura de los hombros. Los brazos fuertes cubiertos de tatuajes. Los puños apretados.

—¿Tendré que marcharme descalzo? —preguntó a los policías al verlos entrar.

—Eso será si te dejamos ir —replicó Rodrigo con las manos apoyadas sobre la mesa—. ¿Has recordado qué más te contó Durán? ¿Por qué te dijo que la muerte de esa mujer acabaría salpicándole?

—¡Y yo qué coño sé! Es lo que dijo.

—De acuerdo, yo sí sé algo. El pasado lunes te vieron a ti y a Durán en el puerto conversando con la señorita Blanch. O me cuentas en qué andáis metidos o te dejamos aquí hasta que se nos antoje.

Herrera resopló. Se pasó la mano por el cabello cortado a cepillo y se movió inquieto en la silla.

—El Nico es un tío legal, ¿vale?, eso quiero que quede claro, y no hicimos nada malo. El lunes por la mañana llegó la muchacha esa y se pusieron a hablar. Ya está.

—¿De qué?

—¡Yo qué sé!

—No me creo que no oyeras nada.

—Ella estaba nerviosa y se paseaba de un lado a otro.

Tía *parriba*, tía *pabajo*, tía *parriba*. Estaba buena, joder. ¡Vaya si estaba buena!

—Esa mujer está muerta y merece respeto. Continúa.

—¡Vale, vale! Yo le pregunté al Nico por lo bajines si se la estaba tirando. Dijo que no. Se ve que la respetaba y que era colega o algo de eso, que no estaban enrollados, vaya. Yo la conocía de vista, solo de eso. Cualquiera se acerca a una *piba* así.

—¿Qué más?

—Solo sé que el Nico se cabreó. Le gritó que no metiese las narices donde no la llamaban. Ella le respondió que esa tarde le esperaría en su casa, que no podía faltar, que contaba con él. Nico no le respondió y ella se metió en su coche y salió del puerto cagando leches. Mi colega se quedó *to* raro. Con un cabreo de cojones.

—¿Qué pasó después?

—Me marché. Regresé al taller a las cinco de la tarde porque quería guardar unas cosillas y el Nico no estaba ni cogía el puto móvil. Se suponía que tenía que estar allí, o haberme dejado la llave. Ni rastro del menda. Cuando al fin me mandó un mensaje eran las nueve y pico de la noche. Me decía que estaba o que iba, no me acuerdo bien, a la casa de la chavala esa. Pueden comprobar la llamada, está en mi móvil, que también me habéis quitado, como las Nike —gruñó—. Me dio la dirección para que fuese a recoger las putas llaves. Fui, llamé al portero y no me abrió nadie, por eso salté la cancela de hierro y estuve dando vueltas alrededor de la casa. Yo no entré —aclaró—. Ni siquiera llamé al timbre, seguí dando vueltas como un gilipollas hasta que los escuché discutir en el salón y me asomé por la ventana. Seguían discutiendo. La cosa parecía que se había puesto calentita. El Nico le decía que dejara de hacer preguntas y de tocarle los cojones.

—¿Estás seguro de que fue eso lo que dijo?

—¡Sí, por mis muertos! Miren, yo no estaba pendiente

de ese rollo. El Nico salió con las llaves. Tenía una jeta que te cagas. Dijo que la tía era una tocapelotas y ya está. Hablamos poco, yo quería serenarlo, pero él estaba con un cabreo de narices y yo me largué. No sé más, lo juro. Yo solo quería las llaves. ¿Tan difícil es de entender?

—¿Viste a alguien más en la casa, aparte de a Durán? ¿Algún vehículo cerca?

—No me fijé.

—Piénsalo bien.

—Yo no vi a nadie. Por allí pasan coches, entran, salen, ni idea. Ya les he dicho que me largué.

—De acuerdo. Ahora dime, ¿qué hacías tan tempranito esta mañana en el puerto?

—Los pescadores madrugamos mucho.

—¿Quieres seguir aquí?

—No, quiero largarme ya... —resopló—. El Nico quería pillar algo de droga, ¿vale? —mascculló moviendo la pierna, incómodo por la situación—. Él no consume de manera habitual, pero estaba mal, hecho polvo. No le pasé todo lo que me pidió. Yo no me aprovecho de la gente cuando está chunga, ¿vale? Y mucho menos si son colegas. ¡Ah! Y quiero dejar constancia de que yo no me dedico a eso, que me costó conseguirla.

—Ahora mismo nos importan una mierda tus trapicheos —dijo Ugalde de camino a la puerta.

—¿No van a devolverme las deportivas? Me han costado una pasta y ya les he dicho todo lo que sé. ¿Para qué las quieren?

—Ahora avisaré para que te dejen marchar y te las devolverán cuando acaben con ellas —repuso de mal humor.

Ugalde salió controlando las ganas de dar un portazo.

—Si Herrera cuenta la verdad, Durán me mintió en mi cara esta mañana y quiero saber por qué. Hay que emitir una orden de búsqueda ya.

—¿En qué andaba metiendo las narices la profesora? ¿Qué clase de preguntas le haría a ese tipo? —dijo Infantes—. ¿Trapos sucios? ¿Trapicheos?

—No creo, ella y Durán eran amigos. Ya escuchaste a Marisa Blanch.

—¿Crees que hizo o dijo algo que cabreó a Durán hasta el extremo de que quisiera quitarla de en medio?

—No lo sé. Profundizaremos en el pasado de Durán. Que no tenga antecedentes no quiere decir que no haya estado metido en algún lío o que haya sido cómplice de un delito.

El teléfono de Rodrigo comenzó a sonar. Miró la pantalla. Vio el número de su ex y no descolgó.

—¿No vas a responder? —le preguntó María al ver el nombre de Silvia en la pantalla.

—No, lo único que me faltaba ahora es tener que hablar con mi ex —soltó con un humor de perros al entrar en el despacho.

—Sé cómo es Silvia, Rodrigo, pero no te dejes llevar por el mal humor. Atiende la llamada, tal vez quiere excusarse por no haberse presentado a la cita. Como sueles decir, es mejor hacer las cosas bien.

El teléfono seguía sonando con insistencia. Rodrigo miró a su compañera. Y acabó por responder. Descolgó y no dijo nada. Se limitó a escuchar lo que su ex le decía.

—No, Silvia, no sin nuestros abogados. —Y sin más cortó la comunicación.

Infantes lo miró con cara de circunstancias y cerró la puerta.

—No pongas esa cara, María, dices que la conoces y no tienes ni idea de cómo es la muchachita. Quería verme a solas y no le daré ese gusto.

María se cruzó de brazos.

—De acuerdo, es tu vida. Ahora regresemos al trabajo. ¿Qué vas a hacer con Olivia?

—¿Hacer?

—Esa chica entró en la casa de la víctima antes que nosotros. Sus huellas pueden estar por cualquier parte y me apuesto lo que quieras a que también las del hermano. No creo que ese Álex Fernández viajara a La Línea para hacer una visita turística.

—¿En qué estás pensando?

—Nada en concreto, aunque se me ocurren un montón de ideas. Sus huellas están en la casa. ¿Cuándo las dejó? ¿Te has planteado la posibilidad de que esa chica accediera al domicilio de Blanch la noche que falleció? ¿O que fuese a la vivienda a la mañana siguiente con la intención de manipular algo? No creo que pasara por allí por casualidad... Como ves, se me ocurren unas cuantas cosas que pudo hacer. Y te recuerdo que eres tú quien se ha obstinado en descartar el suicidio como causa principal de la muerte. —Infantes hizo una pausa—. Como siempre en estos casos, no pasaremos nada por alto.

—No estamos pasando nada por alto —respondió muy serio—, y te recuerdo que trabajamos con suposiciones. No tenemos ni una sola prueba contra nadie. Hay que buscarlas y es eso lo que estamos haciendo.

—De acuerdo, si no tienes inconveniente seré yo quien tome declaración a Álex Fernández y también volveré a hablar con ella.

—¿Insinúas que si lo hago yo obstruiré la investigación?

—No insinúo nada. —Infantes colocó las manos sobre la mesa y apoyándose en ellas se echó ligeramente hacia delante—. Te haré una pregunta, esta vez como amiga, y te pido que seas sincero.

—Jamás te he mentido.

—Lo sé, no me pongas esto más difícil. Tú harías lo mismo.

—La pregunta...

—¿Hay algo serio entre tú y ella? Porque, si es así, me gustaría saberlo.

Dos toques de nudillo en la puerta interrumpieron la conversación y María se dio la vuelta para abrir. Era el agente Óscar González.

—Disculpad la interrupción. Acaba de llegar Santiago Ordóñez. Le he pedido que espere en la sala de abajo.

—Gracias, Óscar —respondió Rodrigo, que inmediatamente se levantó de su asiento. Recogió las fotografías extraídas del ordenador y bajó las escaleras meditando las palabras de María.

Con el paso de los años, ella se había convertido en mucho más que una eficiente compañera de trabajo. Compartían ideas afines respecto a la vida, los valores o la justicia, y no recordaba que alguna vez hubiese tomado una decisión errónea o inapropiada, aunque en ocasiones su manera directa de decir las cosas podía ser brutal.

Esta vez también estaba en lo cierto. Si se estaban enfrentando a un caso de homicidio, el asesino podía ser cualquiera de las personas que accedieron a esa casa, incluida Olivia, y su trabajo como investigador consistía en eso, en analizar a las personas relacionadas con las víctimas, observarlas, averiguar cómo eran o en qué habían podido llegar a convertirse. Por lo que decían y por lo que callaban. De ahí que las investigaciones avanzaran a un ritmo mucho más lento del que le gustaría.

Infantes abrió la puerta de la sala. Encontraron a Ordóñez de pie junto a la ventana. Vestía pantalón de pinzas azul marino, camisa blanca, y calzaba unos Lottusse negros de piel. El cabello corto y oscuro, perfectamente peinado.

Santiago Ordóñez giró el rostro y los miró con expresión avinagrada. La piel morena disimulaba las ojeras, que descendían hasta unos pómulos muy pronunciados.

—Aún estoy esperando una disculpa —dijo—. No entiendo por qué no se me notificó enseguida el fallecimiento de mi prometida.

—Buenos días, ¿tiene la bondad de tomar asiento? —le pidió Ugalde.

Una vez sentados, la subinspectora pasó a explicarle las formalidades de la entrevista.

—Pueden preguntar lo que deseen y seguir perdiendo el tiempo, o detener a Fernández.

—Anoche acusó usted a Álex Fernández de la muerte de la señorita Blanch...

—Mi prometida, no lo olviden —les recordó interrumpiendo al inspector.

—¿Podría ser más explícito? Como entenderá, necesitamos pruebas, un hilo del que tirar. Y, por favor, piense bien lo que va a decir. No imagina la cantidad de versiones que tenemos que escuchar en cada caso que investigamos.

—¡¿Versiones?! ¡Yo tengo la verdad y no hay mucho que contar! Él era su amante y está casado. La buscaba, la dejaba..., y yo la consolaba. Ese hijo de puta aparecía cuando mejor estábamos. La maltrataba psicológicamente, estaba hecha polvo —continuó, cada vez más encolerizado—. Usted no la conoció. Era una mujer maravillosa, espontánea, llena de vida, y él llegaba y... La trastornaba, dejaba de ser ella.

Los investigadores estaban acostumbrados a que la gente se pusiera nerviosa en sede policial y, culpables o no, ciertas preguntas les hacían hablar más de la cuenta.

—Por lo que acaba de decir, entendemos que su prometida mantenía una relación sentimental con Fernández y con usted al mismo tiempo —dijo la subinspectora con una tranquilidad pasmosa.

Ordóñez se puso de pie, el rostro enrojecido.

—No es lo que están pensando. Cuando yo la conocí, ya mantenían esa relación tóxica. ¡Aunque ella no lo veía así! Se convenció a sí misma de que él la amaba, pero el comportamiento de ese tío nada tenía que ver con el amor. ¡Una puta locura! —dijo volviendo a alzar la voz, llevándose las manos a la cabeza—. ¡Estaba ciega! Con el paso de los años fue consciente de que yo era el hombre que le convenía. Nos prometimos, íbamos a casarnos y ese cabrón se las ingeniaba para regresar una vez tras otra y volverla loca. Desde muy joven, mi prometida engañaba a todo el mundo, a sus padres, a mí, y esa mujer..., Sofía Clayton..., favorecía los encuentros de ambos. Me resultó repugnante descubrir que una señora madura y de su posición se prestara a ello, claro que en la señora Clayton siempre hubo algo que nunca me gustó.

Rodrigo y María se miraron.

—¿Puede explicarse mejor?

25

Olivia entró en casa a toda prisa.

Desde hacía rato una idea le rondaba el pensamiento. No dejaba de darle vueltas al día que su hermano salió por la puerta con la mochila colgada al hombro. La miró a los ojos y le dijo que no regresaría. Ella no entendió sus ganas repentinas de huir, de viajar, de ir de un lado para otro, aunque nunca se marchó del todo porque siguió volviendo a casa, y continuaba haciéndolo. Ahora, tras las revelaciones del doctor Clayton, podría asegurar que pasado y presente estaban relacionados. Tenía que encontrar la conexión.

Fue a la sala de estar, el lugar en el que su madre acumulaba recuerdos. Revolvió armarios y cajones. Abrió el gran baúl trenzado en el que había de todo: carpetas, bolígrafos, su primera muñeca, un viejo trenecito de Álex, adornos navideños... Lo cerró.

Se dirigió al dormitorio de su hermano y levantó la persiana. La luz sacó de las sombras todas sus pertenencias: los muebles, las estanterías, la pequeña zona que él convirtió en un improvisado estudio fotográfico, su primera cámara y el trípode que ella le regaló. Las cajas apiladas en el suelo, los libros y los viejos carretes con los que aprendió a revelar a la vieja usanza. Todo seguía tal y como él lo había dejado.

Se arrodilló frente a la pila de cajas y les sacudió el polvo acumulado. Las abrió y volcó el contenido en el suelo, que pronto quedó cubierto por un maremágnum de fotografías.

Deslizó las manos sobre ellas. Eran fotografías antiguas en las que una versión mucho más joven de Celeste aparecía sonriente, mirando a cámara, rodeada de los chicos de Génesis. La indudable protagonista del grupo.

Dejó todo en el suelo y continuó buscando en el interior del armario y los cajones. Después, subida en una silla, miró en el altillo. Al fondo vio una caja con candado y estiró los brazos para cogerla. La silla se tambaleó y estuvo a punto de caerse. Se sujetó al armario y bajó con cuidado. De nuevo clavó las rodillas en el suelo y observó la caja.

No era ético indagar en algo privado, esa esfera íntima en la que cada ser humano es él mismo. Moralmente no tenía ningún derecho a husmear, sin embargo, ahora no podía evitar ver a su hermano convertido en un hombre distinto, como si una parte de su existencia hubiera discurrido entre las sombras, y si algo tenía muy claro era que cuando las dudas se te meten en la cabeza son difíciles de sacar.

Fue a la cocina y buscó en el cajón de los cubiertos algo con lo que poder abrir el candado. Regresó al dormitorio con un cascanueces. Después de varios intentos, apretando de todas las maneras posibles, el pequeño candado se torció y se abrió con un chasquido seco.

Perpleja, descubrió que la caja contenía fotografías mucho más recientes en las que Álex y Celeste aparecían juntos. Cogió un puñado al azar y las fue pasando una a una, dejándolas caer al suelo.

Se les veía felices. En muchas aparecían abrazados, besándose, paseando por distintas ciudades: Londres, París, Madrid, Sevilla...

«¿Ser un hombre de mundo y atractivo implica *per se* el riesgo de cometer infidelidades?», se preguntó.

Por un momento pensó en su cuñada. No es que Cinthia fuese santo de su devoción, pero no era justo. La infidelidad era un engaño, una mentira que siempre lastima, hiere, y la mayoría de las veces desencadena una tormenta que arrasa con todo. Para Olivia, la verdad significaba mucho. No tenía por qué ser bella ni buena, tal vez podía ser dolorosa y horrible, pero siempre era sinónimo de una conciencia limpia.

Empezó a recoger las fotografías del suelo.

«¿Quién se hace fotografías con su amante?», se preguntó.

«Nadie», se respondió a sí misma. A no ser que el sentimiento hacia esa mujer fuese más fuerte que el temor a ser descubierto.

Negó con un gesto. Había algo que no le encajaba.

Álex y Celeste se conocieron cuando eran muy jóvenes, sin ataduras ni compromisos. Si estaban enamorados, ¿por qué no siguieron juntos? Era absurdo pensar que la muerte de un amigo los separó. ¿Por qué Álex formó su propia familia lejos de Celeste?

Inmediatamente le vino a la cabeza la nota depositada en la mesita de noche. «¿Se vieron el día que ella murió? ¿De qué hablaron? ¿Qué pasó? ¿De verdad Celeste se suicidó?», se preguntó.

El suicidio era un tema extremadamente delicado, y cuando una persona entra de lleno en el abismo oscuro de la depresión y la desesperación a veces puede buscar un culpable externo, responsabilizar a otra persona de su angustia.

«¿Dejó la nota con la intención de hacerle daño a Álex por el sufrimiento causado?».

No era una idea descabellada, de hecho, sucedía más veces de lo que la gente imaginaba. Una manera de vengarse por el daño que uno siente en su interior.

Demasiadas preguntas que deberían esperar hasta hablar con su hermano.

Ahora, una vez más se debatía entre dejar de leer el texto de Celeste hasta hablar con Álex o acabarlo y conocer la historia completa. Claro que lo que estaba allí escrito era la versión de una desconocida. Había entrado en un círculo vicioso y no sabía cómo salir.

Algo en su interior le decía que Celeste había contado la verdad y, si finalmente decidía continuar leyendo, inevitablemente abriría puertas del pasado que quizá no quería abrir. «¿Y si descubro algo que prefiero no saber? ¿Podré cerrarlas después?».

Por un momento le pasó por la cabeza la idea de que su hermano guardase secretos oscuros. Todo el mundo tiene una parte oculta que no muestra a nadie. «¿Cómo es la de mi hermano? ¿Y si está involucrado en algo turbio? ¿Podré seguir adelante como si nada hubiese sucedido? ¿Mirarlo igual que siempre, abrazarlo?».

Las preguntas le produjeron un miedo espantoso, y era precisamente ese miedo el que la paralizaba y hacía que no se decidiese a entregar el ordenador a la policía.

Tenía que seguir leyendo sin olvidar que, por encima de todo, Álex era su hermano.

Fue a la cocina y se preparó una infusión que la ayudara a relajarse. Al regresar al salón y tomar asiento frente al portátil de Celeste fue consciente de lo importante que había sido ese ordenador para ella. Pasó una copia del relato a su iPad, se dirigió a su dormitorio y guardó el portátil en un lugar seguro, dentro del armario. Después dio algunos sorbos a la infusión y continuó leyendo.

25 de junio de 2017

Al día siguiente de llegar a La Línea, aquel mes de diciembre de 2002, el sol hizo acto de presencia y los chicos de Génesis decidieron improvisar un almuerzo en la playa. Me pareció una idea estupenda a pesar del frío.

Al salir de mi habitación me percaté de que la puerta del final del pasillo estaba abierta y me acerqué a mirar. Era una estancia acogedora, con estanterías repletas de libros, un escritorio enorme y un bonito sillón. En las paredes había fotografías de niños y me reconocí en algunas de las imágenes: yo era muy pequeñita, aparecía sonriente junto a Miguel, Nico y otros niños. A nuestro alrededor había juguetes y globos, muchos globos de colores.

Seguí mirándolas y descubrí una imagen en la que Álex y yo estábamos cogidos de la mano. Yo debía de tener cinco o seis años y él algunos más. No recordaba haberla visto antes. En realidad, no tenía recuerdos de ese tiempo.

Me sorprendió descubrir el pequeño colgante alrededor de mi cuello, el atrapasueños.

Me quedé atrapada en la imagen, hasta que la voz de Sofía me sobresaltó:

—Disculpa, no quería asustarte.

Le sonreí.

—No importa. Estaba embobada mirando las fotografías. No recordaba esta habitación, ni las imágenes, y justo ayer me vino a la cabeza este colgante. —Señalé la foto con el dedo.

—Yo te lo regalé, sufrías pesadillas y, aunque nunca he creído en los fetiches, me pareció un bonito detalle, recuerdo que tu madre decía que lejos de hacerte bien habías empeorado. Creo que se deshizo de él. En confianza te diré que entiendo a tu madre perfectamente, ella es religiosa y todo eso de los símbolos de otras culturas le da repelús. Y esta habitación... Bueno, la decoré hace muchos años para el bebé que no llegó a nacer.

—Lo siento.

—Eso ya no importa. Creo que mi destino no era cuidar de mis propios hijos, sino ayudar a esos otros que están necesitados. Pero bueno, no pongas esa cara triste. Soy feliz con lo que hago, aunque a veces me dé quebraderos de cabeza. Y hablando de preocupaciones, tal vez tú puedas hacer algo por mí.

Entonces me pidió que tomara asiento frente a ella y ocupó su sillón.

—He sabido que hoy te reunirás con los chicos de Génesis en la playa de la Torre. ¡Andan como locos ahora que se acerca la Navidad! Lo que voy a pedirte no puede salir de aquí. Será nuestro secreto. A cambio podrás contar conmigo siempre, igual que en esta ocasión. Ya sabes a qué me refiero... No le he dicho a tu madre que te ves con Álex. Ya sé que el chico no es santo de su devoción, y no sé por qué, a mí me parece un joven extraordinario.

Por un instante no supe qué responder o más bien no quise hacerlo. Aceptar significaba conceder a Sofía cierto dominio sobre mí, un chantaje emocional que yo acabé aceptando. Hubiese hecho cualquier cosa, y es que nada me importaba más que seguir viéndome con él, aunque fuese a escondidas.

Escuché los argumentos que Sofía me planteó y cuando a mediodía me reuní con los chicos de Génesis en la playa busqué a Miguel y a Nicolás no sin cierta preocupación.

Álex no estaba. Ese día trabajaba con su padre.

A quien no esperaba encontrar allí era a Yvonne Montes, una chica alta, morena y guapa que a mí me parecía espantosa porque andaba detrás de Álex y él le seguía el juego.

Yvonne se acercó a saludarme con su sonrisa impostada, y me armé de paciencia. Sabía que no tardaría en hablar de él, y no me equivocaba.

Enumeró las veces que habían salido juntos durante mi estancia en Madrid. Y yo, que me encontraba en esa fase de amor desenfrenado, empecé a hartarme de su optimismo desbordante, que me pareció hasta perverso. No quería estar con ella ni escuchar su risa. Se puso a juguetear con el mechero, encendió un cigarrillo y me lanzó el humo a la cara. Estaba allí, contemplando mi rabia mal disimulada, y yo me giré hacia la orilla. Miguel y Nicolás estaban pescando y yo tenía algo que hacer.

Sin decir adiós, le di la espalda a Yvonne y fui a reunirme con ellos.

Pensaba en la propuesta de Sofía. Me había hablado de mis amigos como niños con problemas y poco habladores. Me había pedido que tratara de averiguar qué les estaba pasando.

Yo no le conté a Sofía que compartían un secreto desde hacía mucho y que yo lo desconocía. Ni que ese secreto ignoto se había convertido en el mío propio.

Atravesé las pequeñas dunas onduladas hasta la orilla. La lluvia del día anterior había formado una fina costra de arena que crujía bajo mis pies.

Respiré el aire cargado de salitre y demasiado cálido para ser invierno. Miré el cielo. Se había ensombrecido. Las nubes oscuras y pesadas tapaban el sol y se arremolinaban anticipándose a la lluvia. El mar azul se había vuelto gris plomizo y las olas, antes serenas, golpeaban la orilla cada vez con más fuerza. Pensé que de un momento a otro se pondría a llover.

Me detuve cerca de mis amigos, y fue al enfrentarme a sus miradas cuando comprendí que la verdadera tormenta hacía mucho que se había desatado.

26

Ugalde e Infantes miraban a Ordóñez, que después de una pausa parecía más calmado.

—Lo que voy a contarles sucedió hace años. Celeste y yo ni siquiera éramos pareja. Era diciembre, poco antes de Navidad. Sofía Clayton la invitó a pasar unos días en su casa. Mercedes, mi suegra —recalcó—, me telefoneó muy preocupada al día siguiente porque la hija no le cogía el teléfono y Sofía le daba excusas absurdas. Le pregunté a Mercedes si le parecía bien que viniese a buscarla y llevarla de vuelta a casa. ¡No imaginan cuánto le entusiasmó la idea! A ella y a mi suegro, Jesús, que aunque era poco hablador se preocupaba por el futuro de la hija tanto o más que Mercedes. Cuando llegué al chalet de los Clayton detuve el coche junto a la cancela. Oí que alguien discutía y miré a través de la verja. Allí estaban los amiguetes de mi prometida, en el porche: Heredia, Durán y Fernández. Discutían, no sé de qué. La vecina, que era la directora de una fundación, les entregó unos sobres con dinero. Uno a cada uno. Se suponía que Miguel Heredia y Nicolás Durán eran dos de aquellos niños acogidos en la asociación. ¿Cobraban además? Me pareció raro. En cuanto al otro, Fernández, se suponía que trabajaba como voluntario, y resulta que el muy cabrón se llevaba un pastizal, porque puedo asegurarles que en aquellos sobres había mucha pasta.

—Puede que trabajaran para la señora Clayton, o que

fuese un regalo. Como dice, se acercaba la Navidad —objetó María.

—¡No!, ¡qué va! ¿Cree que soy estúpido? El tejemaneje que se traían olía muy raro y esos tipos no me gustaban nada, y mucho menos con lo que sucedió después... —Hizo una breve pausa—. Fernández se guardó el sobre y se largó. Durán lo tiró encima de la mesa y le dijo a la directora que se lo metiera donde quisiera, tal cual, que estaba hasta las pelotas. Ella puso una cara que ni imaginan. No sé de qué estaba harto ese tío, ni me importa. El otro chico, Heredia, parecía triste, desbordado por la situación, aunque lo aceptó. Se lo guardó sin más. Él se fue con Durán y poco después vi a Celeste salir de la casa. La seguí. Fernández ya la estaba esperando en la acera y juntos entraron en la casa de Celeste. Pueden imaginar cómo me sentí. Esa muchacha empezaba a importarme. Me gustaba muchísimo. ¿Qué podía hacer? ¿Llamar a la puerta y sacarla a la fuerza? La esperé en la casa de los Clayton y pasé la noche en un hotel. Al día siguiente me enteré de que la tarde anterior Miguel Heredia había desaparecido y que la familia y los amigos estuvieron buscándolo de madrugada. Esa misma mañana apareció muerto en la playa. Yo quería regresar con Celeste cuanto antes a Madrid y salí a buscarla. La encontré frente a la torre, de pie, sin moverse. No imaginan la cara que tenía. Estaba pálida, y la escena... Durán y Fernández se peleaban. A mí todo me pareció muy raro, qué quieren que les diga. ¡¿Qué hacían aquellos dos tíos?! Acababan de perder a su amigo y ¡¿se peleaban?! —recalcó frunciendo el entrecejo—. Celeste me vio, corrió hacia mí y yo no le dije nada.

—¿Y ella?, ¿le contó algo?

—No, aunque por la cara que tenía estaba tan sorprendida como yo. Se empeñó en que asistiría al funeral. Nos quedamos. Celeste no me contó nada en absoluto... Lo que sí es cierto es que la muerte de aquel joven la distanció de sus amiguetes de aquí. —Santiago hizo una breve pausa y dio un sorbo a la botella de agua que Infantes acababa de ofrecerle—. Miren, ustedes tienen que saber que yo era la única persona que la respetaba. Ella tenía bajones, crisis, días oscuros en los que yo era el único que estaba a su lado. El resto da igual. Todos esos tíos a los que ella llamaba amigos eran gente extraña.

—De modo que usted era el único que la respetaba. —Ugalde habló pausadamente, mirándolo a los ojos.

—No me gusta el tono que acaba de emplear.

—¿La señorita Blanch tenía ordenador?

—Por supuesto. Un Mac portátil que yo le regalé. ¿Por qué?

—No lo hemos localizado aún, en cambio sí el de usted. En estos momentos lo están examinando, aunque, por lo que se desprende de las imágenes que grabó y no borró, las realizó sin el consentimiento de la señorita Blanch. Ahora nos han surgido dudas sobre el tipo de relación que mantenían.

Rodrigo cogió las fotografías y las fue colocando una a una delante de la cara del sospechoso.

—Mírelas bien. Algunas fueron tomadas unas pocas semanas antes de que encontraran su cadáver.

—¿Qué tengo que mirar? ¿A mi prometida desnuda? ¡No tienen ningún derecho, son fotos privadas! —les reprochó y dejó de mirarlas.

—¿Qué más guarda en su ordenador? ¿O debo preguntarle qué ha borrado, o qué parte no nos está contando, señor Ordóñez?

—No tengo por qué responder.

—No le quepa la menor duda de que averiguaremos si usted la molestaba, acosaba, amenazaba... Buscaremos en su vida, la pondremos patas arriba si hace falta. Si oculta algo lo sabremos.

—¡Eso es absurdo! Esas imágenes pertenecen a nuestra intimidad. A ella le gustaba que yo la pillara desprevenida. Juegos entre adultos —dijo tratando de mantener la calma—. Y espero que tengan una autorización para lo que están haciendo, porque no les quepa duda de que lo consultaré con mi abogado en cuanto salga de aquí.

—Consulte con quien quiera... ¿Estaba obsesionado con ella? —preguntó esta vez Infantes.

—La amaba y no era correspondido, ¿era eso? —continuó el inspector—. Los celos le enloquecieron y ahora trata de culpar a Fernández. Mire, si tiene algo que decir, ahora es el momento de hablar.

Ordóñez cogió aire. Se entretuvo en colocarse bien las mangas de la camisa, como si con ese gesto pudiese recuperar el dominio de sí mismo. Después se levantó de la silla.

—He venido por decisión propia y puedo marcharme cuando quiera. Tratarme como a un sospechoso no les conducirá hasta el culpable, y espero que me devuelvan mi portátil a la mayor brevedad posible. Tendrán noticias de mi abogado. Y ahora, ¿tienen alguna pregunta relevante que hacerme? —dijo con tono suspicaz.

—¿Cuándo vio a la señorita Blanch por última vez?

—Cuando acabó el curso. Impartíamos clase en un instituto de Sevilla.

—Y usted anteriormente lo hacía en una universidad de Madrid, ¿me equivoco?

—No, no se equivoca, inspector. Pedí el traslado porque la amaba y quería estar cerca para protegerla. ¿Es delito?

—¿A ella le parecía bien que usted se hubiese convertido en su sombra? —habló de nuevo Infantes.

—Yo no la acosaba. La protegía.

—¿Dónde estuvo usted la noche del lunes 3 de julio y la madrugada del martes día 4? —continuó Rodrigo mientras María tomaba notas y observaba a Ordóñez.

—En Sevilla, pasé allí la noche. Ella no respondía a mis llamadas y al día siguiente vine a La Línea.

—¿Alguien puede corroborarlo?

—Supongo. Si deciden acusarme de un delito responderé a sus preguntas en presencia de un abogado. Ahora me marcho. Para su información les diré que me quedaré en La Línea hasta que todo esté dispuesto para trasladar los restos de mi prometida a Madrid. Y no hace falta que me acompañen, conozco la salida.

—Procure estar localizable —le advirtió Rodrigo cuando Ordóñez salía por la puerta.

—¿Qué opinas? —se interesó María, que había empezado a dar pequeños golpecitos con el bolígrafo sobre la mesa.

—Sinceramente, no lo sé. La manera de comportarse es la de alguien escurridizo, que actúa a escondidas, y una persona así cuenta la versión que más le conviene. Puede ser culpable de un delito o una víctima secundaria. Si es culpable, ya se verá. En cuanto a lo que nos ha contado, me pregunto qué era lo que cabreaba tanto a Nicolás Durán.

—Las palabras que ese tipo dedicó a Sofía Clayton fueron las mismas que dijo a la víctima el día de autos, según la declaración de Herrera, claro está.

—Que estaba hasta las pelotas —repitió Rodrigo pensativo.

—¿De qué? —dijo María.

—¿Desde cuándo? —Rodrigo le respondió con otra pregunta.

—Está claro que hay que indagar en el pasado de ese tipo con lupa —afirmó María en el momento en el que su móvil comenzó a sonar.

—Era Aguirre —anunció tras atender la llamada—. Tenemos el auto para ver las grabaciones de las cámaras del hotel. Te mantendré informado —sostenía el pomo de la puerta cuando se giró—, entenderé que a título personal hables con Olivia.

Rodrigo no respondió. Hablaría con ella, pero antes visitaría al cura y al psiquiatra.

27

Olivia fue a la cocina. El estómago le rugía y tenía que comer algo o acabaría con la tensión por los suelos. Bebió agua y troceó una manzana que mezcló con yogur, avena y un puñado de nueces. Hundió la cuchara en el bol y lo removió sin prestar atención a lo que hacía.

El análisis del relato de Celeste requería paciencia y tiempo. Intentaba leer entre líneas, valorar, examinar, y hasta ahora los acontecimientos que rodearon a esa mujer le parecían demasiado confusos y escurridizos.

Avanzó hasta el sofá y se llevó una cucharada a la boca. Dejó el bol sobre la mesa y cogió el iPad para continuar leyendo.

> Yo seguía mirando a mis amigos sin atreverme a hablar. Pensando en la petición de Sofía y tratando de decidir cómo iniciar la conversación.
>
> —¿Por qué lleváis ese tatuaje? —fue lo primero que se me ocurrió preguntar.
>
> Nicolás y Miguel me miraron y siguieron a lo suyo.
>
> Y yo insistí, porque si algo no he sabido hacer nunca en esta vida es callarme.
>
> Miguel bebía sangría sin parar, y no sé si fue la bebida o mi testarudez lo que le soltó la lengua.
>
> —El tatuaje nos lo hicimos por ti. Tú llevabas ese colgantito en el cuello y la vida no te iba mal. Supusimos que a nosotros también nos funcionaría.

—Cuando yo era pequeña soñaba que jugaba y de repente alguien tiraba de mí con fuerza. Después todo se volvía oscuro.

—Déjalo estar, Celeste —me advirtió Nicolás.

—¿Y por qué tengo la sensación de que ocultáis algo? ¿Qué hay detrás de todas esas reuniones que manteníais con Álex en la torre? Los tres, de espaldas al mundo. Hace años que lo sé. Yo os seguía, os vigilaba. Desde que era una niña os he considerado mis mejores amigos y vosotros en cambio me apartabais, ahora ni siquiera sé por qué habéis dejado de hablaros. Uno de aquellos días Miguel lloraba y justo antes de marcharos hicisteis un pacto.

—Olvídalo, ¿quieres? —insistió Nico cada vez más irritado.

Le lancé una mirada de súplica a Miguel que hizo que se revolviera.

—¡Celeste tiene razón! —gritó—, es nuestra amiga, nuestra hermana. ¡Fue Álex! Él te cogía de la mano... Un día se hartó de tu colgante y te lo arrancó.

Nicolás le clavó la mirada y los labios de Miguel se sellaron.

—¿Álex? ¿Por qué? —pregunté estupefacta.

—Te aconsejo que no le hagas caso. Está borracho. Olvídalo y lárgate —farfulló.

Se le había demudado el rostro y parecía otra persona.

Miguel quiso seguir hablando y Nico se lanzó sobre él. Lo agarró del cuello y enmudeció. Dejó de hablar.

Empezaron a pelearse y yo me interpuse entre ellos. Nicolás nos empujó con tanta fuerza que perdimos el equilibrio y nos quedamos sentados en la arena. Recogió sus cosas y se marchó.

Miguel me miró con lágrimas en los ojos, negando serenamente.

—Déjalo estar, Celeste, por favor. Somos tus amigos, pero hay una parte de nosotros que no conoces.

Y yo seguí pidiéndole que se sincerara conmigo hasta que accedió.

—De acuerdo, nos veremos aquí esta misma noche, a las nueve. Te lo contaré todo. Estoy cansado de cargar con toda esa mierda. Ahora tengo que hablar con Nico. Sé cómo manejarlo.

Vi cómo Miguel se alejaba dejando en la arena las huellas de sus pies descalzos.

Entonces yo no sabía que sería la última vez que vería su cuerpo menudo, su piel morena, la fragilidad de sus piernas corriendo a toda velocidad y el cabello negro brillando bajo los tímidos rayos de un sol invernal.

Muchas veces me he visto asaltada por esa imagen.

¿Qué sucedió después? Aún sigo preguntándomelo.

Martes, 27 de junio de 2017

Hace un par de días que no escribo y noto que me falta algo. Santiago ha estado llamándome a todas horas para explicarme los motivos por los que de momento no puede venir. Han ingresado a su padre por un problema en el estómago y no puede dejar sola a su madre. Se pone nerviosa cuando tiene que hablar con los médicos, se aturrulla y no se entera de nada.

Santiago se aburre en el hospital y me llama. A veces silencio el móvil y después veo todas sus llamadas y me siento muy agobiada.

No me alegro de que el pobre hombre esté enfermo, es solo que necesito tener lejos a Santiago. A veces se comporta como un niño asustado que teme perderme; otras, en cambio...

No sé qué me pasa con Santi, es un buen hombre y

debería plantearme seguir con él. Tal vez si Álex dejase de llamarme, de buscarme, todo sería más fácil.

He visitado a la abuela de Miguel. Todos los años le llevo algún regalo, un detalle que ella recibe gustosa. Es tan tierna... También quería hacerle algunas preguntas, cosas que se me olvidan...

Ahora debo regresar al relato de mi historia, al momento en el que, después de la discusión entre Nico y Miguel, regresé a la casa de los Clayton. Esa tarde me vería con Álex en mi casa y era en lo único en lo que quería pensar.

Ahora, después de tantos años, cierro los ojos y soy capaz de recrear el momento. Parece que me estoy viendo, tan ingenua, tan niña, abandonada a la fascinación de lo que se ignora...

Álex me esperaba en la acera. Las manos hundidas en los bolsillos y la cabeza ligeramente ladeada. Aquella mirada que podría haber parado el mundo me detuvo el corazón.

Entramos en mi casa con prisas, sonrientes. Cogidos de la mano subimos al dormitorio envueltos en la penumbra y contemplé su rostro cerca, cada vez más cerca, hasta que sus ojos verdes se hicieron enormes.

Dibujó el contorno de mis labios con sus dedos, el mentón, el cuello, y se detuvo en mis pechos. Me estremecí.

Sus labios templados acariciaron los míos una vez, dos, tres, hasta que saboreé con ansia su lengua, que se enredó en la mía mientras sus manos hábiles me desnudaban.

La mirada se me detuvo en el contorno de sus caderas, los vaqueros ligeramente bajos y la cremallera, que cedió con un suave toque de mis dedos. Fue la primera vez que sentí el calor de su cuerpo desnudo pegado al mío; es algo que nunca olvidaré.

Tumbados en la cama subió sobre mí. Yo no sabía muy bien qué hacer ni cómo comportarme. Fue fácil. Álex ya era por entonces un experimentado amante.

Lo hicimos despacio. Sus ojos clavados en los míos. Sus embestidas dolorosas al principio y placenteras después.

Gocé del placer que se siente la primera vez, cuando estás perdidamente enamorada.

Y el tiempo pasó, sin darme cuenta, como me sucede cada vez que estoy con él.

—Cada vez que estoy con él... —susurró Olivia.

Y de nuevo se quedó mirando ese tiempo en presente. No era algo premeditado, surgía sin pretenderlo, de forma natural. Lo que estaba allí escrito tenía que ser real.

Bajó la mirada y siguió leyendo.

Me despertó el repiqueteo de la lluvia en los cristales. Abrí los ojos y me quedé mirando la imagen turbadora de su silueta y acaricié el tatuaje de su cuello.

Él se dio la vuelta hasta quedarse tumbado bocarriba, como si quisiera ocultarlo. Contemplé sus ojos cerrados, sus pestañas, su nariz griega, su boca..., y deseé que siguiera durmiendo para yo poder seguir soñando.

—¿Qué significado tiene para ti este tatuaje? —le pregunté al cabo de un rato.

No respondió.

—¿Eras tú quien tiraba de mí en aquel lugar oscuro? ¿Rompiste mi colgante? ¿Por qué?

Giró el rostro y me miró horadando mis pupilas, en silencio. Percibí la oscuridad de sus pensamientos, ese muro infranqueable que he pasado años tratando de traspasar.

—¿Qué ocurrió, Álex? No me mientas. Los especialistas a los que he visitado opinaban que eran sueños, y ahora sé que hubo algo real. Miguel me lo ha confirmado.

—¿Qué te ha contado ese fantasma?

—Lo que acabo de decirte.

—Está loco, y tú también por creerle. Miguel se mete de todo, siempre está colocado y tú eres una chiflada que cree que el mundo gira a su alrededor, yo, yo, yo.

Su voz, su mirada, sus gestos habían cambiado.

—¿Por qué te comportas así?

Y empecé a hablar y no paré. Le pregunté por el pacto, por el secreto, por mis dudas y también las de Sofía.

—No digas estupideces. Ni sé ni me interesa lo que te hayan contado esos dos pirados. En cuanto a Sofía, no tengo la menor idea de lo que le pasa por la cabeza.

—Pareces otro y no te entiendo.

—¡A veces eres agotadora! ¡Me hartas! Creo que será mejor que nos despidamos aquí y ahora. Dejemos de vernos durante algún tiempo.

—¿A qué viene ese cambio repentino?

—Ya te lo he dicho. No me pidas que lo repita. Yo tampoco paso un buen momento. El matrimonio de mis padres hace agua por todas partes y necesito estar con ellos.

—No. Sé que no quieres volver a verme porque sales con Yvonne, ¿es eso? —me atreví a preguntar aun sabiendo que la respuesta me destrozaría.

—No te pega nada el papel de celosa. Buscabas sexo desde hace tiempo y lo has tenido. Yvonne es otra amiga con la que también follo. ¿Te parece mal?

Durante varios minutos me sentí bloqueada. Sus palabras, el tono de su voz, la cadencia, la mirada... Me pareció hiriente y vulgar.

Sí, la respuesta me destrozó. Y yo, tonta a más no poder, como de costumbre, lo miré igual que el perrito faldero mira a su dueño con los ojos tristes sin saber si volverá.

Abrió la puerta y se marchó, sin decir nada.

Salí tras él y tropecé con la oscuridad, con el agua de la lluvia que mojó mi cara, mi cuerpo y me caló hasta los huesos. No podía creerlo ni dejar de llorar.

Al entrar en la casa de los Clayton escuché un murmullo en el salón. Me quité los zapatos embarrados y el calor del suelo radiante se filtró bajo mis medias.

Reconocí la voz de Santi conversando con Sofía en el salón. No daba crédito. Había viajado desde Madrid dispuesto a llevarme de regreso a casa y yo no estaba de humor para aguantar las histerias de nadie y mucho menos las de mi madre, que se había arrepentido de dejarme marchar.

—Mañana. Regresaremos a Madrid mañana —le contesté a Santi, y sin más subí a mi habitación.

Esa noche a las nueve salí de casa y fui a reunirme con Miguel. No apareció.

Lo que vino a continuación a partir de aquel momento fue realmente una secuencia surrealista.

Amanecía cuando unas voces me alarmaron y salté de la cama. Vi a Sofía correr escaleras abajo y la seguí. El doctor me pidió que los esperase. Se metieron en el coche y se marcharon.

Extrañada, subí a la habitación dispuesta a hacer la maleta. Reparé en que la puerta del final del pasillo estaba abierta y entré. El ordenador de Sofía estaba encendido y el escritorio mostraba una carpeta con el nombre de Génesis. Había muchos documentos y una lista con los nombres y datos de cada uno de los niños que habían pasado por la fundación. Comprobé que Sofía se ocupaba de redactar una nota sobre cada uno de ellos destacando las cualidades de los chicos, realizando un estudio acerca de sus capacidades y lo que cada uno podría aspirar a ser.

Solicitudes de becas para estudios, deportes... Realmente me pareció increíble todo lo que hacía por los jóvenes.

Las carpetas de Nicolás y Miguel estaban aparte y me pareció raro. No pude resistirme a abrirlas.

Sofía hablaba de ciertos comportamientos extraños en ellos. El informe no se limitaba a lo que me había contado el día anterior respecto a que mis amigos habían cambiado, que estaban raros, como deprimidos... No, esos papeles hablaban de la influencia que Nicolás ejercía sobre Miguel. Había copias de cartas en las que Sofía solicitaba una evaluación psicológica de los chicos. Las había enviado a diferentes especialistas y todas habían sido denegadas debido a que cuando las solicitó mis amigos eran menores de edad.

Fruncí el ceño preguntándome qué sospechaba Sofía. ¿Qué clase de jóvenes pensaba que eran?

28

El sol caía despiadadamente cuando el inspector Rodrigo Ugalde aparcó el coche en la Atunara, cerca de la plazoleta en la que se ubica la parroquia Nuestra Señora del Carmen, una construcción sencilla, de estilo clasicista, con líneas rectas y molduras curvadas junto al mar.

Se apresuró a entrar en la parroquia y notó el frescor que reinaba en el interior. Era un buen refugio que invitaba a aislarse del mundo y los problemas. Hacía mucho que no iba a esa iglesia y casi había olvidado la impresión que causaba la estructura del techo, parecida a las cuadernas de una embarcación. En el centro del altar, una bonita hornacina con la imagen de la Virgen del Carmen le daba la bienvenida, pero no había ni rastro del cura.

Salió de la iglesia y se dirigió hacia la pequeña puerta situada a la izquierda de la fachada. Llamó con un par de golpes.

—Buenas tardes. ¿Hay alguien aquí? —preguntó al comprobar que la puerta estaba entornada.

Al asomarse, vio a un hombre con alzacuellos que se dirigía hacia él. Debía de rondar los setenta años y tenía uno de esos rostros redondos y amables que dan confianza.

—Supongo que usted debe de ser de la policía, pase, por favor —dijo haciéndose a un lado.

—Supone bien. Gracias por recibirme. Mi nombre es Rodrigo Ugalde, inspector de la UDEV.

—Pase a mi despacho. Hablaremos más tranquilos. Sin duda es una noticia trágica la de la muerte de esa muchacha. No puedo creerlo, hablé con ella por teléfono.

El padre Manuel lo guio hasta una estancia decorada con sencillos muebles de madera y sillas tapizadas en terciopelo azul.

Ugalde tomó asiento frente a él.

—Precisamente estoy aquí por esa llamada que usted recibió de la señorita Blanch. Como supondrá, me interesa mucho saber de qué hablaron.

El cura entrelazó las manos sobre la mesa en un gesto de reflexión.

—Fue una llamada atípica, sin duda. La muchacha deseaba conversar sobre algún asunto antiguo, creo que relacionado con sus amigos. Me extrañó muchísimo y le pregunté de qué se trataba. Me dijo que hablaríamos al día siguiente, que se pasaría por la parroquia. Se despidió de mí y eso fue todo.

—¿Solo eso?

—Pues sí. No añadió nada más.

—Entiendo... ¿Podría decirme qué recuerda de ella?

—Una joven encantadora. La conocí a través de la señora Sofía Clayton, que en gloria esté. Ella y su marido eran vecinos de los Blanch. Doña Sofía dirigía un centro en el que yo colaboraba en lo que podía. Celeste solía pasar mucho tiempo con aquellos muchachos, aunque quiero dejarle claro que mi relación con los jóvenes se limitaba a brindarles mi apoyo. Organizábamos mercadillos, algún teatro..., cosas así, para recaudar fondos. Ese tipo de relación no te lleva a conocer a las personas en profundidad, y, por otra parte, ella residía en Madrid casi todo el año.

—Sí, lo sé. ¿Recuerda si los jóvenes de Génesis recibían algún tipo de remuneración?

—¡No, en absoluto! Como acabo de explicarle, yo mismo colaboraba como voluntario y jamás cobré un solo euro. ¡Bastante tenía ya doña Sofía con buscar ayudas e ingeniárselas como podía para ofrecer oportunidades de futuro a los jóvenes! —exclamó, y sus manos se alzaron en el aire—. Las familias aportaban lo que podían y algunos nada. Éramos muchos los que tratábamos de poner nuestro granito de arena sin recibir nada a cambio.

—Comprendo... ¿Qué recuerda de uno de aquellos jóvenes, Miguel Heredia? —continuó Rodrigo tomando algunas notas.

El padre Manuel apretó los labios antes de hablar.

—Hace muchos años de su muerte. Demasiado temprana también. Un trágico accidente que todos sentimos muchísimo —zanjó.

Ugalde observaba al cura. Era obvio que no le apetecía hablar del asunto.

—La noche que la señorita Blanch le telefoneó, ¿le pareció que estuviese preocupada? ¿Notó algo en su voz que le llamara la atención?

—La conversación fue breve, aun así, yo diría que parecía nerviosa, algo alterada. Después se despidió de mí —el cura guardó silencio—, la gente murmura, inspector, ¿cree usted que esa joven ha podido... suicidarse? —preguntó persignándose.

—¿La creía usted capaz?

—¡Uf! Es muy difícil responder a esa pregunta. No soy investigador y, para quienes somos creyentes, el suicidio es pecado. Desconozco si esa muchacha creía en algo. Yo la admiraba por su gran corazón. Solo puedo decirle que rezaré por su alma.

Rodrigo se puso de pie.

—No le molesto más. Gracias por recibirme...

—Padre —se adelantó a decir el cura—. Puede llamarme padre, o padre Manuel.

—Me resulta extraño, hace tanto que no hablo con un sacerdote que he perdido la costumbre. Puede que en algún momento necesite preguntarle algo más, y si recuerda alguna cosa, cualquier detalle, por insignificante que le parezca, no dude en telefonearme —le dijo antes de dejar una tarjeta sobre la mesa.

—Lo haré, y usted recuerde que la casa de Dios siempre está abierta. Le acompañaré a la salida.

—Una cosa más, para completar informes, ¿la noche del lunes estaba usted solo? ¿Fue a alguna parte?

—Estaba solo y no me moví de aquí. ¿Algo más?

—No, eso es todo, gracias.

Rodrigo se despidió de él y se apresuró hacia el coche. El calor era insoportable y puso el aire acondicionado al máximo antes de dirigirse hacia Santa Margarita. Mientras conducía se preguntaba sobre qué viejo asunto querría hablar la víctima con el cura y con qué finalidad.

Inmediatamente pensó en Santiago Ordóñez. Ese hombre no era de fiar, sin embargo, no creía que hubiese mentido respecto a lo que vio hacía ya quince años. El dinero que Sofía Clayton entregó a los jóvenes, las discusiones, la pelea tras la muerte de Heredia... Hasta ahora solo conocía las conexiones personales entre ellos. «¿Y si todo está relacionado?», se preguntó.

Su teléfono comenzó a sonar. Era la agente Isa Valderrama.

—Acabo de visitar a la madre de Durán. Esa mujer es más rara que un piojo verde. Estoy segura de que oculta algo. Cuando le he preguntado por el hijo, su expresión hablaba por sí misma. A mí me da que ese tipo ahora debe estar bien lejos.

—¿Quién te ha pedido que te persones en el domicilio de Durán?

De repente la agente guardó silencio unos segundos.

—Nadie. Pensé que hablar con la madre nos daría alguna pista. A veces entre mujeres... Me abrió la puerta y me dejó entrar en su casa sin orden ni nada...

Rodrigo bufó.

—No es eso lo que pedí —le dijo muy seriamente—. Solicité información sobre Nicolás Durán, no que visitases a su madre.

—Cristina es quien está con el papeleo y yo no tenía mucho que hacer, y por eso... —trató de excusarse a sabiendas de que se había dejado llevar por su intuición.

—A ver, Isa —la interrumpió tajante—, entiendo que estés motivada, y está claro que Durán oculta algo, pero no puedes saltarte las normas ni actuar por tu cuenta. Necesitas mi autorización. ¿Acaso no sabes que el protocolo existe para garantizar la integridad de las investigaciones? Porque eso es de lo primerito que aprende un agente...

—No pensé que... Lo siento.

—Desconocemos si la madre de Durán oculta información, es muy probable que así sea, y ahora tú, con tu visita, lo único que has conseguido es poner a esa mujer en alerta, por no mencionar el aspecto legal... Podría presentar una queja formal y crearnos problemas. No puedes pasar por alto esos detalles. Cuando investigamos un caso debemos tener paciencia y a veces guardar silencio, y esperar es la forma más inteligente de llegar a la verdad. Dejar que la gente actúe como si no la estuviesen investigando.

—No volverá a pasar.

—Has actuado de manera imprudente y si tus actos tienen consecuencias deberás asumirlas. Somos un equipo, no lo olvides, y yo estoy al mando. ¿Entendido?

—Sí.

Rodrigo no solía echar muchas reprimendas. No le gustaba ese papel paternalista ni estar de mal humor. Nada más colgar el teléfono escuchó el típico sonido de WhatsApp. Al ver el nombre de Silvia iluminado en la pantalla sintió una oleada de agotamiento y fastidio, como si su espacio mental estuviera siendo invadido por una amenaza. Ahora no tenía ni tiempo ni energía para enfrentarse a ese problema, porque esa mujer siempre sería un problema y lo único que le apetecía era poner fin a una relación que desde hacía mucho se había convertido en una avasallante intrusión en su vida.

29

Ignacio Aguirre esperaba a la subinspectora Infantes al volante de su impoluto Mercedes GLC plateado. Ella lo saludó con un gesto al entrar.

—Gracias por permitir que te acompañe.

—¿Tengo otra alternativa?

—Reconozco que no —dijo en tono bromista.

María se fijó en cómo iba vestido. Parecía recién salido de un *spot* publicitario: camisa blanca inmaculada, unos chinos perfectamente planchados, la chaqueta pulcramente colocada en el sillón trasero, zapatos brillantes, gafas de gama alta, peinado impecable, bronceado perfecto y ese perfume que reconoció al instante.

—¿Sabes algo, Aguirre? El sentido del olfato es el menos conocido. Es misterioso el modo en el que funciona. ¿No te parece?

—No te sigo.

—¡Venga, hombre! Llevas puesto el perfume que te regalé la Navidad que pasamos juntos y que a ti no te gustaba. Y... ¿por qué coño vas tan peripuesto?

Ignacio volvió a sonreír.

—Siempre visto así. No suelo llevar camisetas ni vaqueros. —La miró de arriba abajo—. No le sientan bien a nadie, excepto a ti.

María puso los ojos en blanco.

—Te echaba de menos y me acostumbré a este perfume. Ahora lo utilizo en las ocasiones especiales.

María deslizó sus gafas hasta la punta de la nariz y lo miró por encima de ellas.

—Anda, tira, que tengo prisa.

—Me apetecía verte. Hace mucho que me evitas. Un buen día te largaste y solo hemos vuelto a vernos por temas de trabajo —le dijo al arrancar el coche.

—Aguirre, por favor, te liaste con otra, ¿o fueron dos?

—No exageres. Reconozco que metí la pata, y tú desapareciste.

—Deja el tema, anda. En mi vida hay alguien y no se parece en nada a ti.

—¿Quién te ha conquistado? ¿El guaperas de Ugalde? Pasáis mucho tiempo juntos y reconozco que el tío es guapo. Y además pronto estará divorciado.

—Deja de elucubrar. ¿Qué te hace pensar que estoy con un tío?

Ignacio esta vez soltó una carcajada.

—Cuando no quieres responder eres capaz de inventarte cualquier cosa.

María reclinó el asiento y puso la radio. Por el rabillo del ojo veía cómo Ignacio le dedicaba miradas cortas e intensas. Era uno de esos hombres cuya presencia no pasaba desapercibida, irradiaba confianza en sí mismo. Tenía unos ojos penetrantes y una sonrisa irresistible para la mayoría, solo que ella le conocía muy bien y sabía que calculaba cuidadosamente cada gesto para destacar su encanto. No era en absoluto natural.

Los cuarenta y cinco minutos que duró el trayecto hasta Marbella escuchó la música y cantó alguna canción. Aguirre la miraba de vez en cuando y sonreía. Ella seguía a lo suyo y eso a él le atraía aún más. Cuando detuvo el coche en el recinto del hotel, la miró. María llevaba una cola alta que le daba un aire informal, y él intentó retirar un mechón del cabello que se le había soltado. María se lo impidió con un gesto y ella misma se lo recogió.

—Jardines, piscinas de aguas turquesas, acceso directo a la playa, servicios vips... No negarás que aquel verano disfrutamos de lo lindo en este hotel, María —pronunció con añoranza.

Ella bufó al salir del coche. Avanzó con rapidez hacia la entrada principal y en el *hall* se hizo paso entre turistas y maletas.

Después de enseñar la placa en recepción la atendieron con prontitud.

—El director estará con ustedes enseguida —le informó uno de los recepcionistas con amabilidad.

El director no tardó en recibirlos en una sala privada y elegante. También él parecía haber sido escogido a conciencia. Debía de tener alrededor de cincuenta años, vestía un traje claro de tejido veraniego impecable, el cabello ligeramente canoso y bien peinado.

—Estoy consternado por la muerte de la señorita Blanch —se lamentó tras las consabidas presentaciones—, era una de nuestras clientas más queridas. ¿Desean tomar asiento?

—No hace falta, gracias, serán solo unas preguntas. Dígame, ¿desde cuándo la conocía?

—Se hospedaba en el hotel con cierta regularidad desde que era muy jovencita.

—¿Llegaba sola, acompañada...?

El director dudó.

—Entiendo que su trabajo implica discreción. El mío, averiguar las circunstancias que rodean la muerte de su cliente.

María pasó algunas hojas de su bloc de notas hasta encontrar una en blanco y volvió a mirar al director.

—Siempre acompañada del señor Álex Fernández.

—¿Cuándo fue la última vez que los vio juntos?

—El lunes. Él había pasado el fin de semana trabajando. Es fotógrafo y la agencia que lo había contratado eligió los jardines del hotel para un *spot* publicitario —añadió con cierto orgullo—. La señorita Blanch llegó a mediodía del lunes.

—¿Él seguía trabajando?

—No, que yo sepa.

—¿Cuándo se marcharon?

—No lo sé. Lo único que puedo decirle es que el señor Fernández reservó la habitación incluyendo la noche del lunes.

—¿Su cliente pasó la noche del lunes en el hotel?

—No espío a mis huéspedes.

María arqueó una ceja y se golpeó suavemente los labios con el bolígrafo.

—¿Cómo describiría la relación entre ellos?

El director pareció sentirse incómodo con la pregunta.

—Después de tantos años debió de hacerse una idea, supongo —insistió Infantes.

—De pareja.

—¿Pareja de colegas, musical, ilusionistas, carteristas..., amantes?

El director carraspeó.

—Pareja sentimental.

—¿Le pareció a usted que estuviesen preocupados, que discutieran...?

—No. Si lo prefieren, pueden pasar a la sala contigua, que está a su disposición. Podrán revisar las imágenes de las cámaras de vigilancia con tranquilidad, que es para lo que ustedes han venido, ¿me equivoco?

—No, no se equivoca. Si prefiere no responder, está en su derecho.

Ignacio se quedó mirando a María.

Ella se encogió de hombros y siguieron al director.

Cruzaron una oficina donde un par de empleados trabajaban y desde la que se accedía a una más pequeña con varias pantallas de vídeo.

—Aquí tienen lo que necesitan. Les dejo para que puedan verlas.

El director les dijo adiós y desapareció.

En la habitación había una mesa con un par de monitores y los controles de reproducción. María procedió al visionado de las grabaciones. Las pasó hacia delante hasta llegar a la hora de la visita.

—¿Estás viendo lo mismo que yo? —le preguntó a Ignacio Aguirre sin esperar una respuesta.

En las imágenes se veía cómo la víctima llegaba al hotel en el coche de alquiler a las 11.04 de la mañana. Llevaba un bonito vestido blanco de estilo ibicenco, sandalias de color rosa a juego con el bolso.

Después Fernández aparecía en escena, se abrazaban, se besaban y cogidos de la mano accedían al interior del hotel.

Otra cámara captaba la imagen de ambos en el vestíbulo. Entraban en el ascensor y volvían a besarse.

Pasó las imágenes con rapidez hasta que la pareja aparecía de nuevo en el vestíbulo, a las 13.39, y salían al exterior.

La última imagen que se tenía de la pareja era a las 16.35, en la que juntos abandonaban el hotel en el coche de alquiler de Blanch. Conducía Fernández.

—Como prueba, las imágenes son aceptables —comentó la subinspectora al salir al exterior con una copia de las grabaciones, y se dirigió a la terraza.

—No tenía la menor idea de que Álex continuara viéndose con la madrileña —dijo Ignacio, que se apresuró a alcanzar a la subinspectora.

—Y tú, ¿de qué los conocías?

—Álex y yo fuimos compañeros de instituto, en Menéndez Tolosa, y de baloncesto en el patronato municipal. A ella la conocí cuando eran pareja. Pareja, ligue, no sé muy bien qué hubo entre ellos, y, hasta donde sé, duró bastante tiempo.

—Interesante, ahora me cuentas —dijo antes de detenerse frente a la barra del bar.

La camarera, una joven menuda y morena, se acercó a atenderlos. María le mostró la placa y colocó una fotografía de la víctima delante de los ojos de la chica.

—¿La conocías?

—Sí. Me he quedado helada con la noticia. —La joven se mordió el labio inferior a la altura de un discreto *piercing*—. Estuvo aquí el lunes, con el fotógrafo. Una pareja tan guapa se hace notar. Se sentaron allí al fondo y almorzaron. —Señaló la mesa con un gesto—. ¿Van a tomar algo?

—Un par de cervezas y algunas tapas, las que nos recomiendes —dijo Ignacio.

—La mía sin alcohol —aclaró Infantes—. ¿Recuerdas algo que te llamara la atención?

Pensativa, la chica sirvió las cervezas.

—No sabría decirles... No recuerdo nada en particular. En verano no hay días flojos. Esto es un no parar.

—¿Alguna vez has visto al fotógrafo con otras mujeres?

—Sí y no.

María enarcó una ceja.

—A ver, a veces llegaba con modelos o alguna famosa, aunque se notaba que eran compañeras de trabajo o como mucho un rollete. Desde que estoy en este hotel, hace ya cinco años, Celeste era la única mujer con la que yo lo he visto realmente bien, feliz, ya me entiende, esa complicidad, miradas... —La camarera sonrió discretamente y pasó un paño por la barra—. No sé más.

—De acuerdo. Te dejo una tarjeta. Si recuerdas algo, cualquier cosa, llámame, gracias.

La chica echó un vistazo a la tarjeta. La colocó en una repisa a su espalda y continuó trabajando.

María siguió a Ignacio hasta una mesa desde la que se veía la playa y se dejó caer en la silla bajo una enorme sombrilla. El calor era insoportable y allí soplaba una suave y agradable brisa marina.

—Y ahora cuéntame qué recuerdas de la pareja.

—Él era el eterno don Juan.

—Mira por dónde, ya erais dos en el instituto.

Ignacio suspiró resignado.

—Algunos cambiamos, María.

—Llámame Infantes o subinspectora —le pidió.

—¡Venga ya! —Aguirre la miró divertido—. Te cuento. Ese tipo se pasaba el curso tonteando con unas y otras hasta que llegaba el verano, entonces pasaba la mayor parte del tiempo con la madrileña. Era una de esas muchachas a las que sabes que no puedes acceder fácilmente, como si viviese en otra dimensión. Igual que tú.

—Continúa y no divagues, que te pones muy empalagoso.

Ignacio le clavó la mirada.

—Eres guapa, María, muy guapa, y estás muy bien. Incluso esos viejos vaqueros te sientan de maravilla, y lo sabes.

—No son viejos, son así.

—De acuerdo, era un halago, ahora bien, si lo que quieres es que no insista, lo entenderé.

—Es lo que quiero. Sigue.

—Ella estaba loca por él y Fernández..., a pesar de que era un ligón, hubo ocasiones en las que pensé que realmente estaba muy enamorado de ella, por cómo la miraba. Es algo que no hace falta que te digan, lo ves. Después él se largó de la ciudad, pronto, éramos muy jóvenes. Les perdí la pista.

Acababan de servirles la comida cuando la subinspectora se percató de que el director del Don Carlos avanzaba hacia ellos acompañado de una camarera del hotel. Era una señora mayor y caminaba cabizbaja, el rostro serio. María se apresuró a levantarse de la silla y fue a su encuentro.

—Lamento interrumpirla —dijo el director—, ella es empleada del hotel y de nuestra más absoluta confianza, creo que le interesará escuchar lo que tiene que contarle.

La subinspectora desvió la mirada hacia la mujer, que se había llevado las manos al pecho, los dedos entrelazados, el rostro compungido.

—Señora, ¿se encuentra bien? ¿Quiere tomar asiento? —le preguntó Infantes.

30

Rodrigo se detuvo frente a la vivienda del doctor Thomas Clayton. Pulsó el botón del portero automático y enseguida escuchó el chasquido de apertura. Atravesó el bonito camino de baldosas blancas que interrumpía un césped muy cuidado. La ornamentación tenía cierto toque oriental, con una zona de guijarros y piedras, desde donde le llegó el gorgoteo de una fuente y el canto de los pájaros.

El doctor no tardó en salir a su encuentro.

—Usted debe de ser el inspector Ugalde —aseguró extendiendo la mano para saludarlo.

—Así es. Lamento conocerle en estas circunstancias y espero no haberle pillado almorzando. A veces mi trabajo me hace olvidar los horarios.

—No, no se preocupe. Pase, adelante. Estoy consternado. Pobre muchacha, tan joven...

En el interior de la casa, Rodrigo agradeció el frescor reinante. Todas las ventanas estaban abiertas y entraba una suave brisa. Se detuvo en la amplia entrada, presidida por una bonita mesa de madera. En ella descansaban pequeños marcos con fotografías y le llamó la atención la imagen de una mujer muy atractiva que posaba rodeada de niños. Junto al marco, un diminuto jarrón de cristal con una delicada orquídea dorada.

—Es Sofía, mi esposa —anunció el doctor señalando la fotografía, sin ocultar la devoción que sentía hacia ella—. Se la sacaron en la inauguración de Génesis, la fundación que mi mujer dirigió durante años para ayudar a niños y jóvenes de la comarca.

—He oído hablar de ella, una labor encomiable, sin duda.

—Ya lo creo. Todos la adoraban. ¿Le apetece un té frío? Hoy mi asistenta ha preparado una jarra enorme; también puedo ofrecerle unos pastelitos de queso.

Sin esperar una respuesta, el doctor colocó todo en una bandeja y Rodrigo fue tras él observando la casa. Tenía ese aire a antiguo de paredes blancas, vigas en el techo y contraventanas en madera, abiertas a espacios llenos de luz.

—Tiene usted una casa preciosa.

—Gracias. Ahora se me ha quedado demasiado grande. Sofía y yo no tuvimos hijos, aunque siempre estuvo llena de vecinos, amigos, chiquillos, en fin... —suspiró—. Tome asiento, por favor, y tenga cuidado con los tiestos. Hay abonos y sustratos por todas partes. Con esta maldita alergia no me ha quedado más remedio que dejarlo para otro día y precisamente hoy, que todo está hecho un desastre, estoy recibiendo algunas visitas. Mi vecina, Laila Lewis, llegó muy temprano y me trajo sopa, si le apetece...

—No, gracias, la bebida fría y los pastelitos son más que suficientes. ¿Qué tal se encuentra la señora Lewis?

—Parece que mejor. Ayer se llevó un disgusto enorme —respondió dejando la bandeja sobre la mesa—. Estaba muy unida a Celeste. Como sabe, cuidaba de la casa. Después llegó la joven que ayer acompañaba a Laila —comentó el doctor, y ocupó una silla a la sombra.

—¿Se refiere a Olivia Fernández?

—La misma, una joven encantadora.

Ugalde esquivó el desorden bastante sorprendido. Le pareció muy extraño que esa misma mañana Olivia hubiese visitado al vecino de la víctima. Tomó asiento con la mirada puesta en el doctor.

—Creo que Laila ha contagiado a todo el mundo su preocupación por el estado emocional de Celeste, y la chica también se ha interesado. ¿Saben ya cómo ha muerto?

—La investigación sigue en curso.

—Entiendo. Imagino que su visita se debe a la llamada que recibí de Celeste la noche del pasado lunes.

—En efecto. Usted ha declarado que ella le telefoneó por error, aunque me gustaría saber si añadió algo más. Cualquier detalle cuenta. Incluso el más insignificante.

El doctor guardó silencio. Por un breve instante su rostro reflejó una mirada pensativa.

—Ella dijo que intentaba localizar a Nico y que pulsó mi contacto por error. Di por hecho que se trataba de Nicolás Durán, son amigos... Eran amigos —se corrigió a sí mismo—. De lo que no estoy seguro es de si se refería a él exactamente. Solo dijo el nombre, Nico.

—Ya. ¿Conoce usted a Nicolás Durán?

—Sí, por supuesto, era uno de los jóvenes que formaban parte de Génesis.

—¿Y qué puede decirme de esa amistad con la señorita Blanch?

—Si le soy sincero, desconozco qué tipo de conexión existía entre dos personas tan diferentes. Eran la noche y el día. Él es un tanto extraño, solitario... Ese tipo de persona con la que tienes la sensación de que por más tiempo que pases a su lado nunca llegarás a conocer del todo. Y ella siempre fue una jovencita excepcional.

Rodrigo asintió tomando algunas notas.

—¿Le pareció que la señorita Blanch estuviese preocupada, nerviosa, notó algo extraño en su voz?

—No, a mí me pareció que estaba bien, aunque, como le digo, la llamada fue breve. Se interesó por mi estado de salud porque yo empezaba a asfixiarme y a toser. Me aconsejó que acudiese a urgencias y nada más. Nos despedimos, le hice caso y fui al hospital. Pasé la noche en observación y a la mañana siguiente al llegar... —El rostro de Thomas se ensombreció—. Es una de esas noticias que nunca esperas escuchar.

El doctor se pasó un pañuelo por los ojos enrojecidos y se sonó la nariz.

—¿Qué puede contarme de ella?

—¿Quiere mi opinión sobre esa muchacha en la actualidad o en el pasado?

—Ambas, a ser posible.

—Últimamente la veía bien, aunque ya se sabe que la mente de cada uno es un misterio... Pruebe los pastelitos, inspector, están muy ricos —lo invitó a comer acercando el plato a Ugalde—. Yo es que no he comido nada y se me baja la tensión —se excusó al coger uno y llevárselo a la boca.

—Tampoco yo he comido, la verdad —dijo haciendo lo propio—. Entonces, según usted, ¿es poco probable que estuviese deprimida?

—Esa era mi impresión. Celeste y yo no charlábamos demasiado, y ya se sabe, escuchar a alguien un rato no te da muchos detalles sobre cómo está o cómo se siente. Para valorar a una persona hay que sentarse día tras día y buscar en lo más profundo, esa es mi opinión como profesional, claro está... —El doctor meditó unos segundos—. Debería usted hablar con Pardo Cifuentes, de Madrid. Es colega mío y médico de Celeste. Estoy convencido de que él tiene mucho que aportar.

—Eso quiere decir que Celeste Blanch estuvo bajo tratamiento psiquiátrico... —quiso saber Ugalde al tiempo que tomaba notas.

—Hasta donde yo sé, solía visitarle de vez en cuando... Aunque si lo que usted desea saber es si esa muchacha puso fin a su vida, le diré que ni yo ni nadie que investigue la mente y la conducta de una persona puede determinar a ciencia cierta si alguien es o no capaz de suicidarse. No se debe caer en el tópico de que solo se suicida quien se encuentra en medio de una crisis existencial. Aunque no lo crea, hay personas que después de haber conseguido todo en la vida se sienten desesperadas precisamente porque lo tienen todo.

—Vaya, sí que parece complicado. Y... respecto al pasado de la joven, ¿qué recuerda usted?

El doctor chascó la lengua.

—Hablar de la muchacha implica hablar de los padres... ¿Prefiere usted que me atenga a lo políticamente correcto, ya sabe, lo reservado a las personas que ya no están entre nosotros, o puedo hablar con franqueza?

—Con franqueza, por favor.

—Celeste, como la mayoría de los jóvenes, chocaba con las costumbres de los padres, que eran un poco..., digamos..., anticuados. La chica se enamoró de un joven de aquí, Álex Fernández, y los Blanch planeaban para ella una boda por todo lo alto con un muchacho de Madrid. Y, ya se sabe, la chica se rebeló y Mercedes, la madre, temiendo que la hija sufriera una nueva crisis, decidió llevarla a terapia. Para mí todo fue un poco rocambolesco, es mi opinión.

—¿Una nueva crisis?

—Cuando era pequeña y durante un tiempo padeció pesadillas, es común en la infancia, aunque al ser hija única los padres la miraban con lupa. A veces se sobreprotege a los hijos. Yo hablé con Jesús y Mercedes, los padres de la jovencita. Les di mi opinión como médico. Me parecía excesivo que la tratara un psiquiatra por mal de amores, y me lo sigue pareciendo. ¿No cree usted, inspector, que el amor o la falta de este nos hace cometer locuras? ¿O, al menos, actuar de un modo cuestionable? Yo mismo a veces me sorprendo hablando solo, como si estuviese con mi mujer, y soy un viejo... Cuando se es joven el amor se percibe como algo mágico y uno no quiere desprenderse de esos vínculos por nada del mundo.

El doctor apretó los labios reflejando cierta nostalgia.

—Tiene usted razón.

—Por supuesto, no pretendo culpar a los padres..., es solo que sospecho que al final la joven nunca fue feliz en el amor. No te pueden imponer de quién debes o no enamorarte.

Rodrigo escuchó al doctor, pensativo. Toda la información indicaba que la profesora había tenido una vida sentimental turbulenta desde muy joven, y lamentablemente ese tipo de problemas constituían uno de los móviles más frecuentes tanto en los casos de suicidio como en los de homicidio.

—¿Qué recuerda de la muerte del Miguel Heredia?

—Vaya, precisamente la señorita Fernández y yo hemos hablado esta mañana sobre aquel terrible accidente. Ella no tenía muchos recuerdos de aquella época.

El doctor le narró con detalle lo que esa misma mañana le había contado a Olivia.

Rodrigo lo escuchó tomando algunas notas. Mientras lo hacía, se preguntaba por qué a Olivia le interesaba esa información. No era normal que una persona ajena al mundo de la policía se involucrara de esa manera en una investigación en curso. Por un instante sintió que la línea entre su vida personal y la profesional empezaba a volverse peligrosamente delgada.

—Pues no le molesto más. Le agradezco mucho que me haya recibido. Y, por cierto, el té y los pastelitos estaban deliciosos.

—Me alegro, y no hay de qué.

—Puede que necesite volver a hacerle alguna pregunta

más adelante, y, si recuerda cualquier cosa, llámeme. Como le decía, un simple detalle puede ser importante.

—Descuide, lo haré.

El doctor Clayton cedió el paso al inspector y avanzaron por el ancho pasillo que conducía al vestíbulo.

—Decía usted que pasó la noche del lunes en urgencias, ¿no es así? —preguntó Ugalde al detenerse junto a la puerta.

—Sí, tengo el parte médico aquí mismo.

—No se preocupe. Le preguntaba porque tal vez al salir de su casa vio a alguien merodeando por la vivienda de la señorita Blanch, alguna persona desconocida o que le llamara la atención...

—Tome, tome. Aquí está. —El doctor acababa de encontrar el parte—. Pues lo cierto es que vi pasar un coche oscuro, y me pareció que salía de la casa de la pobre chica. No sabría darle una descripción del conductor. Tengo la vista fatal.

—¿Recuerda qué hora era?

—Sí, claro, yo me dirigía al hospital... Debían de ser más de las nueve y media o casi las diez, no estoy seguro.

—¿Se fijó en el modelo del coche?

—Creo que era un Ford Focus azul o puede que gris. No estoy seguro.

—No se preocupe. Muchas gracias por todo.

Se dirigió a su automóvil con el gesto contrariado. Si Thomas Clayton estaba en lo cierto, acababa de describir el automóvil que alquiló Álex Fernández, y, de ser así, visitó a Blanch la noche que falleció.

Abrió la puerta del coche y al entrar se percató de que se había puesto perdido de arena. Pasaría por su casa para cambiarse de ropa y aprovecharía para telefonear a Olivia. Ahora no dejaba de darles vueltas a los motivos por los que esa mañana visitó al doctor, interesada en la salud emocional de una persona a la que no veía desde hacía años y el accidente en el que Heredia perdió la vida.

Al atravesar la calle donde estaba la vivienda de Celeste, y como un acto reflejo, miró en esa dirección. La visión del chalet ni siquiera era parcial. Tal y como afirmaba María, era imposible ver el jardín aun con la cancela abierta, a no ser que el coche se detuviera justo en la puerta. Y, por la curva que estrechaba la calzada, le parecía poco probable que Olivia se hubiese detenido allí para cambiar de sentido.

Paró en el arcén y marcó su número. Tenía que hablar con ella.

31

Olivia se quedó mirando el móvil. El número de Rodrigo se iluminaba en la pantalla y lo dejó sonar hasta que paró. Siguió sentada en el sofá con los pies sobre el asiento y el iPad apoyado en las piernas.

Otra vez el móvil. De nuevo él. Tenía que responder.

Lo saludó con un escueto hola y escuchó sus disculpas por el modo precipitado en el que se había marchado esa mañana.

—No tienes que dar explicaciones. Nos acostamos y ya está.

—Visto de ese modo..., aunque no es mi estilo. —Esperó unos segundos antes de seguir, las respuestas de Olivia siempre lo descolocaban—. Te llamo porque necesito preguntarte un par de cosas sobre la investigación y no me gustaría hacerlo por teléfono. La instrucción de un caso es un tema muy serio y todo debe quedar muy claro, podría visitarte...

—¿Trato de favor? —lo interrumpió.

A Rodrigo volvió a incomodarle la respuesta. Nunca antes se había visto en una situación ni remotamente parecida.

—No es un trato de favor. Visito a los testigos y allegados de las víctimas para que se sientan más cómodos. No se trata de un interrogatorio. Puedo visitarte o puedes ir a comisaría.

—Entiendo.

—Verás, tengo más trabajo del que me gustaría y mil

cosas en la cabeza. Ahora necesito ir a mi casa a cambiarme de ropa y de paso comeré algo... Después saldré para comisaría. Nos vemos donde prefieras. Tú eliges.

—Son las tres de la tarde. ¿Qué tal en tu casa dentro de treinta o cuarenta minutos? Así no te haré perder mucho tiempo.

—Me parece bien, te mando la ubicación. Y no estés a la defensiva conmigo. No soy tu enemigo.

Rodrigo cortó la llamada, profundamente contrariado.

Olivia también lo estaba. Suponía que lo había dejado todo claro en su declaración y ahora le inquietaba tener que responder a Dios sabe qué preguntas.

Permaneció unos minutos pensativa. Prefería ocupar su mente en esas cosas.

Miró el iPad. Acabaría el texto que había empezado antes de ponerse en camino.

> Yo seguía perpleja en la habitación del final del pasillo preguntándome qué motivos tenía Sofía para solicitar una evaluación psicológica de mis amigos. Era imposible que en ellos habitase algo malo, a no ser que yo hubiese vivido ciega durante años.
>
> Seguí buscando. No encontré nada más.
>
> El sonido de unas sirenas acercándose me alertó. Miré por la ventana y vi a grupos de personas dirigirse a la playa.
>
> Imprimí las solicitudes de los informes. Eran la única prueba que había sobre las intenciones de Sofía, sin ellas, los chicos no me creerían. La tenían en un pedestal y yo había comenzado a hacerme preguntas respecto a todos.
>
> Dejé las cosas como estaban y salí a la calle. Cada vez había más gente. Oí rumores de que alguien se había ahogado. Después escuché el nombre de Miguel Heredia y corrí calle abajo.

A medida que me acercaba al cordón policial, volví a escuchar el nombre de Miguel, unos pescadores habían descubierto su cuerpo entre unas rocas. Tuve la sensación de que estaba atrapada en una pesadilla de la que no podía despertar. Desesperada, busqué a Nicolás. El corazón me martillaba en el pecho y me invadió una profunda sensación de angustia y dolor. Deseaba con todas mis fuerzas escuchar de sus labios que todo había sido un malentendido, que Miguel estaba allí con él, en la torre. Mientras yo corría a toda velocidad, el tiempo parecía ralentizarse y la angustia me envolvía a cada paso.

Las lágrimas me impedían ver. El viento en contra, el cielo gris y los nubarrones arrastrados por el temporal. El mar revuelto y las gaviotas sobrevolando los torbellinos de espuma.

Llegué agitada, cansada, sin aliento. Lo que nunca hubiese imaginado era encontrar allí a Álex y a Nicolás uno frente al otro, gritando, golpeándose.

Álex le preguntaba qué le había hecho a Miguel, mientras Nico responsabilizaba a Álex de su muerte.

Soy incapaz de describir lo que sentí. ¿Esa imagen era la confirmación de la terrible verdad? Empecé a temblar y dejé de escuchar.

Una voz a mi espalda pronunció mi nombre y me giré de inmediato. Era Santiago. Las lágrimas hacían que la silueta de Santi oscilara delante de mí. Salí a su encuentro. No quería que oyera a mis amigos, no quería que se hiciera una idea equivocada de ellos... ¿O tal vez la engañada era yo? ¿Qué estaba pasando?

Volví el rostro y comprobé que seguían allí, golpeándose bajo la torre erguida en el paisaje, que soportaba impasible el temporal, callada, muda, dueña de sus secretos.

Nunca olvidaré aquel día. Igual que la fortaleza de piedra, yo también callaría para siempre.

Cada muerte que sucede en extrañas circunstancias deja tras de sí un rastro de miedo. Y ese miedo te persigue, te atrapa y acabas encerrada en él.

Olivia se descubrió con la respiración contenida. «Cada muerte que sucede en extrañas circunstancias deja tras de sí un rastro de miedo. Y ese miedo te persigue, te atrapa y acabas encerrada en él», la frase resonó en su mente. Parecía que Celeste le transmitía una advertencia desde más allá de la muerte añadiendo una capa de intriga angustiosa a lo que ya sentía.

Se preguntó si habría en juego algo más de lo que ella podía percibir.

Pensó en Rodrigo.

Tenía que vestirse y ponerse en camino, y lo que realmente necesitaba era estar sola y ordenar las ideas antes de decidir qué hacer.

Apagó el iPad y lo guardó junto al ordenador de Celeste. Con el armario abierto de par en par eligió un vestido estampado en colores claros muy cómodo y fresco. Se cepilló el cabello y salió de casa.

Circulaba por la avenida en dirección Málaga cuando el móvil comenzó a sonar. Era Alicia; pulsó el botón de manos libres.

—¿Qué? —respondió aún con la mente en el relato.

—¿Estás bien?

—No. Rodrigo me ha telefoneado. Necesita hacerme unas preguntas.

—Bueno, eso ya lo sabías. Entraste en la casa de esa mujer y fuiste una de las personas que descubrió el cadáver. Entenderás que necesite hacerte preguntas. Es su trabajo, y estoy segura de que nada es tan terrible como para que una conversación entre adultos no lo pueda arreglar.

—Tengo muchas dudas. Álex y Nicolás estuvieron muy unidos a Celeste y no sé qué esconden.

—¡Joder, Olivia! Estás hablando de tu hermano y del que fue tu pareja.

—Álex está en Marbella y vendrá para declarar. Antes de contar lo que sé me gustaría hablar con él. Como supondrás, ocultar lo que estoy viviendo no me hace sentir precisamente bien. No quiero seguir cometiendo errores. Ya los cometí una vez y me pesará el resto de mi vida.

—Errar es de humanos. Lo que debe quedarte claro es que no cometiste ningún delito, Olivia —le recordó.

—No me apetece seguir con esta conversación.

—Como quieras, ya conoces mi opinión. Necesitas hablar con alguien de lo que quiera que sea que tienes dentro, y, por favor, no mientas a Rodrigo, eso solo agravaría la situación.

—Hablamos —dijo, y colgó.

El semáforo en la avenida había cambiado a rojo y tuvo que frenar de golpe. Los neumáticos chirriaron en el asfalto y los peatones que esperaban en la acera la miraron con gestos de reprobación.

—Lo siento —musitó.

Tenía que centrarse.

Condujo despacio hasta que se adentró en el puerto de Sotogrande. Después de rebasar la barrera de la garita de seguridad, aparcó frente a la playa de Guadiaro. Comprobó la dirección exacta en el móvil y atravesó varias calles peatonales hasta dar con el edificio.

Subió las escaleras y, al pararse frente a la puerta, sus dedos se detuvieron a escasos centímetros del timbre. Dudó antes de llamar.

32

Rodrigo se había dado prisa en cambiarse y comer algo. Recogía un poco el desorden cuando su teléfono comenzó a sonar. Era la subinspectora Infantes.

—Te confirmo que Fernández y Blanch mantenían una relación sentimental desde hace años —la escuchó decir—, y no solo eso. Una camarera de habitaciones me ha contado que los oyó discutir de lo lindo antes de que abandonaran el hotel. La mujer dice que pensaba llamar a la policía y no se decidía porque no quería meterse en problemas, lo típico. Me ha costado convencerla para que me diese detalles. En fin, te cuento. La señora estaba limpiando en la habitación contigua y escuchó que una mujer hablaba casi a gritos, muy alterada. Se preocupó bastante y se acercó a la terraza a escuchar. Oyó con claridad cómo la mujer chillaba que estaba cansada, que había hecho algo y esperaba que todo saliera a la luz. Hablaba de culpables, y cree que escuchó la palabra *muerte*, de eso no está segura porque se había puesto muy nerviosa y daba vueltas de un lado a otro. No sabía qué hacer. Dice que él también gritaba. Estaba a punto de avisar a alguien cuando de repente se callaron y escuchó la puerta de la habitación. Se asomó al pasillo y los vio marcharse. Eran Álex Fernández y Celeste Blanch. La camarera pensó que era una discusión de pareja. Regresó a sus tareas sin decir nada a nadie.

—Habrá que averiguar qué pasó después de que se marcharan del hotel y escuchar lo que Fernández tenga que contar —respondió a su compañera dándole vueltas a lo que acababa de saber—. Desde luego me parece bastante significativo que la profesora discutiera con Durán y con Fernández el mismo día que murió.

—Sin duda, esto huele bastante raro, Rodrigo. No me fío de esos tipos, de ninguno. Y no dejo de darle vueltas a la obsesión de Santiago Ordóñez con la víctima. Ya escuchamos a Marisa Blanch, lo dijo bastante claro, ella misma le tenía miedo a ese tío que acosaba a su prima —ahora Infantes hablaba mucho más seriamente—, el acoso es una forma de violencia. Le rompe la estabilidad emocional a cualquiera antes o después. ¿Imaginas cómo debió de vivir junto a un hombre como Ordóñez que te controla todo el tiempo? ¿Y tener encuentros con un tío casado? Es demencial. La vida sentimental de la profesora era turbulenta y eso solo complica más las cosas.

Rodrigo guardó silencio. La muerte de esa mujer había tambaleado la confianza que siempre había tenido sobre su propia capacidad para resolver los casos.

—Tienes razón. Estamos hartos de verlo todos los días, los episodios de violencia grave contra la pareja se están sucediendo a un ritmo preocupante. Puede que Celeste Blanch rompiera la relación con Ordóñez y él no lo aceptara, o ella tuvo un instante de enajenación mental...

—Es lo que quiero decir.

—O que le contara a Fernández que estaba embarazada... —dijo Ugalde casi sin pensar.

—Lo que sucede es que necesitamos pruebas y no tenemos nada —repuso su compañera.

El timbre sonó.

—Ahora no puedo hablar, María. Nos vemos dentro de un rato en comisaría.

Dejó el móvil sobre la barra y fue a abrir. Wendy ya se había acercado a la puerta agitando la cola.

Rodrigo se alegró de ver a Olivia, a pesar de que las circunstancias no fuesen las que desearía.

—Gracias por venir. Pasa y ponte cómoda.

Ella acarició a la perra cariñosamente antes de seguirlo hacia el salón. Le gustaba ese hombre y también hubiese preferido conocerlo en otras circunstancias.

—¿Te apetece tomar algo...?

—Solo agua, gracias. Vives en un lugar privilegiado —dijo al sentarse en un taburete alto tras la barra y dirigir la mirada hacia la terraza abierta.

Desde allí se veía el puerto deportivo, los yates, el mar.

—El apartamento es de mi familia. Mis padres lo adquirieron cuando mi hermana y yo éramos unos niños y mi madre insiste en que me quede aquí hasta que encuentre algo. Lo malo es que nunca tengo tiempo de buscar, ni de ordenar este desastre —dijo al servir dos copas de agua fría—. O puede que en estos momentos de mi vida necesite estar aquí, sentir ese vínculo familiar y saber que no estoy solo... ¿Y tú? ¿Estás mejor que ayer?

Rodrigo volvió a rodear la barra y ocupó un asiento junto a ella.

—¿Qué querías preguntarme?

Él la miró un instante.

—¿Siempre eres así de cortante?

Siguió observándola mientras apoyaba un codo en la barra y descansaba la mejilla en el puño.

—Si una de tus preguntas es por qué ayer no declaré que mi hermano mantenía contacto con Celeste Blanch es porque no lo sabía. No he tenido tiempo de hablar con él. Fueron amigos en el pasado. Es lo único que sé.

—No era eso lo que quería preguntarte, y de verdad que lo último que deseo es que te sientas mal, aunque, ya que has sido tú quien ha mencionado a tu hermano, te diré que para nosotros es muy importante recabar toda la información posible sobre las víctimas. Reunir datos, entrevistar a testigos, revisar cámaras de seguridad, registros telefónicos... Podría seguir..., cualquier información puede ser importante.

Olivia dio un sorbo al agua. Por supuesto que se trataba de un asunto muy grave, aunque por ahora todo era demasiado confuso en su cabeza.

—Celeste Blanch contactó con varias personas, entre ellas tu hermano. Él prestará declaración mañana. Nada más. No le des más vueltas —trató de tranquilizarla.

—Es que... no dejo de preguntarme qué puede saber Álex.

—Ya lo averiguaremos.

Rodrigo se sentía incómodo. No estaba autorizado a contarle lo que sabía, tampoco que por ahora desconocían el paradero de Álex Fernández la noche que la víctima falleció. Ni siquiera sabían cómo se había producido realmente la muerte. Era desmoralizador, especialmente en esa ocasión en la que el caso comenzaba a invadir su vida personal.

—Y bien, ¿qué querías preguntarme? —insistió ella deslizando el dedo sobre el borde de la copa, empañado por el frío. Lo miró a los ojos.

Rodrigo continuaba con la mejilla apoyada en el puño cerrado. Los ojos fijos en los de ella.

—Antes quiero decirte que ayer lo pasé bien a tu lado y me gustaría seguir conociéndote, si tú quieres, por supuesto. Para mí es muy importante empezar bien, por eso estamos aquí. Creo que lo mejor que podemos hacer es ser sinceros el uno con el otro, ¿no te parece? Te hablé de mi trabajo, de que procuro no mezclarlo con mi vida privada, pero resulta que manejo demasiada información confidencial que a veces afecta a amigos, conocidos o a gente que empieza a importarme. Como ahora.

Ella lo miraba. La claridad que provenía de la terraza propiciaba que las pupilas se le hubiesen contraído y se apreciaba con mayor claridad el gris azulado de sus iris. Le atraía ese hombre. No se trataba solo de su atractivo, sino de la sinceridad y confianza que transmitía. Y era muy consciente de que no estaba siendo justa. Le irritaba no haber podido hablar con Álex, aclarar dudas y poder contar a la policía lo que sabía.

—Nuestras conversaciones acaban siendo siempre serias y no es lo que quiero —dijo él, y le pellizcó la nariz—. Me gustaría que me aclarases cómo pudiste ver a la señora Lewis atravesar el jardín, si tú circulabas por la carretera.

—Conducía despacio.

—No se trata de la velocidad, es por el ángulo de visión, y porque sé que hay algo que te preocupa.

En ese momento sus miradas se encontraron en un duelo silencioso.

—¿En serio? ¿Lo sabes? No me conoces de nada. No sabes qué clase de persona soy. Ayer entré en la casa de una mujer que ha muerto en extrañas circunstancias y tendrás un montón de dudas sobre mí. Si fuese evidente que se trata de un suicidio no estaríamos manteniendo esta conversación. ¿Soy sospechosa?

—¡No es eso! —exclamó con rotundidad—. Podría haberte citado en comisaría y haberte pedido que redactases una declaración detallando todo lo que hiciste esa mañana y qué sucedió en el interior de la casa.

Ella se levantó del asiento y dio varios pasos hacia la puerta.

—Eso significa que no crees nada de lo que he contado. Será mejor que me marche. No estoy obligada a seguir aquí.

—No he dudado de tu declaración, es que sé que tu presencia allí no fue casual. No soy tu enemigo, Olivia. ¿Es que no te das cuenta?

Rodrigo la siguió y se interpuso entre ella y la puerta.

—Por favor. No quiero que te marches así —le pidió mirándola fijamente.

Olivia podía percibir la atracción que ella ejercía sobre él y al mismo tiempo la lucha interna de Rodrigo por mantener la compostura. Se trataba de una investigación policial, y era tan consciente de lo que eso significaba como del error que cometería si se marchaba sin sincerarse con él.

—Tienes razón, Olivia, no te conozco de nada, pero desde que te vi por primera vez no he dejado de buscarte cada mañana que salía a correr, y el día que no aparecías hasta me ponía de mal humor. Otras veces te he buscado al entrar en un bar, o entre la multitud... Te parecerá absurdo, infantil o como quieras llamarlo, pero es así.

Ella no supo qué decir.

—Nunca he hablado más en serio en mi vida. Odio las mentiras y los malos rollos, no los soporto, pero soy policía y cumplo con mi obligación. Y ahora estoy haciendo equilibrios entre el hombre que soy y el profesional que debo ser. Esto es muy complicado para mí, por favor, no me lo pongas más difícil de lo que ya es.

Ella suspiró. No podía seguir ocultando lo que sabía.

—Sí, tienes razón. No fui a la casa de Celeste por casualidad... No es tan simple de explicar. Ni siquiera estoy segura de que seas capaz de entenderme.

—Yo también sé escuchar. ¿Te parece bien que nos sentemos en el sofá? Estaremos más cómodos.

A Olivia se le escapó un nuevo suspiro al tomar asiento. A pesar de su intento por mantener la compostura, los gestos revelaban su nerviosismo interno.

Rodrigo cogió la copa de agua y se la tendió antes de sentarse junto a ella. Le dolía verla así, pero necesitaba esa información.

Olivia bebió agradecida y dejó la copa a un lado de la mesa, junto a varias cajas llenas de libros. Se tomó un instante antes de mirar a Rodrigo. Había decidido sincerarse y solo iba a decir la verdad. Las consecuencias escaparían a su control.

—Visité a Celeste porque ella se puso en contacto conmigo. Hacía años que no sabía nada de ella —hizo una breve pausa—, no puedo explicarte la manera en la que se puso en contacto conmigo sin antes aclararte que yo no estaba bien. No estoy bien y mi estado de ánimo no es una excusa. Es solo que probablemente en otras circunstancias yo hubiese actuado de otro modo, o puede que no. No lo sé y no hay manera de saberlo. ¿Puedo explicártelo?, ¿aunque eso suponga desviarnos del asunto por unos minutos?

—Claro.

—Nunca se lo he contado a nadie. Ni siquiera a Alicia. Lo único que ella sabe es que un paciente llegó a mi consulta una tarde. Era la primera vez que acudía a terapia. Cuando se marchó, se fue a su casa y se ahorcó. Entiende que es grave, pero ignora lo que hay detrás.

Rodrigo seguía atento a lo que ella decía.

—El paciente dejó su móvil en mi mesa, resquebrajado, inservible. Lo primero que me pregunté fue: ¿por qué guardaba ese móvil?, ¿para recordarse cada día la tragedia? Ahora soy yo quien lo mira.

Esta vez fue Rodrigo el que cogió aire. No dijo nada.

—Yo le conocía. Habíamos quedado en alguna que otra ocasión. Nada serio. Rompí con él en cuanto me di cuenta de que era uno de esos tíos obsesivos y controladores. Después de meses sin saber de él, me pidió cita con un nombre falso. Cuando llegó a mi consulta me costó reconocerlo. Estaba francamente mal. Me contó cómo había perdido a su familia en un accidente de tráfico en el que viajaban él, su mujer y sus hijos pequeños. Fue demasiado explícito en los detalles. El impacto emocional y psicológico de lo sucedido fue devastador para él. No quería vivir. Los padres, los hermanos... están destrozados y me preguntan qué me contó o qué le dije yo. —Olivia se detuvo un momento y volvió a beber agua al notar cómo se le secaba la boca y la garganta—. No entienden por qué fue a terapia si su intención era la de poner fin a su vida ese mismo día.

—Tal vez no era su intención cuando pidió la cita, incluso cuando dio el paso de ir. Puede que animado por la familia deseara darle una oportunidad a la vida, probar, desahogarse, y siempre sería más fácil hacerlo con un profesional a quien conocía. Después llegó a su casa, vacía, y se le vino encima. No le dio más vueltas a lo que llevaba meses padeciendo.

Olivia negó con un gesto.

—No. Hay una complicada historia detrás. Después de saber que Álvaro se había suicidado me quedé en *shock*. Traté de recordar lo que me contó en la consulta. Al principio me faltaban frases enteras, solo tenía palabras sueltas que él dijo. Mi mente estuvo mucho tiempo bloqueada. Sabía que los recuerdos estaban ahí, ocultos bajo el estrés y la negación, del mismo modo que estaba convencida de que al final todo el mundo acaba recordando.

Rodrigo no apartaba la mirada de los ojos de ella. Había verdadera angustia en ellos.

—Después comencé a llegar a conclusiones. Álvaro fue el último paciente al que atendí aquella tarde, él había pedido esa hora expresamente. Era la tarde libre de Alicia y yo estaba sola. Empecé a preguntarme si él lo había planeado o fue pura coincidencia. Nunca lo sabré. Con el paso de los días las palabras fueron cobrando sentido una tras otra, al principio llegaban poco claras, sesgadas, hasta que fui completando esos huecos vacíos. Una de las frases que me dijo fue: «Eres inteligente, intuitiva... *¿Quid pro quo?* Ya sabes, algo por algo...».

A Olivia le temblaba la barbilla y las lágrimas recorrían sus mejillas.

Rodrigo la atrajo hacia él y se las secó con los dedos.

—Siento mucho lo mal que lo estás pasando. Fue una experiencia muy dura, aunque, permíteme una pregunta, ¿crees que se enamoró de ti?

—No, no llegó a tanto...

—¿Después se marchó? ¿No dijo nada más? —siguió preguntando como el policía que era.

—¿A qué vienen tus preguntas?

—Utilizó la expresión «*Quid pro quo*...». ¿No lo percibiste como una forma de manipulación?

A ella le cambió la expresión. Estaba pálida.

—No me di cuenta en ese momento y necesité muchos días para entenderlo. Comprendí su manipulación cuando recordé su última pregunta...

El timbre sonó varias veces, acompañado de golpecitos rápidos en la puerta. La perra comenzó a ladrar. Rodrigo se extrañó. No esperaba a nadie. El timbre volvió a sonar. Esta vez una voz de mujer gritaba su nombre:

—¡Rodrigo, sé que estás ahí, acabo de ver tu coche, abre!

—¡Me cago en la puta! —masculló al distinguir la voz de su ex—. Disculpa —se excusó antes de dirigirse a la puerta—, si no abro seguirá gritando y empezará a llamar la atención de los vecinos.

Olivia miró hacia la puerta. La imagen de una mujer rubia explosiva apareció tras ella.

—¿Se puede saber qué haces aquí? —le preguntó Rodrigo tratando de guardar la calma.

—Hola, Rodri. Veo que te alegras de verme. ¡Ah, mira, no has tardado en traerte una amiguita a tu pisito de soltero! —exclamó irrumpiendo en el salón al ver a Olivia—. Dime, chica, ¿qué te ha contado mi todavía maridito? ¿Que soy perversa? ¡A saber a cuántas como tú les habrá dicho la misma patraña con tal de echar un polvo! —Se giró y miró a Rodrigo, que seguía junto a la puerta abierta, esperando a que ella se marchara.

Olivia continuaba sentada en el sofá. Estaba aturdida y demasiado asombrada como para reaccionar de inmediato.

—Silvia, no compliques más las cosas y márchate.

—Tenemos que hablar, a solas.

—No. Para eso están nuestros abogados, y si tú no acudes a las citas, que para eso están, no es mi problema. Y, ahora, haz el favor de marcharte por donde has venido.

Olivia se levantó. Pasó junto a él, cogió el bolso del perchero y salió del piso.

—No te marches, por favor —lo oyó decir a su espalda.

Bajó las escaleras apresuradamente, y él fue tras ella.

—Por favor...

Olivia lo ignoró. Siguió a toda prisa hasta el portal y corrió hacia su coche.

33

Hacía rato que Alicia había llegado a casa. María no estaba. Su trabajo era así, sin horarios. Había días en los que apenas se veían, otros en los que cuando una trabajaba la otra dormía.

Eran más de las cuatro y ese día no había desayunado ni almorzado. Se preparó una ensalada con queso azul y frutos secos mientras contemplaba la cocina. Reflejaba la personalidad de María, sin adornos superficiales, como era ella. Decía las cosas claras, y podía ser tan directa que sus comentarios y opiniones llegaban a resultar desmedidos. De igual modo adoraba la manera en la que a veces la sorprendía.

Tomó asiento frente a la ensalada recordando un día en concreto. Llevaban poco tiempo saliendo y una mañana María llamó a la puerta. Llegaba con una maleta, dos pasajes para la India y la sonrisa más bonita que había visto jamás. «Date prisa, nos vamos», le dijo así, de repente. Tocaba preparar algo de equipaje y salir corriendo.

Se había enamorado de ella, de sus extravagancias, del mal humor que mostraba a veces y de sus ojos violeta. La quería y confiaba en ella, por lo que ocultarle lo que Olivia estaba viviendo la hacía sentir mal.

Terminó de comer y recogió el desorden antes de subir al baño. Se cepilló los dientes pensando en que no podía fallarle a Olivia, no diría nada, a sabiendas de que callar tampoco la ayudaría. Se desnudó y entró en la ducha. Cerró los ojos bajo el chorro de agua templada. Notó una corriente de aire cálido. María acababa de entrar y había empezado a desnudarse.

—Dime, Alice, ¿has decidido instalarte en mi casa definitivamente, o estás aquí porque a veces me echas de menos?

—Apenas voy a mi casa. Casi siempre estoy aquí —le dijo con una mirada provocadora.

—Tú lo has dicho, casi —repitió con énfasis—, por lo que nunca estoy segura de si te encontraré.

—Eso no es del todo malo.

María se puso frente a ella. Adoraba a esa mujer de cabellos rojizos y mirada serena que le hacía olvidar la porquería a la que se enfrentaba cada día. Le gustaba tenerla cerca. Regalarse tiempo juntas.

Acercó la boca despacio y se besaron.

Alicia le retiró a María la goma que le recogía el cabello, que inmediatamente le cayó revuelto sobre los hombros. Hundió los dedos en él y volvieron a besarse. Un beso prolongado que las excitó.

María deslizó las manos por la espalda de Alicia hasta aferrarse a las nalgas, que sostuvo con firmeza. La atrajo fuertemente hacia ella.

Notó cómo los pechos de Alicia se endurecían contra los suyos. Se reclinó sobre ellos y los lamió despacio mientras el agua seguía cayendo. Pocas cosas la hacían disfrutar tanto como sentir la excitación de la mujer que amaba.

Lentamente fue bajando despacio, deslizando la lengua sobre el vientre hasta que se arrodilló frente a ella. Alzó la mirada y vio su bonita sonrisa.

Alicia cerró los ojos y echó la cabeza hacia atrás notando cómo su piel se electrizaba.

María le besó el vientre, lo lamió y siguió descendiendo hasta detenerse en el sexo.

—Me pones a mil, mi preciosa pelirroja —susurró María antes de lamerle el clítoris, dando pequeñas vueltas en círculo con la lengua, muy despacio. Saboreó su humedad notando cómo el cuerpo de Alicia se agitaba y se tensaba.

Alicia se dejó llevar por la intensa satisfacción que se extendía desde el centro de su cuerpo hacia todas partes; las sensaciones se volvieron incontrolables y se estremeció en un impulso eléctrico que apareció excitante, rápido, que la hizo temblar.

Con la respiración acelerada abrió los ojos. María estaba de pie con una mano apoyada en la pared y echada sobre ella. Los ojos le brillaban y en la boca se le dibujaba una sonrisa provocativa y sensual.

Alicia le devolvió el gesto. No podía resistirse. Sostuvo a María por la cintura y con un movimiento suave la dejó de espaldas a ella. María apoyó las manos contra la pared, resbaladiza por el agua y el jabón. Alicia adelantó una pierna inmovilizándola.

A María le excitaba sentir el cuerpo de Alicia contra el suyo. Una mano le acariciaba los pechos desde atrás mientras que la otra descendía sobre su vientre buscando su sexo. Gimió al notar los dedos experimentados de Alicia. Se movió al mismo ritmo para aumentar la sensación de placer.

Disfrutaron como si fuese la primera vez, con la misma curiosidad y excitación. Había una fuerte y profunda conexión entre ellas, física y emocional. Alicia siguió hasta llevar a María a alcanzar un orgasmo. Le excitaban sus gemidos y el modo en el que giraba la cabeza buscando su boca para besarla.

María siguió echada contra la pared, la respiración agitada. Unos segundos después exhaló el aire que retenía en los pulmones y se dio la vuelta.

—Eres increíble.

Esta vez fue Alicia quien le dedicó una mirada tentadora.

—¿Te he dicho alguna vez que te quiero?

María se sorprendió. Nunca se lo había dicho así, de esa manera tan directa y sincera, y le gustó oírlo. Fue consciente de cuánto la quería ella también, y se lo dijo.

Después la besó y se enjabonó el cuerpo y el cabello a toda prisa.

—No quiero marcharme. Lo que más me apetece es seguir aquí contigo, y no puedo. A veces odio mi trabajo y otras lo amo.

—¡Pero si acabas de llegar! Imaginaba que pasaríamos la tarde viendo pelis y comiendo palomitas.

María empezó a secarse. Miró a Alicia, que seguía bajo el chorro de agua. Le gustaba estar con una persona que miraba el mundo desde una perspectiva distinta a la suya, que se entretenía con todas esas cosas que hacían sentir bien a la mayoría, que no recordaba constantemente que ahí fuera había otro tipo de gente con mentes distintas, atrofiadas, retorcidas, perversas...

—¿En qué piensas, María?

—En lo mucho que te quiero.

—Y en...

María frunció los labios antes de decidirse a hablar.

—En el caso Blanch. Rodrigo desconfía de que esa mujer se haya suicidado y yo no sé qué pensar. Cada vez me surgen más dudas. Es como si todo el mundo que estuvo cerca de ella ocultara algo. No sé... Y por supuesto me preocupa tu amiga.

—¿Qué sucede con Olivia?

—Hay detalles que no me encajan del todo —se ajustó la cremallera del pantalón y se puso una camiseta entallada de color azul—, da igual, olvídalo, no debería hablar de esto.

—Nunca olvides que ella es más que una amiga, es mi hermana.

—Cierto. —María la miró y se quedó unos segundos

pensativa—. ¿Tú sabías que el hermano mantenía una relación sentimental con la víctima?

—¿Y qué tiene que ver eso con Olivia?

—Lo sabías —afirmó, y volvió a secarse un poco más el cabello con la toalla.

—Sí, bueno, no, quiero decir que fue hace años. Olivia está tan sorprendida como tú y como yo. Ella no tenía ni idea.

Alicia se quedó mirando la Glock que María se ajustaba en el cinturón y que tanto repelús le daba.

—Yo no me inmiscuyo en tu trabajo, María, y tú no te metas en mi vida. Conozco a Olivia como a mí misma, y solo te pido que no la trates como a una sospechosa.

—La trataré exactamente como deba hacerlo. Si debo interrogarla lo haré, y si tengo dudas sobre lo que sea, le preguntaré las veces que hagan falta. ¿Lo entiendes? —Alzó ambas cejas—. Y eso no significa que dude de ti o de ella. Es mi trabajo.

—A veces das miedo.

—Miedo no. Busco la verdad. Si hay culpables los encontraré, y no me sentiré mal por ello.

34

Rodrigo llegó a comisaría con un humor de perros. Cada vez que se enfrentaba a su ex se le revolvía el estómago, y lo que más le irritaba era el modo en el que Olivia se había marchado, y justo cuando estaba dispuesta a sincerarse.

Ella solo había confesado un fragmento de la verdad, lo suficiente para que ahora tuviera la certeza de que su presencia en la casa de Celeste Blanch no había sido casual, y ninguna de las respuestas que le pasaban por la cabeza le hacían la menor gracia.

Subió las escaleras de dos en dos y se permitió pensar un instante en el paciente de Olivia. Ese tipo la buscó y le pidió algo a cambio de algo. «¿Qué?», le preguntó el policía que llevaba dentro y que lo empujaba a buscar respuestas. Tampoco tenía la certeza de que ese hombre le hubiese contado toda la verdad, tal vez fue un último intento de tomar el control. A veces sucedía que la gente buscaba infligir dolor a otra persona como una forma de proyectar su propio tormento. Debía de haber algo detrás, algo retorcido.

Entró en la sala de trabajo. Los agentes de su grupo estaban allí, a excepción de Enzo, que llegaba detrás de él con una bolsa.

—Mira lo que trae el flojo, Isa. El que no se mueve de la silla.

El agente dejó en la mesa seis cafés blanco y negro, con hielo picado y una bola de helado de nata.

—Si es que te tengo que querer —soltó Cristina, que fue la primera en levantarse para coger uno.

Isa le dio las gracias en voz baja al coger su vaso. Estaba avergonzada por haber actuado por su cuenta y prefería pasar desapercibida.

El zumbido de la impresora empezó a sonar. María se acercó a coger la hoja.

—Es el informe de psicografología —dijo—. Se confirma que la nota hallada en el escenario fue escrita por la víctima, pero no es de ahora, es de hace meses.

—¿Alguien la dejó allí deliberadamente? —preguntó González.

La subinspectora se encogió de hombros.

—¿Quién estaba investigando a Nicolás Durán? —preguntó Rodrigo, que seguía de pie junto a la pizarra.

—Aquí está el dosier con lo que hemos encontrado sobre ese tipo —informó Cristina levantando una carpeta en el aire—. Fue investigado en dos ocasiones por delitos diferentes. ¿Recordáis la marca británica Crompton Marine?

—Sí, barcos de alta velocidad que hace algunos años fueron muy utilizados por los narcos —respondió Óscar—. Se daban hostias por esos bichos marinos con ocho motores que escapaban a los radares.

—Exacto —continuó Cris—, pues uno de los talleres clandestinos donde los pintaban y camuflaban es propiedad de Durán. Le investigaron, aunque al final todo quedó en agua de borrajas. Isa y yo nos hemos dado una vueltecita por la zona de las naves en el puerto y, hablando con unos y con otros, hemos averiguado que en el año 2002 le interrogaron como sospechoso por la muerte de su amigo Miguel Heredia. Ese tío no parece trigo limpio.

Rodrigo enarcó una ceja.

—Quiero el expediente de Heredia. Lo miraremos con lupa. No sería la primera vez que investigando un caso surgiera otro paralelo. Y quiero encima de mi mesa todo lo que se haya escrito sobre la Fundación Génesis. La víctima no tenía familia aquí, pero estuvo muy unida a esa asociación. Localizad también al doctor Pardo Cifuentes. —Anotó el nombre en la pizarra y se dirigió esta vez a la agente Valderrama, que después de la reprimenda miraba a su superior con cierto reparo—. Es psiquiatra y trató a la víctima en Madrid.

En la sala se oyó un murmullo generalizado.

—Lo que no quiere decir —recalcó interrumpiendo los comentarios— que en la actualidad la víctima estuviese bajo tratamiento psiquiátrico o que padeciese algún trastorno mental.

—No estar bajo tratamiento no la exime de haber poseído una psique complicada. Yo acabaría majareta *perdía* si tuviera que aguantar a dos tíos. Con uno ya me sobra —argumentó Cristina antes de dar un sorbo al café.

—Ya ha salido el pobrecito del novio —bromeó Óscar.

Cristina frunció la nariz.

—Es muy probable que las relaciones sentimentales le afectasen, como apunta Cris —afirmó el inspector—, pero no podemos trabajar con hipótesis. Hay que averiguar qué le contaba a su médico. Si de algo habla una persona a su terapeuta es de sus problemas, sus relaciones personales, frustraciones... Habrá que pedir una orden. Ningún médico nos facilitará información de un paciente por las buenas. ¿Alguna pregunta?

Rodrigo miró a los agentes antes de seguir:

—De acuerdo. Ahora, prestad atención. No quiero a nadie distraído. Con lo que tenemos hasta ahora podemos establecer una secuencia de los movimientos de la víctima el día de su muerte: Blanch fue al puerto para visitar a Nicolás Durán sobre las nueve y media o las diez de la mañana. Herrera estaba allí y, según cuenta, Durán y Blanch discutieron. A mediodía la víctima se desplazó hasta el hotel Don Carlos de Marbella y se encontró con su amante, Álex Fernández, una testigo los oyó pelearse. La última imagen que tenemos de la pareja es esta. —Rodrigo colocó en el mural una imagen fija de las grabaciones de las cámaras del hotel—. Fue tomada a las 16.35. Álex Fernández conducía el coche de la víctima. Por lo que sabemos debieron de estar juntos en el domicilio de ella hasta poco antes de las 20.30, hora en la que Fernández alquiló un coche aquí en la ciudad. A las 21.30, y según la declaración de Herrera, Durán estaba en el domicilio de Blanch. De nuevo ambos discutieron. No tenemos seguridad de que Fernández siguiera en la vivienda, aunque, según la declaración del vecino, el doctor Clayton, esa noche y sobre esa hora aproximadamente vio un coche cerca del domicilio de la víctima y por el modelo coincide con el vehículo que Fernández alquiló.

—Hay un dato que me parece interesante: si la víctima trataba de localizar a Durán, ¿por qué no telefoneó a ese tipo inmediatamente después de colgar con el psiquiatra? —planteó Alonso.

—Porque justo cuando ella pensaba telefonearle, Durán se presentó en su casa y ya no tuvo necesidad de llamarle. Lo tenía allí mismito, delante de ella. Es lo que declaró Herrera, Durán la visitó —les recordó Óscar.

—Cierto —consintió Cristina—. Ahora bien, ¿por qué telefoneó al cura? ¿Lo llamó delante de Durán?

Rodrigo continuaba callado, atento, era eso lo que quería, que todos aportaran ideas. María levantó las manos y pidió que la escucharan. Pensaba en un posible escenario que quería compartir.

—A ver, la víctima discutió con su amante en el hotel, regresaron a la casa de ella, se reconciliaron y mantuvieron relaciones sexuales. Eso explicaría por qué, cuando ella telefoneó al psiquiatra, no estaba alterada. Después no le hizo falta llamar a Durán porque, como bien dice Óscar, ese tío llegó a su casa. Y entonces sí que se pelearon de lo lindo.

—Eso encaja —habló Óscar con rotundidad—, la discusión con Durán irritó mucho a la profesora y necesitaba hablarlo con alguien. Durán salió de la casa para darle las llaves a Herrera y ella aprovechó para telefonear al cura.

—Por eso la llamada a la iglesia fue breve. Durán podía regresar de un momento a otro, y Celeste le dijo al padre Manuel que lo visitaría al día siguiente para hablar con él —continuó María.

—Hay algo que no podemos olvidar —habló de nuevo Enzo— o, mejor dicho, a alguien. Durán salió, entregó las llaves a Herrera y ¿regresó a la casa de la víctima? ¿Para seguir discutiendo? No lo creo. Ese tío estaba hasta los cojones de su amiga la profesora. ¿Y si la persona que visitó a la víctima por última vez fue Ordóñez, el supuesto prometido? Ya sabemos de qué pie cojea ese tío.

—Cierto. Ese tipo tampoco es de fiar, yo no creo ni la mitad de lo que cuenta —lo apoyó María.

—Lo que de verdad no entiendo es qué se traía entre manos la profesora —dijo Óscar—. Discute con un amigo y con el amante, no atiende las llamadas de Ordóñez, telefonea a un psiquiatra, a un cura... A mí no me parece normal. Para nada.

—Sí, ya, tú opinas que no estaba bien emocionalmente y que por eso se quitó la vida —adujo Cristina—. Yo lo que veo es que hay tres tíos que tienen mucho que decir. Fernández, Durán y Ordóñez. De momento ninguno nos ha proporcionado una coartada y esa mujer estaba embarazada. ¿Quién era el padre del hijo que esperaba?

—No tener coartada no es suficiente para imputar a una persona —dijo Ugalde—. Hay que reunir pruebas que los inculpen o descarten. Y os recuerdo que seguimos sin tenerlas. Respecto a Nicolás Durán, si en las próximas horas no da señales de vida emitiremos una orden de búsqueda por desaparición y se la mandaremos a Salvamento Marítimo.

—Tengo al doctor Pardo Cifuentes al teléfono —informó la agente Valderrama, que se había apresurado a hacer su trabajo.

—Gracias, Isa, pásame la llamada a mi despacho.

Rodrigo cerró la puerta y ocupó su silla frente a la mesa. Tras un breve saludo, agradeció al doctor su disposición a colaborar.

—Lamento muchísimo lo ocurrido. Estoy en *shock*. ¿Puede decirme cómo ha fallecido mi paciente?

—Me temo que aún no lo sabemos. Las circunstancias que rodean la muerte de la señorita Blanch no están claras, cualquier información que pueda aportar sobre la personalidad de su paciente será de ayuda.

—Entiendo... Esta conversación es privada, ¿está usted de acuerdo?

—Por supuesto.

—Lo primero que debe saber es que la señorita Blanch llegó a la consulta obligada por los padres cuando era muy jovencita y nunca puso de su parte. Los psiquiatras tratamos de encontrar el origen de los problemas a través de conversaciones con los pacientes y ella faltaba a las citas. Solo acudía a la consulta cuando se deprimía. A lo largo de todos estos años vino varias veces, cuando sufría alguna crisis. Le recetaba ansiolíticos y se marchaba. Yo le explicaba que tomar pastillas no haría que sus problemas desaparecieran. —Pardo hizo una pausa—. Mi paciente padecía labilidad emocional, una alteración del estado de ánimo, aunque en ningún caso indicativo de un problema psiquiátrico. Hace unos meses me telefoneó. Me dijo que estaba bien, que deseaba ser madre y que no volvería a tomar pastillas. No supe si creerla porque no era la primera vez que lo decía.

—Disculpe, ¿no era la primera vez que proponía dejar

los medicamentos o no era la primera vez que expresaba su deseo de ser madre?

—Ambas. Ella echaba de menos formar una familia.

—Entiendo.

—No he vuelto a saber más de ella; hasta ahora, lamentablemente.

—¿Diría usted que una mujer embarazada o que desea ser madre es capaz de poner fin a su vida?

—Sin duda. La idea generalizada de que el embarazo es el momento más feliz en la vida de una mujer es errónea, de hecho, el suicidio es la primera causa de muerte en las mujeres durante el periodo perinatal.

Rodrigo no esperaba escuchar esa respuesta.

—Por supuesto, depende de la situación personal de cada mujer y del apoyo que reciba por parte de la pareja —continuó Pardo Cifuentes—. En todo caso, las conductas suicidas no ocurren de repente, suelen estar incrustadas en una vida donde hay conflictos previos. Como todo engranaje, si una pieza falla, el mecanismo no funciona. Y la señorita Blanch padeció problemas emocionales, de eso no me cabe la menor duda.

Cuando Ugalde se despidió del doctor continuó sentado en la silla, haciéndola girar de un lado a otro.

Hacía algunos años que había trabajado en la Sección de Análisis de Conducta. Su trabajo no solo implicaba analizar patrones de comportamiento de posibles sospechosos o delincuentes, también se sumergía en el mundo emocional de las víctimas. La experiencia le decía que debía evitar que las investigaciones le llevasen a un callejón sin salida en el que no pudiese determinar cómo se habían producido los hechos. En caso de que se tratase de homicidio, mientras persistiese la duda se fallaría en favor del acusado: *in dubio pro reo*. También sabía que la mayoría de las pistas se conseguían buscando, indagando y cotejando pruebas. Otras se obtenían por puro instinto. Inmerso en sus pensamientos, no se percató de que María aguardaba frente a su mesa con una carpeta en las manos.

—Esto es lo que hemos encontrado del caso Heredia. —Alzó ligeramente la carpeta y la soltó sobre la mesa.

Sonó un golpecito seco.

35

Olivia llegó a su casa después de pasar un buen rato dando vueltas con el coche. Nunca se había sentido tan humillada. El peso de sus pensamientos la abrumaba como si se encontrara atrapada en un torbellino de preocupaciones. Ahora la ira y la confusión habían sido sustituidas por náuseas. Se dirigió al baño. Se apoyó en el lavabo y se miró en el espejo. Tenía la cara roja y los ojos espantados, como fuera de sí. Su estómago se retorcía. Respiró hondo. Tenía que controlar las emociones que amenazaban con desbordarse.

Se dio una ducha y envuelta en la toalla fue al dormitorio, se puso la ropa interior y una camiseta de estar por casa.

El sentimiento de autocompasión apareció en su interior. «¿Por qué a mí?».

Desde hacía mucho tiempo sentía que su vida había saltado por los aires y que no podría recomponerla, como la porcelana cuando se rompe. Nos afanamos en unir los trozos rotos, pegarlos, repararlos en una unión casi perfecta..., pero las grietas jamás desaparecen.

Extrajo el iPad del lugar en el que lo había guardado. El sonido del móvil la distrajo. Sin soltar el iPad fue a buscar el teléfono. Tenía llamadas perdidas de Rodrigo y un mensaje que se iluminaba en la pantalla.

«Lamento mucho lo ocurrido. No debí abrir la puerta. Tenemos que hablar. Llámame, por favor».

Se dejó caer en el sofá. Pensaba que la mente de un policía estaba estructurada para hacer cumplir la ley por encima de todo lo demás, y él nunca entendería que ella había adquirido un compromiso con Celeste desde el instante en el que esa mujer le pidió ayuda. Tampoco comprendería que se hubiese dejado llevar por el afecto hacia su hermano, ni las dudas o el miedo que le provocaba lo que pudiera esconder esa historia. Y sí, ella cometía errores, muchos errores, de hecho, algunos probablemente nunca los superaría.

Miró a Hemingway, que dormía en el sofá plácidamente. Lo cogió y lo apretó contra su cuerpo. Lloró.

Imaginó la cantidad de veces que Celeste lo habría abrazado y besado igual que ella hacía ahora. Esa mujer que vivió confundida, buscando respuestas, tratando de entender, y ahora era ella quien cargaba con todas las dudas. En ese momento, la fragilidad de su situación la alcanzó. Las lágrimas comenzaron a rodar por sus mejillas.

¿Qué era lo que no sabía de la vida de su hermano?, se preguntó.

No quería seguir compadeciéndose de sí misma. Dejó al gato en el sofá y fue a la cocina pensando en Álex.

Desde niños se decían que eran los mejores hermanos del mundo, que no tenían secretos, que se lo contaban todo. Ya no sabía qué pensar. Su cabeza se había convertido en una especie de cajón en el que se iba acumulando todo lo malo.

Abrió la nevera y cogió una lata de cerveza.

En el salón dio algunos sorbos y encendió el iPad consciente de que su propia vida había quedado relegada a un segundo plano, como el televisor cuando lo escuchas de fondo y no le prestas atención. Desde que había comenzado a leer el relato sentía que empezaba a conocer a Celeste, como si hubiesen retomado la amistad que dejaron hacía muchos años, una amistad que le hubiese gustado conservar. Ahora sabía que si la joven se distanció fue a causa del dolor y la tristeza por la pérdida de uno de sus mejores amigos. Olivia no lo pensó entonces. Ella estaba viviendo el divorcio de sus padres y todo se le hacía un mundo.

Ahora Celeste Blanch estaba muerta. Tocaba seguir leyendo y abriendo puertas que la ayudaran a entender, aunque el destino la empujara a cerrarlas después.

Miércoles, 28 de junio de 2017

El día que Miguel murió acompañé a los Clayton a la casa de Rosario, la abuela de Miguel. La pobre mujer estaba destrozada. Creo que aquel día envejeció todos los años que le quedaban por vivir.

Realmente no se podía hacer mucho. Había que esperar a la autopsia para poder velar a mi amigo.

Sofía no estaba mucho mejor que doña Rosario y, aunque el marido se afanaba en consolarlas, no había nada que él pudiera hacer.

Al día siguiente todos nos dimos cita en el tanatorio.

Santiago pasó varias veces por allí, desde el día anterior tenía prisa por regresar a Madrid y le grité que Miguel era mi amigo y que, si no entendía que yo debía estar allí, no me había comprendido en absoluto.

Me senté en un sofá cerca de los familiares de Miguel. Álex y Nico estaban conmigo. Ninguno dijimos nada hasta que Nicolás me hizo una señal para que saliéramos del edificio. Álex nos siguió.

Nos dirigimos hacia el fondo del recinto cerrado, alejados de la puerta principal. Por el modo en el que ellos se miraron supe que algo les preocupaba y que iba más allá de nuestra pérdida.

—Celeste, hay gente que empieza a murmurar —comenzó a decir Nico en voz baja mirando a un lado y a otro.

—¿Murmurar?

—Sí, y podrían meternos en un lío. Dicen que le hemos hecho daño a Miguel y que por eso está muerto. No los creas. No es verdad. Sabes que nunca le haríamos nada malo. Tienes que ayudarnos porque la policía nos interrogará a todos —suplicó.

—A mí no me metas en tus historias —soltó Álex, enojado.

Nico abrió los ojos como platos y le clavó la mirada.

—Si no estás de mi lado y yo caigo, te arrastraré.

Álex lo miró encolerizado, no habló, no dijo nada y eso me extrañó.

—¿Se puede saber qué está pasando? Ahora sí que dais miedo —les grité.

—No grites, por favor. Si te preguntan tienes que decirles que desde niños hemos sido como hermanos. Es la verdad y lo sabes. No escuches nada de lo que quieran hacerte creer —volvió a suplicar Nicolás.

Entonces vimos a Sofía caminar hacia nosotros y nos miramos.

—Haced el favor de acompañarme al coche —nos pidió.

Los tres nos dirigimos al aparcamiento guiados por Sofía. Abrió el automóvil y tomamos asiento en el sillón trasero. Ella se quedó de pie junto a la puerta, mirándonos a través de la ventanilla abierta.

—Yo me ocuparé de llevaros a comisaría. Lo que ha sucedido es una tragedia y la policía quiere hablar con vosotros, pero antes quiero saber qué ocultáis.

—¡Nada! —me adelanté a decir.

—Sé que Miguel estuvo en la playa con un montón de chicos y pasó la mayor parte del tiempo con vosotros dos, ¿es así? —preguntó Sofía mirándonos a Nico y a mí.

Asentimos.

—Menos Álex, que tenía trabajo, ¿es cierto?

—Sí. Yo trabajé todo el día y pasé la tarde con Celeste. No le vi ni sé nada —se apresuró a aclarar Álex mirándome de reojo.

Sofía seguía fuera del automóvil con la puerta abierta y los brazos cruzados.

—¿Discutió alguien con él? —continuó Sofía como si se tratara de un interrogatorio policial.

Nico negó con la cabeza y por el modo en el que me miró supe que me rogaba que no dijera nada. Y callé.

Sofía nos estudió a todos durante lo que me pareció una eternidad, después tomó asiento frente al volante y puso rumbo a comisaría.

—Lamento mucho por lo que estáis pasando —nos dijo con la vista fija en la carretera—, la policía no sospecha nada malo de vosotros, pero tenéis que contarles la verdad. Alguien te vio discutir con Miguel —dijo, y miró a Nico por el espejo retrovisor—. ¿Por qué no lo has contado? Yo sí he contado a la policía que vosotros tres estuvisteis charlando conmigo esa tarde, ¡los tres! —repitió alzando la voz—, y ya estabais mal. Nico, tú me respondiste que estabas hasta las pelotas cuando os ofrecí dinero para que os dieseis un capricho, un regalo de Navidad, unas minivacaciones... Suponía que os haría bien hacer algo diferente, que os uniría de nuevo. Miguel se fue llorando detrás de ti, Nico, y supongo que tú, Álex, te reuniste con Celeste.

—Así fue. Yo no sé nada en absoluto de lo que pasó entre Nico y Miguel.

—¿No estuviste con ellos después de despedirte de Celeste?

—No.

Nicolás entonces habló con expresión preocupada.

—Miguel y yo discutimos, sí, por algo absurdo, como otras tantas veces. Nada más. Y Álex y yo nos peleamos cuando supimos que Miguel había muerto porque estábamos mal, nos culpamos el uno al otro por no haberlo sabido cuidar. Él era tan...

Nico no pudo seguir hablando. Tenía un nudo en la garganta y lágrimas en las mejillas.

—Bien sabe el padre Manuel que cada día ruego a Dios por todos vosotros. Y bastante tenemos ya con la pérdida de un ser querido, con nuestro dolor, como para que además todo esto se convierta en un escándalo.

Yo estaba perpleja. No tenía la menor idea de que después del almuerzo en la playa los tres se hubiesen reunido con Sofía. Muchas veces me he preguntado por qué ella se involucraba de ese modo en la vida de los chicos como si fuese su madre.

Durante el trayecto me fijé en las manos de Nico. Tenía arañazos en los dedos y en las muñecas, al igual que Álex. Podrían habérselos hecho cuando se pelearon en la torre, pero a mí se me ocurrió otra posibilidad.

Y al llegar a comisaría empecé a llorar. No podía más. Una agente de policía me llevó a una sala. Comenzó a hacerme preguntas y yo no sabía qué responder. Me pidió que me tranquilizara, que volvería al cabo de un rato. Y allí me quedé, tratando de consolarme a mí misma.

La puerta se abrió a mi espalda. No me giré. Sabía que era ella, la agente de policía que una hora antes se había presentado como Miriam García. Una mujer de ojos grandes, color avellana, poco expresivos. El cabello corto, oscuro.

Me había pedido que tratara de calmarme y que la esperase allí sentada, en una habitación pequeña y desangelada frente a una mesa atestada de papeles. Yo tenía que dejar de llorar y no podía. Pensaba en Miguel. Estaba muerto. No podía creerlo. Habíamos estado juntos hacía tan solo un par de días. ¿Quién iba a imaginar que le quedaba tan poco tiempo de vida?

La tarde que Miguel desapareció habíamos quedado en vernos en la playa de Torre Nueva. Estaba dispuesto a contarme el secreto que los tres compartían. Lo esperé, pero nunca llegó.

La agente García tomó asiento frente a mí. Deslizó la vista sobre los documentos extendidos que había encima de la mesa y los amontonó a un lado. Ajustó la pantalla del ordenador y colocó el teclado debajo de sus ojos. Levantó la barbilla y me miró severamente.

—Te recuerdo que estás aquí porque necesitamos que confirmes unos datos. ¿Lo entiendes?

—Sí.

—¿Eres Celeste Blanch Saavedra, dieciocho años, nacida en Madrid? —preguntó con la vista puesta en la pantalla del ordenador.

—Sí.

—¿Conocías a Miguel Heredia desde que eras niña, aunque solo os veáis durante las vacaciones porque vives en Madrid?

—Sí.

—¿Cuándo fue la última vez que le viste?

La agente apoyó los codos sobre la mesa, entrelazó los dedos y dejó caer la barbilla sobre las manos.

—Antes de ayer. Amaneció un bonito día y un grupo de amigos almorzamos en la playa de Torre Nueva.

—¿Qué pasó después? ¿Hubo algo que te llamara la atención? ¿Discutió con alguien? ¿Sabes si Miguel tenía problemas?

Y respondí que no. No podía contar mis sospechas. Eran solo eso, sospechas que aparecían en mi cabeza y que inmediatamente después rechazaba.

Yo sabía que tenía que haber algo más detrás del comportamiento de mis amigos. Pero no añadí nada.

Todas las historias tienen un principio y un final, y justo en medio está el nudo, como un eslabón que engarza otras partes; yo estaba segura de que Miguel era el eslabón más débil de aquella historia.

36

Rodrigo estiró el brazo hasta alcanzar el informe de Heredia. Abrió la carpeta y examinó el expediente.

—Nicolás Durán fue una de las primeras personas que denunció la desaparición de su amigo —dijo a su compañera—. Fue interrogado como sospechoso y quedó en libertad sin cargos después de que la autopsia determinara muerte accidental. Las declaraciones de los testigos fueron confusas y no aportaron nada de interés.

—Ya sabes cómo es la gente, en la calle hablan y en sede policial prefieren no decir ni mu para no meterse en líos. —Infantes hizo una breve pausa durante la cual se apretó la coleta—. He echado un vistazo a las pruebas toxicológicas. El chico había tomado varias drogas y tenía agua en los pulmones, cayó al mar estando muy colocado. Los compañeros que llevaron la investigación no encontraron nada sospechoso. No hay pruebas que vinculen el caso de Heredia con el de Blanch.

—Sin embargo, los tres amigos, entre ellos Blanch, dieron versiones distintas en sus declaraciones. ¿Por qué?

—¿Nervios, miedo? Eran prácticamente unos críos y su amigo acababa de morir.

Pensativo, Ugalde se reclinó en el asiento y lo hizo girar de un lado a otro, después puso al corriente a su compañera de la conversación mantenida con el cura y los dos psiquiatras.

—Digo yo que, si el psiquiatra de Madrid afirma que no es extraño que una mujer embarazada se suicide, debe de ser así —opinó María—, aunque a mí me da que lo que digan los loqueros a ti te entra por un oído y te sale por el otro. ¿Me equivoco?

Rodrigo, por toda respuesta, se mordió el labio inferior.

—A quien tengo en la cabeza es a ese tío, Ordóñez —continuó Infantes—. Ya hemos comprobado que es escurridizo y rarito. No lo olvidemos.

—No me olvido, Infantes, no me olvido. Tampoco me olvido del gato. De momento seguimos sin noticias.

—Y tú das por hecho que esa mujer nunca se hubiese suicidado sin antes buscarle un hogar a su mascota.

—Sé que no todo el mundo ve a sus animales como parte de su familia, ahora bien, ¿cargas con el gato de un lado para otro si no te importa mucho?

—Entiendo, podía haberlo dejado con alguien de su confianza, o en una guardería... —sugirió Infantes.

—Que alguien lo compruebe. Tal vez lo hizo.

—¿Qué te pasa? Estás muy pensativo.

Rodrigo miró a su compañera y le contó su encuentro con Olivia y la interrupción de Silvia.

—¡Joder! Pues sí que ha sido inoportuna la muchachita, aunque ya te lo advertí. Deberías haber hablado con Silvia por teléfono, ya sabes cómo es. No acepta un no por respuesta y en cierto modo provocaste esa incómoda visita.

—¿Vas a ponerte de su parte?

María enarcó una ceja.

—¿En serio me preguntas eso?

—No quiero hablar de ella ahora. ¿Sabes qué? Hagámosle una visita a la señora Lewis. Esa mujer se ocupaba de cuidar la casa y puede que sepa algo del gato y vete tú a saber qué más. Y hoy debe de estar mejor —indicó Ugalde, y se levantó de la silla.

Al salir del despacho Rodrigo se dio cuenta de que el grupo seguía trabajando a pesar del cansancio y el calor húmedo y pegajoso que había convertido la sala de trabajo en una especie de sauna.

Eran las ocho de la tarde y no tenía sentido que siguieran contrastando los mismos datos una y otra vez después de una jornada que había sido demasiado larga.

—Marchaos a descansar. Nos vemos mañana a primera hora.

Avanzó por el pasillo hacia las escaleras acompañado de Infantes, detrás escuchó las charlas del grupo. Habían empezado a compartir anécdotas y bromas, y hablaban animadamente. La risa de Enzo de repente contagió a los demás, y en el aire se quedaron flotando esas otras cosas que hacían que cada día mereciera la pena.

Subió al coche, que estaba aparcado frente a la comisaría. María ya había ocupado el asiento del conductor y, tras arrancar el vehículo, giró a la derecha hacia la avenida Menéndez Pelayo. La zona del mercado estaba en obras y los restos de grava y arena dejaron una nube de polvo tras los neumáticos.

Minutos más tarde Rodrigo pulsaba el botón del videoportero. Mientras esperaban a que la señora Lewis les abriera echó un vistazo al móvil. Olivia no le había respondido. La entendía, aunque eso no mejoraba su mal humor.

Infantes pulsó de nuevo el botón del videoportero con la placa puesta delante de la cámara. Seguidamente un chasquido seco precedió a la apertura de la puerta.

Atravesaron el camino de piedra adornado con pequeñas florecillas de colores y luces solares.

La señora Lewis estaba en el porche con la vista puesta en ellos y una mano colocada a modo de visera. Una pequeña perra chihuahua comenzó a ladrar y la mujer la mandó callar enseguida.

—Lamentamos venir sin avisar —dijo Ugalde a medida que se acercaban—. ¿Nos recuerda? Somos el inspector Rodrigo Ugalde y la subinspectora María Infantes, de la UDEV. ¿Sería tan amable de dedicarnos unos minutos? Estamos seguros de que usted podrá aclararnos algunos detalles.

—Por supuesto, adelante. Tomen asiento aquí en el porche. Ahora mismo vuelvo —musitó antes de perderse en el interior de la casa.

Rodrigo y María ocuparon un par de sillones de ratán con bonitos y confortables cojines estampados. La perrita se acercó a olisquearlos.

María extrajo el bloc de notas y el bolígrafo de su bolso, y los dejó sobre la mesa de cristal.

La señora Lewis regresó con una bandejita con bollos dulces y salados y una jarra de zumo de naranja.

—No tenía por qué haberse molestado —agradeció Infantes, que se levantó para ayudarla—. Aunque confieso que estos bollitos tienen una pinta estupenda.

La mujer sonrió a la subinspectora.

—Pues coman. Me gusta estar en compañía. Mi marido y yo no tuvimos hijos, ¿saben? De vez en cuando viene algún sobrino a visitarme. Claro está que tengo muchas y buenas amigas, y mi perrita... —La mujer sirvió tres vasos de zumo.

—¿Saben ya qué es lo que le ha sucedido a la pobre niña?

—Le aseguro que estamos haciendo todo lo posible para averiguarlo... Verá, para empezar, y si no nos equivocamos, su vecina tenía un gato. ¿Sabe usted dónde está?

—Uf, esta cabecita mía. —La anciana se dio un par de golpecitos en la sien y las pulseras de oro sonaron en sus muñecas—. Ya se lo dije a Olivia, la joven que me acompañó toda la mañana —les recordó—. Pasé por alto contarles que el minino fue la causa por la que visité a mi vecina tan temprano. El pobre animal se había refugiado en mi jardín. ¡Estaba asustadísimo! Yo le oí maullar muy fuerte, por la noche, claro está que yo no tenía ni idea de que fuese Hemingway. La niña no lo dejaba fuera de casa por las noches.

—¿Lo tiene usted?

—¡No! Olivia se ofreció a cuidarlo. Mi perrita es muy celosa.

Laila Lewis comenzó a hablar de su chihuahua y a irse por las ramas.

María cogió un bollito con la vista puesta en su compañero.

—¿Cuándo fue la última vez que vio a su vecina...?

—¿Con vida...? —Laila hizo una pausa. Estaba reviviendo el momento en el que la descubrió tendida en la cama y no pudo hacer nada por ella. Los ojos le brillaron. Se secó las lágrimas con los dedos—. El lunes la vi salir de casa temprano por la mañana.

—No es nuestra intención entristecerla —dijo la subinspectora.

—No se preocupen. —La mujer dio un sorbo al zumo tratando de recomponerse—. Como les dije, fui enfermera y estoy acostumbrada a ver de todo.

—Usted declaró que la tarde y la noche del lunes oyó chirriar la cancela varias veces. ¿Recuerda si vio a alguien? —preguntó Ugalde.

La mujer apoyó los codos sobre la mesa y descansó la barbilla en las manos entrelazadas.

—Me asomé a la ventana... Sí..., vi a un par de hombres entrar y salir. Puede que fuesen vendedores de alarmas... O puede que fuesen amigos, porque no era horario laboral...

—¿Recuerda algo más? ¿Algo que le pareciera extraño? —insistió Infantes con la entonación más amable de la que fue capaz.

Laila Lewis desvió la mirada hacia la subinspectora, sus

ojos reflejaron una mirada profunda. Sentía el deber de contar lo que sabía.

—Por la noche, sobre las nueve o nueve y media, vi a Álex, el hermano de esa chica, Olivia.

Rodrigo y María se miraron.

—¿Está segura? —preguntó Ugalde.

—Completamente. Ese joven y Celeste fueron novios. No sé si quedaba algo de ese amor... No piensen que soy una cotilla.

—Por supuesto que no, señora Lewis —se apresuró a decir Infantes.

—De vez en cuando él la visitaba. Yo no recordaba bien su nombre, porque como les digo lo conocía de verlo por aquí cuando era muy joven. Fue Olivia quien mencionó a su hermano en algún momento. No me acuerdo de cuándo ni por qué. Fue un día muy duro. Solo sé que estaba a punto de contárselo a la muchacha cuando llegaron mis amigas. No le dije nada.

Rodrigo mostró a la señora Lewis la pantalla de su móvil con una fotografía de Fernández.

—¿Está segura de que era este hombre?

—Sí, ya se lo he dicho. No estoy chocheando —respondió algo molesta—. Fueron novios, después no sé qué pasó.

—¿Vio salir de la casa a ese hombre, a Álex?

—No. Por cierto, ¿no come nada, inspector? —preguntó alzando el plato para acercárselo a Ugalde, como si de repente tuviese ganas de dejar atrás la conversación.

Él la miró agradecido y se decidió por una empanada de queso y cebolla.

—Una última pregunta, señora Lewis. ¿Conoció usted a la señora Clayton? Tenemos entendido que la señorita Blanch estuvo muy unida a esa mujer.

La señora Lewis suspiró, y se decidió por un dulce de dátiles.

—Sofía fue una buena vecina. Vivió entregada a ayudar a los demás. Poco habladora. El marido achacaba la obsesión de su esposa por los chicos a la falta de hijos. Miren, yo creo que por muchos títulos que tenga Thomas y muchos libros que haya publicado, algunos hombres parece que están en Babia.

—¿Por qué lo dice?

—Creo que había algo más que simple añoranza por la maternidad. Y, ya saben, no es oro todo lo que reluce. Yo tampoco he tenido hijos, y ¿a ustedes qué les parezco?

—Una señora encantadora —la halagó Ugalde—. Y... ¿cuál es su opinión sobre la señora Clayton?

—Como acabo de decirles, Sofía era una mujer muy ocupada y no conversaba demasiado con el vecindario. Con quien sí hablaba a menudo era con el padre Manuel, el párroco de la iglesia del Carmen. Cada vez que yo organizaba alguna colecta y acudía a la iglesia ella estaba allí, un día sí y el otro también. Y una mujer que va tanto a la parroquia y habla tanto con el cura o es su amante o no tiene la conciencia tranquila. Eso decía mi madre, que en paz descanse. Y no creo que el cura estuviese por la labor de dejar los hábitos para ir tras ella. Hablen con él. Seguro que sabe mucho más que yo.

Rodrigo y María volvieron a mirarse. Era hora de marcharse.

—Este pastel está delicioso —dijo Rodrigo antes de despedirse—. ¿Son caseros?

—Sí, lo son, gracias. Adoro cocinar.

—Tendrá que darnos la receta.

—Cuando quieran. Por cierto, hacen ustedes una bonita pareja. ¿Lo son?

—Sí, de polis —repuso María con una sonrisa.

37

«Yo estaba segura de que Miguel era el eslabón más débil de aquella historia».

Olivia se quedó mirando la frase que acababa de leer. Recordaba aquel trágico accidente. Apoyó la cabeza en el respaldo del sofá. No entendía por qué Celeste conservaba esos artículos sobre la muerte del chico. Estaba segura de que tenía que haber una explicación, aunque en ese momento fuese incapaz de encontrarla.

Envió un mensaje a Álex:

«¿A qué hora vienes mañana? Me gustaría hablar contigo antes de que prestes declaración».

Esperó. Vio que su hermano estaba en línea y que estaba escribiendo.

«Te llamaré».

Álex había salido de la aplicación sin más.

Antes de dejar el móvil revisó los mensajes de Rodrigo. No le respondería. Un hombre separado o divorciado acarreaba demasiados problemas, y a ella le sobraban. Fue a la cocina y buscó algo para comer. Estaba un poco mareada. Un par de rebanadas de pan de molde con queso y un vaso de agua. Regresó al sofá. Cogió el iPad y continuó leyendo.

Jueves, 29 de junio de 2017

Muchas veces me ha asaltado una inesperada sensación de culpa. Al callar, protegía a Álex y a Nico, y al mismo tiempo sentía que traicionaba a Miguel.

He intentado aislar esos recuerdos sin conseguirlo. Es curioso cómo las cosas que quiero recordar no las encuentro y las que deseo olvidar aparecen y se quedan.

Después de prestar declaración, Santi y yo regresamos a Madrid.

De vez en cuando Santi me miraba, posaba su mano sobre la mía y me dedicaba palabras de consuelo, hasta que empezó a hacer recomendaciones sobre las personas con las que debíamos relacionarnos y a quiénes debíamos descartar. Insinuó que mis amigos jamás habían sido una buena compañía, y toda la frustración que había en mi interior acabó estallando y me volví irracional. Pagué con Santi la muerte de Miguel, el mutismo de Nicolás y el desprecio de Álex, como si fuese el responsable de mis desgracias.

No volvió a abrir la boca en todo el viaje.

Esa misma noche supe que habían detenido a Nicolás. Tal y como nos explicó Sofía, alguien lo había visto discutir con Miguel poco antes de su desaparición. Volverían a interrogarlo hasta que todo quedase aclarado. Tuve miedo; pensé en las anotaciones de Sofía, en las solicitudes para evaluaciones psicológicas que guardé en un lugar del sótano. Seguro que lo recuerdas. Te lo mostré aquel verano.

Olivia dejó de leer. La imagen llegó a su mente como un destello: un hueco en una de las paredes del sótano oculto tras unas estanterías.

Aquel día la madre de Celeste acababa de hacer limpieza y la jovencita guardó en ese lugar algunas de las cosas que habían sido de su abuela y de las que no tenía la menor intención de desprenderse. Se las mostró con mucho cariño.

A pesar del tiempo transcurrido lo recordaba con claridad.

Olivia se preguntó si esos informes seguirían allí ocultos

o si tal vez la policía los había encontrado durante el registro.

Sin demasiado apetito dio un mordisco al sándwich.

Al día siguiente de llegar a Madrid empecé a hacer preguntas a mi madre sobre mi infancia, el colgante y los chicos de Génesis. Ella cocinaba un dulce de Navidad y se movía por la cocina de un lado para otro. La encimera era un desastre. Estaba cubierta de harina, huevos, anises y frutos secos; ahora bien, ella iba impecable, el cabello perfectamente peinado y el vestido cubierto con un delantal.

En casa teníamos una asistenta que se ocupaba de limpiar y cocinar, siempre perseguida por mi madre, ¡pobre Agustina, todavía me acuerdo de ella! Aquel día libraba, mi madre trataba de disimular lo mal que se le daba la repostería, y mientras yo seguía formulando preguntas, ella buscaba en internet cómo conseguir el bizcocho perfecto. Estaba tan nerviosa que no recuerdo quién entró antes en ebullición, si mi madre o la leche que se desparramó por la vitrocerámica.

—¿Qué te sucede, niña? Estás pesadita. Y rara, muy rara.

—¡¿Cómo quieres que esté, mamá?! Mi amigo ha muerto, mi querido amigo Miguel, al que conocía desde pequeñita, ¿tan difícil es de entender?

Mi madre me miró como si de repente hubiese despertado a mi realidad. Se lavó las manos en el fregadero, se las secó en un paño limpio y después secó mis ojos con sus dedos.

—Lo siento, cielo. De verdad que lo siento. Yo sabía que algún día todo iba a terminar mal. Ese tipo de muchachos suelen tener finales trágicos. No los culpo, es su naturaleza y la sociedad, que no funciona bien. Hay que saber escoger a las amistades. Tú eres muy joven y no lo entiendes. Para eso estamos nosotros, para protegerte y guiarte. Siempre nos tendrás, cariño, a tu padre y a mí, para lo que necesites. —Hizo una breve pausa y me abrazó—. Menos mal que ya estás aquí, en casa. Rezaremos juntas por el descanso de ese pobre muchacho, que era un alma descarriada, ¿te parece bien? Estoy segura de que conseguirá la luz y el perdón en el más allá. Y lo mejor será que no volvamos a la casa de la playa por un tiempo. No te encapriches de quien no te conviene. No son de nuestra clase, aunque Sofía los trate como si fuesen sus hijos. Nunca me gustó que te mezclaras con ellos. Ni a mí ni a tu padre, aunque él no lo diga, ¡y no me mires como si estuvieras perdonándome la vida! Todo lo que hacemos lo hacemos por ti.

Entendí que mi madre hablaba con la mejor de sus intenciones, del mismo modo que supe que lo único que pretendía era alejarme de Álex.

Dejar de ir a la casa de la playa también era un sacrificio para mi madre, viajar a La Línea cada verano la ponía feliz, era su ciudad especial, donde habían vivido sus padres, y jamás renunciaba a ir sin un buen motivo. La abracé.

—¿Qué pasó con el colgante? —insistí esa vez con una entonación lastimosa.

—Nunca me gustaron los símbolos paganos, cariño. Y creo que se rompió.

Mi madre regresó a su tarea y yo recordé a mi abuela, la madre de mi madre, se llamaba también Mercedes y el nombre era lo único que tenían en común. Estaba segura de que ella debió de guardarlo.

Corrí al armario en el que mis padres conservaban algunas de sus pertenencias y lo encontré justo en el que fue su joyero. Uno precioso, de madera, con bailarina y todo.

Al verlo, a mi mente regresaron muchas de las experiencias vividas junto a mi abuela y que el tiempo se había encargado de transformar en recuerdos.

Fue ella quien me enseñó el valor de la amistad, del amor, el respeto, y sobre todo a seguir el camino que nos ayudara a encontrar nuestra propia felicidad.

Me tumbé en la cama y sostuve la cadenita en alto. No estaba rota. Supuse que mi abuela debió de arreglarla para mí.

Sonó ese clin, clin, como campanillas.

«Era Álex quien tiraba de ti...», reproduje mentalmente las palabras de Miguel.

Con el paso de los días empecé a tener recuerdos, escenas sueltas. Me vi jugando y la mano de Álex sujetando la mía. Vi su cara de niño, sus ojos color hierbabuena y el pequeño lunar en el mentón.

38

Por un instante, Olivia pensó en los recuerdos que Celeste no lograba recuperar. Como profesional sabía que, a edades tempranas, la memoria funciona de un modo selectivo. A veces sucesos de gran trascendencia se borran y se hace imposible acceder a ellos de forma consciente.

Se sentía frustrada, era como enfrentarse a una paciente necesitada de ayuda, por la que ya no podía hacer nada.

También ella experimentó esa amnesia traumática con su paciente, un modo de defensa que protegía a las personas del dolor.

Miró el resto del sándwich que había dejado en una servilleta sobre la mesa. Una mosca se había posado sobre él y el gato le daba con la pata. Se levantó para tirarlo a la basura y después siguió leyendo.

Viernes, 30 de junio de 2017

Olivia se quedó mirando la fecha que aparecía en esa nueva hoja del relato. Hasta ahora no había reparado en que Celeste debió de anotarlas por costumbre. Una manera de ordenar los días en los que se sentaba a escribir, sin embargo, ella las percibía como una aterradora cuenta atrás.

Se restregó la cara con ambas manos.

Con el tiempo, mi vida empezaba a normalizarse, hasta que un día Yvonne me envió unas fotografías del grupo. Álex y ella sonreían a cámara abrazados y felices.

Durante un tiempo no dejé de atormentarme. No sabía qué sentía él por ella ni por mí, ni qué quería o qué buscaba.

No me ayudaban los días en los que Sofía me telefoneaba y me hablaba de su dolor por la muerte de Miguel, y de todas las dudas que se planteaba sobre lo que pudo suceder, y yo no le conté lo que vi, porque Miguel había muerto y ya nada le devolvería la vida.

Había días en los que solo deseaba correr, subirme a un nuevo tren que me llevase a todas partes, a cielos azules, a mares abiertos. Asomarme a ventanillas que mostrasen otros paisajes en los que apearme, convertida en una viajera con destino, y sin embargo sentía que circulaba por los mismos raíles oxidados de salitre y levante.

Mi madre temía que los problemas que había tenido de niña hubiesen regresado y decidió que había que atajarlos de raíz. Y yo me dejé llevar, porque sabía que anímicamente no estaba bien, y obedecí sus instrucciones sin rechistar.

Así fue como acabé en la consulta de Pardo Cifuentes, un psiquiatra a quien jamás le hablé de mis cosas, de mis verdaderas cosas.

Seguí instalada en mi silencio. Como la torre.

Habían transcurrido dos años desde la muerte de Miguel y su recuerdo se fue disipando al igual que mis días. Me propuse dejar a un lado las preocupaciones, me centré en mis estudios y dediqué tiempo a la lectura. Creo que no he leído más en toda mi vida. Me sumergía en los libros, que me hacían viajar a otros mundos, a otras épocas y otras vidas. Mi madre pasaba los días hablando de Santi, como si fuese el único hombre de la tierra.

«No me negarás que es una maravilla de muchacho, y un partidazo. Si le prestases un poco de atención se te quitarían todas las tonterías que tienes en la cabeza. ¡Si te tiene como a una reina!», me repetía en una tediosa letanía, como si yo fuese la oveja negra y descarriada que había que meter por fuerza en el redil.

Animado por mi madre, Santiago comenzó a venir a casa los domingos, con la misma constancia y rigor que los partidos de fútbol en televisión.

Siempre he odiado los domingos. Me aburren soberanamente esos días en los que todo se queda en pausa. Me tumbaba en la cama con un libro y mi madre entraba sin pedir permiso, abría el armario y elegía la ropa que debía ponerme.

—¿No puedo quedarme así, de andar por casa?

—¿Así? ¿Tú te has visto? ¡Llevas un pantalón de pijama y un jersey al que le sobran mangas por todas partes! Ni hablar.

Ella elegía la ropa y yo me la ponía. Así evitaba discutir.

Santiago había comenzado a hacerse a la idea de que éramos algo así como novios. No sé cómo llegó a esa conclusión. Yo desde luego nunca le di muestras de amor ni nada parecido, aunque tampoco lo contrario, simplemente me dejaba agasajar. Me parecía agradable y hasta divertido.

Después de aquellos dos años intenté convencerme de que mi madre tenía razón, que los sentimientos podían dirigirse hacia donde una quisiera y debía prestar atención a Santi, que continuaba a mi lado, me ayudaba con los estudios, me invitaba al cine, a cenar, y me hacía regalos. Un conquistador nato con un físico interesante, el problema era que yo no estaba enamorada de él, aunque estarlo de Álex era aún peor.

Poco a poco fui dejando atrás ese mundo de ensueño que yo había diseñado pensando en el futuro y, cuando comenzaba a acostumbrarme a mi nueva vida, Álex me telefoneó.

Primero cerré los ojos como si así pudiera aislarme del sonido de su voz. Me pidió perdón y a la disculpa le siguieron un puñado de excusas que no había ni por dónde cogerlas, y que yo quise dar por ciertas a mi conveniencia. Me las metí en la cabeza con un calzador.

—¿Te importaría que hablásemos de vez en cuando? —me preguntó con esa desfachatez y descaro que no he visto en nadie más que en él, y le dije que sí.

El teléfono fijo repicó varias veces. Olivia no se inmutó. Lo dejó hasta que se cortó. Minutos después volvió a sonar. Sorprendida, se levantó del sofá. En la pantalla no había ningún número. Lo descolgó.

Al otro lado de la línea escuchó una respiración.

—¿Quién es?

No hubo respuesta. Solo la respiración profunda. Por la textura y la gravedad, supuso que era un hombre, aunque no podría asegurarlo. Después colgaron.

Olivia siguió de pie. Pensó en la persona que había detrás de esas llamadas. «¿Quién las hará?». Los ojos se le dilataron. Hasta ese momento no había querido ver la realidad que se desenvolvía en torno a ella. La muerte de la profesora quizá había sido un crimen. ¿Y si la persona que se escondía tras las llamadas estaba involucrada en la muerte de Celeste?

Había pasado de no pensar en ello a contemplarlo como una realidad.

Miró a su alrededor. Su hogar era su espacio privado, su refugio más seguro, y por un instante lo sintió vulnerable.

Se obligó a descartar la idea o acabaría loca. No podía dejarse llevar por el miedo, ese miedo a lo desconocido que te hace pensar en mil cosas al mismo tiempo. Por su profesión sabía que la mayoría de las veces lo que más nos aterra, lo que nos hace sentir más amenazados y cuesta mucho más superar es aquello que procede de nuestro propio interior; una sensación estrechamente conectada a la incertidumbre.

Pensó entonces en los familiares del paciente. Como un ritual abrió el primer cajón del escritorio. Allí seguía el móvil resquebrajado. Lo extrajo con cuidado y se quedó mirándolo. Además de la hermana, Álvaro tenía un padre, hermanos... Podría ser cualquiera. Y el modo en el que la hermana la había abordado en plena calle...

De ser ellos, ¿qué pretendían? ¿Asustarla? ¿Que no olvidara? Era absurdo. Eso era algo que su cerebro ya se encargaba de hacer.

—A no ser que él le hubiese contado a la familia el verdadero motivo por el que fue a mi consulta —susurró.

Se dirigió a la entrada y buscó en el bolso la tarjeta que le había entregado la hermana. Se vio en el espejo y seguía igual que hacía un rato, con los ojos tan abiertos que parecía estar fuera de sí. La llamaría y lo averiguaría. Marcó el número. En la parte alta de la tarjeta había un nombre anotado, Teresa.

Después de escuchar varios tonos una mujer respondió. Reconoció la voz. Olivia se presentó y la primera reacción de Teresa fue guardar silencio.

—No esperaba tu llamada —dijo tras la pausa.

—Tampoco yo imaginé que te llamaría porque en realidad no tengo nada que contarte. La información que tu hermano me dio es confidencial.

—¿Por qué me llamas entonces?

Esta vez fue Olivia quien hizo una pausa.

—Necesito saber qué te contó tu hermano, si dejó alguna nota...

—No. No dejó ninguna nota ni contó nada. Él ni siquiera quería tratarse. Llevaba meses hundido y cuando al fin lo convencimos para que buscara ayuda nos miró de un modo extraño. Como si un pensamiento le hubiera cruzado la mente. Pasamos varios días sin saber de él. No atendía a las llamadas ni abría la puerta de su casa. Cuando se dignó a coger el teléfono fue el mismo día que te visitó. Nos dijo que tenía que hacer algo, un asunto pendiente.

—¿Un asunto pendiente?

—Eso fue lo que dijo. ¿No te parece raro? También es extraño que visitara a una psicóloga de La Línea. Nosotros vivimos en Algeciras. ¿Lo sabías?

—No.

—Pues yo creo que sabes más de lo que dices y no sé por qué lo ocultas.

Olivia colgó. Había sido un error telefonear a esa mujer.

No sabía que Álvaro viviese en otra ciudad, en realidad no sabía nada de él. Sus encuentros siempre tuvieron lugar en La Línea. En cualquier caso, que ellos hubiesen tenido o no una aventura no le incumbía ni a Teresa ni a nadie.

Se dejó caer en el sofá. Estaba exhausta y cerró los ojos. Necesitaba poner en orden las ideas.

Sin poder ni querer evitarlo retrocedió hasta aquella tarde en la consulta. Él le contó que el accidente ocurrió una mañana lluviosa de mediados de diciembre. Su mujer conducía. Los niños cantaban en el asiento de atrás.

Llevaban a los pequeños a pasar el día con los abuelos, y ellos dos se dedicarían a hacer las compras de Navidad.

Ella desvió la vista hacia la pantalla del móvil al escuchar el sonido de un mensaje y quiso coger el teléfono. Su marido le pidió que lo dejara o que se detuviera en el arcén. Empezaron a discutir. Su mujer estaba fuera de sí. El pie cada vez más hundido en el acelerador. En un adelantamiento con rasante no vio el camión que venía de frente, pegó un volantazo y el coche dio dos vueltas de campana para acabar estrellándose contra un árbol.

De repente Olivia dio un respingo y se quedó sentada en el sofá. El corazón se le había acelerado. El recuerdo que llevaba tanto tiempo reprimiendo apareció de nuevo como un destello en la oscuridad, como si una puerta secreta se hubiese abierto de par en par revelando una realidad perturbadora.

La pregunta que le formuló Álvaro fue demoledora y ella finalmente descubrió a un hombre incomprensiblemente perverso.

Fue a la cocina a beber agua. Estaba mareada. Apoyó las manos en la encimera y se echó hacia delante. Se sentía abrumada por el impacto y se llevó la mano a la frente, parecía que estaba destemplada.

Se había impuesto devolver a Álvaro a ese lugar oscuro de su mente que cada vez visitaba menos, y ahora la muerte de Celeste, el relato inacabado y la falta de respuestas de Álex la habían desestabilizado.

Respiró profundamente y abrió el cajón donde guardaba los medicamentos. Se echó dos ansiolíticos a la boca y volvió a beber agua antes de arrastrarse hasta la cama.

39

Amanecía cuando el inspector Rodrigo Ugalde detuvo el coche frente a la comisaría de La Línea. A pesar de la hora, en la avenida Menéndez Pelayo ya empezaba a formarse una cola de personas que acudían a renovar documentos.

Acompañado de su perra atravesó la calzada. Wendy corrió al patio a buscar su juguete y él subió las escaleras hacia la planta alta, donde ya empezaba a percibirse el ajetreo de un nuevo día de trabajo. El agente Óscar González también había llegado temprano y se encontraba en su puesto.

—Buenos días, jefe —lo saludó al verle llegar—. Acaban de pasarme este informe de rastros.

Rodrigo le dio las gracias y entró en su despacho leyendo el análisis detallado de los restos encontrados en el interior de la vivienda. Se especificaban diferentes tipos de fibras, arena, pelos de gato, cabellos y muestras de ADN, estas últimas sin coincidencias en la base de datos.

Un perfil de ADN sin identificar podría ser de cualquiera, incluso tratarse de una transferencia secundaria de la propia víctima.

Lo dejó sobre la mesa. Después reparó en algo que acababa de ver y no le encajaba. Comenzó a mover las carpetas que cubrían la mesa hasta que encontró el análisis de los restos extraídos de las deportivas de Jonathan Herrera. Los contrastó con los del nuevo informe. Había coincidencias entre las partículas dejadas por Herrera en el exterior de la casa y otras extraídas en el interior de la vivienda. Restos que no coincidían con ningún otro.

Tendió el informe a la subinspectora al verla cruzar la puerta del despacho.

—Buenos días por lo menos, ¿no? —dijo ella con una bonita sonrisa.

Infantes llegaba con la cara lavada, el cabello recogido y ni un ápice de maquillaje. Dejó sobre la mesa un par de batidos de leche merengada y dos *muffins* de chocolate.

—Anda, come, que tu madre me manda mensajes preguntándome por ti —bromeó al tomar asiento frente a su compañero.

—Gracias... —dijo antes de coger uno de los vasos—. Herrera nos ha contado un cuento chino. Dijo que no había puesto un pie dentro de la casa y las pruebas nos dicen otra cosa. No creo que se trate de una curiosa coincidencia.

—No es nuevo, sabemos de sobra que ese tío es un embustero.

—¿Entró antes o después de que Celeste Blanch muriera?

Ugalde lanzó la pregunta al tiempo que levantaba el teléfono y daba la orden de búsqueda.

—Puede que esté involucrado en la muerte de la profesora o tal vez encubre a Durán. Son colegas y estuvieron juntos el día que esa chica falleció y también en el barco, antes de que Durán se largara.

—Delante de mis narices —añadió Ugalde.

—Yo no he dicho eso.

—Desde ayer no dejo de pensar en la muerte de aquel chico, Heredia. He buscado información adicional. Se escribieron numerosos artículos sobre el caso y básicamente cuestionaban la declaración de Nicolás Durán. Algo debió de llamar la atención de los periodistas.

—La autopsia fue determinante. Ya lo hemos hablado. Heredia murió por sobredosis, que cayera al mar fue circunstancial. Hubiese fallecido de igual modo. El caso se investigó, se cerró y archivó. No cuestiono el trabajo que llevaron a cabo los compañeros —concluyó la subinspectora.

Ugalde daba pequeños golpecitos en la mesa con el bolígrafo.

—¿Y si durante la investigación se pasó algo por alto? Somos humanos, cometemos errores.

Infantes apoyó las manos sobre la mesa.

—Un momento... Si lo que pretendes es que yo convenza a Aguirre para que él a su vez solicite a la jueza una autorización para la exhumación del cadáver, no lo veo. ¡Es de locos!, y te recuerdo, además —matizó—, que necesitaríamos la autorización del comisario.

—No pensaba en exhumar el cadáver, aunque ya que has tenido la idea...

Rodrigo deslizó el teléfono sobre la mesa hasta que quedó bajo los ojos de la subinspectora.

—A ver, Rodrigo, ¿qué podría aportar una nueva autopsia? Ningún forense pasaría por alto un golpe en la cabeza, moratones o contusiones a consecuencia de una pelea. Y si lo que le hizo caer al mar fue un empujón, teniendo en cuenta que el chico iba pedo, no habrá manera de saberlo y mucho menos de demostrarlo.

—Lo sé.

Infantes bufó...

—Además de bocazas, soy incapaz de no intentarlo —dijo ella al tiempo que marcaba el número del comisario y daba un mordisco al dulce. Enseguida escuchó la voz del comisario, que parecía adormilado y se apresuró a tragar el trozo de pastel.

—¿Estaba durmiendo, jefe? —María frunció el gesto esperando la respuesta.

—¡No dormía, no! Las dichosas excursiones empiezan más temprano de lo que me gustaría.

—Vaya por Dios, espero que lo estén pasando bien. Las vacaciones son para disfrutarlas.

—¿Qué sucede, Infantes? La noto muy amable, cualidad a la que no me tiene acostumbrado tan temprano. Siempre llega usted gruñendo.

María levantó las cejas. Cada vez que Escobar utilizaba el tratamiento de usted para dirigirse a ellos significaba que estaba de mal humor.

—Verá, investigando el círculo cercano a la víctima, hemos sabido que en el 2002 falleció uno de los amigos, Miguel Heredia, y da la casualidad de que los compañeros que investigaron el caso pusieron su atención en otro amigo de Blanch, Nicolás Durán. Ahora sabemos que la profesora le estaba tocando las narices a ese tipo y nos preguntamos si el asunto pueda venir de largo.

—Recuerdo el caso. Lo que no tengo ni idea es de adónde quiere ir a parar.

—Creemos que merece la pena investigar por esa vía. Puede que exista una conexión entre ambas muertes, y tal vez una nueva autopsia...

—¡¿Cómo?! —exclamó Escobar interrumpiendo a la subinspectora—. Mire, Infantes, siempre he confiado en su instinto, lo que sucede es que en esta ocasión parece que no ven lo que tienen delante. ¿Qué relación hay entre que la difunta estuviese molestando a Durán o lo que puñetas crean que pasó y la muerte de un muchacho hace un puñado de años?

—Señor...

—¡No! —sentenció—. Los casos cerrados, si se reabren, levantan ampollas. Se trataba de un drogadicto que se pasó con la dosis y cayó al mar, le pese a quien le pese, ¡por el amor de Dios! ¿Qué pretenden? ¿Es ideíta de Ugalde?

—No, señor, ha sido mía.

—Pues vaya brillantez que ha tenido, Infantes. Tampoco la jueza concedería la orden de exhumación, de acceder a ello sería *in extremis*, que no es el caso. No se puede solicitar una nueva autopsia en virtud de un presentimiento, o una corazonada... Lo saben de sobra.

Acto seguido el comisario colgó.

—Lo has intentado, María.

—Creo que el jefe tiene razón.

Rodrigo se reclinó en el asiento. Un haz de luz incidía sobre la fotografía de los tres muchachos. Esa imagen inocente había empezado a convertirse en un pequeño misterio. Se levantó, la retiró del mural y pidió a Enzo que hiciera una ampliación tratando de resaltar los detalles existentes.

Minutos después la observaba con detenimiento en la pantalla del ordenador. Los tres jóvenes llevaban el mismo tatuaje que la víctima. Estaba seguro de que esa fotografía quería contarles algo, que lo tenía delante de los ojos y no lograba verlo. Le faltaban piezas, de ahí que aún no le encajaran con claridad en su cabeza. Siguió mirando las fotografías que mostraban las pertenencias de la víctima: la cartera, la documentación, dinero, tarjetas y un pequeño trozo de papel en el que aparecía anotado el nombre de la calle Clavel.

La agente Cristina entró en el despacho y dejó una carpeta sobre la mesa.

—Aquí está lo que he encontrado acerca de esa Fundación Génesis. Básicamente lo que sabemos.

—¿Qué hay en la calle Clavel, Cris? Me refiero a negocios, o algo de interés turístico, por ejemplo.

La agente hundió una mano en uno de los múltiples bolsillos de su pantalón.

—¡Uf! Esa calle es de las más largas de la ciudad —dijo—. Va desde la plaza de la Constitución hasta la plaza de toros, y hay pastelerías, peluquerías, supermercados, tiendas de ropa... ¡Ah! Y el centro ese en el que celebran charlas literarias, conferencias, exposiciones... Universidad Internacional

Menéndez Pelayo. Ese es su nombre. ¡Puede que la víctima asistiera a alguna de esas actividades, era profesora de Literatura! —argumentó con un brillo enérgico en los ojos.

—Quiero que un par de agentes se pasen por allí y de paso que recorran los establecimientos de la calle Clavel con una fotografía de la víctima. Que pregunten a todo el mundo. A ver si alguien la reconoce y aporta algún dato nuevo.

—La plaza de toros está justo al final de esa calle. Puede que estuviese documentándose sobre la historia que relaciona la plaza con el *Ulises*, de Joyce —opinó María, que había empezado a cumplimentar informes.

—¿Qué historia es esa? —se interesó Cristina antes de salir del despacho.

—La protagonista de la obra, Molly Bloom, a quien por cierto debe el nombre nuestro famoso bar de la plaza de Cruz Herrera, relata en el último capítulo del libro que asistió a una corrida de toros en la plaza linense. Igual fue a hacerse fotografías.

—Sabes de todo, Infantes.

—No, qué va, lo leí hace poco en un artículo. Aborrezco las corridas.

Tras reflexionar unos segundos, Ugalde levantó el teléfono y marcó el número de Marisa Blanch. Tal vez la prima recordaba algo. Después de interesarse por cómo se encontraba, pasó a formularle algunas preguntas.

—Sé a qué fotografía se refiere, inspector. Celeste la convirtió en una especie de fetiche. La llevaba a todas partes. Respecto al colgante y el tatuaje, en una ocasión le pregunté si tenía un significado especial. Me respondió que esa figura la unía y la distanciaba al mismo tiempo de sus amigos. No la entendí y ella tampoco supo explicármelo. O no quiso. Celeste era muy reservada para según qué temas. Por cierto, ¿saben algo del gato?

—Una antigua amiga de su prima está cuidando de él. Le

envío ahora mismo su contacto para que pueda hablar con ella.

—Me alegro de que Hemingway esté bien. Celeste lo adora..., adoraba. Gracias, inspector.

Cuando Rodrigo colgó el teléfono, María lo miraba pensativa.

—Si como supones nos enfrentamos a un caso de homicidio, por descarte, ¿Álex Fernández deja de ser sospechoso? Nadie en su sano juicio dejaría una nota con su nombre junto al cadáver —planteó la subinspectora.

—A no ser que esté utilizando psicología inversa... A ver, ese tipo sabía que había dejado unos rastros muy claros tras él: las grabaciones de las cámaras de vigilancia del hotel, el propio personal del Don Carlos, el coche que alquiló a su nombre en La Línea... Son huellas imposibles de borrar, María. Tal vez su verdadera intención sea la de hacernos creer que alguien quiere inculparle. De hecho, Santiago Ordóñez lo ha señalado directamente.

María se cruzó de brazos.

—Cualquiera de ellos pudo acceder al domicilio, drogarla, esperar a que perdiera el sentido y llevarla al dormitorio.

—Durán también la visitó —le recordó Ugalde—. Y seguimos sin saber nada de él. Ya va siendo hora de hacerle una visita a la madre.

40

Olivia abrió los ojos en la oscuridad de la habitación. Había pasado la noche dando vueltas en la cama a pesar de las pastillas. No solía recurrir a los medicamentos. No le gustaba depender de ellos para controlar sus emociones, que últimamente se escapaban a su dominio. Estaba sudando y la camiseta se le había pegado al cuerpo como una segunda piel. La garganta seca.

Se incorporó hasta quedarse sentada en la cama. Solo le concedió un instante al recuerdo reprimido de su paciente. Había sido como conversar con un fantasma y empezaba a tener problemas para diferenciar lo real de lo que no lo era.

Se levantó despacio y subió la persiana hasta la mitad. Entornó los ojos molesta por la luz que se colaba a través de los visillos.

Estiró la mano hasta alcanzar el teléfono. Álex seguía sin dar señales de vida y empezaba a hartarse. Miró el contacto de su padre. Lo echaba de menos. Cuando era niña solía contarle sus problemas, inquietudes y dudas, y él siempre tenía una buena respuesta. Le telefoneó. Enseguida escuchó su inconfundible voz, dulce y grave al mismo tiempo.

—Hola, cariño. ¡Qué agradable sorpresa! ¿Estás bien?

—Sí, papá, espero que tú también. Te llamo porque intento hablar con mi hermano y no hay manera. Sé que está contigo —habló tratando de que su voz sonara natural.

—Sí, tenía trabajo aquí en Marbella y le pedí que me

echase una mano con un reportaje, pero ayer no le vi el pelo y anoche voló a Londres. Al parecer ayer por la tarde le avisaron de una de las agencias, ya sabes cómo es nuestro trabajo.

—¿Cómo? ¿Está en Londres? ¡No puede!

—¿Por qué? ¿Ocurre algo?

—No, no, nada. Volveré a telefonearle.

—¿De verdad estás bien? Si pasa algo quiero saberlo, Olivia. Tu hermano tampoco parece encontrarse muy bien que digamos.

—No pasa nada, papá. Álex estará estresado por el trabajo, es solo que me hubiese gustado verlo hoy. Quédate tranquilo. Ahora tengo que dejarte, avísame cuando acabes ese dichoso trabajo e iré a verte... —concluyó fingiendo normalidad.

Colgó tratando de no pensar en los motivos por los que Álex había decidido marcharse y no prestar declaración.

—No, no está huyendo de la justicia —se repitió en voz alta.

Conocía esa faceta de su hermano. Cuando algo le sobrepasaba se marchaba lejos. Huía de lo indecible, lo ignoraba, lo aislaba y lo apartaba de su vida como si no existiese. Ella en cambio no podía seguir adelante.

Respiró profundamente. Viajaría a Londres. Tenía que conocer la versión de su hermano cuanto antes. Podía pasar un día sin respuestas, a lo sumo dos; dejarlo más no estaba en sus planes.

A través de la web de British Airways encontró un billete de ida y vuelta desde Gibraltar. Salía esa misma mañana y estaría de nuevo en La Línea por la noche. Como solía decir su madre: Londres estaba a un pequeño salto desde la Roca.

Cogió el móvil para telefonear a Alicia, pero empezó a sonar antes de que ella pudiera hacer su llamada. No conocía el número.

—Buenos días, mi nombre es Marisa Blanch. La policía me ha dado tu número y te llamo para saber cómo está el gato de mi prima y..., bueno, supongo que deberé ocuparme de él —dijo un poco desconcertada.

—Lamento mucho la muerte de Celeste.

—Gracias, todavía no puedo creerlo. Era tan joven y...

—Hemingway está bien —dijo para cambiar de conversación— y... lleva poco tiempo conmigo y ya me he encariñado con él. Es muy bueno. Si ahora mismo no te encuentras bien para ocuparte de él, yo no tengo ningún inconveniente en tenerlo el tiempo que necesites. Me encantan los gatos.

—¿En serio? No sabes cuánto te lo agradezco. Ahora tendré mucho de lo que ocuparme, la casa de mi prima, sus cosas...

—Sin problema. Llámame cuando quieras y volvemos a hablarlo.

Tras despedirse de Marisa Blanch se quedó mirando al gato. La idea de tener que devolverlo la entristeció. Telefoneó a Alicia y le explicó la situación.

—No sé qué decir. Viajar a Londres de esa manera... me parece precipitado, y créeme que te entiendo, es solo que... ¿Qué tal una videollamada? Vivimos en el siglo XXI.

—Álex ni siquiera atiende a mis llamadas, Alicia. Creo que no quiere hablar conmigo. Algo me oculta. Necesito mirarlo a los ojos sin el temor de que salga de la aplicación y vuelva a darme largas.

—Pues no sé qué decir.

—Mejor no digas nada. ¿Podrías hacerte cargo del gato?

—¿Qué gato?

—Es cierto, no te lo he contado. Tengo al gato de Celeste en casa. Pásate a verlo. Solo quiero que te asegures de que está bien. No te dará la lata. Tienes las llaves de casa, ¿verdad?

—Sí, ¿qué hace su gato contigo?

—Se refugió en la casa de la vecina y alguien debía ocuparse de él.

—Vaya..., de acuerdo, no sé si es normal hacer eso sin notificarlo a la policía.

—¿El qué?

—Quedarte con el gato así.

—No creas, ya están al tanto. La prima de Celeste me ha llamado para interesarse por él. De momento estará conmigo. La policía que haga su trabajo.

—De acuerdo, de acuerdo, no te preocupes, cuidaré de él.

—Gracias. Ahora debo darme prisa, mi avión despega en un par de horas.

Cortó la llamada y cogió una maleta pequeña del altillo. La puso sobre la cama y guardó un neceser, unas sandalias de repuesto y algo de ropa, solo por si su estancia se prolongaba. En realidad, pensó que una mochila sería suficiente. La casa de Londres era su otro hogar y allí guardaba muchas de sus cosas. Últimamente lo hacía todo sin pensar. Ya daba igual.

Cerró la maleta y la deslizó sobre las ruedas hasta dejarla en la entrada.

Hemingway se había acercado a ella y se restregaba entre sus piernas. Lo cogió en brazos y lo besó.

—Tú también necesitas saber qué le pasó —le susurró.

Dejó al gato en el suelo y, tras llenar sus platos con agua y comida, guardó el iPad en su bolso de mano y salió de casa.

Acomodada en el asiento de atrás del taxi, miró hacia la playa de Poniente. Las primeras sombrillas empezaban a poblar la arena y ya había gente disfrutando del mar, bañándose, jugando a las palas o practicando deportes de vela.

Adoraba el verano por lo que tenía de alegre, ese en cambio se había convertido en una pesadilla. El taxista elevó el volumen de la radio. Sonaban sevillanas. Se aproximaba la feria y ella no soportaba la euforia de la gente, la obligación de estar alegres y escuchar esa música a todas horas o colgar farolillos.

Negó con un gesto. La gente tenía derecho a divertirse como le diese la gana, era ella la que hacía mucho tiempo que no estaba de humor para nada.

Afortunadamente, el trayecto hasta la frontera con Gibraltar desde su casa era muy corto. Desvió la mirada hacia el carril de la derecha. Decenas de coches esperaban para entrar en la Roca. Al bajar del taxi comprobó que la fila de peatones tampoco era corta. Trabajadores, turistas...

Con el pasaporte en la mano esperó soportando el sol y el calor hasta que rebasó los dos controles policiales. El aeropuerto estaba a la izquierda, justo al salir del control policial del Peñón.

Tirando de la maleta esquivó a los peatones que entraban y salían del aeropuerto. Había gente por todas partes. Se detuvo frente al panel de vuelos y sus ojos recorrieron las filas de destinos y horarios. Por un instante el bullicio a su alrededor se desvaneció en un zumbido distante mientras su mente se concentraba en encontrar la hora exacta de su vuelo. La luz blanca y nítida del panel resaltaba los números y letras. No podía perder el avión.

Una vez confirmada la hora se dirigió al concurrido bar de la terraza. Pidió una taza de té y una porción de tarta de manzana con doble de crema. La cabeza había empezado a dolerle por el maldito estrés. El azúcar le sentaría bien.

Sentada en una silla trató de relajarse. El sabor la transportó a su infancia, cuando acompañaba a su madre a Gibraltar. Rachel adoraba todo lo inglés, lo suyo, como solía decir, y tenía los supermercados británicos tan cerca que se resistía a prescindir de ellos. Olivia también se había acostumbrado a ellos. Después de pagar se dirigió a la zona de embarque. Esperaría allí sentada. Extrajo el iPad del bolso y lo encendió.

Viernes, 30 de junio de 2017

Cada verano viajaba a La Línea con la esperanza de encontrarme con él. A veces Álex me decía que estaba dispuesto a abandonarlo todo por mí; otras veces, la distancia o el trabajo eran sus excusas perfectas.

Nunca hablábamos del tiempo pasado, de mis dudas sobre el pacto ni del secreto que Miguel se llevó con él.

Yo seguía con mi vida como podía y, ante mi más que evidente falta de interés por Santiago, este había comenzado a salir con una antigua compañera de universidad, aunque nunca dejó de visitarme.

Llegaba a casa, se sentaba y me contaba lo bien que le iba con Margarita, lo mucho que se divertían y que era la mujer perfecta para él. Después me decía que me echaba de menos y se despedía hasta la siguiente vez.

A través de la megafonía, Olivia oyó la última llamada a los pasajeros del vuelo BA493 de la compañía British Airways con destino a Londres.

41

La subinspectora Infantes enfiló la avenida del Ejército en dirección al domicilio de Nicolás Durán. Conducía por el carril izquierdo adelantando a todos los vehículos con acelerones rápidos y frenazos al llegar a las distintas rotondas. Ugalde iba a su lado y trataba de localizar a su superior. Tras un par de intentos Escobar al fin respondió y escuchó con atención las dudas que le planteaba el inspector.

—Sí, Rodrigo, sí —respondió con parsimonia—, se escribieron muchos artículos sobre el caso de aquel chico, Heredia. Ya sabes cómo son los de la prensa, unos buitres que buscan titulares sensacionalistas. Ese caso tuvo cierta repercusión porque el muchacho pertenecía a la Fundación Génesis y la directora era muy conocida. Hubo un incremento considerable en la venta de periódicos y eso fue todo.

—Todo no, porque Heredia murió y, cada vez que un joven muere por causa de las drogas, todos fracasamos.

—¡No me vengas con lecciones de moralidad, Ugalde! La sociedad funciona mal y ya está. En ese caso no hubo nada extraño. La familia de Heredia armó un poco de escándalo, animados por el cura y la directora, y nada más.

—¿Escándalo? ¿Por qué? ¿Qué sospechaban?

—Nada. Supongo que lo único que la directora pretendía era que nadie ensuciase el nombre de la fundación. Y el cura, ¿qué quieres que te diga? Para ellos todos somos hijos de Dios.

—¿Por qué se interrogó a Nicolás Durán como sospechoso?

—Era amigo del fallecido, además de la persona que denunció la desaparición. Estaba dentro del círculo cercano a la víctima... Y él dio una versión de los hechos distinta a las de sus amigos. Se le presionó un poco durante el interrogatorio, aunque no hubo pruebas que lo incriminaran y la autopsia reveló lo que desde el principio era evidente. Fue un accidente. No busques fantasmas donde no los hay. Todo lo que contaron los periodistas fueron habladurías de la gente.

—¿Qué tipo de habladurías?

—¿En serio quieres seguir con esto? La gente hablaba de drogas, contrabando, rollos homosexuales... ¡Chismes, Ugalde, chismes! ¿Tan complicado es que por un momento pienses en la posibilidad de que la profesora se haya suicidado? Hay ocasiones en las que me sacan ustedes de mis casillas. Y ahora me dirijo a ambos porque estoy seguro de que Infantes estará a su lado calladita con la oreja puesta.

—Así es, señor —respondió María justo al desviarse para entrar en la calle Sevilla, donde aparcó.

—Pues eso. ¿Tengo que repasar con ustedes el caso Blanch? No han forzado la cerradura de la vivienda. Tampoco las ventanas. La puerta del garaje no ha sido manipulada, solo se abre y se cierra con el mando que la víctima llevaba en el bolso. Conversé con los agentes que acudieron al domicilio en un primer momento, y me consta que todo estaba en orden, intacto. Nadie ha robado ni violado o golpeado a esa mujer. He hablado con el forense y me confirma que no hubo agresión sexual. ¿Qué buscan? ¡¿Creen que ella abrió la puerta a su asesino y que el susodicho se puso a preparar el menjunje mientras conversaban alegremente?!

—Puede que abriera la puerta porque lo conocía...

—¡Venga, hombre! Esa mujer poseía una psique complicada y ustedes están dificultando la ecuación. Los familiares necesitan respuestas y alivio. Si no podemos determinar cómo se produjo su muerte, solo se crearán interrogantes, tensiones, y se cuestionará nuestra capacidad para llevar a cabo nuestro trabajo.

—Queramos o no, una muerte siempre se convierte en un caso mediático... —dijo María con la nariz arrugada temiendo cabrear a su jefe.

—Exacto, Infantes, y eso provoca mucha inseguridad y pronto empezarán los de arriba a tirarme de las orejas porque ya sabemos que La Línea es un plato suculento para la prensa. ¡Eso es como la droga! —continuó el comisario, al que le irritaba en extremo el ataque de los medios contra la ciudad.

María puso los ojos en blanco esperando la charla que venía a continuación.

—Aquí se incautan tres mil kilos de droga y, como esto es La Línea, pues, ¡hala!, dicen que treinta mil y se quedan tan anchos. —Escobar continuó, esta vez con una entonación distinta, como afeminada y asustadiza—: ¡Uy, La Línea, que eso está lleno de droga, la capital del narcotráfico!

—¿El jefe ha comido lengua? —susurró María a su compañero, y él se llevó el dedo índice a los labios para hacerla callar.

—Y si una muerte no se esclarece —continuaba Escobar—, ¡lo que nos faltaba! Dirán: ¡coño, que en La Línea están matando a la gente por las calles!... Que ya está bien, hombre, que ya está bien, que estoy hasta los huevos. Y os recuerdo que eso no le gusta a ningún político y yo tengo que rendir cuentas. Solo me faltaba que el jefe provincial, el superior, o el subdelegado del Gobierno me telefonearan.

Rodrigo y María se miraron.

—Que sí, que entiendo que todo requiere un procedimiento. —El comisario continuaba hablando solo—. ¿Se puede acelerar perfectamente el proceso? Pues sí. Lo ideal serían cuarenta y ocho horas, que ya sé que es muy difícil, pero no imposible... Os doy un par de días más. ¿Qué os parece? No puedo permitir que un grupo de policías, seis exactamente, se dediquen a un solo caso —sentenció.

—También están con otros delitos menores —repuso Rodrigo.

—Sí, ya, centraos en la muerte de la profesora y hacedme el favor de no remover viejas historias en balde. Los familiares de aquel joven lo pasaron muy mal y no digamos la abuela, que envejeció de repente, así que ahora imagínense cómo estará la pobre mujer.

—Rosario Montoya —se adelantó a decir el inspector—. He leído el informe y esa señora se negó a dar explicaciones. Es raro...

—¡¿Raro?! ¡Joé! Esa mujer estaba a cargo del nieto. Se culpaba de no haber prestado atención a las señales, las alertas... La pobre... En fin, ahora os dejo. Mi esposa me espera... —Acto seguido la llamada se interrumpió.

—Ojú, ¡cómo está el jefe! —dijo Rodrigo y levantó la vista.

Estaban frente al edificio de Nicolás Durán, el mismo en el que vivía Olivia. Se volvió hacia su compañera. María lo miró por encima de las gafas de sol.

—Además de vecinos, Durán y Olivia fueron pareja.

Él enarcó una ceja.

—Estaba redactando los informes y me he fijado en la dirección. He preguntado a Alicia —añadió encogiéndose de hombros—. No es una manera muy ortodoxa de obtener información, aunque no me negarás que ha sido rápida.

—¿Y qué ganamos con eso?

—Saberlo. Esa chica, de un modo u otro, está unida a dos de nuestros investigados, que no lo hablemos no significa que no lo sepamos.

—No lo repetiré más. Tómale declaración y sal de dudas. Es lo único que podemos hacer porque no tenemos nada contra ella.

—Ni contra ella ni contra nadie, y por supuesto que lo haré.

Mientras esperaban frente a la puerta de Durán, Rodrigo no dejaba de darle vueltas a todo. Ese caso empezaba a convertirse en un nudo imposible, y lo que más le cabreaba era que hubiese trascendido a su vida privada. Por un instante se sorprendió a sí mismo sumido en un breve pensamiento. Era innegable que se sentía atraído por Olivia y al mismo tiempo no dejaba de pensar en lo que no le había contado, sus secretos, como un rompecabezas inacabado.

La puerta se abrió y la madre de Nicolás apareció tras ella. Una mujer alta, morena, con el rostro anguloso y los ojos profundos y oscuros, rasgos que el hijo había heredado.

—Ustedes deben de ser de la policía.

—Así es. Soy el inspector Ugalde y ella es mi compañera, la subinspectora Infantes. —Ambos le mostraron sus placas.

—Sigo sin tener noticias de mi hijo. Ya se lo dije a la pareja de agentes que me visitó, y después a esa otra joven policía que volvió para insistir en lo mismo... —dejó caer algo molesta—. Nico sale, entra, va, viene y nunca dice nada. No es la primera vez que coge el barco para ir a navegar y desaparece unos días.

Como investigador con experiencia, Rodrigo sabía que si quería obtener información debía mostrarse comprensivo y amable.

—Tal vez usted pueda ayudarnos. ¿Nos permite pasar? Serán solo unos minutos.

Lola Domínguez se hizo a un lado.

—Si quieren sentarse...

—No es necesario, gracias. No le haremos perder mucho tiempo.

Permanecieron de pie en la entrada, entre el mueble del vestíbulo, que tenía un espejo y un perchero, y la puerta del salón, por la que les llegaba mucha luz.

—Puede que usted recuerde algunos detalles sobre la amistad que hubo entre su hijo y la señorita Blanch. Tratamos de recopilar información y el detalle más insospechado podría servir de ayuda —le explicó con amabilidad.

—¿Qué quieren que les diga? Ella era una niña bien y Nico una oveja descarriada. Se conocieron cuando eran unos críos en la casa de Sofía Clayton. Se llevaban muy bien y se querían mucho a pesar de pertenecer a mundos diferentes.

—¿Qué puede decirnos de Sofía Clayton?

—Esa mujer trabajó duro con todos los chicos, aunque si les soy sincera, creo que a algunos no les hizo ningún bien.

—¿A qué se refiere exactamente?

—Como sabrán, uno de aquellos chicos murió, ahora también ha muerto la profesora y, en cuanto a mi hijo... —dejó los ojos en blanco y suspiró—, ya ven ustedes, dando tumbos por la vida. No quiero parecer una desagradecida porque realmente la directora hacía lo que podía, sin embargo... En fin, todo eso forma parte del pasado.

—¿Le importaría compartir con nosotros lo que recuerde?

Lola hizo una breve pausa, cruzó los brazos y torció el gesto.

—Hace muchos años se presentó aquí, en mi casa. Nico era un niño. Pretendía que le diese el consentimiento para realizarle una prueba psicológica o algo así. ¡A mi hijo! —recalcó con una mano sobre el pecho—. Me negué. Ella no me parecía una mala persona, aunque nunca me gustaron sus aires de superioridad, ni que me hablara de mi propio hijo como si yo no me preocupase lo suficiente por él o como si no lo conociese. Que yo fuese viuda con dos hijos a mi cargo y sin ayuda de ningún tipo no le daba derecho a disponer de la vida de Nico a su antojo. Y esa fue la impresión que me causó.

—Entiendo... ¿Le dio alguna explicación respecto a esa prueba?

—No. Supuse que se trataba de un test de inteligencia. Mi hijo siempre estuvo muy por encima de la media, ya en el colegio me lo dijeron, también que no mostraba interés por nada. Es callado, reservado... Demasiado mundo interior. Imagino que la señora Clayton debió de ver algo en él, pero yo no soy partidaria de que a los niños se los separe del resto o se les trate como a seres especiales.

—¿Algo más que recuerde de la directora?

—No. Después de aquel día no volvió a visitarme, ni a telefonearme, nada.

—¿Podría hablarnos de Miguel Heredia?

—Miguelito... —Pronunció el nombre con tristeza mientras fijaba la vista en el suelo—. Tenía un corazón enorme y adoraba a mi hijo. Nicolás dejó de hablar de su mejor amigo el mismo día que el chico murió y yo también, *pa* no molestarlo, ¿saben? —Lola había levantado la vista y miraba de manera alternativa a ambos policías—. La gente murmuró cuanto le dio la gana, pero bueno, no creo que esta ciudad sea el único lugar del mundo en el que hay rumores... Ya se sabe, te ponen el sambenito y no hay quien te lo quite. Habladurías. Seguro que ustedes saben de lo que estoy hablando. A mi hijo lo interrogaron como sospechoso de la muerte de su mejor amigo. Nico lo pasó muy mal.

—¿Recuerda qué hizo o dónde estuvo Nicolás la noche del pasado lunes?

—Salió. No sé a qué hora regresó. Yo debía de estar dormida.

—Si no es mucho pedir... ¿Le importaría que echásemos un vistazo a la habitación de su hijo? —habló esta vez la subinspectora.

—Si lo piden es porque no tienen una orden, supongo.

—Supone bien. No traemos una orden porque no tenemos nada contra él —aclaró Rodrigo.

—De acuerdo, me fío de ustedes, parecen buenas personas.

—Lo somos —habló de nuevo Infantes.

La señora Domínguez los condujo a través de un largo pasillo hasta la habitación del fondo. Abrió la puerta y avanzó unos metros. Levantó la persiana y la luz dejó al descubierto un dormitorio desordenado.

—No le gusta que toque sus cosas —dijo como si tuviera la necesidad de disculpar el desorden.

Una de las paredes estaba cubierta por un *collage* con fotografías. Rodrigo deslizó la mirada sobre las imágenes. La mayoría eran antiguas y Olivia estaba en muchas de ellas. Revisaron los muebles, el interior del armario y los cajones. Fue al salir del dormitorio cuando Rodrigo desvió la vista hacia la derecha. Colgado de un perchero, como suspendido en el aire, brillaba un colgante idéntico al de la víctima.

42

Olivia se ajustó el cinturón de seguridad con la vista puesta en su diminuta acompañante. Una niña de no más de tres años que la miraba desde sus enormes ojos azules.

La piel blanca y el cabello extremadamente rubio le recordaron a Celeste.

Trató de rememorar aquel verano en el que estuvo tan unida a ella. Recordaba cuánto le gustaba la ropa que vestía, los bikinis, las sandalias de tacón y cómo se peinaba. Las sombras de ojos y las barras de labios con colores discretos.

Olivia era una adolescente que no se maquillaba. Celeste se ofreció con mucho entusiasmo a pintarle los ojos y los labios. Cogió una cesta con pinceles y sombras de colores. Se divirtieron, fue una tarde llena de risas, inocencia y complicidad.

Desvió la mirada hacia el otro lado del pasillo al ver que una joven pareja dedicaba todo tipo de atenciones a su hija, la pequeña que viajaba junto a Olivia. Cada uno sostenía a un bebé en brazos, gemelos. Olivia les devolvió el saludo.

La pequeña había empezado a jugar con su Switch ajena a todo lo que pasaba a su alrededor.

Olivia miró al resto del pasaje. Cada vez que subía a un avión se preguntaba si los demás pasajeros tenían miedo a volar. Ella nunca se acostumbraría. Odiaba la sensación de sentirse encerrada en un punto en el cielo. Le gustaba pisar tierra o a lo sumo viajar en barco. Sabía nadar. Volar era imposible.

Fijó la vista en la señal luminosa del cinturón de seguridad y permaneció atenta cuando el avión empezó a moverse por la pista, despegó y tomó altura.

La luz se apagó. Todo iba bien, al menos de momento. Respiró profundamente y extrajo el iPad del bolso.

Viernes, 30 de junio de 2017

Corría el año 2010 y reconozco que de algún modo echaba de menos a Santiago, sus conversaciones inteligentes y el orden y cordura que imponía en mi rutina. Podría decirse que incluso me alegré de volver a verle mucho tiempo después. Fue durante el verano, apareció en la casa de la playa, se plantó frente a mí y me dijo que no concebía su vida si no era a mi lado.

Llegó con un precioso anillo de brillantes que colocó en mi dedo sin pedir permiso. No encuentro explicación a por qué se lo permití. Supongo que me conmovió su rostro, con una expresión entre absurda y graciosa que me hizo sentir especial. O puede que me compadeciese de mí misma, siempre con la cabeza en las nubes, como si el tiempo fuese a estancarse y a esperar a que yo volviera a ordenar mi vida para escoger lo que me apetecía antes de seguir. No podía continuar corriendo detrás de los sueños.

Miré a Santi, que esperaba como un pasmarote a que yo pronunciara un sí rotundo, sin titubeos, sin matices, y yo le pedí tiempo.

No era eso lo que él deseaba escuchar, pero se conformó y propuso celebrar el primer día de su espera. Después de todo me pareció conmovedor.

Salimos a cenar y acabamos la noche en un hotel, bebiendo champán metidos en la cama; mientras él decía que me amaba, mi cabeza vagaba por otras sábanas, otro olor, otra piel. Me entregué al sexo, al placer, porque yo quería olvidar, vivir, sentir.

—¿Sabes qué? —me susurró aún dentro de mí—. Te prometo que acabarás siendo solo mía. Hasta el final.

Al día siguiente me encontraba sentada en el porche de casa, con mi novio de pega, mis padres y los de Santi. Tomábamos el té tranquilamente hasta que Santiago abrió la boca y anunció nuestro compromiso.

Lo miré descompuesta. Atónita, escuché los estallidos de alegría, los deseos bienintencionados de todos y la risa de Santiago. Me sentí como el pájaro enjaulado que se agita nervioso entre los barrotes. Nadie se percató de mi ira, de mi frustración, o no quisieron hacerlo. Y mi teléfono sonó. Era Álex, quería verme.

Corté la llamada, una equivocación, les dije, y mientras ellos hacían planes yo me quedé en mi mundo.

Con el tiempo había dado por hecho que los motivos por los que debería seguir viéndome con él habrían desaparecido. Tal vez no tenía cientos de razones para quererlo, puede que ni una sola, no me pareció importante. A veces dejaba de imaginarlo y mi mente se conformaba con la nada. Debe de ser el amor, que no entiende de esas cosas, ni de reglas, ni de lógica, ni del daño que puede llegar a causar.

A mi alrededor todo eran sonrisas y mi padre descorchaba una botella de champán y yo seguía buscando la manera de salir de la jaula para echar a volar.

Una llamada cómplice de Sofía fue mi pretexto para salir corriendo. Al cabo de unos minutos ella pasaría a recogerme. El padre Manuel necesitaba ayuda con los arreglos de la parroquia y era algo que no admitía demora.

Me dirigí a mi habitación. La madre de Santi me clavó la mirada y, si hubiese podido, me habría fulminado allí mismo.

—¡Estás loca! —empezó a decir mi madre, que me seguía escaleras arriba—. Me parece perfecto que ayudes, bien lo sabe el Señor, pero en otro momento, hija. Ahora mismo presentas tus excusas al cura y a Sofía, y lo dejas para mañana. Aún faltan unos días para las fiestas del Carmen. No entiendo las prisas. ¿Qué van a pensar tus futuros suegros? Si hasta han empezado a hablar de un regalo que corta el hipo, ¡un apartamento en la zona del Retiro! ¿No los has escuchado? ¿En qué piensas?, ¡Celestita, por Dios! —soltó con una risita nerviosa y los ojos soltando chispas.

Y mientras yo elegía qué vestido ponerme, ella seguía dando vueltas a mi alrededor...

—¡No soy tonta, y sé que cada vez que venimos a La Línea te ves con el fotógrafo, no será eso ahora, ¿verdad? ¡Que las vecinas hablan, Celeste! Dicen que te has dejado engatusar por él, que es un maestro de la seducción, y ya sé que es muy guapo, pero la belleza no lo es todo, ese tipo de hombres engañan a sus esposas y no dan más que disgustos.

Me dieron ganas de gritar, pero no tenía tiempo de discutir. Les dije adiós y salí de casa.

Subí al coche de Sofía agradecida por su complicidad.

—Ya sabes que puedes contar conmigo siempre. A cambio de este favor te pediré silencio.

Al principio, su voz me pareció un poco exigente, aunque enseguida dio paso a una entonación más amable:

—No airees jamás temas que nos involucren a tus amigos o a mí. Olvida el pasado. Álex y Nicolás me lo han pedido y hay que respetarlos, ¿no te parece?

—¿Qué debo olvidar exactamente?

—Todo.

Olivia pensó en la señora Clayton, apenas conservaba recuerdos de ella. Cuando Álex se ofreció a trabajar como voluntario en Génesis, Olivia era solo una niña que iba a clase, hacía los deberes o jugaba con las amigas. Lo típico. Ni siquiera sabía muy bien qué hacía su hermano en el centro, a excepción de jugar algunas tardes con los chicos al baloncesto. La diferencia de edad entre ellos en cierto modo los distanció, y también estaba Alicia. Desde que el padre de su amiga falleció pasaba mucho más tiempo con ella que con su propio hermano.

Lo que sí recordaba era que Álex siempre habló muy bien de la directora del centro y, cuando sus padres iniciaron el proceso de divorcio, Sofía telefoneaba a casa con frecuencia para saber cómo estaban ellos, los niños, por si necesitaban algo. Incluso habló con su madre en diferentes ocasiones...

No dudaba de que Sofía fuese una buena persona, era solo que se le escapaban demasiados detalles. Álex tenía muchas lagunas que rellenar.

Miró el iPad y continuó leyendo:

> Álex me esperaba sentado al volante y al besarnos fue como si el tiempo no hubiese pasado. Conducía con la ventanilla bajada y la brisa jugaba con un fino mechón de su cabello. De vez en cuando me miraba por encima de las gafas de sol.
>
> Adoro su lacónica manera de mirar, concisa y profunda, que me desarma, no lo puedo evitar. Los rasgos de su rostro definidos y la mandíbula marcada. Sí, es guapo, muy guapo, mi madre y las vecinas tenían razón. También es un maestro de la seducción.
>
> Durante el trayecto hasta el hotel me armé de paciencia y escuché sus mentiras burdamente adornadas. Hacía mucho que yo conocía sus silencios, sus gestos y hasta esa manera suya de arrugar el labio inferior cuando no sabe qué responder.

Me frustra ser consciente de que lleva años jugando con mis emociones, con su manera hábil de seducirme, ese juego de acercarse y marcharse. Y yo, idiota a más no poder, siempre trato en vano de explicarle cómo me siento cada vez que me miente, y busco palabras y frases imposibles con las que desmontar sus mentiras.

Y al final solo acabo diciendo verdades a medias o medias verdades.

A medida que leía pensaba en el estado emocional de Celeste. Entendía que las relaciones entre adultos podían ser complejas y llenas de matices, y que nadie estaba exento de ser engañado; sin embargo, Celeste justificaba, minimizaba y soportaba los engaños de Álex.

Era imposible salir cuerda de esa historia.

43

Rodrigo se acercó al perchero, pidió a su compañera un bolígrafo y con él cogió el colgante alzándolo en el aire.

—¿Es de su hijo?

—No. A él no le gustan esas mariconadas.

—¿Le importa que nos lo llevemos? Podemos dejarle una copia de acta de intervención de efectos y devolvérselo en cuanto realicemos las comprobaciones pertinentes. No tardaremos —le propuso.

—Hagan lo que crean oportuno.

Ugalde lo introdujo en una bolsa de pruebas.

—Gracias de nuevo, señora. Si su hijo se pone en contacto con usted, por favor, dígale que necesitamos hacerle algunas preguntas. Es muy importante.

Salieron del edificio y el calor los abofeteó. El sol reinaba en las alturas quemando con toda su intensidad, y la calma de levante aumentaba la sensación de bochorno.

—Si este es el colgante de la víctima, ¿por qué lo tenía ese tío? Está claro que lo convierte en uno de nuestros principales sospechosos —soltó María.

—Lo único que tengo claro hasta ahora es que es un tipo bastante turbio.

—Estamos de acuerdo. La madre lo ha reconocido y por alguna razón la señora Clayton pretendía realizarle algún tipo de prueba —dijo la subinspectora al arrancar el coche.

Rodrigo pensaba en Sofía Clayton, una mujer elogiada

en toda la bahía, y de la que sin embargo una adorable anciana como Laila Lewis discrepaba. «No es oro todo lo que reluce», habían sido sus palabras la noche anterior.

—Desconocemos qué papel desempeñó realmente la directora de Génesis.

—¿Sospechas de una muerta? —aventuró María.

—Sospecho de todo. Hagámosle una visita al doctor Clayton —indicó a su compañera, que inmediatamente puso rumbo hacia Santa Margarita.

—Habrá que tener mucho tacto —advirtió María—, ese hombre fue su marido y puede que incluso no estuviese al tanto del trabajo de la esposa. Como anoche dijo la señora Lewis: algunos hombres están en Babia.

—¿Me incluirías? —bromeó Ugalde.

—No sé yo, no sé...

Infantes circuló con cuidado por el paseo marítimo. El tráfico era denso y en la mayoría de los pasos de peatones la gente cruzaba en dirección a la playa.

—Pero ese hombre es psiquiatra y debe de tener un sexto sentido.

—¿Tú crees? Yo apostaría por el padre Manuel, seguro que sabe mucho más de la directora que el propio marido, sigo estando de acuerdo con Laila Lewis, en casa de herrero... —añadió Infantes con un tono casi musical—. Y, por otra parte, por lo que hemos podido averiguar, la directora y el padre Manuel trabajaban codo con codo. Tanto tiempo juntos... La mayoría de las veces es más fácil desahogarse con un amigo o con un extraño que con tu propia familia. ¿No te ha pasado?

—No.

—Eso es porque tú te lo guardas todo. A mí una vez me ocurrió algo curioso. Fue después de dejarlo con Aguirre y creo que no te lo he contado. Me apetecía estar sola. No quería ver a nadie y mucho menos a gente que cuestionara mis decisiones. Me fui a Cancún. Mi compañero de avión era un chico joven, gay. Hubo muchas turbulencias, y el trayecto duró doce horas. Un viaje tan largo dio para mucha conversación. Le conté de pe a pa mi historia con Aguirre.

—¿Y...?

—Me preguntó si yo sabía que era bisexual.

—¿Él?

—¡No!, no él, sino yo. De ahí que me sorprendiera. «¿Cómo?», le pregunté. Y entonces empezó a hablarme de su vida. Un culebrón. Me contó que el año anterior había hecho ese mismo viaje con su novia de toda la vida. Al llegar al hotel se enamoró perdidamente del camarero que lo atendía. Un flechazo. El pobre chico creyó que se había vuelto loco. No intimaron ni nada. La relación se limitó a algunas charlas de esas en las que las miradas y los juegos de palabras hacen que suba la temperatura. No quería volver a verle, ni siquiera se despidió del muchacho por miedo a lo que sentía. En cuanto regresó a su pueblo lo primero que hizo fue buscarlo en las redes. Empezaron a chatear y al año siguiente viajaba para pedirle matrimonio. «Esas son palabras mayores», le dije. El chico me aconsejó que pensara en mi vida. Muchas veces me he preguntado qué fue lo que vio en mí para soltarme con semejante rotundidad que yo era bisexual. No sé qué sería de ellos. ¿Seguirán juntos? La historia fue de telenovela.

—¿Te van los culebrones? —le dijo Ugalde, y ella le dio un golpecito en el hombro—. Pues no, no conocía esa historia.

Antes de adentrarse en Santa Margarita recibieron una llamada de los agentes de calle. Estaban reteniendo a Herrera justo en el puerto.

Ugalde pidió a su compañera que diera la vuelta. María cambió de dirección con un volantazo. Aminoró la velocidad cuando llegó al final de la carretera, a la altura del quiosco en el que muchos chiquillos esperaban para comprar helados.

Rodrigo bajó del coche y avanzó hasta los malecones. Herrera esperaba sentado junto a los dos agentes, y un grupo de jóvenes increpaba a los dos policías.

—Daos una vueltecita por ahí, anda, o un bañito, que hace calor —dijo Ugalde dirigiéndose al grupo—. O si preferís os vais todos a comisaría, que también se está muy fresquito allí.

Dicho esto, el grupo se dispersó.

—¡¿Se puede saber qué he hecho ahora?! —protestó Herrera.

—Mentirme. Entraste en la casa de esa mujer —le dijo acercando la cara para mirarlo de cerca a los ojos.

—¡No! ¿Para qué coño iba a entrar? Nadie me invitó. ¡Ya lo dije!

—Dejaste rastros en el interior del domicilio, unos restos que curiosamente solo estaban en tus deportivas.

—Pues algo está haciendo mal, hermano —se mofó.

Ugalde lo sujetó del brazo y se acercó aún más.

—No eres mi hermano y déjate de cachondeo, que esto es muy serio.

—Yo no entré en esa casa. Ni sé qué pollas han encontrado en mis deportivas que les parezca tan rarito. ¿Tienen algo más?

Rodrigo lo miró fijamente. En realidad, no tenía ninguna prueba contundente y eso intensificó su mal humor.

—Te aseguro que descubriré lo que sea que me estás ocultando, y sospecho que tienes información sobre Durán. Si estás relacionado con la muerte de esa mujer me encargaré de que pases mucho tiempo entre rejas.

—Si Durán ha hecho algo malo o bueno yo no lo sé. No soy su puta sombra, ¿vale? Y no entré en la casa —recalcó—.

¿Qué tengo que hacer para que me crea? Si hubiese entrado lo diría. ¿Cambiaría en algo mi versión? —dijo abriendo los brazos en cruz—. ¿Puedo largarme con los colegas?

—Ten cuidado con lo que haces, y si oyes o recuerdas algo, lo que sea, me buscas y me lo cuentas, ¿entendido? —Le metió una tarjeta en el bolsillo de las bermudas y pidió a los compañeros que no lo perdieran de vista.

Regresó al coche y se ajustó el cinturón.

—Chiquillo, te has empeñado en que el vaina de Herrera está *pringao*, y a menos que lo sometamos a un interrogatorio en toda regla ese tío no soltará prenda.

Aunque le molestara, Ugalde sabía que Infantes tenía razón. Necesitaba algo de peso.

Unos minutos después, llamaban a la puerta del doctor Clayton.

El psiquiatra los recibió envuelto en un albornoz. La piel enrojecida por el sol contrastaba con su cabello plateado, haciéndolo parecer mucho más brillante.

—Disculpen que les reciba de esta guisa. Nadar es uno de los pequeños placeres que más valoro y que además es saludable. Enseguida me cambio y estoy con ustedes.

—Lamentamos venir sin avisar, si no es buen momento...

—No se preocupen.

—Nuestro trabajo es así. Surgen dudas de repente y... —Rodrigo dejó la frase sin acabar—. Ella es mi compañera, la subinspectora Infantes.

—Encantado —la saludó con un apretón de manos—. Tomen asiento a la sombra, por favor.

El doctor entró en la casa y ambos ocuparon un par de sillas en el porche delantero junto a la piscina.

El psiquiatra no tardó en regresar, esta vez vestido con un polo blanco y pantalón corto azul marino. Traía una bandeja con vasos y latas de refresco.

—Y bien, beban algo. Este calor sofocante parece que nunca nos dará un respiro.

—Gracias, no tenía por qué haberse molestado. Como supondrá, seguimos indagando en la vida de la señorita Blanch y hay algo que nos ha llamado la atención y que guarda relación con su esposa.

—¿Sofía? —Los miró con un gesto que demostraba cierto orgullo—: No me extraña, ella estuvo tan unida a esos jóvenes que hablar de ellos implica hablar de mi esposa.

—Hemos sabido que hace años su mujer solicitó una autorización para realizarle a Nicolás Durán una prueba psicológica —habló Ugalde—. Desconocemos los motivos o si era una práctica habitual dentro de la fundación.

Thomas Clayton se mostró más sorprendido.

—¿Cómo? Disculpen, es la primera noticia que tengo. ¿Están seguros de que la información es cierta?

La subinspectora se mantenía expectante y con el bolígrafo en la mano.

—Teniendo en cuenta que usted es médico psiquiatra suponíamos que estaba al tanto.

El hombre negó entre confundido y curioso.

—No tenía ni idea. Esto es nuevo para mí.

—En concreto, su esposa solicitó la autorización a la madre de Nicolás Durán. Ha sido la propia señora Domínguez quien nos ha informado.

—Sí, sí, entiendo, y no pongo en duda la palabra de la señora Domínguez, por supuesto que no, es solo que... Mi mujer se preocupaba por todos los jóvenes de Génesis, y es cierto que tras la muerte de Miguel se obsesionó con Nicolás... No sabría decirles.

—En realidad, su esposa solicitó la autorización mucho antes de la muerte de Heredia. Nicolás era menor de edad.

Los ojos del doctor se abrieron mucho más, mientras procesaba la noticia que había llegado de forma inesperada.

—¿Eso quiere decir que mi mujer siempre sospechó algo en él? ¿Que era más obvio de lo que yo suponía?

Esta vez fue Rodrigo el sorprendido.

—¿Tendría la amabilidad de explicarse, por favor?

44

Olivia seguía leyendo en las alturas, perdida en una vida que ya no lo era.

Álex había reservado una habitación en nuestro hotel de siempre y, al entrar, noté que algo había cambiado dentro de mí. No era eso lo que yo quería. No podía conformarme con una tarde de sexo. Necesitaba más de él, y se lo dije.

—¿Qué sentido das a nuestra relación? —lo abordé mientras él buscaba mis labios.

—Eres la única mujer que me hace sentir el hombre que soy en realidad, aunque me duela.

—¡¿Qué es lo que te duele?! ¿Quererme? No te comprendo. Lo siento, Álex, no quiero estar aquí, así no.

Me sostuvo de las muñecas y me atrajo hacia él.

—¿En serio vas a hacerme esto? ¿Es por ese tipo con el que sales? ¿Qué significa para ti? —alzó la voz. Estaba sorprendido de haber perdido la autoridad. Esa autoridad que yo llevaba años concediéndole.

—No te pega nada el papel de celoso. Santi es otro amigo con el que también follo. ¿Te parece mal? —Repetí las palabras que hacía años salieron de sus labios y que seguían como un eco persistente en mis recuerdos.

Álex tomó asiento en la cama.

—Sé que no te merezco, que no debería seguir insistiendo en que nos veamos ni tengo derecho a reprocharte nada de lo que hagas con tu vida, pero no consigo olvidarte.

—¡¿Olvidarme?! ¡¿Por qué quieres olvidarme?! Te juro que acabarás volviéndome loca.

Siguió mirándome, y así permaneció hasta que encontró las palabras adecuadas, esas malditas palabras.

—Debería bastarnos con estar juntos, disfrutar el momento... Yo no puedo darte lo que quieres de mí.

Reprimí las ganas de gritar, de llorar. No estaba dispuesta a hacerlo delante de él porque odio dar pena. Salí dando un portazo y me marché. Lo dejé con su expresión torturada, su excitación no satisfecha y su frustración, y entonces la rabia, la impotencia y la tristeza se quedaron en mi garganta.

A medida que me alejaba regresaba a la realidad y empecé a llorar. Seguí llorando por dentro y por fuera hasta muchos días después.

A veces creo que soy una masoquista que lleva toda la vida corriendo tras él, experimentando la dulce sensación de tenerlo, y cuando menos lo espero desaparece otra vez.

Los esfuerzos por olvidarle son inútiles, Olivia; cuanto más lo intento, peor me siento, y al final me rompo para volver a recomponerme después y convencerme de que la próxima vez será diferente. ¿Te lo puedes creer?

Olivia dejó de leer. Cuando Celeste se dirigía a ella el corazón le daba un vuelco. Los textos ponían de manifiesto una relación enfermiza que había acabado del modo más atroz.

El Airbus A320-200 de British Airways había empezado el descenso. En breve aterrizaría en la terminal 3 del aeropuerto de Heathrow.

Una vez que el avión tocó tierra envió un mensaje a su madre anunciándole que había llegado.

Hacía más de un año que no viajaba a Londres y casi había olvidado la enormidad del aeropuerto y el tráfico de viajeros. Los techos altos y las paredes de cristal que permitían la entrada de la luz natural. Miró los letreros entre el bullicio de pasajeros y acompañantes que se movían en todas direcciones.

Cuando salió de la terminal 3 se dirigió al área de taxis y subió al primero que encontró libre, un icónico *black cab* con carrocería negra y cuadrada. El taxista era joven y educado. Se apresuró a abrir el maletero, colocó con cuidado la pequeña maleta de Olivia y después le abrió la puerta trasera con profesionalidad y cortesía.

Olivia le pidió que la llevara a Earl's Court.

Al ocupar el asiento observó las insignias verde y amarilla del vehículo. Se suponía que el conductor conocía cientos de rutas en Londres y que era capaz de calcular la más rápida entre dos puntos, y ella no quería perder ni un solo minuto.

El joven conducía de manera hábil, con ese modo de desplazarse que tienen los taxis urbanos. Cambios de marcha rápidos y adelantamientos suaves.

Perdió la mirada a través de la ventanilla. Relajada, pensó en la cantidad de veces que había viajado a Londres. En especial recordaba las navidades. Se instalaban en la casa del tío Fred y junto a Álex se encargaban de amontonar los regalos bajo el árbol. Después esperaban con insufrible paciencia el momento de abrirlos. Tras el divorcio de sus padres esos viajes se fueron espaciando en el tiempo y en los dos últimos años apenas se habían visto.

Quince minutos después el taxi enfilaba Bramham Gardens. Olivia vio a su tío caminando por la acera y pidió al taxista que parara.

—Aquí mismo me viene perfecto.

Esperaba para recoger la maleta cuando Fred la vio y se apresuró a abrazar a su sobrina.

A Olivia siempre le sorprendía lo alto y delgado que era su tío, y sobre todo le llamaba la atención la curiosa tendencia de Fred a cambiar de estilo. Llevaba el cabello muy corto, rubio platino, en cambio la última vez que se vieron lo llevaba largo, oscuro, recogido en una coleta.

Se fundieron en un caluroso abrazo.

—Estás guapísima, aunque te haría falta un arreglito en el pelo —bromeó cogiendo un mechón del cabello, que sacudió en el aire.

Le habló en un español ininteligible antes de seguir en inglés.

—¿Qué mosca te ha picado para venir sin avisar? Podría haberte recogido en el aeropuerto, después de todo eres mi sobrina favorita.

—¡No tienes otra!

Fred la miró divertido, cogió el asa de la maleta con una mano y con el brazo libre rodeó a su sobrina por la cintura.

Vivían en Collingham Gardens, en el barrio de Kensington, a tan solo cinco minutos caminando desde donde estaban.

Olivia no interrumpió a su tío, que había comenzado a hablar de las reformas del salón de belleza con el entusiasmo que le caracterizaba.

—¿Está Álex en casa? —le preguntó a Fred justo antes de llegar.

—Sí, durmiendo. Hablé con él por teléfono hace días y lo noté preocupado. Además, cuando anoche llegó tenía muy mala cara. Ya sabes cómo es tu hermano, siempre tratando de aparentar que todo va bien, pero a mí no se me escapan esos momentos que se queda como ausente. Nos contó que una amiga ha fallecido. Salió a beber y llegó borracho, como una cuba.

—¿Dices que estaba raro antes de saber lo de su amiga?

—Sí. Pero ya sabes: si le preguntas, o no te responde o te dice que todo está bien y ya está.

A medida que se acercaban al edificio en el que vivían, de ladrillos rojos, con ventanas y *bow windows* blancas, vio a su madre salir por la puerta y se apresuró a abrazarla con la alegría del reencuentro. Adoraba el aroma que desprendía. Una mezcla del suyo propio y el perfume de la crema de belleza que utilizaba desde que ella podía recordar.

—¿Cómo estás, Olivia? Te noto más flacucha.

—No digas tonterías, Rachel, la niña está estupenda —intervino Fred.

—Y tienes ojeras... —continuó su madre y le pellizcó la barbilla—. Sé que no estás bien. A veces hablo con Alicia.

—¿Ah, sí? Pues estoy bien. Dejad de hablar a mi espalda, anda —zanjó con una sonrisa.

—Rachel, no quieras ejercer de madre sobreprotectora —dijo Fred—, que la niña es toda una mujer y ella siempre ha sabido cuidarse sola.

—¿Te has propuesto llevarme la contraria? —bromeó Rachel mirando a su hermano.

Olivia los miró con ternura y se dirigió al dormitorio de Álex. La puerta estaba cerrada. Sostuvo el pomo con firmeza y abrió despacio.

Al verla, Álex se tapó la cabeza con la almohada.

—¿Qué haces tú aquí?

—¿Te estás escondiendo?

—¡No!

—Hoy prestabas declaración. ¿Acaso lo has olvidado? Por cierto, aquí apesta a alcohol.

Olivia se movió por la habitación, retiró las cortinas con ímpetu y subió la ventana de guillotina. Al instante notó el aire cálido. El mes de julio en Londres era de los más calurosos del año, aunque no tenía nada que ver con el que estaba soportando en La Línea los últimos días. Se dio la vuelta y, de pie frente a su hermano, se cruzó de brazos.

Álex suspiró. Estiró las piernas fuera de la cama hasta dejar los pies apoyados en la moqueta y continuó sentado.

—Lo siento, Olivia. Ayer me avisaron de la agencia. Sabes cómo es mi trabajo. Dentro de unas horas tengo una sesión muy importante. Una oportunidad que, me apetezca o no, no voy a desperdiciar.

—¿Dentro de unas horas? En ese caso... ¿Qué te impedía ir esta mañana a comisaría? Podías haber viajado más tarde.

—No digas tonterías, a veces los vuelos se retrasan y no puedes ir con la hora justa a una cita tan importante.

—¿Y ayer? ¿Por qué no fuiste ayer?

—No oculto nada, si es lo que quieres saber. Y no quiero hablar. No tengo nada que decir —soltó con los ojos vidriosos—. Tú no sabes nada, ¿entiendes? Si estoy mal es porque la amaba.

—¡Joder, Álex! ¡No te entiendo! ¿Se puede saber entonces a qué has jugado todos estos años?

—¿De qué hablas? No jugaba.

—¿No? ¿Qué hacías entonces?

Álex no contestaba y Olivia insistió.

—¡Huir de mis demonios! Todos los tenemos, ¿no? También tú —respondió irritado.

—No estamos hablando de mí.

—¿Eres tú quien decide de qué o de quién hablamos? Te recuerdo que hace unos meses viajé a La Línea desde Nueva York porque Alicia no sabía qué hacer contigo y no quería darles un disgusto a nuestros padres. ¿Recuerdas cómo te encontré? ¡No, claro que no! Yo te lo recordaré. Estabas en el limbo. —Pronunció la frase despacio—. Te preguntamos qué demonios había sucedido y nos mandaste a la mierda. ¿Te acuerdas? Al día siguiente fuiste a trabajar como si nada. Pero sucedió algo, ¿verdad? Y dejaste de ser tú. Y una persona se suicidó... ¿Y ahora viajas hasta aquí para buscarme y pedirme explicaciones?

Olivia lo había escuchado impasible. Álex tenía parte de razón.

—Lo siento, de verdad, siento cómo me comporté con vosotros, no tenía ningún derecho, pero lo que le ha sucedido a Celeste es muy distinto.

—¿Estás segura? ¿Acaso no se ha suicidado al igual que tu paciente?

Olivia respiró profundamente y se mordió la lengua.

—Ahora necesito darme una ducha —dijo él levantándose, y salió de la habitación para ir al baño.

Olivia negó con la cabeza. Tenía que poner buena cara y guardar la calma.

Fue a la cocina. Era uno de sus lugares favoritos de la casa. Tenía un agradable estilo *cottage*. Los muebles de color crudo eran muy cálidos. También seguía allí la vieja alacena de madera que su tío rescató de un mercadillo y pintó de verde a juego con los visillos. Y el olor a pastel de carne que su madre cocinaba como nadie le abrió el apetito, a pesar de los problemas. A veces tenía la sensación de que nunca los resolvería. Excepto cuando se encontraba con su familia. ¡Cómo le gustaba estar allí! Era como volver a la infancia, a sus recuerdos más tiernos, y todo lo demás se quedaba atrás.

La mesa estaba puesta. Rachel y Fred sentados en silencio.

—Y bien..., ¿podemos saber qué está pasando? —inquirió Rachel con los brazos cruzados.

Olivia tomó asiento y les narró brevemente la situación, omitiendo hablar del ordenador, del *mail*, y suavizando otros detalles no menos comprometidos.

—No quiero que os preocupéis porque no hay motivo para ello. Estas cosas son así, las muertes todo lo ensombrecen.

—No nos tranquilizas —repuso Fred.

—Lo siento, es que realmente no hay mucho más que contar.

Olivia miró a su madre. Llevaba el cabello recogido de manera informal y algunas ondulaciones le caían sobre el rostro. Rachel retiró el pasador y sacudió la cabeza. La melena rubia se esparció sobre su blusa blanca. Volvió a recoger el cabello. Solía hacer eso, jugar con el pelo cuando se ponía nerviosa.

—¿Conocías a esa chica?

Al formular la pregunta los ojos de Rachel se entornaron y la nariz respingona se le arrugó.

—La conocí cuando éramos muy jovencitas y lo cierto es que no había vuelto a saber de ella hasta ahora.

—Sigo sin entender por qué la policía se ha puesto en contacto con tu hermano.

—La niña acaba de contarlo, Rachel —intervino Fred—. Álex y esa mujer seguían en contacto.

—Eso debe de ser. Sé que me perdí vuestra adolescencia y los primeros años de vuestra juventud. Tu padre y yo, inmersos en nuestros problemas, os descuidamos. No prestamos la debida atención a cómo os iba la vida...

—¡Vamos, mamá! Pasó y ya está. Es mejor vivir separados a hacerse daño. En cuanto a esa muchacha, era amiga de Álex y la policía hace su trabajo. Recopilan información —insistió tratando de tranquilizarla.

Rachel suspiró.

—Lo sé, pero soy su madre y no puedo evitar preocuparme.

—Seguro que todo tiene una explicación. Hablaré con él y os contaré. ¿De acuerdo? —les dijo en el tono más tranquilizador del que fue capaz.

—Sí, cariño —repuso Fred, que se levantó a sacar el pastel y las verduras del horno y comenzó a servirlos en platos—. Nos alegramos mucho de que estés aquí. A tu hermano le cuesta hablar con nosotros, sobre todo conmigo, tú siempre fuiste distinta. Eras un papagayo que lo contaba todo. —Fred sonrió—. No quiero que cambies, Olivia. Y ahora come —añadió colocando un plato a rebosar delante de sus ojos—. En un rato nos toca trabajar, esperemos que para cuando acabemos hayas hablado con tu hermano y nos quede todo mucho más claro.

Olivia pinchó un trozo de pastel con la vista puesta en su tío. Estaba caliente, aun así, no tardó en llevárselo a la boca.

—Tan rico como siempre —dijo mirando a su madre y a su tío.

Cuando estaba lejos de ellos los echaba de menos, y cuando los tenía cerca se daba cuenta de lo poco que se veían y de la falta que le hacían.

45

Ugalde dio un sorbo al refresco mientras observaba al doctor Clayton. El hombre parecía haber retrocedido en el tiempo e instalarse en él.

—Disculpen. Son tantos los recuerdos... Es curioso cómo la vida tiene aún la capacidad de sorprenderme... —dijo tras una breve pausa—. Como les decía, ignoraba que Sofía hubiese solicitado dicha autorización, aunque es cierto que ella se preocupaba muchísimo por todos los jóvenes, especialmente por Nicolás. Yo nunca quise mencionarle lo que percibía en él, para no alterarla... Mi mujer padecía del corazón, las preocupaciones no le hacían ningún bien.

—¿Puede decirnos qué percibía usted?

—Antes tengo que decirles que nunca evalué al muchacho como médico, era más bien lo que se desprendía de su comportamiento, de lo que yo mismo vi alguna vez, o lo que Sofía me contaba... Sospecho que padecía lo que en mi profesión llamamos TOD, un trastorno de oposición desafiante que suele presentarse antes de los ocho años.

—¿Podría hablarnos de ese TOD? —dijo esta vez María.

—Quienes lo padecen se convierten en personas desobedientes, rencorosas y vengativas. Hay individuos que presentan un menor control sobre el sistema límbico, que es el encargado de las emociones primarias..., la ira, la rabia... En el caso de Nicolás se manifestó en la infancia y la adolescencia, después desapareció, o eso creo. Yo no pasaba mucho tiempo en Génesis... Mi mujer decía que para eso ya estaba el cura, que el padre Manuel la ayudaba más de lo que podía. —El doctor hizo una breve pausa—. Por supuesto, padecer ese trastorno no convierte a una persona en asesino ni muchísimo menos. Eso quiero dejarlo muy claro. Tras la muerte de Miguel se habló mucho y mal de Durán y no fueron justos con él. Ese joven había perdido a su amigo y es normal que su comportamiento se viese afectado. Tengan en cuenta que siendo un niño también perdió a su padre. Fue un duro golpe y el proceso de duelo es complejo. Mucho más a esas edades. Algunas personas pueden aislarse, mientras que otras pueden buscar distracciones o nuevas amistades para llenar el vacío dejado por la pérdida.

—Entiendo... ¿Qué recuerda del día que murió Heredia?

El doctor dio un sorbo a su refresco.

—Fue un día muy triste y desconcertante, sin duda. ¿Por qué lo pregunta?

—Hemos sabido que su esposa y el padre Manuel pasaron un tiempo investigando y se habló mucho del suceso en los medios.

—Sí, tiene razón. A ellos no les entraba en la cabeza que Miguel hubiese salido a navegar así porque sí. Miguelito, como lo llamábamos a veces, conocía las corrientes del Estrecho y no tenía demasiado sentido que se hiciera a la mar. Tras la muerte del chico, Sofía pasó mucho tiempo preguntando a unos y a otros. Iba a diario a la iglesia para hablar con el cura. Estaban obsesionados y decidí que tenía que ayudarlos. Yo mismo me entrevisté con familiares y conocidos del joven, para conocer sus opiniones y poder tranquilizar a mi mujer. Fue un pescador quien me contó que la tarde que Miguel desapareció lo vio discutiendo con Nicolás y que subieron juntos a la embarcación. Se hicieron a la mar y al cabo de un buen rato Durán regresó a nado. Ni rastro de

Miguel, ni de la embarcación. El pescador me contó que cuando declaró a la policía había bebido y no le hicieron mucho caso. La investigación siguió su curso.

—Después de conocer la versión del pescador, ¿usted no dudó de la inocencia de Durán?

—¡Por supuesto que no! Imagino que trató de convencer a su amigo para que regresara y Miguel no le hizo caso. Hubo una investigación policial.

—Así es, no obstante, nuestro trabajo también consiste en comprobarlo todo una y otra vez, es así de pesado.

—Lo entiendo, lo entiendo.

—¿Recuerda el nombre del pescador? —preguntó la subinspectora.

—Salvador Núñez. Como acabo de decirles, ese hombre contó a la policía lo que vio, aunque ese día había bebido alguna copa de más y sus explicaciones fueron confusas. Eso restó credibilidad a su declaración.

—Solo una pregunta más, ¿le dice algo esta figura? —Ugalde le mostró la fotografía ampliada de los chicos.

El doctor Clayton la observó con detenimiento. Permaneció un rato pensativo, como si de nuevo se hubiese instalado en un tiempo lejano.

—A mi esposa le gustaba mucho esta figura —dijo con nostalgia—. Guardamos una en casa. Puede que ella tuviera que ver en la elección. Realmente no sabría decirles ahora mismo, si recuerdo algo les avisaré.

—Se lo agradeceremos. Gracias por su colaboración.

—No hay de qué.

Se despidieron del doctor, que aún parecía ensimismado, y se apresuraron hacia el coche.

—¿Qué opinas? —preguntó Infantes acomodada en el interior del vehículo.

—Enviaré a un agente a hablar con el pescador. No creo que aporte nada nuevo, aunque nunca se sabe. Ahora vayamos a comisaría, hay una cosa que quiero hacer. No perdemos nada con enviar al forense lo que tenemos de la autopsia de Miguel Heredia para que haga una nueva valoración. Después visitaremos a la abuela y volveremos a hablar con el cura. Tengo la sensación de que tenemos algo delante de los ojos que no somos capaces de ver.

—Lo que sí está claro es que la señora Clayton tenía sus sospechas acerca de Durán, y, aunque este no fuese culpable de la muerte del amigo, algo debió de suceder. Y estoy segura de que el cura lo sabe —afirmó rotunda la subinspectora, que atravesó la avenida Menéndez Pelayo en dirección a la comisaría.

Una vez en el despacho, Rodrigo volvió a examinar el expediente del caso Heredia. Envió la documentación a Alberto Ochoa y después bajó las escaleras hasta el patio, donde Wendy jugaba con un entrenador de perros.

—No la conviertas en perra poli, que a mi madre le da algo —bromeó Rodrigo antes de entrar en el coche, donde María seguía esperándolo sentada al volante.

Durante el trayecto al domicilio de Rosario Montoya, Rodrigo pensaba en el tedioso trabajo que había detrás de cada investigación. No podían dejar nada al azar. Debían repasarlo todo, las veces que hiciesen falta.

Cinco minutos después, María se desviaba hacia la barriada de Mirasierra, conocida popularmente como Las Palomeras. Al entrar en el portal, el móvil de Rodrigo comenzó a sonar. Salvamento Marítimo había localizado la embarcación de Durán en aguas del Estrecho.

—Durán va camino del hospital con una lesión cerebral traumática —informó a su compañera.

—¿Perdón?

—Como lo oyes.

—¡No me jodas! Uno de nuestros principales sospechosos, ¿en coma?

46

Mientras comían, Olivia había oído a su hermano salir del baño y regresar a la habitación. Le hubiese gustado que los motivos que la habían llevado a Londres fuesen otros, y no sus preocupaciones.

—¿Recuerdas cuando jugábamos a averiguar quién venía a casa en ese tren? —le preguntó su madre señalando con un gesto un reloj de pared de forja oscura con el dibujo de una antigua estación de tren.

A Olivia se le dibujó una expresión de añoranza en la cara.

—Yo siempre decía: ¡papá! ¡En el tren viene papá! Tú respondías que estaba trabajando, que tardaría. Yo debía de tener nueve o diez años, ¿no?

—Más o menos. Tu carita sigue siendo la misma. Me mirabas esperando que yo te dijera que sí, que venía papá, y no podía porque nunca sabía cuándo aparecería, y no siempre se trataba de trabajo.

—¿Ya por entonces el matrimonio no funcionaba bien?

Fred carraspeó.

—Pues sí, cariño —dijo sin poder contenerse y empezar a recoger la mesa—. Y creo que tu hermano ha salido a tu padre.

—¿A mi padre?

—¡Vamos!, ¿por qué crees que tus padres se separaron? El trabajo que han elegido los lleva de un lado a otro, tratan con modelos, gente famosa...

Olivia desvió la mirada hacia su madre, que permanecía callada.

—Siempre he pensado que vuestro matrimonio funcionaba mal porque sois muy distintos, mamá.

—Ya no importa —respondió Rachel—. Y ahora hay que darse prisa. Toca trabajar y una chica ha quedado conmigo dentro de diez minutos para probarse peinados para su boda.

—¿Sigues enamorada de mi padre?

Rachel iba de camino al baño y se dio la vuelta.

—Nunca volvería con Antonio, si es lo que deseas saber.

—No has respondido —alzó la voz Olivia.

Su madre no respondió.

Fred la besó en la frente.

—Eso nunca se sabe. Ya conoces a tu madre, es igual de reservada que tu hermano y después se queja... Yo bajo a abrir el local. Nos vemos luego, cielo.

Olivia le devolvió el beso y terminó de recogerlo todo pensando en su madre. Cuando ella era una adolescente solía preguntarle por los motivos de las discusiones, las caras largas, los silencios. Ella nunca le contó nada, quizá porque entonces era una niña, pero lo curioso es que tampoco lo hizo después. Su tío tenía razón, Rachel era demasiado reservada y también muy distinta a Olivia, y no se trataba de su puntualidad inglesa o de que le gustase el té a todas horas, la moqueta en el suelo o el pepino en los sándwiches. Como la mayoría de los jóvenes ingleses, se independizó siendo muy joven, estaba más que acostumbrada al desapego. Contaba que solía ver a sus padres de vez en cuando, generalmente en domingo. Comían asado y se ponían al corriente de sus vidas. Para Rachel no tenía nada de particular vivir distanciadas, aunque ahora mostrara más interés en ella. Tal vez porque se hacía mayor.

Al pasar por la puerta del dormitorio, Olivia escuchó que

Álex hablaba por teléfono en español. Pegó la oreja a la puerta. Por lo que pudo entender, le pareció que lo hacía con la policía, concertaba una entrevista telemática. Suspiró. Confiaba en que todo tuviera una explicación.

Mientras se cepillaba los dientes le vino a la cabeza la posibilidad de que Celeste hubiera amenazado a Álex con contar la relación que mantenían, y él, temiendo perder la vida que había creado... Le pareció imposible. «¿Cómo he podido ni siquiera plantearme semejante locura?», se dijo a sí misma. «Es el estrés, la ansiedad y la frustración. Esa es la verdadera causa de toda esta avalancha de pensamientos negativos», concluyó.

Fue a la sala de estar y tomó asiento en la cheslón. Cuando Olivia dormía allí se convertía en una improvisada cama rodeada de estanterías que conservaban los libros de siempre: la colección de cuentos de su infancia junto a otros muchos volúmenes de todos los tiempos.

Apoyó la cabeza en un enorme cojín y echó un vistazo al móvil. Tenía un mensaje de Alicia: «En casa todo OK. Hemingway es muy bueno. Después volveré a echarle otro vistazo. Cuídate y no te martirices». El mensaje iba seguido de besos.

Le respondió con un corazón.

Fue consciente del poco valor que a veces, cuando lo cotidiano nos absorbe, les damos a las personas que nos rodean.

Entró en el chat de Rodrigo y leyó de nuevo los mensajes. Le pareció escuchar su voz. Le gustaba cómo sonaba, y se sintió realmente estúpida por pensar en él.

Sin que lo esperase, Álex se asomó a la puerta de la sala de estar.

—Debo hacer un par de gestiones. Dame quince minutos y hablamos. ¿Te parece bien?

—Sí —le respondió, y se quedó mirándolo hasta que él

se dio la vuelta. Álex llevaba el cabello peinado y la cara afeitada. La camiseta de color turquesa le sentaba bien al verde de sus ojos. Casi había olvidado lo atractivo que era, incluso con ojeras y la mirada triste estaba guapo.

Una parte de ella le decía que era imposible que en él viviera una faceta oscura. Le vino a la mente lo feliz que era cada vez que su hermano regresaba de un viaje con la mochila colgada al hombro, y mil historias que contar, con esa sonrisa que le iluminaba la cara. Ahora, en cambio, lo sentía inmoderadamente lejano.

Fue a buscar el iPad, que había puesto a cargar, y regresó a la sala. Leería mientras lo esperaba para tener más información con que poder confrontarlo.

Sábado, 1 de julio de 2017

El año 2011 empezó demasiado triste. Sofía padecía una cardiopatía isquémica y, tras ser sometida a dos intervenciones quirúrgicas, a mediados de enero su corazón dejó de latir.

Por aquellos días mi padre se encontraba en Afganistán, en una de esas misiones de la OTAN que llamaban pacíficas y a la que había bautizado como Libertad Duradera o algo así. Mi madre y yo viajamos a La Línea para acompañar a Thomas en los momentos más duros de su vida.

Recuerdo que al llegar al tanatorio nos sorprendió una tromba de agua y la gente corrió a resguardarse en el interior del edificio. Los pasillos y las salas estaban abarrotados y no pude evitar buscar a Álex con la mirada.

Alguien me dijo que seguía en Nueva York. ¡Qué tonta soy a veces! Lo sabía, pero es que no sé qué me pasa, que cada vez que viajo a La Línea pienso que me encontraré con él.

Mi madre se hizo paso entre la gente tan escurridiza

como de costumbre, con su andar apresurado y la mirada en alto. Parecía más pequeñita vestida de luto riguroso, ella siempre tan cumplida. «El negro es un color clásico y siempre es apropiado, por supuesto, tú no tienes por qué vestir de negro, pero nada de colores vivos, ni vestidos ajustados. Te pondrás el azul marino y un abrigo gris oscuro», me dijo.

Yo seguí el repiqueteo de sus tacones hasta la sala en la que se encontraba Thomas. Estaba sentado, o más bien derrumbado, en el sofá. Parecía que había menguado, rodeado de familiares y amigos, y por supuesto del padre Manuel, que trataba de reconfortarlo con oraciones sobre el cielo y la vida eterna.

El doctor, al vernos, nos saludó con cariño y enseguida comenzó a hablarnos de su esposa como si siguiese viva. Creo que se negaba a aceptar su muerte. No quería dejarla ir. No estaba preparado. Nos confesó que ni siquiera había tenido tiempo de llorar lo suficiente, de asumir la ausencia, y se resistía a ese adiós definitivo, para siempre.

Mi madre tenía los ojos llorosos. Le sostuvo las manos y las acarició.

—Mi querido Tom, ese consuelo que necesitas únicamente te lo dará el tiempo.

Él suspiró y yo me quedé mirando a mi madre. Creo que fue lo único medianamente inteligente que pronunció aquel día, después, tras despedirnos de todos, y ya en el tren, inició su particular ataque contra mí, y no se calló hasta que llegamos a Madrid.

—La vida pasa deprisa. Ya ves que no hace falta ser muy mayor para partir.

—¿Qué intentas decirme, mamá? ¿Que debo casarme antes de que acabe muerta? ¿Es eso lo que te preocupa? ¿Que muera soltera? Si me caso me puedo morir tranquila, ¡¿no?!

—¡Uf, niña!, ¡qué trabajosa eres! ¿Cómo voy a pensar eso? ¿Te has vuelto loca? Solo digo que no desperdicies tu vida y seas feliz.

—¡Y la felicidad la da el matrimonio, claro que sí!, da igual con quién te cases —solté de muy mal humor.

—A veces no sé ni para qué me esfuerzo en darte consejos —susurró, y clavó la mirada en una de esas revistas de cotilleo que nunca he sabido para qué sirven.

Más tarde volvió a pronunciar el nombre de Sofía, y siguió hablando de sus padres, sus suegros, los tíos y todos los que ya se habían muerto.

Y yo dejé de escucharla...

A mediados de aquel mismo mes de enero, Álex me telefoneó. Me habló de lo bien que le iba en Nueva York y, con un pellizco en el estómago, lo felicité por su trabajo. La ciudad de los rascacielos se me antojaba tan lejos...

Antes de colgar me dijo que haría todo lo posible por venir a verme, y desde que nos despedimos empecé a contar los días.

Álex no me visitó aquel mes, ni el siguiente, y mientras la vida pasaba yo tomaba antidepresivos que me ayudaban a no sentir. Perdí la sonrisa, que seguramente se había ido corriendo tras él.

Mi madre y Santiago acogieron entusiasmados mi comportamiento dócil y resignado, y comenzaron a hacer planes de boda.

Mi madre siempre desbordó liderazgo por todos los poros, incluso el día que murió: mis padres viajaban en coche cuando tuvieron el accidente, y todo porque a ella se le plantó que no se subiría en un avión ni muerta.

Durante los meses que duró mi depresión, mi madre y Santi hablaban de boda, iglesias y hasta de catedrales. Flores, banquetes..., y ella se atrevió a elegir el traje de novia. Fue la época en que el despropósito que era mi vida alcanzó su cénit.

Planificaban para mí un futuro aburguesado de color de rosa que no encajaba conmigo ni a la fuerza, y yo seguía con la rutina como si viviera inmersa en una obra de teatro, interpretando un papel que no me correspondía, que no quería, acorde con los gustos de otros, y así siguió pasando el tiempo, con intervalos de desorientación e instantes de cordura.

En cuanto a mi padre, nunca me preguntó si era feliz. Jamás lo hizo. Sé que me quería, es solo que prefirió mantenerse a una distancia cómoda que no alterara sus días.

—Preferiría salir, respirar un poco de aire.

Olivia oyó la voz de su hermano y levantó la vista del iPad.

47

Infantes detuvo el coche frente al edificio en el que vivía la abuela de Miguel Heredia, en la barriada de Mirasierra. Retiró la llave del contacto y miró a su compañero.

—¿No te parece raro que esa chica, Olivia, tuviera un lío con Durán? —preguntó María.

—¿A qué viene tu pregunta? Está fuera de lugar.

—No sé. Pensaba en él, el hecho de que esté en coma... Me ha venido a la cabeza todo eso que el psiquiatra nos ha soltado sobre el TOD, el rencor, la venganza, la ira, y después va y dice que eso no convierte a una persona en un asesino. ¡Pues no sé qué decir, la verdad! Tal vez no lo sea, pero que está pirado... tiene toda la pinta.

Salieron del coche y se dirigieron al portal.

—No olvidemos que Blanch le estaba tocando los cojones —dijo Ugalde—. Cuando a la gente se la acorrala, estalla, y ese tío parece que tuvo una infancia y una adolescencia chungas.

—¿Ahora te compadeces de él porque está en coma?

—No me compadezco, María, pensaba en que tal vez deberíamos mirar el caso desde otra perspectiva. El tiempo se agota. Ya has oído al jefe.

—Entiendo al comisario —repuso la subinspectora frente a la puerta de Rosario Montoya—. A los políticos no les interesa que se hable mal de la ciudad, sean del color que sean..., y a mí me jode no saber en qué punto de la investigación nos encontramos, con eso te lo digo *to*.

—Yo te lo diré: estamos dando vueltas alrededor de la madeja sin ver el hilo suelto del que hay que tirar —afirmó Ugalde—. Y sé que las muertes de Heredia y Blanch están ligadas en algún punto. No me preguntes por qué. No correremos ni retrocederemos. Si hemos llegado hasta donde estamos será por algo.

Rodrigo pulsó el timbre. No funcionaba y llamó con tres toques de nudillo. La puerta era de madera, con varias capas de pintura de color marrón y una pequeña placa azul con el nombre de Rosario Montoya.

Nadie contestó, así que volvió a llamar. Segundos después la puerta se entreabrió con la cadena puesta y a través de la rendija vislumbraron unos ojos oscuros sobre una piel curtida por el sol, surcada de arrugas.

Ugalde se presentó mostrando su placa.

—¿Podríamos hablar con usted unos minutos? Es un asunto relacionado con su nieto, Miguel Heredia.

—Mi nieto está muerto.

—Lo sabemos, señora, y lo sentimos mucho, aun así, si es tan amable, nos gustaría hablar con usted.

Mientras esperaban a que Rosario Montoya abriera la puerta, Rodrigo recibió una llamada de la central. Después de colgar se dirigió de nuevo a María:

—Álex Fernández está en Londres. Declarará esta tarde por vía telemática.

La subinspectora abrió los ojos y entreabrió la boca en un gesto de sorpresa y enojo. Estaba a punto de decir algo cuando la anciana retiró la cadena y la puerta se abrió.

—Pasen —les dijo, y se dio la vuelta para avanzar por un largo pasillo.

La señora Montoya era una mujer alta y encorvada ligeramente hacia delante debido al peso de los años y de las penas que llevaba consigo. Caminaba arrastrando los pies y respiraba de manera entrecortada, como si todo la fatigara.

Llevaba un vestido oscuro que la hacía parecer más delgada, y el cabello gris recogido en un moño bajo algo desordenado, muestra de la falta de preocupación por la estética.

La mujer se detuvo junto a la puerta del salón, una estancia bien iluminada con muebles de madera clara sobre los que descansaban un sinfín de pequeñas figuritas de porcelana y marcos con fotografías.

—Son mi familia —les dijo señalando los portarretratos—. Pueden sentarse en el sofá. Es tan viejo como confortable. —Rosario fue a la cocina y regresó con una jarra de agua y vasos que colocó sobre la mesita baja—. Hace calor y tendrán sed. No les ofrezco vino, como están de servicio...

—Agua está bien, muchas gracias —aceptó Ugalde, que tomó asiento en el sofá al lado de su compañera.

María ya se había sentado junto a la ventana y esperaba con el bloc de notas y el bolígrafo en la mano.

Los visillos blancos se agitaban y ondeaban movidos por la corriente. La mujer se acercó a la ventana, la entornó y, tras alisarse el vestido, ocupó una silla frente a los policías.

Rodrigo esperó a que la mujer acabara de peinarse. Se le había deshecho el moño y lo estiró con las manos para sujetarlo con la pinza de carey. No importaban los años que hubieran transcurrido desde la muerte del joven, esa mujer era su abuela y en la medida de lo posible trataría de evitarle cualquier sufrimiento.

—Es usted muy amable al recibirnos sin avisar, gracias.

La mujer le dedicó una sonrisa tierna al inspector.

—Como le decía, estamos aquí por su nieto. Hemos sabido que fue amigo de la señorita Blanch.

—¡Pobre niña! Me he enterado y no puedo creerlo... Qué pena más grande. Siempre quiso mucho a mi Miguelito... ¿Cómo ha muerto? —preguntó con gesto de dolor.

—Aún no lo sabemos. ¿Qué recuerda usted de ella y de la amistad que mantuvo con su nieto, los amigos...?

—Miguelito, la madrileña, el Nico y el fotógrafo... El Ale —aclaró—. Eran todos amigos, claro que estamos hablando de otros tiempos. Cuando eran chiquititos y llegaba el verano, la muchacha venía y siempre estaban juntos. Se conocieron en la casa grande, la de doña Sofía. Ella, su marido y el cura fueron muy buenos con todos los niños que andaban sueltos por las calles. Los tres..., muy buena gente, yo no tengo queja de ninguno, *to* lo contrario.

Rosario hablaba con la vista puesta en Ugalde; su voz, llena de tonalidades y matices propios de su cultura, resonaba con la sabiduría de quien ha vivido muchas experiencias.

—Resulta que los padres de mi nieto se separaron después de muchas discusiones —continuó la mujer—, no entiendo a los matrimonios que se divorcian, en mis tiempos no hacíamos eso, los trapos sucios se lavan en casa... En fin..., yo me hice cargo de él y de muchos otros nietos. Lo menos siete —añadió con siete dedos en alto—. Necesitaba ayuda. Un lugar en el que tenerlos recogidos mientras yo trabajaba, y allí en el centro estaban muy bien, aprendían muchas cosas y se lo pasaban estupendamente. Después empezaron a hacerse mayores, los problemas..., ya me entienden...

Rosario bajó la mirada y descansó las manos sobre su regazo. Pensaba en su nieto, en las dificultades vividas.

—Mi niño era un buen chiquillo, de lo mejorcito, ¿sabe usted?, merecía ser feliz y no lo fue. El Nico era su mejor amigo, y mi niño se enamoró de él —aclaró bajando la voz—, no quería que el Nico supiera que era mariquita, ¡por nada del mundo! —exclamó entre susurros—. Nunca se lo contó a nadie, solo a mí. Cuando se quiere de verdad y el amor es imposible, uno se aguanta, se calla, se sacrifica por la persona que ama. Él jamás deseó ser el centro de atención de nada. Celeste era muy buena niña y lo cuidó mucho. Ya le digo, todos se adoraban como familia.

—¿Por qué su nieto no quería que indagaran en su vida? ¿Por ser homosexual? —se extrañó la subinspectora.

Rosario Montoya asintió varias veces, los ojos entornados.

—Era muy tímido y le daba vergüenza. Me decía que en ocasiones no era un buen chico, y que no siempre estaba con los amigos, que iba con hombres. Yo no me cansaba de repetirle que eso no era nada malo, ni tenía por qué avergonzarse. Recuerdo que cuando yo encendía la tele le decía: «Mira, mira, todos esos son como tú». Él se echaba a reír. —La mujer chascó la lengua—. Mi niño vivió amargado, pobrecito mío, y yo no me di cuenta de lo mal que estaba. Digo yo que por eso se tomó lo que se tomó.

Por un instante Rodrigo pensó en la adicción. No era una elección. Nadie decidía por las buenas convertirse en drogadicto. Era una respuesta al dolor emocional. Y nadie elige sufrir. Cada vez que alguien tocaba ese tema en su presencia no podía evitar ponerse en la piel de todos esos jóvenes que la sociedad catalogaba como marginados sin preocuparse de ver qué había detrás.

—¿Qué recuerda del día que falleció su nieto?

—Malo, malo —musitó la mujer negando con la cabeza—, el peor día de mi vida. La gente habló y habló, que si discutió con Nicolás, que si esto, que si aquello... Doña Sofía y el padre Manuel estuvieron pendientes de todo hasta que no hubo nada más que remover. Se lo conté a la niña el otro día.

—¿A la niña? —preguntó Ugalde.

—Sí, la madrileña, Celeste. Me visitaba todos los años y me traía regalos. Más buena, la pobrecita...

Rodrigo desvió un instante la mirada hacia María.

—¿Cuándo la vio por última vez?

—Hace lo menos una semana... El martes, que yo venía de la farmacia de tomarme la tensión. ¡Estaba tan guapa!

Qué lástima de muchacha... Se sentó ahí mismo, donde están ustedes.

Rosario se enjugó los ojos.

—¿Podría contarnos de qué hablaron?

—Pues precisamente me habló de mi nieto, lo mismito que ustedes ahora. Me contó que estaba escribiendo algo..., yo no sé qué..., sobre su vida y la de los chicos, algo muy importante para ella, me dijo, de modo que estuvimos charlando las dos, lloramos, reímos y comimos bombones. Me trajo una caja y una batita de casa para estar fresquita. Yo creo que estaba embarazada.

—¿Se lo dijo ella?

—No, no, es que se la veía más guapa que nunca, la cara redonda y el cuerpo, no sé. Más redondito también. Y que tengo muchos años... A lo largo de mi vida he visto a muchas preñadas. Soy muy vieja, inspector —dijo, y en su voz resonó la sabiduría de las generaciones pasadas.

Rodrigo la miró con un gesto de comprensión.

—¿Recuerda alguna de las preguntas que le hizo la señorita Blanch?

—Sí, claro. Ella quería que yo le contara cosas de mi Miguelito y del Nicolás. Después me preguntó por el tatuaje que llevaban los muchachos y que ella se dibujó también. Yo es que no entiendo de modas. ¡Qué sé yo por qué se pusieron eso ahí! Y me preguntó si yo me hablaba con Nicolás. Claro que sí, es un buen niño, le dije. Yo no creí nada de lo que la gente murmuraba. Nico y Miguel fueron amigos de verdad, y ya está. Con eso me quedo. No quiero saber más.

La anciana dirigió la vista a la ventana y miró hacia el cielo. A pesar de los años reflejaba fortaleza.

Ugalde se volvió a su compañera. No molestarían más a Rosario. Se despidieron y se dirigieron al coche.

—¿La víctima estaba escribiendo sobre sus vidas? —soltó María extrañada al ocupar su asiento.

—Si Durán siempre evitó hablar de la muerte de su amigo, ¿era eso lo que le molestaba de Celeste Blanch? ¿Que indagara en el pasado?

—¿Dónde demonios están los textos, o dónde está ese Mac portátil que dice Ordóñez haberle regalado?

—Esa sí es una buena pregunta. ¿A quién le interesaba recuperarlos?

—¿Quién entró en la casa de la víctima? ¿Herrera? ¿Durán, Fernández?

—Y, como sueles recordarme, no olvidemos a Santiago Ordóñez, María. Ese tipo formó parte de la vida de la profesora, estaba obsesionado con ella. ¡Vete tú a saber qué contaba Celeste Blanch en esos escritos!

—Joder, pues lo que esa mujer sabía debía de ser muy comprometedor para alguien... No puedo dejar de pensar en que uno de nuestros investigados está en coma, el otro se ha marchado del país y el supuesto prometido es un puto enfermo que tampoco tiene coartada.

En comisaría, entraron en la sala donde el grupo seguía trabajando y Ugalde los puso al corriente de sus pesquisas. A continuación, Óscar levantó la mano desde su puesto.

—He visitado al pescador que presenció la desaparición de Heredia. Me ha contado la misma versión que dio al doctor Thomas Clayton hace años. Nada nuevo.

—Bien, gracias, Óscar, había que comprobarlo.

—Pues yo tengo noticias que no tienen desperdicio —dijo Enzo Alonso—. He logrado recuperar los archivos borrados del portátil de Ordóñez.

El grupo al completo rodeó la mesa de manera que todos pudieran ver la pantalla.

Enzo insertó el lápiz USB y la luz parpadeó varias veces antes de que comenzaran a desfilar una multitud de fotografías. Además de imágenes muy parecidas a las que ya habían visto, otras eran grabaciones de un alto contenido sexual en las que se veía a la víctima manteniendo relaciones íntimas con Álex Fernández.

Un murmullo generalizado se extendió en la sala.

—Por la perspectiva, ese tío debió de grabarlos desde alguna terraza o balcón —sugirió el agente—. Ordóñez borró muchos correos dirigidos tanto a la víctima como al amante. Todos seguían el mismo patrón. A ella le exigía que dejara de verse con el fotógrafo. A Álex Fernández le enviaba mensajes insultantes, cartas amenazadoras... No consta que Fernández interpusiera una denuncia contra Ordóñez ni que respondiera a ninguno de los *mails*. Se ve que pasaba de él.

—Y eso debió de cabrear bastante a Santiago Ordóñez —opinó González.

—Ese tío es un acosador, un enfermo, es obvio —soltó Cristina.

—Y anda por ahí suelto y a sus anchas —añadió la agente Isa Valderrama.

En el ordenador seguían reproduciéndose imágenes demasiado explícitas.

—Ya hemos visto suficiente —los interrumpió Rodrigo y cortó la reproducción.

—Ha quedado claro que Ordóñez padecía una obsesión enfermiza hacia la víctima y que es un posible sospechoso, sin duda —afirmó la subinspectora.

—Pues... ponemos todo este material a disposición judicial, lo detenemos, lo interrogamos como investigado y lo empapelamos —propuso Cristina.

—Sí, para empezar, ese tío ha violado la privacidad de la víctima —continuó Óscar—. ¿También acoso sexual?

—Pudo utilizar esas fotografías para tratar de controlarla —sugirió Isa.

—Posible difusión no consentida —intervino Enzo—, eso añadiría un daño adicional no solo a la reputación de la profesora, sino también a su bienestar emocional.

—No me extraña que la pobre chica tomara benzodiacepinas —siguió Cristina.

—Cierto —Rodrigo tomó asiento en una esquina de la mesa cuando todos guardaron silencio—, podemos detenerlo como investigado, interrogarlo, etcétera. ¿El resultado?

—Ese tío se presentará acompañado de su abogado —habló la subinspectora, que seguía de pie con los brazos cruzados—. Alegará que dichas fotografías y grabaciones fueron tomadas con el consentimiento de esas dos personas, o que ella solía exhibirse por la ventana para que él la grabara, que era consciente, o incluso que ella misma se lo pidió o que estaban de acuerdo —soltó de corrido.

—Exacto. Podría alegar cualquier cosa. Ya lo hemos visto otras veces y entraríamos en un bucle —continuó Rodrigo—. Cuando investigas a fondo la vida privada de cualquiera, muchas pruebas se vuelven incriminatorias y muy pocas se pueden demostrar.

Bajo la atenta mirada del grupo, ambos siguieron en su acostumbrada manera de intercalar opiniones.

—Aunque nos pese, las relaciones entre adultos son así —dijo María.

—Lo que haremos será montar un dispositivo de vigilancia, le hacemos seguimiento, le pinchamos el teléfono y a ver qué hace, cómo actúa, con quién habla, sobre qué...

—Los seguimientos son lentos, pero nunca se sabe qué desliz puede cometer.

—No lo perderemos de vista; comprobad también sus movimientos de los últimos días. Necesitamos pruebas —zanjó el inspector.

—Investigamos a Ordóñez, Durán y Fernández, ¿y qué pasa con Herrera? —preguntó Isa—. No sabemos mucho de ese tío, y estoy segura de que está metido en el ajo. Yo no me creo que fuese a la casa de la profesora a por las llaves, al menos no solo para eso.

—Tampoco yo —consintió Ugalde.

—¿Y si la profesora estaba tan mal que realmente se suicidó? —propuso González, a quien la hipótesis del suicidio le rondaba la cabeza.

Todos lo miraron.

—No me miréis así, ya sé que no es lo que opináis la mayoría; yo, sin embargo, no sé..., a la gente le da ese tipo de picadas y no soy el único que lo piensa, el comisario parece inclinarse también en esa dirección.

—Te recuerdo, Óscar —habló esta vez Cristina—, que tú barajaste la posibilidad del suicidio basándote en cómo encontramos la casa, ni puertas forzadas, ni ventanas..., y en que no faltaba nada, ni dinero ni joyas... Ahora sabemos que «falta» —hizo comillas con los dedos en el aire— el ordenador de la víctima y puede que algo más que desconozcamos.

—Cualquiera de los sospechosos, incluido Herrera, podría ser culpable de homicidio —dijo Ugalde—. Pruebas. Pruebas que los incriminen o los descarten.

Rodrigo comprobó la hora en su reloj de muñeca.

A pesar del esfuerzo que todos estaban haciendo, el caso iba sin rumbo fijo. No existía ninguna razón para retener a su equipo más allá del turno habitual y se despidió de ellos hasta la mañana siguiente.

—¿Comemos algo antes de visitar al cura? —le propuso María, que se abanicaba con un folio—. Estoy hambrienta y la tarde será larga. La entrevista a Fernández está programada para última hora y me gustaría tener tiempo para repasar tranquila todas las preguntas. Me escama que ese tipo se haya quitado de en medio. Normal no es. Por cierto —soltó María de camino al bar—, he telefoneado a Alicia. Olivia también está en Londres. ¿Sabías algo?

48

En la calle, el sol arrancaba reflejos a los jardines de Harrington Gardens, y el verde se veía mucho más frondoso. Los árboles, las flores, los escaparates y edificios blancos con sus pequeñas verjas de hierro forjado lucían con esplendor. Sin embargo, Olivia percibía la ciudad impregnada de una belleza melancólica, como si reflejara la sombra de sus propios sentimientos.

—Mi mujer no tiene por qué saber nada de esto —acertó a decir Álex tras varios minutos de silencio.

—¡¿Es eso lo que te preocupa?! ¿Que tu mujer se entere de que le ponías los cuernos?

—¡Olivia, por Dios!

—¿Prefieres el término *infidelidad*? ¡Lo único que está claro es que Celeste te amó desde que era una niña hasta el final de sus días y ahora está muerta, Álex, muerta! —recalcó—. Desconozco tu versión de la historia, y si he venido hasta Londres desde luego no es para dar un paseo.

—¡¿Mi historia con ella?! Tonteamos hace mucho. Éramos unos críos. Pasó el tiempo, apareció de nuevo en mi vida y nos acostamos alguna que otra vez, eso fue todo. No tengo por qué darte explicaciones, y no, no soy el mejor marido del mundo.

—Cierto, y puedes ahorrarte esa versión conmigo. Tal vez a tu mujer le sirva, a mí no.

—¿Por qué haces esto?

—¿Hacer qué?

—Juzgarme. No es bueno para nosotros. No deberíamos cuestionar la vida privada del otro. Celeste está muerta y deberías dejar el pasado justo donde está. ¿De dónde sacas todas las ideas que tienes en la cabeza?

—Dejar el pasado donde está —repitió Olivia—. Ya he oído antes esa frase. Da la casualidad de que Celeste me pidió ayuda, me envió un relato en el que plantea dudas sobre asuntos muy serios, habla de un pacto entre vosotros..., así que no, no voy a dejarlo donde está.

—¡¿Relato?! ¿Qué relato?

—Un diario. Algo así.

—¿Das credibilidad a una historia subjetiva? —respondió como si su hermana basara sus preocupaciones en una solemne estupidez—. Mira, si te sirve de algo, ella nunca estuvo bien emocionalmente. No es un secreto. Y, aunque me duela, hay que aceptar que puso fin a su vida. No quieras cargarme con la culpa.

Olivia negó con un gesto.

—No creo que se suicidara, aunque tú le diste motivos. Lo reconozcas o no, le confundiste la vida —afirmó sin vacilar.

Álex siguió caminando por la acera. Olivia lo escuchó suspirar. Dejaron atrás Stanhope Gardens y giraron en dirección a Queen's Gate, una avenida tranquila con jardines bien cuidados y arbolados.

Olivia se apresuró para alcanzar a su hermano, que iba más deprisa. Al llegar a su altura, y a pesar de que llevaba gafas de sol, vio las lágrimas que le recorrían las mejillas. Nunca lo había visto así de triste y hundido. Se había venido abajo.

—¿Quieres saber la historia? Te la contaré —dijo él de repente, parado en mitad de la acera—. Después no volverás a hacerme preguntas. Nunca más.

Reanudó la marcha. También ella siguió caminando.

—Me gustaba desde que éramos unos críos. Crecimos y yo seguía sintiendo la misma ilusión y las mismas ganas de tenerla cerca. Ella, en cambio, jamás dio muestras de que lo nuestro fuese a prosperar, nunca me presentó a sus padres ni me invitó a su casa. Al parecer, yo estaba muy lejos de satisfacer los requisitos de esa familia de pijos de Madrid. Me sentía infravalorado. Esos sentimientos me los guardé para mí. No lo conté en casa. Bastante teníamos ya con los problemas entre papá y mamá. Y seguimos viéndonos a escondidas. Primero era ella quien quería ocultar nuestra relación, pero con el tiempo fui yo. Había otras chicas que no me hacían sentir inferior y me apetecía conocerlas. Descubrí que Celeste y yo éramos muy diferentes. Jamás habría funcionado. Hay historias de amor que no pueden ser.

—Insisto en que no he subido a un avión y he volado durante dos horas y cuarenta minutos para escuchar una versión propia de *Romeo y Julieta*. Erais adultos. En casa guardas fotografías recientes que hablan por sí mismas.

—¡¿Has hurgado en mis cosas?!

—No cuestionamos si he hurgado o no en tus cosas, o si moralmente está bien o mal. De eso podemos charlar en otro momento. Ahora estoy hablando de la relación que mantuviste con Celeste. Se prolongó en el tiempo, y el día que ella falleció estuvisteis juntos.

—¿Y a ti qué más te da?

Álex se había adentrado en Hyde Park y se detuvo frente al lago Serpentine con la mirada puesta en la superficie del agua, donde los cisnes, patos y gansos nadaban plácidamente. Solían ir allí cuando eran niños. Adoraba a su hermana y una parte de él deseaba desahogarse, soltar lo que tenía dentro y le asfixiaba. No podía.

—Yo la amaba, es cierto, pero no podía estar con ella. Tenía miedo de mí mismo, Olivia. No me preguntes por qué. Hay muchas cosas que desconoces de mí y así seguirá siendo. Sabes mejor que nadie que hay partes de nosotros que son solo nuestras, que nos pertenecen y no tenemos por qué compartir con nadie más. No sé por qué te extraña tanto...

—Formamos parte de una investigación. Entré en casa de Celeste. La vi tumbada en su cama y no pude hacer nada. Estaba muerta —musitó Olivia—. He mentido respecto a mi presencia en la vivienda y tarde o temprano lo averiguarán, o yo lo contaré, porque no podré seguir ocultando por más tiempo lo que sé. Y soy tu hermana. Mucha casualidad, ¿no te parece?

—¿Qué hacías allí?

Olivia le explicó brevemente lo que sucedió y la parte que conocía del relato.

—¡¿Insinúas que Celeste sospechaba que estuve implicado en la muerte de Miguel?!

—Yo diría que no, aunque realmente no lo sé. Tan solo quería saber qué le ocultabais. Porque hay algo que nunca le contasteis, ¿cierto?

—Ahora mi vida es otra. Da igual los motivos que nos unieron o nos distanciaron. Eso quedó atrás.

Olivia supo que su hermano no quería seguir conversando y debía evitar que se cerrase en banda. No podía regresar con las manos vacías, necesitaba respuestas.

—Nunca te he dado consejos, Álex, y no sé qué me ocultas, solo te diré que si callas es posible que lo que quiera que sea que tienes ahí dentro te persiga el resto de tu vida.

—¿Acaso tú no actúas de igual manera? A la única persona que le debo una explicación es a Cinthia. Mi mujer conocía la existencia de Celeste desde antes de casarnos. No porque yo se lo hubiese confesado, era algo que ella intuía y acabé sincerándome el día que me dijo que estaba embarazada. Por eso nos casamos. Lo reconozco. Por las niñas, y porque decidí que era el mejor modo de poner fin a mi vida anterior. Estaba convencido de que después de la boda y el nacimiento de mis hijas me olvidaría... No fue así. Echaba de menos a Celeste todos los malditos días del año, y la busqué. No podía soportar la idea de perderla, de que viviera su vida sin mí. Me aterraba seguir adelante sabiendo que no volveríamos a estar juntos. ¿Mejor así?

—¡Estás loco!

La gente que paseaba cerca desvió las miradas hacia ellos. El teléfono de Álex comenzó a sonar.

—Esta conversación se ha acabado aquí, ahora y para siempre —le dijo a su hermana en tono firme—. Después prestaré declaración y pondré punto final. Lo que le cuente a mi mujer a ti no te incumbe.

Se alejó unos metros y atendió la llamada. Hablaba con Cinthia, le decía que estaba bien, que las echaba de menos y tenía ganas de regresar a casa junto a ella y las niñas.

Olivia no pudo evitar escucharlo. Durante unos segundos siguió mirando a Álex. Observó la forma en la que le hablaba a su mujer, la entonación, los gestos sutiles y las frases. Parecía como si lo tuviera todo estudiado de antemano. Antes nunca se había fijado. «¿Mi hermano finge? ¿Cómo puede ser que nunca me haya dado cuenta? ¿O es que solo actúa de esa manera estúpida con las mujeres con las que se acuesta?».

Se dio media vuelta y emprendió el camino de regreso sumida en sombríos pensamientos. La explicación de su hermano era incompleta. Demasiados cabos sueltos, como madejas sin devanar. Probablemente nunca le contaría la verdad, porque cuando uno quiere la mente se convierte en un pozo muy hondo en el que se ahoga el pasado, el presente y todo aquello que se quiere ocultar, y aunque ella tratara de asomarse no vería más que lo que Álex quisiera mostrar, un profundo y oscuro vacío.

Ya no tenía fuerzas para seguir intentándolo. Era incapaz de enfrentarse a más conflictos. Ni siquiera se tomaría la molestia de volver a pensar en su hermano. Había hecho todo cuanto estaba en sus manos. Él prestaría declaración y sería el único responsable de la versión que diera.

También ella regresaría a La Línea lo antes posible y contaría la verdad. Tenía que soltarlo todo o no pararía de elucubrar.

Dejó atrás Hyde Park y se dirigió a Oxford Street consciente de que su estado de ánimo era nefasto. No podía presentarse así ante su familia y decidió dar una vuelta y distraerse en esa calle cosmopolita de aceras anchas abarrotadas de gente, comercios, hileras de tiendas y aromas de comida callejera.

Vio su figura reflejada en los escaparates y se percató de que caminaba hundida, derrotada, muy distinta a la gente que pasaba por su lado cargada con bolsas de compras de Selfridges, Debenhams o John Lewis. Hizo un esfuerzo y se irguió, como los maniquíes que posaban rectos, impasibles, con atuendos extravagantes, gafas, sombreros y pelucas.

Le vino a la mente el proverbio del junco, su capacidad para doblarse y resistir las tempestades para después recuperar su forma sin haberse roto. Esa resiliencia de la que era fácil hablar y complicada de llevar a cabo.

Cuando cruzó la puerta del salón de belleza se esforzó en poner buena cara. Su tío y su madre la recibieron con una enorme sonrisa y pasaron a mostrarle las reformas del establecimiento.

Ella recordaba el local dividido en varias salas con el mobiliario de madera. Ahora lo habían convertido en un espacio diáfano, con muebles claros y detalles en color turquesa. Algunas zonas quedaban delimitadas por biombos forrados con fotografías en blanco y negro de actrices de todos los tiempos que lucían peinados desde clásicos hasta los más modernos y sofisticados.

—¿A que parece más grande y tiene más luz? —comentó su madre.

—Ha quedado espectacular, y me parece una estupenda idea que hayáis creado una zona de espera con revistas, té y pastas. Las clientas no van a querer salir de aquí —se atrevió a bromear.

—Gracias por los elogios, esa idea en concreto fue mía —dijo Fred bajando el tono de voz—, aunque a mí no me engañas —añadió tras asegurarse de que Rachel regresaba al trabajo—, no estás bien y sé que algo relacionado con tu hermano y esa pobre chica muerta te preocupa.

—Cierto, aunque es mejor que os mantengáis al margen. Álex es un adulto y, si os necesita, no dudará en decíroslo.

«O eso espero», pensó.

Durante unos segundos Fred guardó silencio. Los ojos fijos en su sobrina.

—Supongo que tienes razón —consintió al fin, y la cogió del brazo.

Sin darse cuenta se vio sentada delante de una pila para el lavado del cabello.

Adoraba a su tío, y aunque no estaba de humor tampoco quiso resistirse al chorro de agua templada que ahora le caía sobre la cabeza. Se había rendido a la presión y el estrés.

Fred había empezado a masajearle el cuero cabelludo y ella cerró los ojos. En menos de una hora su tío le había aclarado el cabello varios tonos y se lo había cortado a la altura del cuello con multitud de capas desordenadas.

—Te ha quedado una melena Bob de lo más chic —le dijo esparciendo aire con el secador por todo el cabello para alborotarle los mechones.

Olivia se vio con mejor aspecto. Se levantó de la silla y abrazó a su tío con fuerza. Una parte de ella quería seguir en

Londres. Pasar una buena temporada dejándose cuidar y mimar. Olvidarse de todo durante un tiempo. Lo necesitaba desde hacía meses, pero no podía. Debía afrontar la situación, había algo demasiado importante en juego y tal vez los textos de Celeste, si caían en las manos adecuadas, podrían ser de gran ayuda.

Envió un mensaje a Rodrigo. No lo hacía por quedar bien, ni por ser fiel a sus principios sobre el respeto y la educación. Era algo que iba más allá. No responder a un mensaje era sinónimo de manipulación, lo que en psicología se conocía como la ley del hielo, ese juego en el que el silencio siembra dudas e incertidumbres en la otra persona. Una conducta en la que ni siquiera se tiene la decencia de ocultar que lo has ignorado por completo, sino más bien lo contrario.

49

El termómetro en el paseo del Mediterráneo marcaba treinta grados cuando Ugalde detuvo el coche frente a la iglesia del Carmen, en la Atunara.

—He comido como una desesperada —dijo María al salir del coche dando los últimos sorbos al granizado de café hasta que solo se oyó sorber el hielo picado—. Espero que la cafeína nos ayude a soportar este calor y a mantenernos despiertos, porque la tarde se presenta larguita.

Rodrigo extrajo el móvil de su bolsillo al escuchar un pitido de WhatsApp. Leyó el mensaje de Olivia mientras caminaba hacia la parroquia.

«Disculpa que no te haya respondido hasta ahora. No es mi costumbre. El encuentro con tu ex o lo que quiera que seáis fue muy desagradable y lo que menos necesito son problemas. Estoy en Londres y esta noche regresaré a casa. Mañana a primera hora pasaré por comisaría y prestaré declaración. Tenías razón, no conté toda la verdad. No me llames».

Se guardó el móvil. Parecía sincera, y quiso creer que lo era. Confiaría en que al día siguiente lo contara todo de una vez.

—¿Estará el cura durmiendo la siesta? Porque la horita que es... —soltó Infantes después de llamar con los nudillos a la puerta entreabierta.

La puerta se abrió del todo y el rostro del cura apareció tras ella.

—Buenas tardes. No, no dormía la siesta, en vísperas de Nuestra Señora del Carmen el trabajo se duplica. Pasen, hagan el favor. ¿Tienen noticias sobre Nicolás? Lo he leído en la prensa y estoy preocupado por la salud de ese muchacho.

—Me temo que su estado sigue siendo crítico.

—¡Vaya por Dios! Ojalá se recupere pronto. Y bien, ¿qué desean de este humilde siervo de Dios?

—Todo menos humilde, padre —respondió Rodrigo—, que ya he visto que han pintado la fachada de la iglesia y la han dejado de lujo —bromeó.

—Y, por lo que veo, están pintando y arreglando sus dependencias también —intervino María—. Todo está quedando reluciente.

Los inspectores siguieron al cura, esquivando los botes y rodillos de pintura.

Una vez que ocuparon sus asientos, Rodrigo no se demoró y centró las preguntas en el caso Heredia.

—Por supuesto que doña Sofía y yo mismo nos interesamos por el caso. Todo el mundo tiene derecho a saber por qué un familiar ha muerto. Pertenecer a una etnia o clase social distinta no debe eximir a las personas de sus derechos, y no hace falta que les hable del poco valor que algunos de esos jóvenes tienen para la sociedad, a veces ni siquiera para sus familiares, que acaban agotados de pedir explicaciones y respuestas y solo reciben promesas. Los Heredia Montoya son una buena familia y merecían saber qué ocurrió.

—En eso estamos todos de acuerdo, sin embargo, si no nos han informado mal, tanto usted como la señora Clayton pusieron mucho interés en la investigación.

—Quisimos asegurarnos de que no se dejaran cabos sueltos. Eso fue todo.

Rodrigo lo observaba con atención. Estaba acostumbrado a trazar perfiles y a interpretar el lenguaje no verbal. Si algo tenía claro era que ese hombre conocía alguna historia que no estaba dispuesto a contar.

—Intuyo que hubo algo más, ¿no es así, padre?

El cura se frotó la nariz.

—La policía hizo su trabajo.

—Si no tiene inconveniente, nos interesa saber qué pensaban exactamente usted y Sofía Clayton.

El cura se irguió en el sillón. Ofreció agua a los policías, que aceptaron gustosos. También él se sirvió un vaso.

—Doña Sofía temía que Miguelito, como lo llamábamos desde niño, hubiese buscado acabar con su vida —el cura se persignó— y quiso saber la causa de la muerte. Ella necesitaba averiguar qué le había sucedido, qué problemas tenía, entienda que para ella esos muchachos eran como su familia. Los hijos que no tuvo. Se suponía que debía velar por todos, y no se trataba de la reputación de Génesis, como algunos dijeron, ella los quería de verdad.

María tomaba notas en silencio y Rodrigo lo escuchaba valorando sus gestos, tratando de descifrar lo que callaba.

—A doña Sofía le desconcertó especialmente el mutismo de Nicolás. El chico nunca quiso hablar de aquella tarde y, como suele pasar, no saber te lleva a imaginar cualquier cosa, y cuando los pensamientos quedan libres vagan por donde quieren.

—¿Por dónde vagaban los de la directora de Génesis exactamente? —preguntó esta vez Infantes.

El cura miró a la subinspectora y apretó los labios.

—Ella continuó investigando, preguntando, indagando...

—¿Y...?

—Nada más.

—Algo debió de decirle, ¿no es así? —insistió Ugalde.

El cura volvió a beber agua y meditó un instante.

—En una ocasión doña Sofía me preguntó si yo creía que el mal existía o si, por el contrario, vivía en las personas.

—¿Qué le pasaba a esa mujer por la cabeza? —habló Infantes, que no se pudo contener.

—Ella estaba enferma del corazón. Yo solo la escuchaba y hacía lo que podía para aliviarla. Intenté ayudarla, pero fue en vano.

—Una mente y un corazón enfermos no son trabajo de curas —continuó la subinspectora.

Rodrigo se limitó a observar al sacerdote, que seguía dirigiéndose a su compañera.

—¿No le parece que la mente y el alma son un misterio? No soy cardiólogo ni psicoanalista, desde luego que no, de lo único que entiendo es de la fe, y esa mueve montañas.

—No sé yo, la verdad. Hay demasiada porquería en el mundo y la fe no ha limpiado nada, que yo sepa.

—Bueno, señora, me temo que si usted no es creyente no vamos a llegar a entendernos. En cualquier caso, ya les he dicho que dejamos la investigación en manos de la policía —zanjó el cura, que empezaba a ponerse de mal humor.

—Disculpe, padre, ¿recuerda qué pasó después de que se cerrara el caso? —preguntó Rodrigo tras dedicar una mirada a su compañera.

—Como acabo de decirles, doña Sofía siguió buscando la verdad hasta el final de sus días.

—¿Sabe usted qué buscaba exactamente? ¿Llegó a descubrir algo?

El padre Manuel no respondió.

—¿Secreto de confesión? —insistió de nuevo el inspector.

—Les diré algo, yo no cuestiono sus dotes como investigadores, por eso les pido que no pongan en tela de juicio a los curas en nuestro ejercicio de la fe. No pretendemos encubrir tramas, misterios o complots, nada más lejos de nuestra intención. Cuando alguien se dirige a un sacerdote lo hace por necesidad. Algo íntimo que por alguna razón no pueden o no quieren hacer público, y la mayoría de las veces doña Sofía se dirigía a mí como sacerdote más que como amigo.

—Lo entendemos, padre, y respetamos su labor, pero usted debe entender que se trata de una investigación abierta por la muerte de una mujer.

El cura negó con un gesto.

—Doña Sofía hizo algunos descubrimientos. Si me los reveló o no, mis labios están sellados. Los curas somos un nexo entre el Padre y lo más íntimo del ser humano. Solo a Dios le corresponde juzgar.

—Y a los jueces, padre.

El cura miró al inspector por encima de sus gafas antes de ponerse de pie. La entrevista había finalizado.

Se despidieron de él y regresaron al coche.

—Con la iglesia hemos *topao* —dijo Infantes nada más salir a la calle.

El camino de vuelta lo hicieron en silencio. La subinspectora repasaba mentalmente su entrevista con Álex Fernández. Rodrigo le daba vueltas a lo que Olivia no le había contado.

En la comisaría, María se dirigió a la sala de trabajo. Quería tenerlo todo preparado y no pasar nada por alto. Fernández, además de ser una de las últimas personas que vieron a Blanch con vida, debió de conocerla muy bien, y solo tocando las teclas adecuadas podría cogerlo en un renuncio, una contradicción, cualquier mínimo error podría ser de gran ayuda.

Pasó un rato realizando algunas anotaciones hasta la hora fijada. Levantó la vista hacia el monitor y comprobó que Fernández se había conectado con puntualidad británica.

Al verle en la pantalla constató que era tal y como había

imaginado, ese tipo de hombres que ellas miran con deseo y ellos con recelo.

Se preguntó qué le pasaba al fotógrafo por la cabeza en ese momento.

No sabía que la mente de Álex vagaba por esa otra realidad que llevaba años sepultada, que temía que fuese descubierta y acabara arrollándolo como un tren a su paso por la vía.

María estaba a punto de empezar la entrevista cuando Ugalde entró en la sala y puso una nota delante de ella. Él tomaría declaración a Fernández.

Infantes negó con un gesto. Lo habían hablado. No era procedente.

Rodrigo elevó las cejas y asintió. Era su superior y ella debía obedecer.

La subinspectora cedió su asiento a Ugalde con el gesto contrariado y ocupó una silla junto a él.

Al verle en la pantalla, Rodrigo pensó que guardaba cierto parecido con Olivia, los ojos verdes y la nariz perfecta. Las ojeras pronunciadas delataban que no atravesaba un buen momento. Y estaba tenso, aunque tratara de demostrar que controlaba la situación con una postura altiva.

Tras los saludos de rigor, Ugalde le explicó los aspectos protocolarios de la videoconferencia que iba a llevarse a cabo sin dejar de observarle.

—Debe saber que no está acusado de ningún delito. Asimismo, le informo de que esta entrevista está siendo grabada a fin de recopilar datos que nos ayuden a esclarecer las circunstancias en las que la señorita Blanch ha fallecido. Si a usted lo estuviesen investigando formalmente habría recibido una notificación del juzgado de instrucción para comparecer en sede judicial y prestar declaración ante el juez. ¿Lo entiende?

—¿Saben cómo ha muerto Celeste?

—Ingirió una alta dosis de benzodiacepinas. ¿Sabe usted si la señorita Blanch tomaba esos medicamentos con regularidad?

—No lo sé.

—Usted la conoció bien, ¿la creía capaz de quitarse la vida?

—No —respondió profundamente convencido.

—Tampoco yo lo creo —le reveló Ugalde.

Álex fue consciente de lo que acababa de decir y no se arrepintió. Nunca había estado más seguro de nada en toda su vida. Y le daban igual las conclusiones a las que llegara el inspector.

50

Las luces de Londres centelleaban bajo sus pies. Todo se volvía diminuto, lejano, hasta desaparecer. Olivia cerró los ojos y apoyó la cabeza en el respaldo del asiento. Pensaba en su madre, en su tío, en la conversación mantenida y en el esfuerzo de ambos por retenerla a su lado.

«No entiendo las prisas, hija. Meterte en un viaje para una simple visita», le había dicho su madre sin ocultar su malestar.

«¿No eres tú quien me repite que Londres está a un salto desde Gibraltar?», le había respondido ella con una sonrisa forzada tratando de disimular sus prisas. «Y lo está, pero no para que te marches hoy mismo...», le había insistido su madre.

Después su tío le pidió que pasara la noche con ellos, una sola, le dijo con el gesto lastimoso que ella adoraba, y a punto estuvo de caer en la tentación.

No podía. Ella no les había contado que había adquirido un compromiso, que necesitaba contar lo que sabía y lo haría a primera hora de la mañana, consciente de que, al hacerlo, podría cambiar el rumbo de la investigación y la vida de las personas involucradas.

Salió de la casa con un nudo en la garganta por la tristeza de la despedida y la incertidumbre de lo que estaba por venir. Les había prometido que regresaría muy pronto. Y lo haría.

—¡Es tan testaruda que no quiere mudarse a vivir conmigo! —escuchó la voz de la señora que viajaba a su lado y le hablaba en inglés. Desvió la vista hacia su izquierda.

La mujer le sonreía.

—¿Perdón? —respondió en inglés.

—Decía que viajo a Gibraltar para visitar a mi hermana. Se niega a mudarse a vivir conmigo a Londres. Y estamos solas. Yo soy viuda, ¿sabe? Y ella nunca se casó, aunque tuvo muchos pretendientes. Mi nombre es Maureen.

Olivia estrechó la mano de la mujer y se presentó.

Maureen debía de tener aproximadamente la edad de su abuela materna, los ojos eran del mismo azul. Parecía recién salida de una película *hippie* de finales de los sesenta: fular rosa cubriéndole parte del cabello, blusa multicolor a modo de túnica y un collar con el símbolo de la paz. También un abrigo de verano, doblado sobre el pantalón y estampado en cachemir, que debía de ser una reliquia.

La mujer continuaba charlando sobre su hermana y de lo a gusto que vivía en Gibraltar a un paso de La Línea y de la Costa del Sol.

Olivia negó con un gesto. Tampoco había visitado a su abuela y eso le recordó que tenía demasiados asuntos pendientes. No podía olvidarse de su familia.

Extrajo el iPad del bolso. En ese momento decidió que a partir del día siguiente no solo prestaría declaración, también se enfrentaría a su propio infierno, aunque la sola idea le producía un nudo en el estómago.

Estaba obligada a analizar la pregunta que el paciente le hizo antes de marcharse. Aquella pregunta tan inesperada como profunda que resonó en el aire y le dejó una inquietante sensación de vulnerabilidad y culpa.

Miró la pantalla del iPad, aún turbada. Cada vez le resultaba más duro leer los textos. Respiró profundamente. Estaba lista para enfrentarse al pasado y al futuro.

Al fin llegó el verano de 2011 y regresamos a la casa de la playa. En aquella ocasión nos acompañó mi prima Marisa y, por supuesto, Santi, que se había convertido en mi sombra. Marisa era muy consciente de dónde me estaba metiendo y no se cansaba de repetirme que estaba a punto de estrellarme en una boda que acabaría arruinando mi vida. Como si ya no estuviese arruinada, le decía yo.

Una de tantas noches que nos arreglábamos para salir, Marisa me sujetó los hombros y me miró a los ojos.

—¿Cuándo tendrás el coraje de hacer únicamente lo que tú quieras? No permitas que ningún hombre te maneje.

Y esa noche seguí sus consejos.

Salimos a dar una vuelta por la feria cuando el sol comenzaba a desvanecerse en el horizonte. Me gusta ese ambiente lleno de luces, el aire impregnado de aromas tentadores, cenar en las casetas abiertas a todo el mundo, divertirme en las tómbolas y llenarme la cara de algodón de azúcar.

La música sonaba alta en todas partes, las voces de los feriantes, las atracciones y la gente que paseaba conversando alegremente. Fue una bendición tanto escándalo para no escuchar nada de lo que Santiago decía.

A mi prima se le pegó un chico inglés pelirrojo y blanco, como pasado por harina. Ella resoplaba sin encontrar la manera de quitárselo de encima y a mí me sirvió para desconectar y reír.

Entramos en una caseta, nos sentamos en unas sillas y empezamos a beber. Y de repente vi a Álex cruzar la puerta. El sorbo de sangría se me atragantó.

Se acercó, nos saludó y tomó asiento frente a mí.

Nunca he conocido a un hombre tan seguro de sí mismo, tan soberbio y que, a la vez, me haga sentir tanto.

Propuso invitarnos a unas copas que Santiago rechazó y yo acepté.

—Deberías dejar de beber —me susurró Santi al oído—. Será mejor que tomes un poco de aire y después nos marchemos a casa.

Mi prima nos observaba boquiabierta con sus enormes ojos oscuros, al tiempo que apartaba con pequeños empujoncitos al inglés, que había empezado a acercársele más de lo que a ella le apetecía.

Álex había iniciado una conversación sobre su trabajo y yo lo escuchaba como si nos hubiésemos visto el día anterior. Su voz, el movimiento de sus manos, y los ojos que a veces se clavaban en los míos. Todo lo demás dejó de existir.

Mi prima me daba pataditas por debajo de la mesa y yo le leía los labios: decía «Vámonos» abriendo la boca como un pececillo fuera del agua.

Santi me sostenía el brazo con suavidad y continuaba pidiéndome que nos marchásemos, y yo, entonadita que estaba con la bebida, seguí el consejo de mi prima y le dije clarito que no me iría con él, ni ese día ni nunca, ni seguiría con aquella farsa, que jamás nos casaríamos, que podía largarse donde quisiera.

Mi prima abrió los ojos como platos.

—Te diré algo más, Santiago: no me gustas, eres engreído, pijo, cursi, y siempre vas tan repeinado que me recuerdas a mi bisabuelo —sentencié como si se me hubiese desatado la lengua después de meses amarrada.

Desapareció.

Y yo seguí allí, frente al hombre que siempre había formado parte de mi vida. No sabría decir en qué momento nos quedamos solos ni cuándo nos marchamos para acabar en el hotel de nuestros encuentros.

Y esa noche me sentí viva. Y no me importó cómo era

la vida de él cuando no estaba conmigo. No quería saberlo. Me daba igual con quién estuviera o si después de esa noche volveríamos a vernos otra vez. Tenía sed de vivir.

Llegué a casa tardísimo. Santiago se había marchado y eso mi madre nunca me lo perdonó. De vez en cuando me lanzaba unas miradas como si estuviese a punto de salir ardiendo, y cada vez que tenía la oportunidad me repetía que yo era lo peor, capaz de convertir a un ángel en demonio.

Empezó a llamarme de todo: perdida, fulana... Mi prima estaba mucho más sorprendida que yo. No reconocía esa versión de su tía y yo ya no soportaba a nadie.

Hacía mucho que había heredado el piso de mi abuela en el barrio de Salamanca, todo un lujo. Decidí reformarlo. Regresé a Madrid y me mudé a vivir allí.

No recuerdo quién necesitaba más los cambios, si el piso, mi cabeza o mi corazón. Solo quería estar sola.

Instalada en el piso de mi abuela, recuperé cierta libertad. Al principio mis padres me visitaban cada tarde. Mi madre me reprochaba que hubiese dejado a Santi para mudarme a vivir sola, como una expatriada, decía, ella siempre tan exagerada. Yo le respondía que leía demasiadas novelas de la guerra civil, que se modernizara. Creo que en el fondo disfrutaba quejándose de cualquier cosa.

Con la llegada del invierno las visitas se fueron espaciando. El frío, la lluvia... Conocí a algunos tipos que desfilaron por mis sábanas. Nada serio. Después siempre buscaba una excusa para no seguir viéndolos.

Álex solía telefonearme de vez en cuando, y yo no siempre descolgaba el teléfono. No porque no quisiera, sino porque cada vez que colgaba me quedaba esa sensación de vacío que me perseguía hasta la siguiente llamada.

En cuatro años nos vimos únicamente en tres ocasiones. Un verano en La Línea, unas navidades en Londres y un otoño en Nueva York.

Y yo actuaba de la misma manera, no le preguntaba por esas otras mujeres que desfilaban por su vida ni le hablaba de los hombres que pasaban por la mía. O puede que él estuviese solo con una, lo cual era mucho peor. No quería saberlo. No me interesaba. Era tan breve el tiempo que pasábamos juntos que me decía que no había necesidad de estropearlo.

Para mí, Álex era Álex, siempre mío. El primer chico cuya mirada me hizo estremecer, el primero que me besó, el primero del que me enamoré, el primero en todos los sentidos, y esos amores nunca se olvidan.

Domingo, 2 de julio de 2017

Olivia se quedó mirando la fecha y sintió escalofríos. Imaginó a Celeste escribiendo sin saber el poco tiempo de vida que le quedaba, sin ser consciente de que estaba tan cerca de enfrentarse a su muerte.

Tenía que seguir leyendo, capturar la esencia del relato. Buscar, comprender, a pesar de la impotencia que sentía al no poder hacer nada para cambiar lo sucedido. Suspiró profundamente, como si de ese modo pudiera liberar la carga emocional que se le acumulaba en el pecho.

Hace dos años, en enero de 2015, perdí a mis padres en un accidente de tráfico. Una tragedia que me causó un profundo dolor y me sumergió en una extraña tristeza y desorientación que traté de superar con ansiolíticos.

En ese estado recibí la visita de Santiago como una bocanada de aire fresco. Fue él quien se ocupó de todos los trámites, del funeral, la herencia..., y siguió apareciendo por casa con decenas de excusas. Traía comida o proponía que viéramos una película juntos, en casa, tranquilos.

Era reconfortante contar con él y empecé a quererle de esa manera cómoda en la que sientes que dejarte llevar por alguien hace más fácil la vida, sin pasión ni esperanza de que lo nuestro fuese a prosperar. Era simplemente estar. Y, mientras estaba, Santiago disfrutaba conmigo, en mi casa.

Yo procuraba mostrarme atenta, disimulando mi frustración como podía, y es que cuando Álex aparecía y después desaparecía, algo me aguijoneaba el interior y me convertía en una mujer insoportable.

A medida que fueron pasando las semanas empecé a sentirme observada por Santi. Me cansaba esa manera suya de desvivirse por complacerme. Me había convertido en el centro de su vida, y me seguía a todas partes.

Santiago no tenía amigos con los que ir a ver un partido de fútbol o salir una noche de juerga. No se quejaba si yo iba o venía, si salía a la calle vestida de monja o de puta. Se limitaba a observarme y callar, a mantener la compostura. Y ese autocontrol suyo que se imponía empezó a molestarme cada día más.

Recuerdo la tarde que en mi teléfono se iluminó el nombre de Álex, como otras tantas veces. Aquel día Santi y yo estábamos sentados en el sofá, frente al televisor, viendo una comedia divertida y comiendo palomitas.

Respondí. Álex acababa de llegar a Madrid.

Corrí a mi habitación y me arreglé a toda prisa. Salí a la calle, subí al coche de Álex y pasamos la noche juntos.

Llegué a mi casa al amanecer y Santi seguía allí, sentado en el sofá.

No hablamos, no dijimos una palabra, y allí siguió, en mi casa, como si nada.

Los seis días que Álex pasó en Madrid seguimos viéndonos cada noche, y yo regresaba a casa para acostarme en el otro lado de la cama, pegada al filo, expatriada, desterrada, como si no me perteneciera. Me acordé de mi madre y me dio por llorar.

Había caído en ese espacio reducido por decisión propia desde donde Santi me miraba y fingía estar dormido. Entonces me preguntaba qué clase de hombre era él y qué clase de mujer era yo.

La última mañana que Álex y yo nos dijimos adiós, llegué a casa hecha una furia. Empecé a echarle en cara a Santi sus defectos y de paso los míos. Le preguntaba si tenía sangre en las venas, si no le importaba que después de una llamada de Álex yo saliera corriendo como una perra en celo, si no le asqueaba que llegara oliendo a sexo porque ni siquiera tenía la decencia de ducharme. Me metía en la cama impregnada del olor de él, ese que me vuelve loca. Y eso fue lo que le dije a Santiago, que Álex me volvía loca y que siempre me rendiría a él, que no había nada que me gustara más que abrirme de piernas y sentirlo dentro.

Y siguió callado.

La pasión es la causa por la que cometemos las más impensables locuras, Olivia, y no me cansaré de repetir que fui tremendamente injusta con Santiago, y sigo siéndolo, porque él me quiere de ese modo que solo saben querer algunos hombres, que viven en la seguridad de que hagas lo que hagas y te pongas como te pongas nunca tendrás a nadie más que a él, y eso me exaspera aún más, porque siempre he sabido que tiene razón.

Y así seguimos, juntos, hasta que un día me soltó lo maravilloso que sería casarnos y tener hijos.

—¿Te has vuelto loco? ¿Qué demonios crees que somos? —le grité.

Y una vez más esa relación que no había por dónde

cogerla nos llevó a discutir, otra vez, y ya no hubo modo de parar. Nos lanzamos dardos envenenados. La situación se volvió insoportable y a Santi al fin se le agotó la paciencia y yo perdí la razón. Se largó de casa y de nuevo recurrí a las pastillas. Esas malditas pastillas que me nublan la mente y que necesito tanto como temo.

Solicité plaza en distintos institutos de Andalucía. Conseguí una en Sevilla, y escapé al sur.

Y de nuevo me recompuse. Siempre me recompongo. O eso creo yo.

Olivia volvió a leer aquellas palabras:

Esas malditas pastillas que me nublan la mente y que necesito tanto como temo.

51

Rodrigo continuó la entrevista con Álex Fernández centrándose en preguntas concretas, como el tiempo que hacía que conocía a la víctima, el tipo de relación que mantenían o cuándo fue la última vez que se vieron.

A medida que le hacía preguntas lo observaba. Las reacciones no verbales eran esenciales para establecer patrones de comportamientos y solían aportar más información que las propias respuestas.

—¿Reconoce usted que la señorita Blanch era su amante desde hacía años?

—Sí.

—¿Qué ocurrió el pasado lunes?

—Yo estaba en la costa por motivos de trabajo. Habíamos hablado en un par de ocasiones por teléfono y ella apareció por sorpresa en el hotel.

—¿Un par de veces, dice? Según el listado de las llamadas ustedes se comunicaban con regularidad.

—Es una manera de hablar. Nos vimos y le dejé claro que lo nuestro debía acabar.

—¿Lo decidió usted de manera repentina?

—No. Lo decidí hace tiempo. No imagina usted lo difícil que era...

—¿Llevar una doble vida? Pues no, no lo imagino.

—No era eso lo que iba a decir. Ella era complicada y me apetecía seguir con mi vida, junto a mi esposa y mis hijas. Al despedirnos se puso nerviosa y discutimos. No era la primera vez que se lo hacía saber y ella nunca lo aceptaba.

—¿Diría usted que la señorita Blanch le acosaba?

—Podría decirse que sí, en cualquier caso, no tiene nada que ver con lo que le ha sucedido.

—Eso lo determinaré yo. Usted limítese a responder. Acaba de decir que discutieron. ¿Se le fue de las manos?

—¿Qué insinúa? ¡No! Ella bebió un par de copas y la acompañé a casa en su coche, después alquilé uno y regresé a Marbella.

—¿Mantuvieron relaciones sexuales en el domicilio de la señorita Blanch?

—No tengo por qué responder a eso.

—En la cama se han hallado indicios de actividad sexual. Podemos solicitarle una muestra y contrastar su ADN con el del semen extraído de las sábanas.

Álex cogió aire y lo expulsó con fuerza por la boca.

—Sí, mantuvimos relaciones sexuales. ¿Es un delito?

—¡A ver, a ver, espere un momento, porque no me entero! —Rodrigo se reclinó hacia delante con el gesto contrariado—. Usted rompió la relación mientras estaban en el hotel, se ofreció a llevarla a casa, llegaron a La Línea y mantuvieron relaciones sexuales. ¿Fiesta de despedida, o es que me he perdido algo?

Álex se movió inquieto en su silla.

—Le recuerdo que esa mujer está muerta —continuó Rodrigo—, así que todo cuanto ella hizo, dijo, con quién se vio, qué tenía planeado hacer o qué le preocupaba me interesa. Le aconsejo que se centre. En la casa de la señorita Blanch hay muchas fotografías que dejan muy claro que mantuvieron una relación durante años.

Álex titubeaba. Bebió del vaso de agua que tenía a un lado del escritorio maldiciendo tener que hablar de su vida privada.

—No tengo motivos para mentir porque yo no he hecho nada malo. Nos vimos en Sevilla. Estuvimos juntos un tiempo, en primavera, fue por casualidad. Me encontraba allí por asuntos de trabajo. Yo viajo mucho —quiso aclarar—, fue ella quien me pidió que me alojara en su apartamento y cedí, yo siempre acababa cediendo, aunque maldita la gracia que me hacía.

—Me conmueve usted. Las fotografías dan a entender que se lo pasaban muy bien juntos.

—Soy fotógrafo. Procuro captar momentos y le aseguro que son más hermosos que la vida real. Ella era quien me buscaba a mí y, aunque no negaré que me gustaba, en el fondo me daba pena.

—¿Usted es una especie de hermanita de la caridad?

—¡¿Cómo se atreve?! —Frunció el ceño.

—Es usted quien acaba de decir que accedía a estar con ella porque le daba pena, y sabemos que colaboraba como voluntario en Génesis. Una persona entregada a las causas nobles, por lo que veo.

Fernández se sentía cada vez más incómodo.

—No entiendo qué tiene que ver una cosa con la otra y no me gusta el modo en el que se está desarrollando la conversación.

—Y a mí no me gusta que me mientan.

Álex se secó el sudor de las manos en el pantalón. Sabía que necesitaba mostrarse creíble y para ello debía calmarse o acabaría fastidiándolo todo.

—Me marché de Sevilla y no volvimos a vernos hasta el pasado lunes. No hay más —zanjó.

Rodrigo desvió la mirada hacia la derecha y leyó la nota que Infantes le mostraba. Su compañera le recordaba algunas preguntas que no podía pasar por alto.

Rodrigo volvió a mirar la pantalla.

—¿Se vio con alguien más en el domicilio de la señorita

Blanch? ¿Tal vez su hermana, Olivia Fernández? ¿Le pidió usted que destruyera pruebas que pudieran señalarle como culpable de algún delito?

—¡No! —exclamó contrariado—. ¡Y deje a mi hermana en paz! No la conoce. ¿Es usted el mismo inspector que hace un momento dejaba claro que no estoy acusado de nada? Porque parece justo lo contrario. ¿Debo buscarme un abogado?

—Si no es culpable de nada, y me consta que presta declaración por voluntad propia, no tiene por qué temer. Puede continuar o no, aunque si decide dejarlo aquí sospecharé que oculta algo o que trata de entorpecer la investigación. Por supuesto puede buscarse un abogado, aunque yo simplemente le hago preguntas que usted puede responder o no. Trato de llegar a la verdad y supongo que usted estará tan interesado como yo, teniendo en cuenta que esa mujer fue su amante.

Rodrigo lo observaba con detenimiento sin pasar por alto ningún gesto. Visto así, reclinado ligeramente en la silla, con los brazos cruzados, daba la impresión de que Álex estaba a la defensiva, de que su mente funcionaba con rapidez tratando de poner en orden la versión que quería transmitir.

—¿Han investigado a Nicolás Durán?

—¿Por qué lo pregunta?

—A Celeste le preocupaba.

—¿Estaba preocupada por Durán o a causa de él? Entienda que hay una clara diferencia.

—No lo sé. Estaba rara y hablaba de él.

—Regresando a su trabajo como voluntario en Génesis, ¿cobraba por ello?

—No.

—¿Sofía Clayton no les entregó en alguna ocasión sobres con dinero a usted, a Nicolás Durán y a Miguel Heredia?

—¡No! ¿Se puede saber a qué vienen sus preguntas?

Ugalde no tenía pruebas más allá de la declaración de Ordóñez, no obstante, estaba completamente seguro de que el hombre que tenía frente a él mentía.

—Acláreme algo, ¿Génesis era un círculo cerrado en torno a la señora Clayton? Piense su respuesta.

—¿Círculo cerrado? ¡No sabe de qué habla!

—¿Qué significa el tatuaje que lleva en la parte posterior del cuello?

—Nada.

Rodrigo le clavó la mirada.

—Usted discutió con Nicolás Durán el mismo día que falleció Miguel Heredia. ¿Por qué?

Álex no esperaba la pregunta y notó que se le aceleraba el corazón.

Rodrigo observó que los ojos se le habían abierto, los párpados superiores arqueados y los inferiores en tensión. Estaba asustado y el inspector se preguntó por qué.

Álex se había bloqueado. Estaba acostumbrado a tenerlo todo bajo control y algo se le había escapado. Estaba completamente seguro de que el día que Nicolás y él se pelearon en la playa de Torre Nueva no había nadie más. Nadie lo sabía, ni siquiera Celeste.

—Quien le haya informado miente —dijo rotundo tratando de recuperar la confianza.

—Hay un testigo que asegura que los vio.

—Le ha mentido.

Rodrigo se mordía el labio inferior. No podría hacer nada en ese sentido. Era la palabra de Ordóñez contra la del fotógrafo.

Observó que Fernández había pasado de estar sentado en una postura rígida a encogerse, delatando que además de nervioso sentía tristeza. Le incomodaba hablar del pasado.

—¿Qué me dice de Santiago Ordóñez?

—Es el enfermo mental que llevaba años acosando a Celeste. ¿Y con él, han hablado ya? ¿Me culpa de la muerte de ella?

—Hay algo que tampoco entiendo. La señorita Blanch le acosaba a usted y Ordóñez a ella. Un triángulo singular, y tóxico, ¿no le parece?

—No formábamos ningún triángulo —negó con un gesto de incredulidad. La mirada fija, perdida, y la comisura de los labios ligeramente levantada.

—¿Le reveló Celeste Blanch que estaba embarazada?

Rodrigo estuvo atento a la reacción. A Álex Fernández se le había demudado el rostro en una décima de segundo. Los ojos abiertos como platos. Ugalde vio en ellos un destello de negación, las cejas fruncidas, la frente arrugada, como si su cerebro luchara por asimilar la noticia. Había en ellos una profunda expresión de incredulidad y posiblemente de horror.

De repente se llevó las manos a la cara, bajó la cabeza y la respiración se le aceleró.

—Le haré un resumen, señor Fernández. Hay una testigo que le vio entrar en el domicilio de la víctima alrededor de las nueve de la noche. La señorita Blanch le contó que estaba embarazada y usted vio cómo su vida perfecta pasaba delante de sus ojos, su mujer, sus hijas..., todo se desmoronaba y usted se quedaba sin nada. Se enzarzaron en una discusión. Usted le pidió que interrumpiera el embarazo y ella le dijo que no. Y..., bueno..., estaban solos, vio la oportunidad... Esas cosas pasan cuando se mantienen relaciones pasionales a escondidas, ¿sabe?, que rara vez salen bien.

Álex levantó la cabeza. Las lágrimas le inundaban el rostro. Trataba de decir algo y no podía.

—Hay un dato más que le gustará saber. La autopsia ha revelado que Blanch estaba de diez semanas. Coincide con los días que ustedes pasaron juntos en Sevilla.

Los músculos alrededor de los ojos y la boca de Álex temblaban ligeramente. El inspector era consciente de que ese hombre luchaba por mantener el control. Álex cogió aire.

—No me dijo que estaba embarazada. Y no fue eso lo que pasó. La dejé en su casa, nos acostamos, sí, pasamos un rato juntos y volvimos a discutir. Con ella siempre fue así, idas, venidas... Sobre las ocho alquilé un coche con la intención de regresar a Marbella y reconozco que me costaba dejarla hecha polvo. Regresé a su lado y, al llegar a la casa, Nicolás estaba allí, con ella. Me marché. Hace mucho que él y yo dejamos de hablarnos.

—¿Por qué?

—No hablaré de eso con usted. Ni de eso ni de nada más. Debería haberme preguntado dónde estuve la noche del lunes.

—Dígamelo usted.

—A las diez de la noche llegué a la casa de una amiga en Marbella y estuvimos juntos hasta el día siguiente. Les facilitaré los datos para que puedan comprobarlo.

—Lo haremos, no le quepa la menor duda, y advierta a su amiga que debe contar la verdad. Si miente lo sabremos y tendrá que declarar ante un juez. Y a un juez no podrá mentirle. —Ugalde hizo una pausa—. Le aseguro que acabaré averiguando lo sucedido. Tenga cuidado con lo que hizo en el pasado, señor Fernández, las deudas pendientes el tiempo siempre se encarga de cobrarlas.

Álex lo miró sorprendido.

52

Olivia pidió una cerveza a la azafata.

Desde hacía rato se preguntaba cómo vivió Santiago los desaires amorosos que Celeste le había hecho padecer durante años. Había sido una relación tóxica que se prolongó en el tiempo, y ese hombre nunca había dejado de llamarla, de insistir en estar con ella, de visitarla a pesar de las negativas de la profesora.

Pensó en los celos. Ese sentimiento que cualquier persona puede padecer, pero que cuando pasa a ocupar la mente de alguien de manera obsesiva se convierte en un problema muy peligroso.

Cogió la cerveza que la azafata le tendía por delante de su acompañante. La mujer seguía leyendo una revista en la que aparecían fotografías de miembros de la monarquía británica. Los ingleses, siempre escandalizados por los amores ocultos de la realeza. Pagó a la azafata y después de un par de sorbos continuó leyendo.

> Podría decirse que durante dos años dependí de las benzodiacepinas. Las necesitaba para mantenerme lo suficientemente cuerda y estable en el trabajo.
>
> En Sevilla me instalé en un apartamento muy coqueto en pleno centro de la ciudad, en una de esas callecitas estrechas que irrumpen en esa otra larga y no menos estrecha que es Sierpes, recorrida de comercios, de gente, de vida.

Y un día, inmersa en mi rutina, alguien llamó a la puerta y abrí despreocupada. No esperaba encontrarle allí. Álex había venido sin avisar, sin llamadas ni mensajes previos. Me miraba reclinado contra la pared, la mochila al hombro, como si el tiempo no hubiese pasado.

Me quedé observándolo, experimentando la curiosa sensación de sentirle como a un extraño al que ves por primera vez, cuestionándome si debía permitirle entrar.

A veces me pregunto cómo se mide el amor, si es que puede hacerse tal cosa. ¿Qué importa más, el tiempo que dura a nuestro lado, o la fuerza que te arrastra a él? No lo sé.

Y todos los reproches que guardaba se me quedaron dentro. Y comenzamos a hablar... de otras cosas, de otros momentos, de otros días.

Las emociones vividas aparecieron como si siempre hubiesen estado ahí, sin marcharse, como si esos dos años en blanco hubieran salido corriendo en estampida, derrotados ante la realidad de aquel nuevo día. Y otra vez fui la mujer que se vuelve impaciente por estar con él, aquella cuyo corazón siempre tiene prisa.

Mi vida está hecha de instantes, Olivia, y los saboreo y retengo para poder recordarlos después.

Sin ser invitado se instaló en mi apartamento como algo natural, que daba por hecho. Él siempre ha sido así. Tiene esa clara predisposición a evitar las explicaciones, a hacerlo todo como si llevásemos años sin distanciarnos.

No quise dejar que el tiempo se me escapara. Y otra vez no le pregunté qué parte de su vida me ocultaba. Sabía que había alguien más, la mujer que le llamaba en mitad de la noche. Ese otro teléfono que sonaba y que yo desconocía.

Hacía mucho que su vida se me antojaba forjada en la mentira y empecé a odiarme por no querer ver, por dejarme engañar a sabiendas de que lo hacía, de que lo había hecho desde siempre.

—¿Tiene parientes en Gibraltar, en España? ¿Está de vacaciones? —escuchó decir a su compañera de asiento.

Olivia desvió la vista, ligeramente desconcertada. Las preguntas la habían sacado de la historia de Celeste y tardó en reaccionar. La mujer mostraba un gesto amable.

—Disculpe. Soy una vieja entrometida.

—No. No se preocupe, vivo en La Línea, soy española.

—Ah, pues su inglés es perfecto.

—Mi madre es inglesa.

La mujer comenzó a hablar de la mezcla de culturas tan peculiar que se da entre Gibraltar y La Línea, y luego pasó a otras conversaciones que incluían a su hermana soltera, a la familia y a su marido muerto. Olivia hacía esfuerzos por escucharla, pero su cabeza estaba en otra parte.

Había viajado a Londres con la esperanza de encontrar al verdadero Álex, de recuperar el vínculo que los había mantenido unidos desde que eran niños, de llegar a la verdad, y regresaba sin nada.

A pesar de todo, se resistía a darse por vencida.

Su compañera de viaje estaba leyendo. No recordaba en qué momento había dejado de escucharla. Miró a través de la ventanilla. El día se había agotado y el avión surcaba el cielo con suavidad. Cerró los ojos un momento. En ese espacio reducido se sintió aislada, protegida del ajetreado mundo exterior, como si lo observara desde otra perspectiva y el tiempo se hubiera suspendido en un eterno presente.

Abrió los ojos y miró hacia abajo. El avión había comenzado a descender y vio las luces de la ciudad. Llegaba a casa.

Unos minutos después el avión tocaba la pequeña pista del aeropuerto de Gibraltar, disminuía la velocidad y rodaba suavemente hasta el lugar de estacionamiento. Se despidió de su acompañante con una sonrisa y un gesto de la mano. Al salir, agradeció la brisa de levante que le azotó la cara, le revolvió el cabello y le levantó la falda.

Envió un mensaje a su madre seguido de besos: «Ya en tierra».

Subió a un taxi en la frontera y pocos minutos después abrazaba a Hemingway en el salón de casa.

—¿Me has echado de menos?

Se dirigió al baño desnudándose por el camino.

Mientras se lavaba el cabello oyó sonar el teléfono fijo, otra vez. Lo mejor que podía hacer era desconectarlo.

Salió de la ducha, se cepilló los dientes y el teléfono volvió a sonar. Envuelta en la toalla se dirigió al salón. Un pequeño destello intermitente se iluminaba en el teléfono fijo. La pantalla reflejaba la llamada, número oculto. Tiró del cable y sacó la clavija.

Fue de nuevo al baño y se secó el cabello con el secador. Atravesó el pasillo hasta la cocina. Alicia se había ocupado del gato, había limpiado la casa y hasta había llenado la nevera para hacerle más cómodos sus días desordenados.

Su amiga, tan detallista como alocada y olvidadiza para otras muchas cosas.

Se sirvió un vaso de leche y cogió una galleta de chocolate. Entró en la habitación. Desde que vivía sola ocupaba el dormitorio más amplio del piso, el que había sido de sus padres, con un gran ventanal. A oscuras, levantó la persiana. Le gustaba ver las luces de las casas y los árboles de alrededor, y escuchar el sonido de los grillos.

Encendió la pequeña lámpara de la mesita de noche y envió un mensaje a Alicia. «Gracias, loca, te quiero. Mañana nos vemos».

No pensaría en nada hasta el día siguiente. Dio un gran sorbo al vaso de leche y sintió cómo el sueño empezaba a apoderarse de ella, dejó caer la cabeza en la almohada y, abrazada a Hemingway, se quedó dormida.

Minutos después se oyó un chasquido. El gato irguió las orejas en posición de alerta. Los ojos como dos linternas.

Olivia seguía durmiendo.

Otro golpe. Se despertó.

Oyó sonidos extraños en la entrada del piso. Con la respiración contenida se incorporó en la cama, despacio, atenta, en tensión. Pensó que debían de ser los vecinos, en esos pisos las paredes parecían estar hechas de cartón, aun así, avanzó descalza hasta la puerta del dormitorio. Le sobresaltó una presencia silenciosa que se movía con sigilo por la casa. Se cubrió la boca con una mano al escuchar pequeños golpes en el salón. Sin hacer ruido deslizó el pestillo con suavidad para cerrar la puerta del dormitorio. Escuchó que alguien abría armarios y cajones en la sala de estar. El corazón le palpitaba en la garganta mientras trataba de pensar con rapidez.

Miró a su alrededor asaltada por una inquietud terrible. Recordó los palos de golf que su padre había comprado hacía años y jamás utilizó. Estaban en el armario y corrió hasta el otro lado de la habitación temblando de miedo. Rogó con todas sus fuerzas que el extraño cogiera lo que quisiera y se marchara.

Hundió las manos en el interior del armario tanteando hasta encontrar la bolsa. Extrajo uno de los palos. No podía bloquearse ni permitir que el miedo la paralizara.

Caminó de puntillas hasta la mesita y cogió el móvil. Con las manos temblorosas marcó el contacto de Rodrigo.

Oyó el tono de la llamada al mismo tiempo que el pomo de la puerta se movía. Alguien intentaba abrir.

—¿Olivia? —oyó la voz de Rodrigo al otro lado de la línea.

—Alguien ha entrado en mi casa —susurró aterrada.

El estruendo de los golpes en la puerta le hicieron entrar en pánico. Soltó el móvil notando que su ritmo cardíaco había aumentado, tenía los músculos tensos. Utilizó la fuerza del miedo para asir el palo con las manos apretadas.

Dos patadas en la puerta fueron las que necesitó el asaltante para entrar en la habitación. La silueta negra la miró. Un segundo después avanzó hacia ella a toda velocidad.

Olivia alzó los brazos sujetando el palo de golf y lo dejó caer sobre el atacante con toda la fuerza de la que fue capaz. Él fue más rápido y consiguió esquivar el golpe, de manera que solo logró rozarle la cabeza y alcanzarlo en el brazo.

El desconocido emitió un quejido, se revolvió y la agarró del cuello con fuerza.

—¡Hija de puta! —le gritó.

Ella notó una fuerte punzada en la garganta. El atacante la sujetaba del cuello y pegó el rostro al de ella. Llevaba un pasamontañas que dejaba al descubierto una mirada azul y el blanco de los ojos enrojecidos por la ira, y ese olor... Una mezcla de tabaco, sudor y alcohol.

No podía estar pasando. Tenía que ser un sueño, sin embargo, el dolor era real. El atacante le estaba aplastando el cuello, y a Olivia le costaba respirar. Se asfixiaba.

De nuevo hizo un esfuerzo para estirar el brazo hasta la mesita de noche. Cogió el vaso grueso de cristal y golpeó al sujeto en la cabeza con todas sus fuerzas. La leche le salpicó los ojos y por un momento todo se volvió turbio.

La silueta oscura se tambaleó y ella se levantó, recogió el palo de golf con la intención de volver a golpearle y justo en ese momento el agresor se abalanzó sobre ella. Le asestó un fuerte empujón y la dejó tumbada de nuevo en la cama.

—Maldita zorra, hija de puta. No tenías que estar aquí —masculló al tiempo que le asestaba un fuerte puñetazo en el estómago que le cortó la respiración.

Fuera de control, el individuo volvió a golpearla mientras ella se retorcía de dolor. Como pudo, levantó las piernas y lo pateó consiguiendo apartarlo. Un par de segundos después volvía a notar la presión en el cuello.

El agresor se había subido a horcajadas sobre ella sin dejar de apretarle el cuello.

—Podría hacer contigo lo que me diera la gana. Follarte, darte una paliza... ¿Qué prefieres?

Olivia no podía respirar. Mantenía la boca abierta en un intento de atrapar un poco de aire, y no entraba nada en sus pulmones. Sintió que estaba a punto de desvanecerse. Iba a morir allí, en su hogar.

Pensó en Rodrigo. ¿Dónde estaba?

A lo lejos escuchó el sonido de unas sirenas que se acercaban.

Un instante después nadie le apretaba el cuello. Se llevó las manos a la garganta y comenzó a toser. Notaba cuánto le dolía. Deslizó la mirada por la habitación. No había nadie. Se levantó aturdida, tratando de respirar.

Caminó hacia afuera de la habitación arrastrándose, los cristales rotos se le clavaban. La adrenalina que hacía un instante le recorría el cuerpo se había desvanecido y ya no le quedaban fuerzas. Respiró. Tenía que salir de allí.

Se apoyó en la mesita de la entrada. Le dolían los pies. Le llegó el olor metálico de su propia sangre al tiempo que escuchaba la voz de una mujer subir las escaleras y entrar por la puerta abierta. La joven se identificó como agente de policía.

—Rápido, aquí hay una mujer herida —la escuchó decir y vio su rostro cerca—. ¿Es usted Olivia Fernández? ¿Cómo se encuentra?

53

Tras dar el aviso urgente a los compañeros, Rodrigo cogió su arma y salió de su apartamento a toda prisa. Bajaba las escaleras cuando vio a dos compañeras uniformadas que entraban en el portal. Eran del grupo UFAM, la Unidad de Atención a la Familia y Mujer.

—¡¿Qué hacéis aquí?! —se extrañó bajando los últimos peldaños con la vista puesta en ellas.

Las agentes se detuvieron frente a él, cortándole el paso.

—Tiene que acompañarnos a comisaría, inspector. Silvia Contreras Ruiz acaba de presentar una denuncia contra usted.

—¡¿Cómo?! ¿Esto es una broma? ¿Una denuncia, de qué, por qué?

Las agentes se miraron.

—No es ninguna broma, señor. Lo sentimos y le repito que tiene que acompañarnos. Acaba de presentar una denuncia contra usted por malos tratos —informó una de ellas bajando el tono de voz.

—No sé qué demonios me estáis contando, pero ahora hay que salir cagando leches. Están agrediendo a una mujer en su domicilio y no podemos perder tiempo.

Dicho esto, las esquivó, salió del portal y entró en su coche, dando un portazo al cerrar. Enfiló la carretera a toda velocidad. Las agentes también se habían dado prisa y lo siguieron.

Rodrigo conducía por la carretera de Sotogrande en dirección a La Línea pisando a fondo el acelerador, sobrepasando el límite de velocidad. Pensaba en ella y notaba cómo el miedo, la impotencia y al mismo tiempo el desconcierto por la noticia de la denuncia le recorrían el cuerpo. Estaba fuera de sí y tenía que calmarse, centrarse, o todo lo que sentía acabaría explotándole por dentro.

A través de la radio interna supo que la vida de Olivia no corría ningún peligro. Solo heridas leves, le informó una compañera desde el domicilio de la agredida.

Algo más calmado, telefoneó a María y le resumió rápidamente lo que estaba ocurriendo. Al verbalizar que había sido denunciado por malos tratos fue incapaz de explicarle qué estaba sucediendo.

Sin levantar el pie del acelerador continuó en el carril izquierdo de la carretera que conectaba con la ciudad. Se le estaba haciendo interminable. Las montañas a su derecha se habían convertido en sombras oscuras y una niebla baja se formaba como un dosel a ambos lados de la carretera. La mala leche se le intensificó cuando por un momento miró a través del retrovisor y vio a las agentes de la UFAM, que lo seguían de cerca.

—¿De qué coño va Silvia? —dijo en voz alta y se negó a seguir pensando en ello.

Recorrió la avenida España, giró a la izquierda en la calle Sevilla y aparcó junto al coche zeta y la ambulancia estacionados frente al domicilio. Las agentes de la UFAM aparcaron al lado.

Subió los escalones de dos en dos hasta la tercera planta, esquivando a los vecinos, que habían salido alarmados de sus casas.

En el piso había varios agentes haciendo su trabajo. Tras el allanamiento y la agresión, el piso se había convertido en la escena de un delito.

Avanzó hacia el interior y encontró a Olivia en el baño, sentada en una silla, mientras una sanitaria la atendía y una agente de la Científica tomaba muestras del cabello, las uñas y el cuello, donde se apreciaban unas profundas marcas rojas. Lo analizarían todo, aunque no esperaban encontrar gran cosa.

Ella giró el rostro y al verle experimentó una conocida sensación de tranquilidad.

Rodrigo se había apoyado en el quicio de la puerta y se mordía el labio inferior en un gesto de preocupación.

—¿Cómo estás?

—No presenta signos de fractura en las vías respiratorias ni en ninguna otra parte —informó la sanitaria que acababa de examinarla y en ese momento le curaba las heridas de los pies.

—Ahora vendrán a cambiar la cerradura y un par de compañeros vigilarán el piso esta noche. Alicia está de camino —le dijo Rodrigo antes de darse la vuelta para unirse a los compañeros.

—Gracias —susurró Olivia.

Minutos después Infantes cruzaba la puerta de entrada. Vestía unos vaqueros rotos, deportivas y una camiseta oscura con la icónica imagen de los Beatles en Abbey Road. El cabello suelto y desordenado, tal y como había saltado de la cama al recibir el aviso. El rostro serio y un gesto de profundo asombro.

—¿Qué tal se encuentra ella?

—Tiene algunas heridas y magulladuras. Un tipo ha forzado la cerradura y la ha atacado. Como ves, todo está revuelto. No sé qué buscaba. No parece que falte nada. Un par de agentes están interrogando a los vecinos puerta a puerta, y de momento nadie ha visto nada —le informó Ugalde.

María asintió y dirigió la mirada a las compañeras de la UFAM, que aguardaban en la puerta.

—¿Y ellas dos te han seguido hasta aquí? —María las señaló alzando la barbilla—. ¿De qué va ese mal rollo que me has contado? ¡¿Una denuncia?! ¿Qué te dijo cuando te visitó? ¿Qué pasó?

Rodrigo miró extrañado a su compañera.

—No dudarás de mí...

—¿Qué? ¡Por supuesto que no! Te conozco a ti y la conozco a ella.

—No te puedo explicar lo que no entiendo. Aún no he tenido tiempo de hablar con las compañeras y mucho menos de procesar la noticia, ahora deberán esperar un poco más.

Pasaron un rato conversando en voz baja hasta que los agentes y los sanitarios acabaron el trabajo y abandonaron el piso. Las agentes de la UFAM seguían en la puerta. Esperaban al inspector para acompañarlo a comisaría.

Olivia había entrado en la ducha y se restregaba el cuerpo con esmero, poniendo más y más jabón, como si aún le quedara algún rastro del repugnante olor de su atacante.

Se miró los pies, cubiertos con dos bolsas de plástico para evitar mojar el vendaje, y se echó a llorar pensando que también ella podría estar muerta.

Se puso una camisola de andar por casa y se dirigió al salón.

—¿Has podido ver al agresor? —le preguntó María con el bloc de notas en la mano.

Rodrigo estaba de pie junto a su compañera, los brazos cruzados.

—No. Llevaba pasamontañas.

—¿Alguna descripción? ¿Alto, bajo, delgado...?

—Tiene los ojos azules, muy claros. La piel morena. No es alto. Metro setenta y poco, complexión fuerte. Su acento es de alguien de aquí.

—¿Habló? ¿Qué dijo? —continuó la subinspectora.

—Me insultó cuando le golpeé. Dijo que podría hacerme lo que le diera la gana. Follarme o darme una paliza. No dijo que quisiera matarme, aunque ha estado a punto de asfixiarme.

—Puede que el agresor no tuviese intención de matar, que no sea un asesino —opinó María—. Entró a robar y no esperaba encontrar a alguien. ¿Falta algo de valor en el piso?

—Creo que no. Se marchó al escuchar las sirenas. No tuvo tiempo de coger nada.

—¿Hay alguien que quiera hacerte daño? —preguntó esta vez Rodrigo.

Olivia guardó silencio y se dejó caer en el sofá.

—¿Hay alguien? —insistió.

—En dos o tres ocasiones ha sonado el teléfono fijo. Creo que escuché la respiración de un hombre. Esta noche ha vuelto a sonar. No he contestado. Lo he desconectado... Hace meses uno de mis pacientes se suicidó. La familia me culpa, aunque son buenas personas, es absurdo pensar que se trate de alguno de ellos...

—Necesitaremos que nos facilites los datos. ¿Algo más?

Olivia se levantó del sofá y sin decir nada fue al dormitorio. Extrajo el portátil del cajón.

—Este ordenador no es mío, puede que el tipo que me ha agredido lo buscase. Era de Celeste Blanch.

Rodrigo y María la miraron sorprendidos.

—¡¿Cómo que el ordenador de Celeste Blanch?! —exclamó Ugalde—. ¿Puedes explicarnos por qué demonios lo tienes?

—No es fácil. El pasado martes recibí este *mail* —comenzó a decir, y les mostró el correo en el móvil, que ambos leyeron—. Alguien llamó a mi puerta y cuando me acerqué para abrir escuché la voz de mi vecina en el portal. No le di mayor importancia y salí a correr. A la vuelta mi vecina me entregó esa caja de cartón con el ordenador. Un chico lo había dejado en mi puerta y ella lo guardó para entregármelo personalmente —continuó señalando el paquete que aún seguía en la mesa.

María se acercó a inspeccionar la caja.

—¿Esto? ¿Sin remitente, sin sellos...?

Olivia los miró perpleja. La observaban desconcertados. ¿Acaso no la creían?

—No he cometido ningún delito.

María continuó revisando el escritorio. Al abrir el cajón extrajo el móvil roto:

—¿Y esto?

Olivia se lo quitó de las manos. Soltó el móvil en el cajón y lo cerró con un golpe seco.

Rodrigo la observaba todo el tiempo. En la coraza que Olivia siempre llevaba puesta había una fisura.

—A ver —habló Infantes tratando de que todos guardaran la calma—. Entendemos que acaban de atacarte, de agredirte, y comprendemos que estés en *shock*. Lo sentimos muchísimo, pero necesitamos que nos expliques por qué tienes el ordenador de una persona que ha fallecido en extrañas circunstancias. Ese portátil forma parte de una investigación en curso, de modo que entenderás que nos parezca raro que lo tengas tú, que no nos lo hayas comunicado, y que además seas una de las dos personas que accedieron al domicilio de la víctima antes de que nosotros llegáramos. Y... ¿debemos creer que te lo han entregado en estas condiciones? —concluyó dando un par de golpecitos con el bolígrafo sobre la caja.

—¡Sucedió tal y como lo acabo de contar! —Había alzado la voz y se llevó la mano a la garganta. Le dolía—. Podría decir que no abrí el correo, ni el paquete, hasta hoy. Y que justo después de hacerlo me disponía a telefonear a comisaría y ese tipo entró en el piso.

—Esto no es un juego —le aclaró Rodrigo muy seriamente. Dio dos pasos hacia ella y la miró muy de cerca—.

Alguien que es capaz de entrar en una casa habitada está dispuesto a hacer cualquier cosa. ¡Celeste Blanch ha acabado muerta!, ¿no te has preguntado por qué? ¿Ni una sola vez?, ¡joder! Siento muchísimo que te hayan agredido, que estés mal, ojalá nada de esto hubiese sucedido, pero ha pasado y no puedes seguir mintiendo o no nos quedará otra que detenerte y ponerte a disposición judicial. ¿Lo entiendes? El delito de obstrucción en una investigación está penado con cárcel.

Rodrigo se dio cuenta de que estaba alterado. La sangre le hervía por dentro y era incapaz de hablar con calma. Le dolía verla así de asustada, sintiéndose incomprendida, pero tenía que hacerle entender la gravedad de lo ocurrido.

—A ver —intervino de nuevo la subinspectora—, lo mejor que puedes hacer es contarnos todo desde el principio, tal y como lo has vivido. El resto es cosa nuestra, ¿de acuerdo?

Olivia se dejó caer exhausta en el sofá y volvió a contarles todo tal y como había sucedido.

María tomó asiento a su lado. Rodrigo continuó de pie con los brazos cruzados.

—Mi vecina vive justo enfrente. Hablad con ella.

—Lo haremos, le preguntaremos, ahora sigue —la instó María.

—A mí también me pareció extraño. El paquete, el *mail*... Ese fue el motivo por el que decidí visitar a Celeste. Admito que no fui a su casa por casualidad. Aparqué justo enfrente —dijo esta vez con la mirada puesta en él—. Vi a la señora Lewis, entré, subí y... el resto consta en la declaración. Todo lo que dije es cierto. Después acompañé a Laila a su casa, hablamos sobre lo ocurrido, también pregunté al vecino, el doctor Clayton, y reconozco que a la mañana siguiente visité a ese hombre porque es psiquiatra y necesitaba averiguar si Celeste estaba bien emocionalmente. Yo había comenzado a leer la historia que me mandó con el ordenador y me sentí atrapada en ella. Ese relato desvela dudas, incógnitas sin resolver, relaciones de amistad, de amor, ¡de mi hermano, de Nico...! Dudaba de su veracidad —sollozó—. ¡Cuando quieres a alguien, te dejas llevar por los sentimientos y hoy viajé a Londres! No urdía un plan con Álex, si es lo que puede parecer. Necesitaba hablar con mi hermano, que me ayudara a entender.

—¿Te aclaró algo tu hermano? Apuesto a que no —repuso Infantes con tranquilidad.

—¿No te pasó por la cabeza que ese ordenador podría ayudarnos en nuestra investigación? ¿Que tal vez contiene información relevante? —intervino de nuevo Ugalde—. Y... acabas de decir que empezaste a leer la historia que Celeste Blanch escribió... Dinos, ¿qué es lo que, según tú, podría dañar a tu hermano o a Nicolás Durán?

Olivia no supo qué responder. Se sentía frustrada, estudiada, analizada como un insecto bajo un microscopio, o, lo que era aún peor, como si estuviese sentada en el banquillo de los acusados y ambos esperasen una contradicción, un gesto de duda, cualquier mínimo error para seguir insistiendo y acorralarla. «¿Qué pretenden, que les cuente lo que ellos esperan oír?».

—¿Quién sabía que tenías el ordenador de la profesora?

—Nadie —respondió, e inmediatamente pensó en Álex y en Nico. Ambos lo sabían, pero era absurdo sospechar de ellos. Jamás le harían daño.

—¿Estás segura? —insistió Rodrigo—. Piénsalo bien. ¿Alguien estaba al tanto de que no estarías en casa, que planeabas viajar...?

—Solo hablé con Alicia.

Hemingway saltó al sofá y se acurrucó junto a ella.

—Y este es el gato de Celeste —afirmó María—, al que por cierto habrás bañado eliminando cualquier vestigio que pudiera haber tenido.

—¡Sí, era su gato! —exclamó—. Marisa Blanch está de acuerdo en que sea yo quien lo tenga. Y lo siento, en serio, es lo único que puedo decir. Este animal ha perdido a su ser más querido, estaba triste, indefenso, y sí, me lo traje a casa para cuidarlo. Duerme conmigo y no sabía dónde había estado, de modo que lo bañé, soy así de limpia, o de pulcra.

—O de inconsciente —añadió él.

—¿De qué se me acusa? He contado la verdad, pero si preferís, daré la otra versión. Acabo de recibir el correo, el paquete y no he bañado al gato —soltó airada, y no se reconoció a sí misma.

—No vayas de listilla conmigo —dijo Rodrigo, que seguía con los brazos cruzados—. ¿Podemos estar seguros de que no ocultas nada más? Tu única prioridad debería haber sido hablar con nosotros. ¿No te ha pasado por la cabeza que el mismo tipo que te ha atacado esté relacionado con la muerte de Blanch?

María cogió el portátil de Celeste y tras introducirlo en una bolsa se dirigió a la salida.

—Os dejo a solas unos minutos.

—No me arrepiento de nada. Esa mujer confió en mí. Ella era libre de elegir, de decidir, y me eligió a mí.

—Me cabrea que no confiaras en mí. ¿No entiendes que cualquier información puede ser importante?

—Ella no fue a la policía ni a ninguna otra parte. Tomó una decisión. Yo también pude elegir. Funcionamos así, ¿no?, cogemos algo, dejamos algo. Ninguna elección es gratuita, por eso todos arrastramos historias. Algunas se presentan en tu casa y te pillan desprevenido.

—Ese ha sido un golpe bajo —respondió él sosteniéndole la mirada—. Uno de los motivos por los que ahora estoy aquí es porque me debo a mi trabajo, pero eso no disminuye mi preocupación o mi interés por ti. Yo sí confié en ti, Olivia. Te hablé de mi vida, de mi familia, mi matrimonio, mi separación, y es algo que jamás he hecho, con nadie. He sido sincero, te pedí perdón por la intrusión de Silvia, así que no lo pagues conmigo si tus decisiones no han sido las más acertadas.

Olivia se limitó a mirarle.

—¿Y ese teléfono? —continuó él—. ¿Por qué te aferras al móvil roto de tu paciente?

—No es cosa tuya.

—¡Joder, me está costando hablar contigo! Pensaba que entre nosotros había algo especial, y a la primera de cambio saliste corriendo y desapareciste.

Rodrigo se sentía demasiado furioso y frustrado por todo. No quería decir nada de lo que pudiera arrepentirse después. Tampoco olvidaba que las agentes lo esperaban y no podía demorarse más.

—Tal vez puedas hacer algo con él —dijo Olivia.

Rodrigo se dio la vuelta y la vio avanzar hacia el escritorio.

Ella sacó el móvil del paciente del cajón y seguidamente se lo entregó. Se había dejado llevar por un impulso y su mente se había quedado en silencio.

Rodrigo la observó sin saber exactamente qué quería que hiciera con él.

—Las cosas no funcionan así, Olivia.

—Lo sé.

Él se guardó el móvil en el bolsillo y se dirigió a la puerta, donde un técnico instalaba una nueva cerradura. Intercambió un par de frases con él y desapareció.

Olivia no estaba segura de haber tomado la mejor decisión para ella. Sí la correcta.

Alicia apareció por la puerta. Corrió a abrazarla y Olivia se dejó envolver entre sus brazos. Un cansancio abrumador se había apoderado de ella y no tenía fuerzas para nada. Deseó hacerse diminuta hasta desaparecer.

54

Eran las cuatro de la mañana del viernes cuando Ugalde llegó a comisaría acompañado de María y las agentes de la UFAM. Las calles solitarias y oscuras intensificaron aún más la sensación de que se movía a cámara lenta, que había entrado en un estado emocional extraño, como si viese todo desde fuera, como si no le estuviese sucediendo a él.

Era incapaz de asimilar semejante acusación que arrojaba una sombra acerca de su integridad personal y profesional. Se sentía confundido, indignado y sobre todo frustrado.

Le dedicó un gesto de agradecimiento a María en respuesta al apretón que ella acababa de darle en el brazo y entró en el despacho de la inspectora jefa de la UFAM.

Desiré Gutiérrez estaba ante su escritorio, frente a una pila de documentos. Una mujer madura, morena, delgada, de rasgos delicados y muy segura de sí misma. Estaba felizmente casada y era madre de un hijo adolescente que le daba más quebraderos de cabeza de los que le gustaría. Nunca tenía tiempo para intimar con los compañeros fuera del trabajo. Nada de comidas, ni copas, por lo que la relación quedaba circunscrita exclusivamente al plano profesional. No obstante, el trato entre ellos siempre había sido cordial.

—No hacía falta que te sacaran de la cama, Desiré. Silvia miente —aseguró Rodrigo tras cerrar la puerta.

La inspectora alzó la mirada y se colocó el cabello detrás de la oreja.

—Siéntate, por favor. —Le indicó la silla que tenía frente a ella antes de pasar a informarle de la situación.

Ugalde dejó su arma sobre la mesa y ocupó su asiento. La inspectora jefa abrió un cajón y la depositó en él.

—Respondiendo a tu comentario, te diré que las compañeras del turno de noche me han sacado de la cama porque la señora Contreras se ha presentado en esta comisaría para poner una denuncia por malos tratos contra un compañero, algo que, lo sabes de sobra, lleva mi departamento. Estoy aquí por ti, porque es mi obligación profesional y moral, de modo que no te preocupes de si estaba acostada o esperando a mi hijo, que ha salido de fiesta y aún no ha llegado a casa.

—Disculpa, ahora mismo no sé lo que digo. Lo que sí sé es que yo no he agredido a nadie.

—Conoces perfectamente a qué nos dedicamos en mi departamento. Ayudamos a las mujeres maltratadas. Nuestro deber es brindarles asistencia integral, hacer lo posible para que se sientan comprendidas y arropadas, y sobre todo guiarlas en las denuncias, un paso que a muchas de ellas les cuesta dar —dijo frunciendo los labios.

—¡Es que yo no he hecho nada! ¿Esa de qué va? ¡Ni siquiera sé qué mierda ha contado! —exclamó en tono de decepción e incredulidad.

—No he acabado. —La inspectora apoyó los brazos sobre la mesa—. La versión de tu expareja es que se presentó en tu apartamento con la intención de llegar a un acuerdo amistoso en los trámites del divorcio porque tú no querías hablar con ella por teléfono. ¿Es así?

Rodrigo titubeó.

—No exactamente.

La inspectora siguió esperando.

—Es cierto que no quise hablar con ella por teléfono. Me pilló en mitad de una investigación.

—¿La llamaste después para saber qué quería?

—No, se me olvidó. No te mentiré, no la soporto y eso no significa que la agrediera, en absoluto.

La inspectora jefa desvió la mirada hacia la pantalla de su ordenador y continuó leyendo el parte de la denuncia.

—Tú tenías compañía, y la presencia de tu expareja te incomodó bastante. La joven con la que estabas se marchó y te cabreaste. Agrediste a Silvia verbal y físicamente. Afirma que la zarandeaste y la echaste de casa a empujones. Se agarró al pasamanos y se golpeó en el brazo después de que tú volvieras a empujarla con la intención de tirarla por las escaleras. Tiene un hematoma en el brazo derecho y asegura que le duele todo el cuerpo. Y ahora —dijo mirando a Rodrigo—: ¿Puedes contarme tu versión de los hechos?

Rodrigo estaba perplejo.

—No puedo creerlo —se lamentó y cogió aire con fuerza—. Ella no acude a las citas con nuestros abogados. Es cierto que llegó a mi apartamento con la intención de hablar conmigo y que yo tenía visita, lo que no ha contado es que mi visita se marchó porque ella la insultó en una actitud chulesca. Le pedí a Silvia que se marchara de manera civilizada. Me negué a hablar con ella a solas. Tuve que repetirle varias veces que saliera de mi casa. Se marchó muy cabreada, insultándome. Eso fue todo.

La inspectora lo escuchó con atención y comenzó a escribir en su ordenador. De vez en cuando le hacía algunas preguntas para tener clara la versión del inspector.

Tras redactar el documento lo imprimió y se lo dio a firmar.

—Mi obligación es cumplir con los protocolos de mi trabajo, lo sabes de sobra, ahora bien, como compañera te diré que tengo mis dudas.

—¿Qué tipo de dudas? —preguntó sin saber a qué se refería.

—Te explicaré lo que vivimos en este departamento y te

pido que no me interrumpas hasta que acabe —dijo tras adoptar una postura más relajada en la silla—: Lamentablemente, recibimos a muchas mujeres que sufren maltratos. Como inspectora dedicada a investigar delitos contra la mujer me enfrento a una realidad compleja y delicada. Es alarmante. Violencia física, psicológica, sexual... Una lacra que hay que combatir.

A Ugalde le apetecía intervenir y le costó contenerse.

—Tengo muy claro que mi responsabilidad es que se haga justicia, Rodrigo. Cada caso debe ser investigado de manera exhaustiva, respetando los derechos tanto de las víctimas como de los acusados, y yo también miro en esa dirección. No sé si estás al tanto del único dato oficial del que disponemos sobre denuncias falsas en este país, lo da la Fiscalía y te lo resumo, del millón cincuenta y cinco mil novecientas doce denuncias por violencia de género que se pusieron entre 2009 y el año pasado, 2016, solo el 0,01 por ciento son falsas.

Rodrigo continuaba en silencio, entendía la complejidad del trabajo de su compañera y él carecía de pruebas que demostraran su inocencia.

—Aquí también se han presentado algunas mujeres para denunciar en falso a sus parejas; pocas, pero las hay. Mujeres que buscan vengarse de algo, y mi trabajo no es ningún cachondeo. Nos hacen perder un tiempo muy valioso que deberíamos dedicar a todas las pobres víctimas que lo sufren de verdad. —La voz de Desiré Gutiérrez ahora sonaba distinta—. No toleraré que ninguna de esas mujeres, por pocas que sean —recalcó—, me utilice a mí ni a mi departamento para su beneficio, y créeme que las reconozco enseguida. Si desempeño el cargo de inspectora jefa de este departamento es porque tengo una gran experiencia. Hay diferencias significativas en la narración de las denuncias verdaderas y las falsas. A veces son matices que hay que tener en cuenta. Se ha iniciado una investigación. Ante las denuncias falsas, vengan de quien vengan, tolerancia cero.

Rodrigo asintió. Su compañera era una gran profesional, sin embargo, dudaba de que encontraran pruebas que demostraran su inocencia.

—A primera hora de la mañana informaré al jefe de Seguridad Judicial, y te recuerdo y adelanto que tal y como está estipulado en esta comisaría no te detendrán, aunque sí limitarán tus funciones a trabajo interno hasta que el caso se resuelva.

—Lo sé, gracias.

—No me las des. A título personal, si te sirve de algo, no he creído a Silvia, hay inconsistencias en su relato y sospecho que podría haber motivos para que quisiera vengarse, pero debo ser justa, imparcial y exhaustiva, hay que investigar. Se trasladará todo al juzgado, y el juez o la jueza dictaminará lo que considere oportuno. Me encargaré personalmente de hacerle llegar el expediente a tu abogada.

Rodrigo agradeció el gesto y salió del despacho con la misma extraña sensación. A pesar de que las palabras de Desiré eran alentadoras, él viviría una pesadilla hasta que se llegase a la verdad. Si es que eso era posible.

Al salir a la calle respiró el aire cargado de humedad. Vio a María justo enfrente, sentada en el capó del coche.

—¿Cómo estás? —le preguntó ella.

—Intentando no exteriorizar el cabreo de tres pares de cojones que tengo por dentro. Me parece mentira.

—No es para menos. Es frustrante. Yo estoy cabreada y no me ha denunciado a mí... Ahora no queda otra que mantener la calma y seguir el camino que marca la ley, aunque a veces cueste.

—¿No te vas a dormir un rato? Pronto amanecerá.

María notaba cómo el cansancio se apoderaba de su

cuerpo y su mente. En otras circunstancias se habría marchado a casa a dormir.

—No podría pegar ojo y no voy a dejarte solo. Por encima de todo soy tu amiga y ahora no estamos de servicio. Sube al coche, anda, a estas horas no hay nada abierto, mi casa sí.

Rodrigo rodeó el vehículo y tomó asiento junto a su compañera. Ella siempre estaba ahí y no le hacía falta decirle cómo se sentía para que lo supiera.

María vivía en La Alcaidesa, a las afueras de la ciudad, en un entorno privilegiado junto al mar.

Durante el trayecto, Ugalde seguía demasiado furioso y le costó contarle a su compañera la conversación que acababa de mantener con la inspectora de la UFAM al tiempo que le daba detalles de su encuentro con Silvia.

—No tienes que darme explicaciones. A Silvia solo le hace falta abrir la boca para saber cómo se las gasta, pero esto... No puedo creerlo.

—¿Dudas de mí?

María le clavó la mirada.

—No hace falta que respondas —se apresuró a decir—, entiendo que no estabas conmigo.

—Déjate de tonterías, por favor.

—No es ninguna tontería. No estabas, no puedes saberlo.

María negó con un gesto. Su amigo estaba en *shock*.

—Ochoa ha examinado a tu ex y te llamará.

—¿Alberto estaba de guardia?

—Por lo visto. Le he mandado un wasap. Además, es tu amigo... Por cierto, me ha pedido que te diga que él y una compañera están revisando detenidamente las fotografías y el informe de la autopsia de Miguel Heredia. Ya nos dirán algo.

—¡Silvia miente! —continuó enfurecido.

—Te creo, eso no lo dudes nunca, ¿me oyes?

Rodrigo la miró un instante y continuó verbalizando todo lo que tenía en la cabeza.

—¡Silvia sabe muy bien que la presunción de veracidad con la que contamos los polis no sirve absolutamente de nada en temas de violencia! ¡Ya lo hemos visto con otros compañeros, María! Da igual que me haya denunciado por golpearla, empujarla o por haberla amenazado con la 9 milímetros, la cuestión es que me comeré el marrón, y cuando te cuelgan el sambenito, a ver cómo pollas te lo quitas. Una denuncia por malos tratos, aunque sea falsa, hasta que no se demuestre la verdad, perjudicará mi vida personal y profesional, ¡maldita sea!, estas cosas siempre marcan.

—Tienes que calmarte, joder, sé que es un plato de muy mal gusto que te denuncien y...

—Que te denuncien en falso —corrigió a Infantes.

María le clavó la mirada otra vez.

—¡Que sí, coño!, eso lo doy por hecho. Lo que quería decirte es que solo puedo hacerme una ligera idea de cómo te sientes. Lo único que te pido es que hagas un esfuerzo y te tranquilices.

—Ahora, cada vez que alguien me mire o escuche un susurro a mi espalda, me sentiré culpable sin serlo. Es de locos. Será un recordatorio constante.

Infantes suspiró. Acababa de aparcar el coche y volvió a pedirle a su compañero que se tranquilizara.

Salieron del automóvil en silencio. María abrió la puerta del adosado en el que vivía y dejó el bolso en el mueble de la entrada.

—Ponte cómodo. Prepararé un buen desayuno. Lo vamos a necesitar. Y te daré algo que te ayude a relajarte.

Rodrigo se dejó caer en el sofá e inmediatamente se puso de pie, no podía estar sentado, era como si al hacerlo se quedara de brazos cruzados, y no era eso lo que quería. Negó con la cabeza al darse cuenta de que en realidad no podía hacer mucho más que esperar. Fue a la cocina y se quedó de pie, reclinado en el quicio de la puerta, mientras María se lavaba las manos en el fregadero y comenzaba a preparar algo de comida.

—Esa tía no puede demostrar que la hayas agredido. No hay testigos, así que...

—No hay testigos, no, y ojalá los hubiese, porque sucedió tal y como te he contado.

—¿Otra vez? Tranquilo, chiquillo, lo sé, es una forma de hablar.

María cogió una bandeja y colocó dos tazas humeantes de té, sacó el pan del tostador, abrió la nevera, cogió la mantequilla, el queso blanco y un bote de mermelada de naranja amarga, y lo puso todo en la bandeja. Fue al salón y la colocó en la mesa de comedor.

—Y ahora siéntate, por el amor de Dios, y tómate estas cápsulas, son naturales.

—¿Crees que unas plantas van a ayudarme con lo que tengo encima?

María se quedó mirándolo y él se encogió de hombros antes de llevárselas a la boca.

—Al igual que Desiré, en el juzgado hay juezas, fiscalas y letradas, todas mujeres —recalcó María con intención—, que están hasta la peineta de esas niñatas que denuncian en falso, porque la mayoría son unas crías que no saben ni dónde están de pie. Lo de la zorra de tu ex es distinto, ¡joder!, esa tía ronda los cuarenta... No sé adónde vamos a ir a parar. Y pensar que hay cantidad de mujeres que no denuncian por temor a que no las crean... Es totalmente injusto. El miedo a no ser creída puede ser abrumador y paralizante... —continuó María con tristeza—. Ese tipo de mujer que no denuncia es la que se siente atrapada en un ciclo de violencia y miedo. Esas pobres mujeres se convierten doblemente en víctimas; por un lado, pasan los días bajo la amenaza constante del maltratador con el que viven y, por otro, hay falta de apoyo social... ¡Yo es que me pongo de muy mala leche con el tema de las denuncias falsas, y de verdad que no entiendo a tu ex! ¡Es una mujer, coño! ¿De qué va? ¿No se da cuenta de que nos está desacreditando al resto?

—Y yo he sido un gilipollas. Conociéndola, debí haber intuido algo. No entiendo por qué le abrí la puerta. Ahora estará muerta de la risa con el tío con el que vive.

—¡No te culpes! ¿Cómo ibas a pensar que llegaría a tales extremos? ¡Esa tía tiene un puntazo, un ladrillazo en la cabeza! Solo te diré que la vamos a pillar, ya verás, y se va a cagar cuando la trinquemos. ¿Tampoco sabe que presentar una denuncia en falso está penado con cárcel? —Dejó la pregunta flotando en el aire—. He pedido a un par de agentes que visiten al chulo con el que vive tu ex —continuó la subinspectora—. Estoy segura de que ese tío sabe algo, eso fijo.

—¿Y te lo va a decir? —cuestionó con una sonrisa escéptica.

—No, es solo que cuando vea a dos agentes uniformados entrar en su local haciendo preguntas delante de los clientes... le va a joder. Que se entere de que no somos gilipollas.

Ugalde colocó un codo sobre la mesa y descansó la mejilla en la palma de la mano. Estaba realmente agotado.

En ese momento notó algo en el bolsillo de su pantalón. Era el móvil que le había dado Olivia y lo dejó sobre la mesa.

María se quedó mirando el teléfono, al tiempo que cortaba queso, lo colocaba sobre el pan y le ponía mermelada encima.

—Anda, desayuna, que tu madre me pregunta si estás comiendo y no quiero contarle una mentira —hizo una breve pausa—, ¿qué pasa con este móvil?

Rodrigo se había obligado a dar un mordisco a la tostada y esperó a tragar el bocado para hablar.

—No lo sé exactamente. Perteneció a un tipo al que Olivia atendió en su consulta y que después se suicidó.

—¡Joder, qué mal rollo guardar eso! Y... ¿por qué demonios no se lo devolvió a la familia? Eso tampoco es muy normal que digamos, Rodrigo. ¿Estás seguro de que esa muchacha está bien? Mira que por su profesión a veces acaban hechas misto. Lo sé por experiencia.

—Hay algo detrás que no me ha contado, algo que guarda para sí, y creo que de alguna manera el paciente trataba de manipularla.

María frunció la nariz.

—Se conocían y hubo algo entre ellos, nada serio, según me contó. Ese tipo, el paciente, le dijo algo... —Hizo una pausa—. ¿Qué sabes de los psicópatas?

—¿Sospechas que ese tipo estaba como una cabra? Esa chica es rara, al menos no elige bien a los tíos con los que sale...

—Gracias.

—No iba por ti. En fin, no sé mucho más que tú de los psicópatas.

—Supongo que si ese hombre lo fue o no, ya no debería importar. ¿Me harías otro favor?

—¿Sabes que te leo el pensamiento? Sí, lo pondré en una bolsa de pruebas y hablaré con Aguirre. En cuanto tengamos la orden lo pasaré para el análisis forense.

—Te lo agradezco, igual ese teléfono cuenta una historia... Hoy estoy con un mal rollo encima que no me lo quita nadie. Voy de una en otra.

—No te castigues, y lo de Olivia..., bueno..., ella es muy distinta a Silvia. Esa chica es más que una buena amiga para Alicia, así que debe de ser una buena persona.

—Eso creo, y es precisamente lo que más me fastidia.

—Cabréate lo que quieras. Sabes que con Olivia no hay mucho más que podamos hacer, al menos de momento. Por ahora no tenemos pruebas de que el hermano haya cometido un delito y ningún artículo en el Código Penal recoge que no declarar contra un familiar lo sea. Ponte en su lugar.

—Me he puesto en su lugar. Tengo una hermana y por supuesto que hablaría con ella, lo que nunca haría es ocultar información.

—Eres poli, un buen poli, el mejor que conozco —dijo María después de tragar el bocado y acompañarlo con un sorbo de té—. Esa chica no es policía y su visión de lo que sucede a su alrededor es muy distinta a la nuestra.

—Ya no sé ni qué pensar.

—La situación tampoco es fácil para mí. Alicia adora a Olivia, y forma parte de esa familia. Me jode que el trabajo invada nuestra vida personal y es la primera vez que me sucede. No sé muy bien cómo proceder. Imagino que tú estarás hecho un lío, porque me da a mí que te has pillado por ella, aunque no lo digas.

—Ahora no debo ni puedo pensar en mi vida, solo centrarme en la investigación, y mira dónde estamos. Un montón de sospechas y ni una sola prueba. ¿No tienes a veces la sensación de estar avanzando en círculos?

—Bueno, ya lo hemos dicho en más de una ocasión, y es que hasta ahora es lo que hacemos, hablar con el círculo cercano a la víctima.

—¿Y si al final resulta que Escobar y Óscar están en lo cierto y esa mujer se ha suicidado? Y a mí me apartarán del caso mañana, o dentro de unas horas —se corrigió al comprobar la hora en su reloj.

—Sí, ya, en teoría..., ¿sabes qué opino? Después de estos días de no parar, y con todo lo que está sucediendo, tenemos que estar cerca de llegar a la verdad. Es imposible que detrás de todo este enjambre no haya nada.

—Es lo que pienso. Únicamente un homicidio es tan

sórdido y contaminante como para afectar a todo lo que tiene a su alrededor.

—Y si, como sospechamos, el tipo que ha agredido a Olivia buscaba ese portátil, puede que ahora estemos tras la pista del homicida —concluyó Infantes.

55

Rodrigo trataba de dar forma a una idea que acababa de surgir en su cabeza. Dio un sorbo al té.

—¿En qué piensas?

—La descripción que Olivia ha facilitado de su agresor podría encajar con un buen puñado de delincuentes, ahora bien, esos pocos datos coinciden al cien por cien con Herrera. Los ojos claros, la piel morena, la estatura, la complexión, y no huele a rosas que digamos.

—Y es colega de Durán... Hagámosle una visita. Le tiramos de los huevos y que hable.

Rodrigo se levantó del asiento.

—No sería mala idea, pero de momento nos hace falta algo más. Ahora iré a casa. Necesito una ducha tanto como respirar y tumbarme en la cama un rato antes de ir a comisaría.

—Puedes ducharte aquí. En mi armario guardo una camisa de Aguirre, de esas muy muy pijas, que debe de quedarte bien —bromeó sacando una sonrisa a su compañero.

—No, gracias. Lo que necesito es tu coche.

—Recógeme a la vuelta. —María le lanzó las llaves.

Cuando Rodrigo entró en su apartamento, Wendy estaba pegada a la puerta.

—Oh, pobrecita, anda, vamos.

Bajó de nuevo y dieron un corto paseo. Su vida era demasiado complicada para cuidar de otro ser vivo. Fue consciente de que echaba mucho de menos a su madre y no tenía tanto que ver con Wendy, «solo un poco», pensó, era más bien su presencia. Lourdes era una mujer fuerte que restaba importancia a lo malo y magnificaba lo bueno por insignificante que fuese. Era la persona que siempre estaba ahí para ayudar, para proteger, para querer sin condiciones. No se lo diría o su madre sería capaz de bilocarse con tal de estar con ambos hijos a la vez. Echó un vistazo al teléfono. Tenía algunos mensajes de su madre y un par de llamadas perdidas.

Le envió un mensaje de WhatsApp: «Todo bien, muy ocupado. Hablamos».

Subió las escaleras y al entrar en el piso se vio reflejado en el espejo de la entrada. Parecía que venía de correr una maratón. Se descalzó y se despojó de la camiseta sudada de camino a la terraza. No corría el aire. El sol comenzaba a asomar por el horizonte. Puso comida a Wendy y entró en la ducha.

Pensó en Olivia. Siempre estaba ahí como una constante invariable.

Sin pretenderlo, su mente reprodujo con precisión milimétrica cada segundo de esa llamada en la que ella le pidió ayuda. Escuchó sus gritos, los golpes. Él actuó con prontitud y eficacia, sin embargo, sabía que el agresor podría haber acabado con la vida de ella, que todos los esfuerzos podrían no haber servido de nada, que por más empeño que pusiera cada día en su trabajo el mal existía y seguirían sucediendo cosas todos los días. Era precisamente eso lo que le hacía valorar con todos sus sentidos los buenos momentos.

Siguió unos minutos más bajo el agua. Después se dirigió al dormitorio y se tumbó en la cama bocarriba.

Hacía tan solo tres días que habían encontrado el cuerpo sin vida de Celeste Blanch. Tal vez era pronto para obtener los resultados que desearía, pero le cabreaba muchísimo que a pesar de todos los datos con los que contaban, y que deberían servirle de algo, no se sintiera más cerca de la verdad.

Ahora el cuerpo le exigía estar tumbado sin hacer nada a pesar de la tensión y las preocupaciones. El cansancio lo venció y se quedó dormido. Su mente viajó. Vio el cuello de Silvia y unas manos fuertes enredadas en él. Rodrigo permanecía impasible sin hacer nada por evitarlo.

Se despertó de un salto. Pensó en esa otra mitad que todos poseemos, oscura, poderosa, contradictoria, y que no formaba parte de su vida porque él no era así y nunca cruzaría esa línea.

Se vistió deprisa y se tomó un café cargado en la terraza. Miró una vez más el mar. Le daba paz.

Veinte minutos más tarde los inspectores cruzaban la puerta de la comisaría acompañados de Wendy. El animal conocía ya el camino y corrió al patio. Él se dirigió al despacho del jefe de Seguridad Judicial, que le explicó brevemente lo que Rodrigo ya sabía. Se seguiría el protocolo estipulado. No se extralimitaría en sus nuevas funciones hasta la resolución de la denuncia.

La denuncia en falso que ahora recaía sobre él había llegado en el peor momento. No es que hubiese alguno idóneo para soportar la mala leche de su ex, es que últimamente todo afectaba a su vida privada y el caso seguía sin resolverse.

Miró las repisas sepultadas por montañas de informes, denuncias, robos..., delitos en los que se suponía debía ponerse a trabajar.

Infantes apareció ante él con dos cafés. Los dejó sobre la mesa y cerró la puerta. El sonido fuera de esas cuatro paredes se amortiguó.

—Tu café es descafeinado. El mío no, estoy que me caigo de sueño. Ayer no te dije nada. Anoche, cuando salí de la casa de Olivia, telefoneé a Aguirre y le hablé de lo de tu ex.

—¿Le llamaste tan tarde?

—Le mandé un mensaje y respondió. Es verano y la gente se acuesta a las tantas... —explicó sin darle mayor importancia—. Ahora he vuelto a hablar con él de lo mismo y le he comentado lo del asunto de ese teléfono... Otra cosa, el grupo ya está al corriente de tu situación y me piden que te transmita todo su apoyo.

María colocó unos documentos en la mesa.

—Son de estraperlo, dos nuevos informes de la Científica.

Rodrigo los recogió y los ojeó mientras su compañera salía a atender una llamada. El primer informe de la Científica se correspondía con las muestras recogidas en el piso de Olivia. Nada útil, a excepción de un par de gotas diminutas de saliva en la ropa de ella, probablemente del agresor. El cotejo con la base de datos no había arrojado ningún resultado. Él pensaba en Herrera con esa quemazón interior que siempre le decía que no se equivocaba.

Revisó el que contenía el resultado del análisis del colgante hallado en el domicilio de Nicolás Durán. Estaba limpio. No había manera de demostrar que fuese el mismo colgante de la víctima y, aunque así fuera, Durán podría contar lo que quisiera, suponiendo que saliera del coma. Se levantó un instante de la mesa y le pidió a Cristina que lo dejase en un lugar seguro para devolvérselo a los familiares de Durán. Después regresó a su despacho y volvió a revisar con toda su atención el expediente del caso Blanch: el informe forense, los atestados periciales, las grabaciones de las cámaras de seguridad del hotel, las declaraciones de los vecinos y del círculo cercano... Ni siquiera tenía pruebas que demostraran que había sido un acto homicida y, aunque él estuviese convencido, ninguno de sus argumentos se sustentaba como acusación.

Una llamada al teléfono del despacho lo sacó de sus cavilaciones. Era el forense.

—Buenos días, Alberto.

—Te llamo en relación con la autopsia de Heredia, en cuanto a tu ex..., ¿qué puedo decirte, que lo siento? Eso ya lo sabes. Ojalá se resuelva cuanto antes.

—Gracias. ¿Qué decías de la autopsia de Heredia?

—He hallado algunas lagunas. Para empezar, los del personal sanitario que llegaron al lugar donde encontraron el cuerpo dijeron que lo hallaron entre unas rocas con un traumatismo craneoencefálico. Nada más. Yo tengo serias dudas sobre los golpes que presentaba. No creo que se correspondan con una caída fortuita desde la embarcación en la que navegaba, sino con una agresión. Puede que el chico fuese víctima de maltrato. Lesiones antiguas.

—¿Puede?

—Es difícil asegurarlo. Después de quince años la exhumación no tiene sentido. Los tejidos blandos ya no están, imposible detectar más contusiones, marcas, moratones..., trabajamos con los que se aprecian en las fotografías; tal vez en su día, solo con haber preguntado a los vecinos o conocidos, habrían descubierto que era víctima de violencia habitual. Lo que deja claro el informe es que el chico había ingerido una gran cantidad de alcohol y drogas, ¿con intención de autolesionarse? No lo sabemos. Te diré algo, cuando tengo delante los resultados de una autopsia por muerte violenta hago una especie de juego mental, y mientras estudiaba esos informes era como si estuviese delante de un crimen que se llevó a cabo para ser perfecto. La mala noticia es que no se puede asegurar.

—Entiendo —respondió lanzando el lápiz sobre la mesa—. Y la jueza archivó la investigación basándose en el informe del forense, que no vio esas lesiones. Ese joven era drogadicto. No se molestaron en indagar más, a pesar de las declaraciones confusas de los amigos.

—A mi entender, hubo dejadez, es más, en toda mi carrera, esta es la primera ocasión en la que veo un parte de llegada de ambulancia en el que no consta ni siquiera la hora. Dieron por hecho que era uno más de los muchos jóvenes que mueren por sobredosis. Lamentablemente, y sobre todo en la década de los noventa y principios de este siglo, casos como el de Heredia estaban a la orden del día. Siento no poder decirte otra cosa.

—Gracias, Alberto.

María entró en el despacho y tomó asiento en una esquina de la mesa.

—De momento, y si la modelo con la que Álex Fernández supuestamente pasó la noche del pasado lunes 3 de julio no miente, la coartada de ese tipo parece sólida. Como a la mayoría de los tíos, ese es otro al que le cuesta mantener cerrada la bragueta.

—No lo dirás por mí, que yo, de don Juan, poquito.

Infantes soltó una carcajada.

—Adoro tu sentido del humor, a pesar de todo. En cuanto a Ordóñez, estamos comprobando su coartada. Asegura que la noche del lunes salió, que estuvo aquí y allí con algunos amigos en Sevilla. Lo comprobaremos con lupa de joyero. Por lo demás —continuó Infantes—, las escuchas telefónicas no nos están sirviendo de mucho. Ese tío ha hablado con sus padres, con el director del instituto de Sevilla y con algunos compañeros para comunicarles la noticia de la muerte de la profesora y hablar de ella hasta la saciedad. Parece que se ha instalado en el piso de la víctima en Madrid y de momento no tenemos nada más, aunque a mí ese tipo me da muy mal rollo. No vamos a parar hasta averiguarlo todo de él.

—Sí, hay que insistir. Los seguimientos siempre son lentos y puede sonar la flauta en cualquier momento.

—Regresando a Álex Fernández, ayer, mientras lo interrogabas, estuve muy atenta a él. Tiene una personalidad más compleja de lo que a simple vista parece, y la tormentosa relación que mantuvo con Blanch es una clara prueba de ello. Reconozco que con ese tipo de hombres que van de conquistadores me cuesta ser imparcial y sé que tengo una idea preconcebida de todos ellos. Lo que no entiendo son los motivos de tantas idas y venidas en su relación. Algo me dice que la quería de verdad. No sé... Se vino totalmente abajo cuando supo que ella se había quedado embarazada y por un instante me pareció que ese tío estaba perdidamente enamorado. ¡Vete tú a saber! Hay mucho majara suelto. Reconozco que el factor sorpresa funcionó y, aunque ya sabes que no me van las técnicas de interrogatorio tipo kinésica, el lenguaje corporal en el caso de Fernández fue de manual.

—La actitud y los gestos de las personas van más allá de si lo que cuentan es verdad o no. En su caso contó lo que le interesaba contar y está claro que oculta algo que desconocemos, y, por tanto, es imposible demostrarlo.

Rodrigo estiró la mano, cogió el lápiz y comenzó a dar golpecitos con él sobre la mesa.

—Hay que investigar a Herrera. Sospecho que ese tío echó a correr en el puerto para distraerme mientras Durán huía. Hay que averiguar quiénes son sus contactos, con quién se vio o habló los días previos a la muerte de Blanch, y hay que averiguarlo ya.

—Podemos retenerlo unas horas y volver a interrogarlo. La gente que miente siempre da versiones distintas y a ese tío podríamos pillarlo en un renuncio.

Rodrigo se levantó y contempló las fotografías del mural. Pensó en el principio de intercambio de Locard: «En todo acto criminal el autor se lleva algo del lugar y deja algo de sí mismo en el escenario». Podía ser cualquier cosa, desde una fibra a un cabello.

Mientras pensaba, la imagen de Celeste Blanch lo miraba desde el mural, como si esperase a que él hurgara en su vida y comenzara a cruzar datos.

Le vino a la mente un pensamiento en concreto y regresó a la mesa. De pie frente a todo el papeleo acumulado, comenzó a mover las carpetas de un lado a otro buscando algo.

María lo observaba. Por más años que pasaran juntos, nunca dejaría de llamarle la atención la facilidad con la que su compañero se abstraía cada vez que se ponía en la piel de las personas que investigaba. Necesitaba echarle imaginación, llegar a conclusiones distintas a las del resto, y esa era una de las razones por las que sabía que no se dejaría vencer fácilmente. Rodrigo no pararía hasta encontrar lo que buscaba y llegar a la verdad.

56

Hacía rato que Olivia se había levantado, tampoco ella había conseguido dormir, a excepción de esos minutos de inconsciencia a los que el cansancio la había arrastrado. No entendía por qué le habían perdonado la vida, o tal vez solo había sido cuestión de suerte que la policía hubiese llegado en el momento justo.

—He preparado té y tostadas —escuchó la voz de Alicia desde la cocina y saltó de la cama.

Le reconfortaba tenerla a su lado. Entró en la cocina y le dio un beso en la mejilla.

—¿Qué tal estás?

Olivia se encogió de hombros.

—Pues yo anoche pasé mucho miedo cuando María me dijo que salía pitando para tu casa...

—Olvídalo.

—La que tiene que olvidarse de Celeste y de tu hermano eres tú... Nada de lo que pase a partir de ahora será asunto tuyo. Quiero que sepas que María me hizo preguntas, por eso le conté que habías bañado a Hemingway, que por cierto huele muy bien —bromeó—, y que fuiste pareja de Nico, solo eso. No le conté nada más.

—No te disculpes, soy yo quien debe pedirte perdón a ti por hacerte partícipe de un asunto tan serio.

—¿Para qué estamos entonces? Desde hace meses pienso mucho en ti. Me gustaría ayudarte a sacar lo que llevas dentro. Siempre lo hemos compartido todo... Ahora también me preocupa lo que sucedió anoche. No sabemos quién es el tío que te atacó, ni sus intenciones o lo que está pensando en este momento.

—Probablemente nada. Si ese tío buscaba el ordenador, yo no le intereso en absoluto. Y respecto al paciente..., estoy en ello.

—¿Estás en ello?

—Sé que necesitaré tu ayuda, es solo que por ahora ese asunto deberá esperar. Estoy demasiado abrumada, irritada, cabreada... El modo en el que anoche Rodrigo y María me acosaron a preguntas...

—No te acosaron.

—¡Ya!, tú estás de parte de ellos.

—No, sabes que siempre estaré de tu lado tengas o no razón. Lo que sí debes entender es que estás mal, peor de lo que supones. Ellos solo hacían su trabajo. Se trata de una investigación por la muerte de una mujer, y por otra parte Rodrigo llegó a tu piso con un marrón de mil demonios encima.

Alicia le habló del asunto de la denuncia que recaía sobre él y, a su pesar, también le contó la situación actual de Nico.

Olivia la escuchó sin pestañear. Fue a su dormitorio y se vistió a toda prisa obviando las advertencias de su amiga respecto a salir sola. Abrió la puerta y se marchó. Su cabeza no aguantaba más.

Condujo en dirección al hospital con un nudo en el estómago. No podía dejarse llevar por todo lo malo que le estaba sucediendo. Lo mejor era no hacerse preguntas, limitarse a lo que tenía delante. Ella sabía hacerlo, era una estrategia temporal que le ayudaría a reducir la ansiedad.

Accedió al hospital por la puerta de urgencias. La sala estaba a rebosar. Avanzó entre la gente hasta hacerse un hueco en el mostrador y esperó su turno. Como suponía, habían ingresado a Nico en la unidad de cuidados intensivos, tercera planta, junto al ala de medicina interna. Entró en el ascensor. Observó las luces que parpadeaban a medida que rebasaba las distintas plantas y a la gente que entraba y salía. No soportaba el olor a enfermedad, a tristeza, a medicamentos y productos de limpieza. Después se repitió que no todo en los hospitales tenía por qué sonar a fatalidad, que la gente se curaba y Nico tenía posibilidades de salir adelante. Lo quería, y le dolía albergar tantas dudas sobre su pasado.

Recorrió el amplio pasillo hasta la UCI, más tranquila y silenciosa que el resto de las plantas. Divisó a Lola, la madre de Nico, en una de las salas de espera y se acercó a la viuda.

Lola ocupaba un sillón cerca de la ventana. Sostenía un gran bolso negro sobre las rodillas, como si se parapetase, igual que un soldado en la trinchera. El semblante serio, los pómulos marcados, las ojeras y la tirantez del cabello, recogido en un moño bajo. Siempre la había considerado una mujer fría, distante, que nunca se ocupó de su hijo. Ahora no estaba segura de nada.

Le dio los buenos días y como respuesta a su saludo la mujer se limitó a alzar la barbilla. Sin que lo esperase, Lola se levantó de un salto, pasó por su lado y salió al pasillo.

Olivia la siguió con la mirada.

La madre de Nico se había detenido frente a un par de médicos y les hacía preguntas sin darles tregua.

Percibió la angustia que estaba viviendo y se acercó para acompañarla.

—Es prematuro dar un diagnóstico preciso —decía uno de los médicos—, ya sabe que en estos momentos no responde a ningún tipo de estímulo, pero eso no quiere decir que la situación no pueda cambiar dentro de unas horas o unos días. No perdamos la esperanza y seamos optimistas.

—El médico esbozó una débil sonrisa antes de seguir su camino.

Olivia sostuvo a Lola del brazo. La mujer parecía desconcertada y la acompañó de vuelta al sillón.

—Mi hijo está aquí por decisión propia —comenzó a murmurar—. Las posibilidades que tiene de salir con vida son del cincuenta por ciento, y él es el único responsable. No tengo la culpa. Se drogó, bebió y por eso tropezó y se cayó. Un golpe en la cabeza. ¿Por qué hace esas cosas? Así murió Miguel. ¿Eso quería, matarse?

—No diga eso.

Lola le cogió la mano. Olivia no lo esperaba. Era el primer contacto físico que tenía con esa mujer a la que nunca se había acercado a menos de un metro de distancia.

—Ahora las políticas de visitas no son como antiguamente —le dijo la viuda sin soltarle la mano—. Dicen que es bueno para los pacientes críticos que estén acompañados, así que, si te apetece verle, no tengo inconveniente. Yo ya lo he visto, y mi hija también, y sé que a Nico le vendrá bien escucharte, si es que puede oír, que no lo sé. Tú sabes que siempre te ha querido y, aunque ya no estéis juntos, le gustará notar tu presencia —añadió en un tono esperanzador.

Olivia le dedicó una mirada tierna y se acomodó en el asiento. Pasaban los minutos y el silencio se volvía cada vez más incómodo, interrumpido a ratos por los suspiros de Lola o el leve murmullo de conversaciones, pisadas y la mopa que el auxiliar deslizaba sobre el suelo.

La puerta se abrió y los saltitos de Aurora, la hermana de Nicolás, atravesaron la habitación dejando a su paso un efluvio de perfume caro.

Observó la manera en la que la joven besaba a su madre. Dos besos, uno cerca de cada mejilla, sin llegar a rozarse.

No conocía a nadie más cursi y, desde que había contraído matrimonio con un futbolista de primera división, alardeaba de casoplón en Marbella, cochazo y trapitos, como llamaba a sus grandes caprichos, con los que se fotografiaba a diario para subirlo a las redes. Nunca entendería la vanidad de alguna gente.

Esa mañana vestía un inapropiado Valentino de seda en color anís que desentonaba con todo.

Aurora se giró para mirarla y la melena oscura, con un corte perfecto, se agitó a un lado y a otro sobre los hombros.

—Este niño siempre ha dado problemas y los seguirá dando —Aurora se dirigió a Olivia encaramada en sus sandalias de tacón—, aunque esto es lo ultimito que me esperaba de él, la verdad. —Acto seguido abrió el bolso de piel, extrajo un pequeño envoltorio y se lo entregó a su madre—. Lo que me pediste.

Lola cogió el paquetito con delicadeza. Sostuvo una mano de Olivia, lo depositó en ella y le cerró el puño.

—Era de Celeste. Se lo regaló a mi hijo el último día que se vieron. La muchacha le dijo que ya no lo necesitaba, que era feliz, y que era para él, que se lo daba para que lo protegiese. Y mira cómo ha acabado ella y mira dónde está él... —sollozó—. No te lo doy porque te desee mal alguno, en realidad no creo que esta especie de amuleto tenga ningún poder. Es que mi hijo me pidió que te lo diera la noche que estuvo hablando contigo. Acababa de subir a casa, recogió unas cosas y me dijo: dáselo a Olivia cuando la veas. Y ya está, salió por la puerta... Ni siquiera nos dimos un beso... —sollozó—. Puedes hacer lo que quieras con él, es tuyo. La policía estuvo en mi casa y yo no les dije nada de esa conversación. Se lo llevaron y ya nos lo han devuelto. Es imposible que Nico haya hecho algo malo, ¿verdad?

Olivia negó con un gesto que trató de hacer creíble y le ofreció a la viuda un pañuelo para que se limpiara las lágrimas.

—Vamos a la cafetería, mamá. No comes nada desde ayer.

Aurora ayudó a su madre a levantarse del asiento y cogidas del brazo salieron de la sala.

Olivia abrió la mano. Al ver el colgante con aquel diminuto atrapasueños le dio un vuelco el corazón y las lágrimas que no había derramado desde hacía mucho tiempo le inundaron los ojos. Le parecía mentira que un simple objeto que jamás había visto la removiera tanto por dentro. Con el dedo índice acarició las pequeñas plumas de color rojo intenso que se mecieron suavemente. Suspiró. Lo guardó en su bolso y continuó con la mente en blanco. Estaba cansada.

Después de media hora las mujeres regresaron. Aurora se sentó en el sillón y el vuelo de su falda se levantó y volvió a caer en su sitio sin perder la forma. Tocaba ver a Nicolás y ellas la animaron a entrar.

Olivia se levantó del asiento como si las piernas hubiesen perdido su fuerza habitual. Buscó a la enfermera que controlaba el acceso comprobando las visitas. Cuando la autorizó a cruzar la puerta, Olivia hizo acopio de toda la fuerza de la que fue capaz y entró en el box en el que estaba Nicolás, una habitación de cuidados especiales, supervisada por el control de enfermería.

Se acercó a la cama y se quedó mirándolo. Parecía que estaba dormido, rodeado de máquinas y soportes para goteros que lo mantenían con vida. Sus facciones reflejaban muchas batallas, demasiadas. Le dolía verle así, la tez pálida, los labios blanquecinos, apenas visibles por el tubo que lo conectaba al respirador, y en ese estado de inconsciencia profunda.

Hacía mucho que se había convertido en un extraño, pero jamás olvidaría los lazos que los habían unido en el pasado. Se había enamorado del chico moreno de mirada oscura que andaba peleado con el mundo. Respetó sus silencios, y los momentos en los que parecía estar en otra parte, como si su universo fuese uno muy distinto al de ella.

Entonces Olivia era una niña. Aquel tiempo ya había quedado atrás, sepultado bajo el peso de los años, arrumbado entre tantos recuerdos. Ahora lo único que quería era que él abriese los ojos y que estuviese bien.

57

Rodrigo continuaba trabajando en su despacho. El teléfono de sobremesa comenzó a sonar y reconoció el número de Escobar. Tenía que responder. Sostuvo el teléfono entre el hombro y la barbilla para poder seguir revisando todo el papeleo.

—¡Cuánto lo lamento, Rodrigo! Acaban de informarme de lo sucedido. Lo siento, de verdad. ¿Cómo te encuentras?

—Mal. Nunca esperas vivir nada parecido. No lo ves venir y te noquea.

—Imagino... ¡No sé adónde vamos a llegar! Tú tranquilo, y a esperar. Y ya sabes, hasta que se celebre el juicio, que será hoy o mañana, porque estas cosas se hacen rápido, te dedicas al trabajo de despacho o te vas a tu casa, perdona que sea tan directo, pero es lo que hay que hacer, y además así descansas.

—Me he puesto con el papeleo atrasado.

—Me parece muy bien. Ya he hablado con Infantes, y lamento decirte que, si tu equipo no obtiene resultados pronto, también ella tendrá que apartarse del caso.

Ugalde respondía que sí a todo, con la mente a medias entre las exigencias de su superior y la idea que tenía en la cabeza.

Revisó la gráfica de las huellas de pisadas, que indicaban líneas de dirección y líneas de marcha en el interior de la vivienda. Como cabía esperar, la concentración era mayor en las vías de acceso.

—Ugalde, ¿sigues ahí? —escuchó la voz de su superior—. No me negarás que la investigación está en punto muerto.

—Disculpe, señor, ahora mismo no puedo atenderle. Le llamaré. —Y colgó sin más.

—¿Le has colgado al jefe? Desde luego los tienes bien puestos —escuchó la voz de Infantes—. Yo he vuelto a hablar con Aguirre y con tu abogada. Me han pedido que te tranquilice, y que me tranquilice yo, que los dejemos trabajar. Por lo que tienen hasta ahora, dicen que la denuncia no se sostiene. Las pruebas son insuficientes, y hay inconsistencias en la declaración. Hay que esperar. Cuando esté todo clarito te avisarán. Mira por dónde, voy a entender por qué me fijé en Ignacio. Es engreído pero buena persona.

Rodrigo la miró, aunque en realidad no veía a su compañera, seguía pensando en algo. Se giró y miró el mural en el que se encontraban desplegadas todas las pruebas que habían reunido gracias al trabajo en común de su equipo. Notas, observaciones... Permaneció en silencio, quieto, como si hubiese reaccionado ante algo que veía por primera vez. Había pasado por alto un detalle y una idea mucho más clara comenzó a forjarse en su cabeza.

—¿Qué pasa? —preguntó Infantes.

Rodrigo le hizo un gesto para que no lo interrumpiera. No quería distracciones. Presentía que las piezas comenzaban a encajar y no quería abandonar la idea.

Después de unos segundos se dirigió a María:

—Pide a la Científica que analice la tierra que circunda la casa de Celeste Blanch y las casas aledañas. Diles que corre prisa.

—¿Qué esperas sacar?

—Es una idea y quiero comprobarla... ¿Por qué no le damos la vuelta a todo?

—¿Cómo? No te sigo.

—Da igual. Telefonea a la Científica. Es una orden. Sé que ahora no estoy autorizado a darlas, pero tú hazme caso.

Rodrigo siguió pensativo. A veces, solo a veces, le bastaba un presentimiento para saber que estaba en el camino correcto.

El teléfono de sobremesa comenzó a sonar. Era Escobar, otra vez.

—No puedo hablar con él —dijo Ugalde, y empujó el teléfono hasta dejarlo frente a su compañera.

María atendió la llamada.

—¡Páseme con Ugalde! —vociferó Escobar sin dar margen al saludo de cortesía.

—Acaba de salir. Está indispuesto.

—¿Indispuesto? Dile que a mí no me cuelga el teléfono ni Dios, y tú escúchame bien. Acabo de recibir una llamada del alcalde y está que trina. ¡Dos agentes paseándose por la calle Clavel con la fotografía de esa pobre chica muerta! —exclamó—. En la prensa local, en lugar de un cartel de la feria, como Dios manda en estas fechas, aparece la fotografía de la profesora. Armáis tanto jaleo que la gente habla lo que le da la gana y, mientras los rumores crecen de manera exponencial, ¡vosotros no sé en qué puñetas estáis pensando! Sabéis de sobra que la prensa se ensaña con nosotros y no voy a insistir en el temita de siempre, pero os recuerdo que la seguridad es lo que más venden los políticos. ¡Así que imagínate cómo está el alcalde! Desde el Ayuntamiento están luchando por mantener una imagen positiva de la ciudad para que los posibles inversores y las empresas inviertan en La Línea, y si la ven como una ciudad problemática, pues se piran. Y ya conocéis mi amor por La Línea, ¿tengo que repetirlo?

María apartó el teléfono de la oreja y estiró el brazo alejándolo de ella. A pesar de no tener puesto el altavoz, las palabras del jefe resonaban en la habitación como un eco persistente.

—Estoy hasta los cojones de que solo se hable mal de La Línea. No lo voy a tolerar más. Tampoco es bueno para el cuerpo, ni para mi jubilación.

—Disculpe, señor. Vuelvo a repetir lo mismo de siempre, una muerte violenta, queramos o no, suele convertirse en un acontecimiento público y puede suceder en cualquier parte del mundo.

—¿Violenta? Eso no lo saben y me da igual el resto del mundo. Me parece que el caso no es tan complicado. Está claro que se necesitan ojos nuevos para ver lo que ustedes han tenido delante de las narices desde el primer día, ahora bien, yo me quedo en Roma hasta que acabe las vacaciones. Lamento no poder decir que estén llevando la investigación de la manera más adecuada, y en cierto modo siento no estar ahí para guiarles en la dirección correcta. Ugalde ya está informado y a usted le recuerdo que le queda un día y medio exactamente para cerrar el caso. ¡Que no se trata de un asesino en serie, joder! Ya lo ha oído, día y medio.

Rodrigo miraba a su compañera, que estaba roja de calor y se recogía el cabello suelto con tanta energía que a punto estuvo de romper el pasador con el que se sujetó la cola.

—Entiendo al jefe, Rodri. Los políticos presionan y él está hasta los cojones.

—Hacemos lo imposible para proteger a los vivos y la dignidad de las víctimas. No es nuestra culpa si algunos casos generan más expectación y acaban en boca de todos o si los medios no tienen otras noticias y se ceban con lo que hay. Ahora te dejo, María, debo comprobar algo. Voy al hospital. —Rodrigo se levantó y se dirigió a la puerta—. ¿Y de Herrera sabemos algo? —preguntó justo antes de salir.

—Están tratando de localizarlo.

58

En el hospital, Olivia bajaba en el ascensor y la puerta de acero se abrió en la segunda planta. Vio a Rodrigo conversando con una doctora. Por los gestos de él intuyó que la conversación debía de ser importante.

Él giró la cabeza y sus miradas se encontraron. Rodrigo imaginaba los motivos que la habían llevado allí y se sintió un completo extraño. Lo cierto era que apenas se conocían, aunque él lo percibiese de otra manera.

Se despidió de la doctora y se apresuró hasta el ascensor. La saludó con un gesto. Había mucha gente y se quedó junto a la puerta.

Desconocía cómo había sido la relación de ella con Durán o qué sentimientos los unían, por lo que nunca estaba seguro de cómo debía comportarse.

Desde la noche anterior se sentía mal. Él hacía su trabajo de policía, cumplía con su obligación, pero sabía que ella no lo veía de ese modo. No lo entendería. Se sintió patético. Un hombre adulto acostumbrado a tratar con todo tipo de gente, a enfrentarse a situaciones complicadas, y frente a ella parecía un puñetero adolescente.

—¿Cómo estás? —le preguntó al salir del ascensor.

—Me duele el cuello, la cabeza y los pensamientos. Y tú, ¿qué haces aquí? ¿Esperas a que Nico despierte para acosarlo a preguntas?

—No. —Hizo una breve pausa—. Siento muchísimo

que anoche te agredieran y todo por lo que estás pasando, pero debes entender que...

—Hacías tu trabajo —lo interrumpió al salir a la calle—, lo sé. Sospechar de todo el mundo. Debe de ser un agobio vivir así.

—No se trata de eso. Hay que ser concienzudo. Un testigo puede prestar declaración y estar equivocado, o tal vez vio lo que quiso ver, o solo una parte, o no comprobó bien la hora en la que dijo haber visto cualquier cosa. El más mínimo error puede cambiar el curso de toda una investigación. Cuando estudias las circunstancias que rodean la muerte de una persona no buscas culpables, solo la verdad. No tengo nada contra tu hermano ni contra Nicolás, y muchísimo menos contra ti. En mi profesión no hay nada personal, aunque resulta más estresante si pasas el día pensando que no quieres herir a alguien que empieza a importarte. Y ahí estás tú. Y... ¡joder! Nunca sé cómo romper el hielo contigo.

A Olivia le costaba sostenerle la mirada. En ese instante solo quería marcharse.

—Estoy pasando por un muy mal momento —continuó Rodrigo sin apartar los ojos de los de ella.

—Alicia ya me ha contado que..., bueno, eso. Lamento lo que estás viviendo, de verdad. Ahora tengo que marcharme. Te deseo suerte con todo.

—¿Tanto te cuesta entender que no quiero que te alejes?

Olivia, que acababa de abrir la puerta del coche, se dio la vuelta.

—Ahora no es un buen momento, yo no...

Rodrigo se quedó mirándola un instante.

—¿Qué dicen los médicos sobre el estado de Nicolás?

—Hay que esperar. ¿Tenéis alguna idea de quién es el tipo que me agredió?

—Sospecho de alguien, sí. Respecto al teléfono móvil

que me entregaste, mi grupo está trabajando con él. No terminaste la conversación y no sé exactamente si fuiste víctima de algún delito. Lo estamos tratando como tal.

—¿Un delito? No lo sé. Olvida eso ahora. ¿Están sirviendo de algo los textos de Celeste? —preguntó cambiando de tema.

—Los están estudiando, y servirán. Ahora, igual que tú me pides que me olvide de tus otros asuntos, ¿quieres hacer el favor de dejar a un lado la investigación del caso Blanch? Lo que te dije es cierto, me apetece seguir conociéndote y sé que las circunstancias son complicadas.

—Yo no las llamaría complicadas. Yo no he sido sincera contigo, y tú... me has estudiado y juzgado. No me parece muy sano y mi cabeza es un caos. Necesito ordenarla, al igual que tú debes poner tu vida en orden.

—De acuerdo. ¿Me permites al menos que te acompañe a tu casa?

—No. Nadie va a atacarme y no tengo miedo. Tú haz tu trabajo y llega a la verdad, implique a quien implique.

El teléfono de Olivia emitió un pitido de WhatsApp. Era su hermano. Entró en el coche y leyó el mensaje en el que le explicaba que la tarde anterior había prestado declaración, que la noche que Celeste falleció él estaba con una amiga y ahora solo quería desconectar.

«Para que te quedes tranquila», era la frase con la que acababa el mensaje.

Ella le escribió de vuelta un escueto «De acuerdo», por responder algo, por no dejarlo en visto, por hacer lo correcto. Álex no merecía su inquietud.

Pensó en la extraña relación que mantuvo con Celeste, en el modo en que habló con Cinthia por teléfono, la entonación, los gestos, el tono de voz; probablemente habría actuado de la misma forma con esa amiga con la que decía haber pasado la noche.

Le gustaría odiarle y no podía. Era un sentimiento extraño el que sentía por su hermano, porque, cuando miraba hacia atrás, él estaba entre sus recuerdos más entrañables.

Debía comenzar a aflojar vínculos emocionales y no sabía muy bien cómo.

Dejó caer el móvil en el bolso y arrancó el coche. Durante el trayecto, pensó en esa otra nueva infidelidad de Álex que le proporcionaba la coartada perfecta para salir airoso de la investigación.

—¿Quién puede asegurarme que esa otra amante no es más que otra pobre ilusa rendida a sus encantos? ¿Una más a la que está volviendo loca y que incluso ha mentido por él? —se preguntó en voz alta.

Necesitaría mucho más que tiempo para recobrar la confianza en su hermano.

59

María llegó a casa y le sorprendió ver a Alicia cocinando varios platos.

—¿Qué haces?

—Es para Olivia. Solo estará comiendo porquerías.

—Huele de maravilla. ¿No hay para mí?

Alicia se dio la vuelta, la rodeó entre sus brazos y la besó.

—Pues claro. Hay albóndigas con verduras, berenjenas rellenas y ensaladilla rusa.

—¿Y cuándo has aprendido a hacer tú todo eso? Siempre cocino yo.

—Cuando puedes, no siempre —le dijo con retintín—. Y sí sé cocinar.

Alicia sacó un par de cervezas de la nevera y ofreció una a María.

—Aprendí a cocinar demasiado joven —empezó a decir—. Cuando mi padre murió tuve que hacerlo a la fuerza. Creo que te conté que a mi madre le dio por martirizar al sofá y después lo cambió por los bares.

María se quedó mirándola. Alicia hablaba del pasado con cuentagotas y ella nunca la interrumpía. Sabía que la adolescencia de Alicia no había sido nada fácil, y que había aprendido de las dificultades para convertirse en una mujer llena de optimismo. Le fascinaba todo en ella.

Alicia apagó los fuegos y sirvió dos platos de berenjenas.

—Mi madre empezó a beber el mismo día que falleció

mi padre —continuó Alicia, que necesitaba desahogarse—. ¿Sabes que en el tanatorio todo el mundo la miraba y casi nadie se atrevía a darle el pésame? Olía fatal y fue horrible para mí. Ella lloraba y reía, y unos familiares la llevaron a casa. Me quedé sola frente al ataúd de mi padre y tuve que tomar todas las decisiones sin que nadie me ayudase. Era una niña. A partir de aquel día mi madre siguió bebiendo. Yo llegaba del colegio y entraba en una casa oscura, triste y mal ventilada. Abría las ventanas escuchando sus protestas porque le molestaba la luz. Entonces dejaba el sofá y se arrastraba hasta la cama. Yo acababa de conocer a Olivia y no me daba ningún reparo quedarme a veces en su casa para almorzar o cenar. Así empecé a formar parte de esa familia. Olivia jamás hablaba de mi madre. Lo sabía todo, claro está. Nunca hizo comentarios que pudieran dañarme. Ella era una de esas niñas alegres que parecía que estaban en otro mundo, en uno feliz, y no era así. En su casa había problemas, como en las de muchas familias. Todo se tambaleaba y ya por entonces los padres hacían sus vidas por separado. Se respetaban a pesar de que el amor había salido corriendo por la ventana, y ese distanciamiento mi amiga lo vivió como un verdadero calvario, aunque me consta que jamás les recriminó nada.

—Nunca me has hablado mucho de tu madre. ¿Es por eso por lo que no me la has presentado? Suponía que preferías ocultarle nuestra relación.

—Es que ella y yo no hablamos mucho. Dejó de beber, afortunadamente, y le dio por viajar. Ahora nunca sé muy bien dónde está.

—¿De qué vive?

—Mi padre nos dejó unas cuantas propiedades y ella las alquila. ¡Pues eso! —exclamó con ganas de acabar la conversación—, aprendí a cocinar en esa etapa que no me gusta recordar y ese es el motivo por el que prefiero no hacerlo.

—De modo que tu madre se dedica a especular... Interesante —bromeó.

—¡Deja a mi madre en paz, anda! —le respondió en tono burlón.

Aún no habían acabado de comer cuando el sonido del timbre las interrumpió.

María se levantó a abrir la puerta. Era Ignacio Aguirre.

—¿Qué haces tú aquí? Cuando me telefoneaste quedamos en vernos... —Infantes echó un vistazo a su reloj de muñeca— dentro de una hora.

—¿Tan mal te caigo, María? Quería contarte los motivos de mi llamada.

—¿Por qué tanto misterio? Podías haberme avanzado algo por teléfono.

—A estas alturas de mi vida profesional no me fío de ellos. Y, bueno, ¿no vas a invitarme a pasar? Te negaste a darme tu dirección y he tenido que tirar de algunos de mis contactos.

María se echó a un lado y le pidió que la siguiera a la cocina.

—¿Quién se ha chivado?

—Eso no te lo puedo decir.

—Ella es Alicia, mi pareja. Él, Ignacio Aguirre, secretario de la Administración de Justicia, hombre de confianza de la jueza y mi ex. Ya os he presentado, ahora, ¿alguien quiere tomar un café helado? —preguntó pinchando con un tenedor lo que le quedaba en el plato.

—Lamento haber venido así..., no sabía que estabais comiendo y...

Ignacio miró a Alicia. Fue ella quien extendió la mano, y la estrecharon.

—Encantado —pudo decir sin ocultar su sorpresa.

—Yo voy a cambiarme, os dejo que habléis —se despidió Alicia de ambos y subió a la planta alta.

—¿De qué se trata, Aguirre? Para presentarte en mi casa debe de ser importante.

—Lo es, aunque antes creo que te debo una disculpa. Yo... Me comporté como un verdadero imbécil. Un necio. Patético.

—Más o menos como siempre.

Ignacio frunció el entrecejo.

—¡Es broma! Anda, cuéntame —propuso sirviendo los cafés en vasos con hielo picado.

Ignacio aguardó unos segundos, como si aún no hubiese logrado encajar que en la vida de María había otra persona. No esperaba que fuese una mujer, aunque eso no era lo importante, sino que sus planes de reconquista no le servirían de nada. Sacudió la cabeza al descubrir que los ojos violeta de la subinspectora lo miraban.

—Disculpa. Se trata de la ex de Ugalde. A primera hora llegó al juzgado acompañada del «musculitos» con el que vive.

—Ya, el narcotraficante.

—A veces olvido que eres poli. Bueno, mi trabajo también ha sido un poco detectivesco. Resulta que al ver a ese tío recordé que hace algunos meses montó un segundo gimnasio por todo lo alto en pleno centro de la ciudad. Me puse a llamar a unos y a otros, tiré de contactos, unos pocos de dudosa reputación..., ya sabes, trabajando en un juzgado conozco a mucha gente y de lo más variada —aclaró.

—Pues como yo, Ignacio, sigue.

—Pues eso, que he sabido que un monitor de *spinning* trabaja para él..., y acabo de hacerle una visita al chico. Nunca se sabe lo que la gente oye o ve... No te lo vas a creer. Hace una semana, después de cerrar al público, estaba recogiendo el material y escuchó al cachas chismorrear con la susodicha en los vestuarios. El chico los oyó hablar del asunto ese de la denuncia en falso y la tía estaba entusiasmada. El chaval se quedó pasmado. No sabía qué hacer y lo dejó pasar. Ya sabes...

—Pues el chico debe de estar en Babia. ¿No sabe para quién trabaja?

—La cuestión es que no se atreve a declarar y no se trata de perder el trabajo, sino de las represalias del fortachón si llega a sus oídos que un empleado se ha ido de la lengua, ya puedes imaginar cómo se las gasta.

—Algo habrá que hacer, Ignacio. La declaración de ese monitor es crucial. Ahora mismo, que la jueza crea o no a Silvia está en el aire.

—Ya le he adelantado algo a doña Pilar. Conocemos al Schwarzenegger, el narcotraficante —aclaró—. No solo está metido en asuntos de drogas, sino que también les ha buscado problemas a las mujeres con las que ha salido. Un perla de los buenos. No sé si esa tal Silvia lo sabe. —Aguirre dio un sorbo al café con la vista puesta en los ojos de María.

—Tampoco creo que Silvia piense que el fulano con el que se acuesta es un angelito.

—Supongo que no... Pues nada más, reconozco que he venido porque quería que lo supieras cuanto antes. Sé que Ugalde te importa. También quería decirte que tienes la orden para revisar el móvil... Y no negaré que me apetecía saber dónde vivías y con quién.

—Te agradezco la información y la rapidez con la que trabajas, Ignacio. Muchísimo, de verdad.

—Me has llamado varias veces Ignacio. —La miró con ternura—. Disculpa si te parezco un poco idiota... Alicia es muy guapa.

—Lo sé, y una gran persona. Tú también lo eres. Ahora debo ir al hospital. Tengo a nuestro principal sospechoso en coma y ojalá los médicos tengan algo bueno que contar.

60

Rodrigo debía esperar los resultados del laboratorio y mientras tanto no perdería el tiempo. Se dirigió a la plaza de la Constitución con una fotografía de Celeste Blanch, se encargaría personalmente. No todo se solucionaba al primer intento.

Recorrería la extensa calle Clavel desde la plaza de la Constitución. Si la víctima la había anotado en un trozo de papel debía de ser por algo. A esas horas las calles y los bares estaban llenos de gente. En las terrazas se percibía ese ambiente que precede a los días festivos, y el olor a *pescaíto* frito le abrió el apetito. Deseó tener una vida normal, sin tantos problemas, el trabajo ya le daba suficientes quebraderos de cabeza como para que además su vida privada fuese un desastre. Valoraba poder sacar tiempo para ir a la playa, sentarse frente a una cerveza fría, unas tapas y hablar con alguien como Olivia de cualquier cosa, un gesto cotidiano para la mayoría que él no tenía a su alcance. Se reconoció a sí mismo que nunca una mujer le había atraído de esa manera.

Resignado, entró en todos los locales que recorrían la calle Clavel. Nadie recordaba haber visto a Celeste Blanch por allí, aunque mucha gente la reconoció por las fotos de la prensa. Las gotas de sudor le caían por la frente y tenía la sensación de que llevaba todo el asfalto de la ciudad pegado en los zapatos. Miró hacia su izquierda, donde se alzaba la sede de la Universidad Internacional, un edificio emblemático con una arquitectura peculiar a base de volúmenes cúbicos. Recordó las palabras de la agente Cristina. Tal vez la víctima asistió a alguna conferencia literaria o planeaba hacerlo. Cruzó la calle. En la puerta, cerrada, un pequeño cartel anunciaba las próximas charlas para septiembre. Ninguna en julio ni agosto. Al darse la vuelta reparó en un rótulo de llamativos colores que anunciaba la empresa PACMED: paquetería, mensajería y documentación.

Le vino a la mente el paquete que había recibido Olivia. Entró, no perdía nada por comprobar lo que ahora se le había ocurrido. El local era amplio y a esa hora del mediodía estaba transitado por empleados que entraban y salían del almacén o atendían a las personas que esperaban en una larga cola.

Se dirigió a lo que parecía una pequeña oficina en la que un joven tecleaba algo frente a un monitor. El chico levantó la cabeza. Miró la placa que Rodrigo sostenía en la mano y a continuación la fotografía que Ugalde colocó delante de sus ojos.

—Es la mujer que ha aparecido muerta, ¿verdad?

—¿La has visto por aquí?

—No. Solo en los periódicos. Si quiere puede preguntar usted en el almacén, tal vez algún compañero se haya cruzado con ella. Yo me incorporé ayer de mis vacaciones.

Al mirar hacia el almacén se percató de que un joven menudo le hacía señales con la mano. Ugalde avanzó hacia él.

—Esa mujer estuvo aquí —le dijo en voz baja, y acto seguido le pidió que lo siguiera a una zona alejada del bullicio—. Yo no hice bien el trabajo y..., si mi jefe se entera, me despide.

—Cuéntame lo que sepas, anda.

—Ella llegó el lunes por la mañana. Traía un paquete. Éramos pocos por las vacaciones de verano y se suponía que yo debía cursar el registro de entrada. Lo dejé en la estantería, salí a desayunar y me olvidé por completo. La noche anterior había salido de juerga y tenía una jaqueca de mil demonios.

—Continúa —lo apremió.

—Cuando salía a desayunar se me acercó un tipo preguntando por esa mujer. Yo me hice el loco. El tío habló con mi compañero, que no encontró nada en el registro, claro está, porque yo no le había dado curso.

—Eso ya lo has dicho, sigue.

—Pues eso, que no me atreví a decir nada. Tenía una pinta fea, ¿sabe? El tío se largó.

—¿Puedes darme una descripción?

—Mediana estatura, fuerte. El pelo rapado, rubio oscuro. Tal vez si me enseña algunas fotografías... Como en la tele, ¿no?

—¿Qué hiciste después?

—Ese día estuve acojonado. Como ve, yo soy muy poquita cosa y evito los problemas. Al día siguiente muy temprano lo llevé a su destinataria. Olivia..., no me acuerdo.

—Fernández.

—La misma. Se lo dejé a una vecina porque ella no estaba. No registré la entrada y no podía registrar la salida. Si mi jefe se entera... Me quedé con el dinero del envío, puedo devolverlo, aunque no sé a quién. No creo que haya cometido un delito grave por eso, ¿no?

—Delito grave no sé decirte ahora mismo, hacer tu trabajo muy mal, sí, y has ocultado lo que sabías. ¿La mujer que te entregó el paquete te dijo algo más? ¿Llegó sola?

—Sí, vino sola. Me pidió que tuviera cuidado con él. Que era muy frágil.

—¿Le contaste a alguien a quién iba dirigido el paquete? ¿Al tío ese? ¡Piénsalo bien y no mientas porque es muy importante! —le advirtió.

—¡No! Me hubiese delatado a mí mismo. No se lo conté a nadie, ni siquiera a los colegas.

—¡¿Y no se te ha ocurrido denunciar ese hecho extraño?! Un tipo raro pregunta por un paquete, te enteras de que la propietaria ha muerto, ¿y no dices nada?, ¿se puede saber qué tenéis la gente joven en la puta cabeza? —masculló.

El chico no respondió.

Rodrigo salió de muy mal humor. No entendía a ese tipo de gente que desconocía el valor de las palabras y el de los silencios. Unos hablaban más de lo debido y otros nada. Callar, tapar, sin pensar en las consecuencias. A eso se dedicaba la mayoría, a mirarse el ombligo, a dar la espalda. A ocultar la verdad.

Al entrar en el coche recibió una llamada de la central. Habían localizado a Jonathan Herrera.

61

Olivia se descubrió con los ojos entornados y la respiración contenida. Se había quedado dormida en el sofá. Miró hacia el ventanal. La tarde de verano se consumía lentamente. Echó un vistazo al móvil. Tenía varios mensajes de Alicia. Estaba a punto de responderle cuando el teléfono empezó a sonar. Era ella, otra vez.

—Estoy bien. No hace falta que estés pendiente de mí cada cinco minutos, y deja de traer comida.

—¡Jolín, qué arisca, hija! Quieres estar sola, ¿no es eso?

—Sí.

—¿Has hablado con Rodrigo?

—¿A qué viene tu interés por él?

—Sé que estaríais bien juntos, aunque no es cosa mía, lo sé.

—Admito que a veces pienso en él.

—Es guapo, tiene buen cuerpo... —quiso bromear Alicia.

—No se trata de que esté bien físicamente. Se ve que es un buen tipo, lo que sucede es que en estos momentos de mi vida prefiero estar sola.

—Ya. Haz lo que te haga sentir bien a ti. Lo único que deseo es que seas feliz.

Olivia no añadió nada más. No le apetecía seguir conversando. Se despidió de su amiga y cogió el iPad. Tocaba empezar a cerrar puertas.

Una vez más se fijó en la fecha: a Celeste apenas le quedaban un par de días de vida cuando escribió esas líneas.

Olivia sentía la presencia de Celeste a través de sus palabras, una conexión especial que nadie entendería y que trascendía la barrera de la muerte.

Domingo, 2 de julio de 2017

Hace un rato pensaba en Sofía Clayton. Mi madre decía que todo el mundo tiene demonios y desde hace años me pregunto por los de esa mujer. ¿De qué modo le afectó lo que ella siempre llamó la extraña muerte de Miguel? ¿Cómo vivió las sospechas que recayeron sobre Nicolás? ¿También tenía sus dudas respecto a Álex? ¿Llegó a averiguar algo más sobre ellos? Y, de ser así, ¿lo guardó entre sus cosas?

Olivia también se preguntó si Celeste llegó a descubrir algo verdaderamente importante, y si hizo partícipe de sus hallazgos a Álex y a Nicolás. Reclinó la cabeza en el respaldo del sofá. «¿Era cierto que Álex pasó toda la noche con esa amiga? ¿Dónde estaba Nicolás? ¿Estuvieron los dos juntos en la casa de Celeste? ¿De qué hablaron? ¿Qué pasó?». No podía dejar de hacerse preguntas y pensar en algunas frases de ambos: «Huir de mis demonios». «Lo mejor que puedes hacer es dejar el pasado donde está».

De repente Olivia abrió los ojos y se incorporó.

—Cuando algo nos molesta de otra persona es muy probable que tenga que ver con nosotros mismos y no con ella. Como si se tratara de un espejo, es un reflejo. —Pronunció en voz alta lo que en psicología llamaban «proyección».

«¿Qué veían en Celeste?», se preguntó.

No podía llegar a las conclusiones que necesitaba y estaba furiosa. Era como jugar una partida que para la profesora había acabado hacía mucho.

De nuevo dirigió la mirada hacia la pantalla del iPad.

Querida Olivia, desde hace años yo conservaba la llave de la casa de los Clayton. Nunca llegué a devolvérsela a Sofía, no sé por qué, y, por una de esas casualidades que a veces pasan, ayer mismo supe que mi vecino Thomas hoy se reunía con su editor.

Es como si todo se conjugase para facilitarme las cosas.

Me he armado de valor y he entrado en la casa de los Clayton como una vulgar ladrona.

A medida que subía las escaleras todo el cuerpo me temblaba. Imaginaba al doctor regresando a casa por un olvido, un imprevisto..., y que me sorprendía. Afortunadamente, Thomas no ha aparecido por la casa.

Como esperaba, la habitación del final del pasillo estaba cerrada. Sofía solía guardar la llave en su mesita de noche, y allí seguía. El doctor conserva la casa exactamente igual que cuando su esposa estaba viva. Es melancólico vivir entre recuerdos, ¿no te parece? Y es justo lo que yo hago desde hace años. A veces desearía no tener pasado y he decidido que desde hoy mismo eso va a cambiar. Soy muy joven y quiero aprovechar la vida.

He entrado en la habitación y he buscado por todas partes sin saber muy bien qué, preguntándome si me había vuelto loca. Si tenía algún sentido lo que hacía. Por un momento todo me pareció un disparate y quise abandonar y salir corriendo.

Entonces reparé en un mueble archivador que acababa de revisar. A simple vista el tamaño de los cajones es idéntico, sin embargo, al abrir el último, me había dado la impresión de ser más pequeño.

De rodillas en el suelo busqué en su interior, golpeé el fondo. Sonaba a hueco.

Me pareció increíble. No estaba equivocada y me sorprendió descubrir el doble fondo.

El corazón se me aceleró cuando al retirar la tapa hallé un sobre grueso, acolchado, de color marrón, en el que aparecen los nombres de Álex y Nicolás escritos de puño y letra de Sofía.

La palabra *confidencial* atraviesa el sobre en diagonal. Está precintado.

No imaginas cómo me he sentido al cogerlo y salir de la casa.

Cuando me he mirado al espejo de mi cuarto de baño he visto que estaba pálida.

Me he citado con ambos. Solo a ellos les corresponde abrirlo, aunque te confieso que desde hace exactamente media hora mis obsesiones han empezado a desvanecerse, ¿quién me lo iba a decir? Después de tantos años...

Cuando empezaba a creer que equivocarme sería una constante en mi vida, que no había nada más importante que lo que existía fuera de mí, he sabido que estoy embarazada y no puedo sentirme más feliz.

Feliz, Olivia, ese sentimiento pleno que nunca imaginé que experimentaría.

Olivia se llevó una mano a la boca. Las cejas elevadas y los ojos muy abiertos reflejaban dificultad para procesar la impactante revelación. Una abrumadora mezcla de consternación y profunda tristeza.

Tuvo que respirar varias veces seguidas antes de continuar leyendo.

Reconozco que desde hace algún tiempo deseaba tener hijos y una familia. Alguien en quien volcar todo el amor que soy capaz de dar. Tal vez sea la edad, y las ganas de atrapar el tiempo. Ese tiempo que es la vida misma y corre veloz... Porque yo corrí, Olivia, corrí pensando en coger el tren y llegar al próximo verano, dejando atrás el resto del año, como si todos esos meses me sobraran, los desprecié sin vivirlos siquiera.

En mi cabeza solo existía esta casa de la playa a la que debía llegar cuanto antes. Siempre fantaseando con un futuro que estaba lejos de cumplirse. Ahora sé que debería haberme parado. Habría vivido mejor y disfrutado más de los pequeños placeres que la vida pone en nuestro camino. No importa. El pasado ya no existe porque solo queda intacto en la memoria de quienes desean recordarlo, y yo prefiero olvidar.

Si de algo te sirve mi experiencia, no rechaces lo que te importa, lo que te dé la felicidad, lo que te haga vibrar y sentirte viva.

Y, por favor, no le digas a tu hermano que es el padre. Mi hijo nunca será una excusa para retenerlo a mi lado.

Tal vez algún día me busque, por mí, y solo por mí, entonces lo sabrá, y formaremos una de esas familias jodidamente felices.

Confío en que podamos vernos muy pronto y hablar largo y tendido.

Hasta ese momento, cuídate mucho.

Celeste

Ahora la pantalla del iPad se le nublaba constantemente. Se limpió las lágrimas con el dorso de la mano y lo pegó contra su pecho, como si lo abrazara. Pensó en la mañana que visitó a Celeste y descubrió su cuerpo sin vida. Ese instante en el que entró en la cocina y al ver la caja de pastillas experimentó cierto alivio. Dedujo que había acabado con su propia vida, que todos lamentarían la pérdida, la locura de correr tras la muerte a sabiendas de que esta se dejaría alcanzar.

Ahora estaba más segura que nunca de que Celeste no se había suicidado.

62

Tras ser analizada la tierra que circundaba la vivienda de Celeste Blanch y los terrenos aledaños, Rodrigo se desplazó junto a un agente de la Científica a Guadacorte, una pedanía del municipio de Los Barrios cercana a La Línea. El único lugar de toda la comarca del Campo de Gibraltar donde probablemente encontrarían el tipo de arena que buscaban, y ni siquiera estaba seguro de que encontrarla lo llevara a alguna parte. Tampoco estaba autorizado a hacer ese trabajo, ni ninguno fuera de su despacho. Si llegaba a oídos de sus superiores tendría que inventarse una buena excusa.

Su móvil comenzó a sonar en el bolsillo de sus vaqueros. Era la subinspectora.

—¿Dónde estás, Rodri? Te he telefoneado varias veces. He ido a tu casa, a comisaría... ¿Te encuentras bien? Me preocupas.

—Estoy bien. Aquí debe de haber poca cobertura. ¿Qué querías?

—Buenas noticias para ti.

María compartió con él las averiguaciones de Ignacio Aguirre.

Rodrigo seguía al teléfono. La tierra que circundaba el lago era pantanosa, de modo que debía moverse con cautela.

—¿No vas a decir nada?

—Un simple gracias no es suficiente para compensar

todo lo que haces por mí. Disculpa si no parezco efusivo. Aún estoy procesando la noticia.

—Es normal y no tienes que agradecer nada, y mucho menos compensar. Por cierto, el mérito es de Aguirre, que se ha implicado bastante.

—Gracias a ambos, de verdad.

—Un par de cosas más. Ya están trabajando con el móvil ese, ya sabes. Enzo y Cristina siguen avanzando con el relato de la víctima. Habla de amores, líos, secretos..., todos relacionados con los amigos. Se darán toda la prisa que puedan y nos pasarán el informe, a ver qué sacamos de ahí. —La subinspectora se detuvo un instante—. Yo sospecho de Durán. Es el único que hasta donde sabemos no tiene coartada. Las de Fernández y Ordóñez aún se están comprobando. La gente anda de vacaciones, ya sabes... Menos nosotros, que parece que estamos de guardia eternamente.

—Durán está en coma, puede que también tenga coartada.

—Ese tipo huyó. No lo olvides. La víctima le estaba tocando los cojones y él se encargó de hacerla callar para siempre. Los remordimientos son jodidos, y lo han llevado hasta el estado en el que se encuentra ahora. Puede que Durán intentara quitarse la vida. ¿Sentimiento de culpa? Puede ser, eran amigos, ¿no te parece más que probable?

—Seguimos investigando, María. No podemos demostrar la culpabilidad de una persona basándonos en conjeturas. Y hay que tener todo muy bien atado para acusar a alguien, lo sabes. Igual que sabes que no todos los arrestos acaban en juicio, y en estos no siempre se declara culpable al acusado.

—¿Has dicho conjeturas? Los indicios lo señalan como nuestro principal sospechoso.

—Tienes razón, pero sin una prueba determinante el

fiscal no presentará cargos contra él ni contra nadie. Seguimos buscando.

María resopló.

—Y Herrera, ¿qué ha contado?

—Óscar le ha tomado declaración. Ese tipo sigue en sus trece. Jura y perjura que no entró en el domicilio de la víctima y que no sabe nada de un ordenador, ahora bien, en su teléfono móvil se ha comprobado que recibía llamadas de teléfonos de prepago, puede que no signifique nada, ya sabes cómo está el mercado del trapicheo..., y la clase de tipo que es Herrera, aunque hay uno en concreto que le telefoneó en un par de ocasiones antes de la muerte de Blanch. Sigue retenido y volveremos a interrogarlo en presencia de un abogado.

—Ya, ¡oye, Rodrigo! ¿Eso que escucho son patos? ¿Se puede saber dónde estás?

—En Guadacorte, junto al lago. Y sí, son patos. Hay muchos por aquí.

—¿Estás de coña? ¿Te has ido de excursión?

—Sí, el padre Manuel me ha aconsejado que busque paz y, en vista de que no puedo ejercer mi labor de investigador, he decidido meditar.

—Déjate de coñas. El padre Manuel es otro del que tampoco me fío ni un pelo. Escudado en el secreto de confesión nos ha chuleado en nuestra cara. Debería estar prohibido cuando hay una muerte de por medio, ¿no te parece? Pero bueno, como se suele decir, con la Iglesia hemos *topao*. Lo que no significa que se pueda ir de rositas si ha cometido algún delito. —La subinspectora hizo una pausa—. Aún no sé qué haces en el lago.

—Debo comprobar algo. Estoy con un compañero de la Científica. Si tengo razón serás la primera en saberlo, a veces hablar antes de tiempo trae bajío.

—¿Desde cuándo eres supersticioso?

—No lo soy. Me interesa tanto como a ti llegar hasta la verdad, María. No olvido lo que un profesor de la academia me decía respecto a que todos los policías se pasan la vida pensando en ese caso que se les resistió, yo no tengo la menor intención de que este se convierta en uno de esos.

Colgó y una vez finalizado el trabajo en las inmediaciones del lago ayudó al compañero de la Científica a recogerlo todo y se despidió de él para poner rumbo a la ciudad. Tocaba esperar resultados.

Al entrar en La Línea y atravesar la avenida España, sin pensarlo dos veces puso el intermitente hacia la izquierda. Recorrió varios metros, aparcó frente al edificio en el que vivía Olivia y subió las escaleras. Frente a la puerta dudó. No estaba seguro de cómo reaccionaría ella.

Pulsó el timbre y escuchó pasos acercarse. Inmediatamente después, vio su cara de sorpresa tras la puerta.

Le pareció que estaba muy atractiva con el cabello distinto y algo despeinado.

—¿Qué haces aquí?

—¿Podrías ser más amable?

—Es que estás hecho polvo —le dijo en un tono que él no entendió.

—Gracias por los ánimos. Tampoco tú pareces estar muy bien. Has llorado. ¿Quieres hablar?

—Mejor no. ¿Y tú? ¿Algo que puedas contar?

—Es complicado. Debo esperar unos resultados y, como dice la vieja canción de Aute, pasaba por aquí...

—¿No vas a entrar?

—No me has invitado.

Ella le indicó con un gesto que entrara y se dirigió a la cocina.

—¿Tienes hambre? Alicia se ha vuelto loca y ha traído un montón de comida.

—¿Te apetece que me quede?

—Adelante, entra —insistió ella al comprobar que Rodrigo no había pasado de la entrada.

Rodrigo avanzó hasta la cocina. Le pareció muy acogedora, con los muebles en un color blanco antiguo y los utensilios puestos con espontaneidad, nada de cada cosa en un lugar perfecto para alegrar las miradas de las visitas. Tampoco muy alborotada, lo suficiente para que le diese la sensación de estar en un hogar.

Olivia le ofreció una cerveza y la aceptó agradecido.

Mientras la observaba calentar la comida pensó en la casa que compartió con Silvia y que siempre le pareció ajena. Él no eligió ni un solo mueble ni tampoco un simple detalle, y cada vez que entraba en ella era como si visitara una tienda de exposición, extremadamente meticulosa y con un gusto recargado flotando en el ambiente.

Dio un nuevo sorbo a la cerveza sin dejar de mirarla.

—Esto es otra de las cosas buenas de tener una amiga como Alicia, ¿no te parece? —dijo ella al extraer del microondas la fuente de berenjenas—. Espero que tu compañera también sea buena persona.

—María es una mujer estupenda, de eso puedes estar segura.

Durante la cena hablaron un poco de todo. El verano, los lugares que habían visitado o el último libro que habían leído.

De vez en cuando ella se despistaba, le venían a la cabeza esas pruebas que él esperaba y todo su interior se agitaba. No estaba segura de que Álex no hubiese mentido respecto a dónde pasó la noche del lunes y, sin poder evitarlo, lo imaginaba embaucando a esa otra pobre chica a base de promesas que jamás cumpliría.

—¿En qué piensas? —le preguntó Rodrigo cuando empezaron a recoger la mesa.

—En muchas cosas.

—¿Puedes compartir alguna?

—No es nada en particular, más bien todo eso que se amontona. Lo que no me gusta, recuerdos que deseo olvidar, imágenes, lo que se hace esperar o lo que sé que nunca ocurrirá. Y los asuntos pendientes, esos me abruman y nunca encuentro el momento de atajarlos. Lo dejo todo ahí, en algún lugar de la cabeza, y vivo el presente.

—Es una buena táctica eso de amontonarlas y vivir el momento —opinó mientras colocaban los platos en el lavavajillas.

—No creas, después pasa factura, como cuando abres las puertas de un armario desordenado y se te cae todo encima.

—¿En serio no quieres hablar?

Olivia no respondió. Lo miró. Le gustaba estar con él. Además de ser muy atractivo le atraía su sentido del deber, que buscara y removiera donde hiciese falta para llegar a la verdad. Un hombre honrado.

Rodrigo estaba frente a ella, y las razones por las que se encontraba allí eran más que evidentes. No quiso resistirse a esa mirada y era incapaz de ocultar lo que sentía en cada momento, las reacciones aparecían en su rostro sin que pudiera controlarlas.

Él seguía mirándola y ella acercó la boca y lo besó. Era exactamente lo que le apetecía hacer en ese instante y no le importaba que no fuera el mejor momento, tan solo no quería dejarlo pasar.

Él no lo esperaba y también le sobraron las razones para volver a besarla.

Todo lo demás se quedó en ese lugar en el que se amontonaban las cosas.

63

Rodrigo estiró la mano y cogió el móvil de la mesita de noche. Echó un vistazo a la pantalla. Seguía sin noticias de los compañeros de la Científica. Al darse la vuelta la vio desnuda, abrazada a la almohada, mirándolo. No pudo evitar sentirse sorprendido por la atmósfera íntima que los unía, por esos encuentros fugaces pero intensos.

—Me gusta estar contigo y no es un cumplido —dijo él—. Me parece curioso que sin apenas conocerte me provoques la misma grata sensación de cuando llegas a casa después de un largo y cansado viaje. Puede parecerte cursi, o trillado, pero es lo que me sucede y no sé explicarlo de otra manera. Y ya sé que no nos hemos conocido en el mejor momento de nuestras vidas, pero es el que tenemos.

Ella lo escuchaba en silencio; Rodrigo temió haberse precipitado y su mente comenzó a tejer dudas.

—Me apetece seguir conociéndote, Rodrigo, me gusta estar contigo, aunque no quiero precipitarme.

—No te preocupes. Lo entiendo.

El teléfono de Rodrigo comenzó a sonar y se dio prisa en atender la llamada.

—Debo marcharme. Tengo trabajo —le dijo al tiempo que comenzaba a vestirse.

Ella se puso una camiseta y lo acompañó hasta la puerta. Quiso volver a besarlo, le apetecía.

Rodrigo colocó el dedo índice sobre los labios de ella.

—No quiero que te precipites —le dijo en voz baja y con franqueza antes de abrir la puerta y salir del piso.

Olivia cerró y negó con un gesto. A veces podía ser muy estúpida.

Al darse la vuelta se percató de que en el mueble de la entrada estaba su bolso. El que llevaba cuando fue a la casa de Celeste. Lo abrió y buscó precipitadamente en el interior.

Ahí estaba. El juego de llaves que se le cayó a la señora Lewis.

Fue al dormitorio y se tumbó en la cama bocarriba. Sostuvo las llaves en el aire por encima de sus ojos. Abrían la casa de Celeste.

En su cabeza comenzaron a cruzarse los más insólitos pensamientos. De vez en cuando miraba el reloj despertador. Los números iluminados en rojo saltaban de uno a otro recordándole que el tiempo pasaba y ella no dejaba de pensar en ese lugar del sótano en el que Celeste ocultaba pruebas.

Saltó de la cama y quince minutos más tarde llegaba a Santa Margarita.

Antes de acercarse a la vivienda apagó las luces del automóvil y quitó la llave del contacto. El coche se deslizó por la suave pendiente sin hacer ruido.

Desde el interior del automóvil echó un vistazo a las casas vecinas. Era verano y la gente nunca tenía prisa por acostarse.

Le llegó el murmullo de las personas que disfrutaban a esas horas en los porches, en los jardines: charlas, risas y algún chapuzón en la piscina.

Salió del vehículo y cerró la puerta despacio. Con la respiración contenida caminó pegada a los muros cubiertos de frondosas enredaderas y tupidos setos. De repente dio un respingo. Tras la verja por la que pasaba, un perro enorme y oscuro ladró a su espalda. Se sobresaltó. No debía llamar la atención.

Siguió por la acera y se detuvo frente a la vivienda, que seguía precintada. Miró a ambos lados de la calle. No había nadie. Corrió hasta la cancela, se aferró a los hierros y apoyando el pie en uno de los travesaños saltó al otro lado de la linde. Era la primera vez que hacía algo así. No sabía si, además del allanamiento de morada, había cometido algún otro delito. Cogió aire y lo expulsó con fuerza por la boca.

Trató de recuperar el ritmo de la respiración antes de atravesar el jardín hasta la puerta principal. Las cintas amarillas se cruzaban de un lado a otro y se movían empujadas por el viento. Metió la llave en la cerradura. Los latidos de su corazón bombeaban sangre muy deprisa. Abrió la puerta y, agachada, accedió a la vivienda esquivando las cintas. Al cerrar la puerta tras de sí, una minúscula corriente de aire se coló por la rendija, como si el viento pasara por allí para robar los recuerdos. Sintió escalofríos.

Podía oír el rugir de las olas al romper en la orilla mientras deslizaba la mirada por la oscuridad.

Un haz de luz se colaba por una de las ventanas del salón dibujando los contornos de las cosas. Sombras que no conocía. Lo más sobrecogedor era el silencio, como si una fuerza imparable hubiese absorbido cualquier vestigio de vida. El inefable misterio de la muerte estaba allí, escondido en cada rincón, entre las paredes que una vez cobijaron vidas, sentimientos, secretos, voces. Solo quedaba lo material, los muebles, los adornos, los libros..., como si estuviesen allí esperando a que Celeste entrara por la puerta.

Esa mujer se le había incrustado en la mente y en el corazón, se sentía prisionera de sus esperanzas, de sus ilusiones, y de tantas decepciones. Esa historia que incluía al bebé que no nacería era una realidad que aumentaba su dolor.

Avanzó a tientas no sin cierta reticencia a seguir adelante. Se acercó a la puerta que bajaba al sótano. Estaba abierta. Midió cada movimiento para no tropezar y esperó hasta que sus ojos se acostumbraron a la oscuridad. Entonces distinguió los peldaños. Aferrada al pasamanos fue bajando los escalones como si el cuerpo se le hubiese convertido en plomo y le costara avanzar.

Al llegar abajo notó el tenue resplandor de las farolas que se colaban por una ventana estrecha a la altura del techo. Permaneció quieta hasta que la vista se fue habituando a esa otra oscuridad mucho más densa. De fondo seguía escuchando el mar. Pocos sonidos le parecían tan placenteros, y sin embargo en ese momento el romper de las olas se le antojó aterrador.

Se imaginó a Celeste entrando en la vivienda de los Clayton, haciendo algo muy parecido a lo que ella estaba llevando a cabo: entrar en una casa que no le pertenecía para tomar algo que también le era ajeno, que lo había sido siempre y que por alguna razón estaba vinculado a ella.

Tanteó la pared hasta encontrar el interruptor de la luz. Al pulsarlo se encontró frente a la estantería que ocultaba la cavidad. La empujó y esta se deslizó no sin cierta dificultad.

El hueco era pequeño y metió la mano. Tocó varias hojas sueltas que crujieron al contacto con sus dedos. Las extrajo con cuidado y las examinó con asombro. Eran unas pocas hojas amarillentas cubiertas de polvo con las anotaciones de Sofía; solicitudes para evaluaciones psicológicas que Celeste guardó hacía ya muchos años. Volvió a meter la mano y tocó algo más. Extrajo el bulto con prisas. Al ver el sobre marrón el corazón le dio un vuelco. Las manos le temblaban. Pensó en las palabras que Celeste dejó anotadas después de entrar en la vivienda de los Clayton. «Un sobre grueso, acolchado, de color marrón, en el que aparecen los nombres de Álex y Nicolás escritos de puño y letra de Sofía. La palabra *confidencial* atraviesa el sobre en diagonal. Está precintado».

Olivia no podía apartar la mirada del sobre. Sus ojos grandes y expresivos se ensancharon y sus labios se entreabrieron ligeramente. No había sido abierto. Seguía precintado.

—Celeste se había citado con ellos dos, porque solo a ellos les correspondía abrirlo —susurró reproduciendo las palabras de la profesora.

«¿Por qué está cerrado? ¿Álex y Nico se negaron a abrirlo? ¿No mantuvieron ninguna conversación con Celeste? ¿Llegó ella a mostrárselo? ¿Qué pasó?».

La urgencia de la situación obligó a Olivia a dejar a un lado las preguntas aumentando su ansiedad y confusión. Debía darse prisa en salir de allí.

Sin soltar el sobre empujó la estantería hasta dejarla en su lugar. Apagó la luz y a tientas subió la escalera. Antes de llegar arriba escuchó el sonido de la cerradura en la puerta principal. Había alguien más en la vivienda y sus pensamientos la arrastraron a la agresión que sufrió la noche anterior. A las llamadas de teléfono. «¿Me han seguido? ¿Han vuelto a por mí?». No podía dar tregua al pánico, tal vez en esta ocasión no correría la misma suerte.

Regresó sobre sus pasos y bajó de nuevo los escalones hasta el sótano. Como un acto reflejo miró la puerta del garaje y corrió hacia ella. Buscó a tientas el mecanismo de apertura manual escuchando los pasos que se acercaban y que se habían detenido arriba, en la puerta del sótano. El haz de luz de una linterna dibujaba rápidos haces en los escalones y las paredes, rompiendo la oscuridad que la envolvía.

Pulsó varios interruptores y giró una ruedecita. Nada. La puerta no se abría y los pasos continuaban avanzando. Alguien bajaba la escalera.

Tocó con rapidez todos los mecanismos y al fin escuchó un chasquido seco. La puerta comenzó a abrirse.

—¡Olivia!

Enseguida reconoció la voz de Rodrigo.

El pánico la había paralizado. Se dio la vuelta con dificultad. Podía verlo, escuchar su voz. Él le hacía preguntas y ella no podía responder. El pánico que había sentido se desató en forma de llanto. Un llanto nervioso que le oprimía el pecho y no podía controlar.

—¡¿Se puede saber qué haces aquí?! ¡¿Qué demonios te pasa por la cabeza?! ¿Cómo se te ha ocurrido...?

Ella no le respondió. Le entregó el sobre y siguió llorando.

—Necesito que te tranquilices, ¿de acuerdo? —le pidió él colocándole las manos sobre los hombros para mirarla a los ojos—. No quiero saber cómo has entrado, aunque puedo hacerme una ligera idea. Ahora no tengo tiempo de cabrearme, no puedo permitírmelo, y lo que acabas de hacer... —Negó con la cabeza—. Terminarás volviéndome loco.

—¿Y tú?, ¿qué haces aquí? —dijo ella al fin con la respiración aún acelerada.

—¿Qué? ¡Mi trabajo! Y ahora... ¿Debo acompañarte a tu casa para asegurarme de que te quedarás al margen de la investigación? ¿Estás bien para conducir?

El móvil de Olivia comenzó a sonar. Lo extrajo del bolsillo de su pantalón y alzó la mirada.

—Disculpa, tengo que cogerlo, es mi hermano —dijo desconcertada.

—¡¿Tu hermano?! —preguntó profundamente extrañado—. ¿Suele llamarte a estas horas?

Ella negó con un gesto al tiempo que prestaba atención a lo que Álex le decía. Conforme lo escuchaba, Olivia comenzó a palidecer mientras su rostro reflejaba una profunda inquietud.

—¿Puedo saber qué está pasando?

—No lo sé. Está mal, Álex está mal —dijo alejándose, y salió por la puerta del garaje a toda prisa para perderse en la penumbra del jardín.

64

Rodrigo la siguió. Su teléfono también había comenzado a sonar.

Escuchó al agente de la Científica, que le informaba de nuevos resultados.

Debía atender asuntos urgentes y congregar al grupo. Miró hacia la avenida desconcertado y vio las luces traseras del coche de Olivia encenderse y alejarse al instante. Pensó en la cara que ella había puesto cuando su hermano la había llamado. El reflejo de la incertidumbre y el temor. Se dio prisa en subir a su vehículo y puso rumbo a la comisaría.

Los primeros en aparecer en la sala de trabajo fueron María Infantes y Enzo Alonso, que enseguida tomó asiento frente a su puesto; juntos procedieron a analizar el contenido del sobre.

Durante varios minutos ninguno dijo nada.

—¡Joder! —farfulló Ugalde con expresión de impotencia, que, al igual que sus compañeros, no daba crédito al nuevo hallazgo.

Se miraron un instante tratando de procesar lo que ahora sabían. Un segundo después, Ugalde se dirigía a la sala de interrogatorios con Infantes.

Herrera esperaba sentado en una silla, acompañado de un abogado de oficio.

«Yo no he hecho nada», fue la respuesta que predominó durante los primeros minutos del interrogatorio.

—Te recuerdo que no estás aquí por allanamiento de morada, sino por ser cómplice en un caso de homicidio —le dijo Rodrigo mirándolo a los ojos.

—¡¿Qué?! ¡Eso sí que no! ¡Por ahí no paso! Yo no me he cargado a nadie. No pienso comerme ese marronazo. Esa chica me golpeó con un palo y le di un buen puñetazo en el estómago, después escuché las putas sirenas, se acercaba la poli y me largué.

—De modo que tú fuiste quien entró en el piso de Olivia Fernández y la agredió... Acabas de confirmar lo que suponíamos.

Herrera se quedó mirando a su abogado con cara de imbécil.

—¿No se refería a eso?

—Será mejor que me consultes antes de decir nada —le aconsejó el letrado.

—Ahora sí que me vas a contar qué fuiste a buscar a ese piso. Empieza a hablar, y ve directo al grano.

Herrera continuaba con la vista puesta en su abogado, y este le indicó con un gesto que podía hablar. Nervioso, comenzó a mover la pierna derecha, cruzada sobre la izquierda.

—Un tipo se puso en contacto conmigo, ¿vale?

—¿Quién?

—No lo sé. Quería que yo recuperara el ordenador que tenía la chica esa, la muerta. Yo hago trabajos por encargo. Me llaman por teléfono, siempre desde un número desconocido. No sé quién hay detrás ni me importa. Ese tío me ofreció un buen pellizco y acepté. Quiero dejar claro que yo nunca he hecho daño a nadie.

—Sí, ya... —murmuró Ugalde.

—¡No es lo mismo! La otra tía se defendió y me dio fuerte con el puto palo —se quejó con la mano sobre el hombro.

—Continúa.

—La noche del pasado domingo me colé en esa propiedad, la de la muerta. Es verano y las ventanas estaban abiertas a pesar del chaparrón. La vi sentada en la mesa del salón escribiendo en el ordenador todo el tiempo. No sé qué pollas escribía, después lo metió en una caja. A la mañana siguiente salió con el paquete de los cojones en la mano y se metió en el coche. ¡Por eso insisto en que yo no entré en esa casa, ni el domingo ni el lunes, aunque hubiese sido más fácil entrar y cogerlo! Lo que pasa es que yo no entro en una casa si el propietario está dentro. Así que esperé. Ella se lo llevó. La seguí. Entró en una empresa de paquetería y esperé. Pensé que sería fácil colarme en un lugar en el que entra y sale tanta gente. Lo pillaría y me largaría sin que nadie se diera cuenta, pero resulta que nadie sabía nada. ¡El paquete se había esfumado!

Herrera levantó las manos y con la boca emitió un sonido parecido al que hacen los fuegos artificiales al desvanecerse.

—Déjate de teatro, que esto es muy serio.

—Es lo que pasó. Desapareció.

—Lo sabemos.

—¡¿Me creen?! —exclamó extrañado.

—Por esta vez, sí. Continúa.

—Pedí a un par de colegas que montaran guardia. Yo la seguí y ella tiró para el puerto. Fue cuando estuvo charlando con mi colega y todo eso que ya conté. Hablando del tema ese del ordenador, yo sabía que tenía que estar allí por narices y estuvimos horas y horas vigilando hasta que al día siguiente uno de los mensajeros salió con ese mismo paquete fino y ancho, el del portátil, estaba seguro de que era ese porque lo había visto antes.

—¿Qué más?

—Averigüé el recorrido. Y cuando descubrí quién era la destinataria no quise entrar. Esa tía fue novia del Nico y no me apetecía meterme en líos. Tengo un lema, no jodas a los colegas ni a su gente, y por si fuese poco ese mismo día supe que la dueña del portátil había aparecido muerta. Me entró el canguelo y lo dejé.

—¿Qué pasó con el tipo que te hizo el encarguito?

—Volvió a telefonearme, le expliqué todo. No se enfadó, bueno, puede que un poco... Después se relajó y me ofreció más pasta. Se suponía que esa chica no estaba en la casa, que se había marchado de viaje. Llamé al teléfono fijo para asegurarme, y no lo cogió. Esa tía no debía estar allí. Respeto mis propias normas. Como os he dicho, nunca me meto en una propiedad si hay gente en ella.

—Ya, y te olvidas de la otra regla, la de no hacer daño a la gente del entorno de tus colegas.

Herrera bufó.

—Me defendí. Al final ni siquiera recuperé el puto ordenador.

—No recuperaste el ordenador y formas parte de una investigación por homicidio.

—¡Por mis muertos que yo no sé de qué va todo esto! No sé nada.

—¿La señorita Blanch le habló a Durán de ese ordenador?

—¿Cómo coño voy a saberlo? Cuando ella habló con el Nico parecía que lo hacía en clave, o puede que como era tan fina y yo estaba algo lejos no me enterase de na. De verdad que no sé más. Ni si Durán estaba al corriente, ni si fue ese el motivo por el que discutió con la difunta o si era él quien quería recuperar el ordenador. Digo yo que me lo hubiese pedido directamente, o no... Durán tampoco se fía de nadie. No sé quién hay detrás de esas llamadas y esa es la verdad. ¿Es que no lo entienden? No... sé... nada —alzó la voz.

Ugalde salió de la sala seguido de su compañera. Ellos sí

sabían quién estaba detrás de ese número desconocido y encontrarían todas las pruebas.

Regresaron a la sala de trabajo, donde los agentes del grupo esperaban instrucciones y ya se había tramitado la orden de la jueza.

El silencio era el común denominador, mientras los pensamientos de cada uno vagaban por todas partes.

Óscar estaba de pie cerca de la puerta. Los brazos fuertes cruzados, esperando la orden para ponerse en marcha. A su lado, Cristina masticaba un chicle con cara de circunstancias. Isa estaba sentada. No podía creerlo. Le parecía algo espantoso.

Rodrigo no podía imaginar cómo reaccionarían las personas involucradas ni cómo afectaría a Olivia, solo sabía que no había nada que él pudiera hacer para evitar su sufrimiento. Su trabajo era así. Estaba obligado a llegar a la verdad, aunque acabara arrasando, abriendo heridas y causando dolor. Y esa era otra parte de su oficio que detestaba.

—¡Me cuesta creerlo! Es sórdido —murmuró Infantes, pesarosa.

—¿Nunca te ha sucedido que pasas horas y horas viendo informes y expedientes, repasándolos una y otra vez, y de repente lo miras desde el otro lado, y te haces las preguntas justo al revés? Entonces todo empieza a cobrar sentido. Las personas no cambian, María, nacen predestinadas a convertirse en víctimas o verdugos.

Se dieron prisa en redactar las diligencias a fin de que la jueza emitiera la orden de arresto sin más demora.

Antes del amanecer Cristina y Óscar habían montado el dispositivo y los agentes se encontraban en sus puestos. La calle estaba cortada en un extremo por coches zeta, y en el otro un furgón atravesado impedía el paso. Todo estaba preparado.

Ignacio Aguirre aguardaba en uno de los coches patrulla

el aviso de los agentes y la subinspectora había abierto el camino. Ahora esperaba con el arma desenfundada al lado de Ugalde, que pulsó el timbre.

—¡Policía, abra la puerta! —alzó la voz la subinspectora.

Esperaron.

—¿La policía? —se oyó la voz antes de que la puerta se abriera.

El doctor Thomas Clayton apareció tras ella y todos se apresuraron a entrar. El psiquiatra estaba perplejo.

—¿Qué demonios sucede? ¿Qué significa esto? No entiendo nada.

—Thomas Clayton, queda detenido por el homicidio de la señorita Celeste Blanch, además de delitos reiterados de abusos a menores —sentenció Ugalde mirándolo directamente a los ojos.

El agente Óscar González le puso las esposas y procedió a leerle sus derechos, mostrándole la orden de entrada y registro de la vivienda.

—¡Están locos! —gritó Clayton.

Aguirre accedió al domicilio y procedió a informarle de todo cuanto se iba a llevar a cabo en él.

—¿Qué es esto?, ¿qué se han creído? ¡Basta ya! Cometen un error. Están equivocados. Tengo mis derechos.

—¿Derechos? —le gritó Rodrigo—. ¿Qué me dice del derecho a la vida que tenía Celeste Blanch? ¡¿Dónde se quedaron los derechos de los niños?! ¿Qué le sucedió a Miguel Heredia? ¡¿Una organización de ayuda a jóvenes albergaba a un pederasta?! ¡¿Qué mierda de insatisfacción sexual padece, doctor?! —Continuaba con el rostro a un centímetro del de Clayton, que parecía haberse quedado paralizado—. ¿Qué sabía su esposa de sus vicios, de su depravación?

—¡No ensucien el nombre de mi mujer! ¡Era una santa!

—¿Sabe que fue su esposa quien lo descubrió? ¿Y que

Celeste Blanch recuperó las pruebas que ella había guardado antes de morir?

Thomas Clayton estaba perplejo.

—No, eso es imposible. Está mintiendo, inspector.

—¿De qué habló con Celeste Blanch la noche que ella le telefoneó? No trataba de localizar a Durán, ¿no es cierto? Ella recurrió a usted sin saber que se volvería contra ella, ¡¿no es eso lo que pasó, maldito hijo de puta?! —le gritó a la cara cogiéndolo por el cuello de la camisa.

María apartó a su compañero.

—Déjalo, no merece la pena.

Clayton se desplomó en una silla.

—Yo no he matado a nadie, y eso otro de lo que hablan debe de haber prescrito.

—¿Prescrito? ¡Me cago en la hostia! —le gritó de nuevo.

—Estoy seguro de que no tienen ni una sola prueba que me vincule con la muerte de esa chiflada. Pasé la noche en el hospital, ¿recuerda? No podrán condenarme. ¡No tienen pruebas! —alzó la voz exhibiendo un marcado aire de superioridad y cierto engreimiento por su propia astucia.

—Se equivoca. Las tenemos y las sabrá a su debido tiempo. Y le aseguro que con su edad no saldrá vivo de la cárcel. Lo condenarán por homicidio en primer grado y todo el mundo sabrá lo que es usted, un pederasta. La prensa y la opinión pública lo aplastarán. No habrá manera de que salga bien parado, porque los delitos de abusos reiterados a menores, prescritos o no, lo señalarán como lo que es, y nadie va a perdonarle eso. Ni siquiera en la cárcel estará a salvo. Hemos visto grabaciones y apuesto a que en su ordenador debe de haber mucho más material del que ya tenemos. Quería arrojar sospechas sobre Durán, ¿no es así? Soltando toda esa mierda de la ira, de la rabia... Siempre es bueno tener una cabeza de turco, ¿no es cierto?

—¿Acaso no hubo un momento en que lo creyeron, en que les pareció plausible?

Rodrigo lo cogió por el brazo y lo arrastró hacia la salida.

—¿En serio creía que se saldría con la suya? ¡Puto enfermo!

En la calle, la movilización de los vehículos oficiales y agentes de policía hacía rato que había llamado la atención de los vecinos y de algunos periodistas que seguían de cerca la investigación y ahora conectaban en directo para la televisión local y autonómica. Además de la prensa, había gente que grababa la escena de la detención con los teléfonos móviles. La mayoría de las veces los despliegues policiales se convertían en un espectáculo que Ugalde siempre trataba de evitar. Ese día, en cambio, deseaba con todas sus fuerzas que la cara de Thomas Clayton apareciese en todos los medios de comunicación posibles.

—Llévenselo —ordenó.

Óscar y Cristina fueron los agentes que lo sujetaron con fuerza y lo guiaron hasta el interior del coche policial.

—Celeste no sufrió —dijo Clayton mirando al inspector desde el asiento trasero—. Ella quería descansar desde hace mucho tiempo y yo le concedí su deseo.

Isa y Enzo se colocaron delante de Rodrigo al percatarse de que su superior estaba a punto de abalanzarse sobre el detenido y María lo agarró del brazo.

—Déjalo, Rodri, no te metas en más problemas por ese cabrón, ¡que ni siquiera deberías estar aquí! —le susurró antes de sujetar la puerta del coche y mirar a Clayton a los ojos—: Eres escoria y tendrás tu merecido. Has aparentado ser lo que no eres y ahora serás juzgado y condenado, cabrón de mierda —le dijo más de cerca antes de cerrar la puerta de un golpe.

Ellos pondrían todo su empeño en facilitar el trabajo a la justicia.

65

La noche anterior Olivia había llegado a casa precipitadamente y había encontrado a su hermano sentado en el rellano con la espalda apoyada contra la pared. Supo que estaba sufriendo una crisis de ansiedad y se apresuró a llevarlo al hospital. Después de pasar la noche en urgencias y con la debida medicación, regresaron a casa.

Fue en el hospital donde les llegaron los primeros rumores sobre la noticia de la detención del afamado psiquiatra al que relacionaban con la muerte de Blanch.

Profundamente impactada, Olivia evitó prestar atención a la noticia, que se convertía por momentos en un escándalo que sacudiría la ciudad. No quería saber nada hasta hablar con Álex.

Después, en casa, acomodados en el sofá, reinó entre ellos un silencio denso que a Olivia no le resultó incómodo, y que sin embargo se le clavó en el alma.

—Siento por lo que estás pasando, Olivia. Debí sincerarme contigo en Londres y no pude. Fue después de prestar declaración cuando empecé a analizarlo todo, a preguntarme qué le había podido suceder. Y todo comenzó a encajar. ¿Sabías que estaba embarazada? —balbució de repente, y los ojos se le anegaron de lágrimas.

Ella asintió. Le costaba mirar a su hermano sin pensar en Celeste y en el hijo de ambos que no nacería.

—Tú ya te habías marchado, Olivia, y no podía hablar

con mamá ni con el tío Fred y empecé a sentir que debía contar lo que viví.

—Lo siento.

—No lo sientas. Has hecho mucho más de lo que merezco. He sido egoísta, me encerré en mí mismo. La culpa es solo mía. Hay una parte de mi existencia que sigue intacta en mi cabeza, que no conoces. He librado muchas batallas conmigo mismo tratando de construir una vida feliz y exitosa... Pura fachada, una fortaleza que en realidad eran ruinas. No puedo más —dijo con un hilo de voz.

Olivia lo abrazó.

—Tranquilo. Estoy aquí y puedes contar conmigo para lo que sea.

Los ojos de Álex brillaban.

—Mi historia con Celeste es la historia del silencio. Todo comenzó hace mucho tiempo. Yo era un niño cuando conocí a Nicolás y a Miguel en el colegio. Ellos tenían muchos problemas, aunque yo entonces no me daba cuenta. Me gustaba estar con ellos. Sofía los acogía en su casa antes de que creara Génesis. Esa mujer se convirtió en una especie de segunda madre. El marido daba la imagen de un profesor, un amigo adulto en el que todos confiábamos. Pronto aparecieron esos días en los que entre risas y bromas ese hijo de puta hacía como que jugaba conmigo. Me hacía cosquillas o tocaba algunas partes de mi cuerpo. Al principio yo no lo percibía como algo malo: una palmadita en el culo, una caricia en la mejilla. Otras, dejaba caer la mano y se detenía en la cremallera de mi pantalón. Me daba un pellizquito, sonreía y me dejaba marchar. ¡Yo era solo un niño, maldita sea!, lo veía como algo cariñoso.

—Los niños no conocen la maldad —dijo Olivia con el aliento suspendido al intuir lo que vendría a continuación.

—Él me abrazaba continuamente y sonreía. Con el tiempo los tocamientos fueron a más. Yo entonces no sabía qué estaba pasando. Desde luego empezaba a darme cuenta de que no era normal. Que papá y mamá o el tío Fred eran muy diferentes, que ellos jamás se comportaban así. Lo peor era que esas caricias no me resultaban desagradables, al menos no por completo, al fin y al cabo, él era la persona adulta que sabía de todo, que se preocupaba por todos. Admito que era más desconcertante que repugnante y me odio por ello. Me hacía creer que yo era un niño especial y que esas cosas eran normales entre la gente que se aprecia, que se quiere, que se lleva bien. Él me defendía cuando lo necesitaba y me decía que la vida se basaba en eso, en dar y recibir.

—No tienes que justificarte. Los niños no entienden y eso no significa ni muchísimo menos consentimiento.

Álex apretó la mano a su hermana y siguió hablando:

—El tiempo fue pasando y empecé a darme cuenta de que no podía ser bueno. Cuando ese enfermo me acariciaba yo no era capaz de mirarlo a la cara. Y comenzó a pedirme que fuese yo quien lo acariciara, quien le diera muestras de cariño, que no era malo... Un día cogió mi mano, la pasó por su barba, por el pecho, y sin que yo lo esperase la metió dentro de su pantalón. Eso sí que me dio verdadero asco y salí corriendo. Me persiguió, me pidió disculpas y me prometió que no volvería a suceder. Me dejó tranquilo durante mucho tiempo y yo traté de olvidarlo distraído con el deporte, la fotografía, el cine y los estudios.

—Los niños huyen como pueden de lo que no entienden y no les gusta.

Álex dio un sorbo al vaso de agua que su hermana le ofreció.

Ella estaba realizando verdaderos esfuerzos por controlar sus propias emociones, por no desmoronarse. Se sentía culpable. Debería haberse dado cuenta de que detrás de la constante expresión de triunfo de Álex se encerraba un daño irreparable. Por un momento perdió la concentración y dejó de escucharlo. ¿Cómo había estado tan ciega?

—Tú no tienes culpa de nada —le dijo él.

Olivia dejó caer la cabeza en el hombro de su hermano.

—Un día ese cerdo nos reunió a Nicolás, a Miguel y a mí —continuó Álex—. Nos propuso montar una escenita con los tres. Ese tío era un pederasta en toda regla y sabía cómo buscar el momento, el modo..., ya éramos adolescentes y nos negamos en redondo. Hasta ese día ninguno había compartido su experiencia con nadie. Nos sinceramos. Lo que vivieron ellos dos fue mucho peor. Verdaderamente repugnante y doloroso. No imaginas lo angustioso que fue escucharlos. ¡Eran unos niños! —sollozó entre lágrimas—. ¡No entendían dónde estaba el límite de lo que debían soportar y permitirle a ese cabrón! ¿Puedes entenderlo?

—Sí, claro que sí —dijo ella con un nudo en la garganta—. La mayoría de las víctimas de abusos no denuncian y ese cabrón sabía que Nico y Miguel eran niños sin confianza en sí mismos, con baja autoestima, pasivos. Él sabía cómo manipular la mente... ¿Y su mujer? ¿Qué sabía de todo eso?

—Sofía no tardó en darse cuenta de que la manera de comportarse de Nico y Miguel era problemática. Durante años creyó que todo radicaba en los hogares de cada uno. ¡Cómo iba a sospechar de su propio marido! Yo traté de convencerlos de que debíamos confiar en Sofía, contárselo y denunciar a ese hijo de puta. No quisieron. Te preguntarás por qué. De cara a la sociedad se convertirían en personas victimizadas para el resto de sus vidas. Y a mí tampoco me hacía ni puta gracia reconocer que me había dejado acariciar, tocar... Solo pensarlo me avergonzaba. Era demasiado joven y estúpido. Acepté regalos... ¿Cómo le cuentas eso a tu familia? Después en casa... Papá y mamá se pasaban el día discutiendo y tuve miedo de que mis problemas precipitaran la ruptura de su matrimonio.

Olivia suspiró. Necesitaba hacer una pausa, tomar el aire, y no quería interrumpirlo, ni siquiera para consolarlo. Su hermano tenía que liberarse de todo lo que llevaba dentro. Había abierto la caja de Pandora y así seguiría, verbalizando esas terribles experiencias hasta llegar al final.

—Decidimos guardar silencio. Tampoco queríamos hacer daño a Sofía, hubiese sido la ruina de Génesis, ese lugar que hacía tanto bien a otros muchos jóvenes y por el que ella tanto había luchado. En las nuevas instalaciones los jóvenes estaban lejos de ese depredador, sin embargo, ella seguía preocupada por mis amigos, puede que intuyera algo, no lo sé. Llegó incluso a darnos dinero. «Tomaos unas vacaciones, arreglad vuestras diferencias, vuestra amistad», nos dijo. Doné aquel dinero, no quería nada que me recordara nuestra angustia, y hubo días en los que quise hablar con Sofía. Fue entonces cuando Miguel me confesó que amaba a Nico, aunque era consciente de que nunca lo tendría. Era algo que yo había sabido desde siempre. No se lo dije, no hizo falta. Miguel hacía mucho que estaba deprimido y había empezado a mantener relaciones sexuales con Clayton a cambio de dinero, cedió ante ese cabrón. Había comenzado a prostituirse con él, y con otros hombres. ¡Una locura! ¿Qué credibilidad le hubiesen dado a la versión de Miguel? Me hizo prometerle que le guardaría el secreto y al final todos seguimos callando, ocultando, en silencio.

A Olivia le pareció que los estaba viendo. Unos pobres niños convertidos en el producto de tantos sueños perdidos.

—Cuando murió Miguel le pregunté a Nico qué había pasado y él me pidió que lo dejara estar. Y yo quise gritar la verdad. Discutimos, nos peleamos, nos golpeamos y al final entendí que publicarlo a los cuatro vientos llevaría a Nicolás a la depresión. Debía respetar la decisión que tomamos los tres juntos. Y hubo veces que quise denunciar a ese cabrón. Investigué sobre el asunto y decidí que denunciar no serviría de nada.

—¡No es cierto!

—Sí, Olivia. Crees que dar ese paso te liberará. No es así. Muchas denuncias se ponen en tela de juicio, y aprendí a vivir con ello. En Nueva York conocí a Cinthia y decidí hacer borrón y cuenta nueva, después de todo, los sueños de cada uno son siempre inalcanzables..., y seguí soñando, deseando y fingiendo que estaba bien, y la realidad es que nadie puede huir de sí mismo.

Olivia le cogió las manos de nuevo. Quería que la notase cerca, que supiera que estaba ahí y siempre lo estaría. Lo ayudaría a superarlo, aunque sabía que esa cicatriz nunca desaparecería porque nadie recuerda lo cotidiano, eso se diluye con el paso del tiempo, en cambio, todo lo que destaca, sea bueno, malo o peor, siempre se queda.

—Sofía continuó buscando, indagando. Estaba muy enferma cuando descubrió pruebas de aquel horror. Por entonces pasaba más tiempo en los hospitales que en su propia casa. Se puso en contacto conmigo y con Nico. Quería que denunciáramos y nosotros nos negamos. Ella debía respetar una decisión que solo nos concernía a nosotros dos y, por supuesto, a la memoria de Miguel. Sofía guardó silencio y empezó su calvario. Le quedaba poco tiempo de vida y no podía ni quería estar cerca del marido. No lo soportó. Ese cabrón creía que la esposa estaba perdiendo la cabeza porque ella pasaba el día y las noches en Génesis, o en la parroquia, donde encontraba consuelo con el padre Manuel. El corazón de esa pobre mujer no lo resistió.

—Dios mío, debió de ser terrible para ella descubrir con quién estaba casada.

—Lo fue, puedo asegurarte que fue un verdadero martirio.

—¿Y tu historia con Celeste? Sigo sin entender vuestra relación —dijo con los ojos vidriosos.

Álex se limpió las lágrimas con el dorso de la mano.

—La primera vez que la vi era una niña pequeña, y yo otro crío. No podía saber que acabaría enamorándome de aquella chica de ojos azules y sonrisa espontánea. Un día entré en la habitación en la que empezó todo y vi cómo ese cabrón intentaba desnudarla. Yo aún estaba en esa fase en la que me dejaba hacer, agasajar, ya sabes... Ella era tan pequeñita, tan frágil, tan bonita... Le grité a ese hijo de puta que la dejara, que llamaría a los padres. Obedeció y me amenazó. ¡Ese hijo de puta me amenazó con destruir mi vida! Me hizo creer que nadie me creería y que me convertiría en un jovencito despreciable. A partir de aquel día siempre estuve cerca de ella, vigilando. Y cada vez que Celeste entraba en esa casa yo la seguía a mi pesar, y tiraba fuerte de ella si él se acercaba. Corríamos a escondernos dentro de un gran armario. Ella nunca lo recordó y yo no podía revelarle a Celeste que era yo la persona que tiraba de ella para protegerla, ¿lo entiendes? No podía sacar toda esa porquería a la luz. No podía romper el pacto. Y ella preguntaba, preguntaba por todo. Pasó el tiempo, y me enamoré perdidamente de su inocencia, del modo en el que me miraba, me sonreía o me cogía la mano. Y la primera vez que tuvimos sexo yo la jodí. La jodí porque ella empezó a hacer preguntas y los recuerdos me hirieron y supe que junto a ella siempre lo tendría presente. Decidí que todo debía quedar atrás, y eso la incluía a ella. ¿Puedes entenderlo?

—No puedo ponerme en tu situación. Lo viviste tú y cada persona afronta el dolor como puede. Para ti era importante guardar el secreto, vuestras miserias, ocultarlas y alejarte de todo lo que te lo recordara.

—Mi trabajo en Nueva York me mantenía ocupado y me iba bien. Cinthia llegó a mi vida en ese momento de euforia en el que crees que te vas a comer el mundo, que eres más fuerte que todo; sin embargo, Celeste seguía ahí, y no podía olvidarla.

—Y así seguisteis, juntos sin estarlo.

Olivia pensó en ese amor imposible de palabras no dichas, de sueños incompletos y secretos compartidos a medias.

—Te juro que no se me pasó por la cabeza que ella llegaría hasta ese cabrón. El último día que estuvimos juntos me dijo que tenía ese sobre marrón que hace años Sofía nos enseñó a Nico y a mí. Celeste tampoco abandonó. Siguió y siguió en su intento de querer entenderme. Le pedimos que no abriera ese sobre jamás, que lo destruyera. No podíamos permitir que viera toda esa mierda que para nosotros además iba a suponer revivirlo todo. No me sinceré con Celeste —Álex estaba realmente angustiado y no podía dejar de hablar—, me marché, salí de allí con ganas de perderme a sabiendas de que estaba siendo injusto con ella y con Cinthia. No sé qué fue lo que decidió Celeste. Supongo que nos respetó y no lo abrió.

—Os respetó, sí —le dijo a su hermano—. Supongo que después quiso hablar con el profesional y amigo en el que confiaba, para desahogarse.

—Soy culpable de su muerte.

—¡No! Tú no podías saberlo —exclamó.

De repente Olivia se quedó atrapada en sus propias palabras. Se habían convertido en un reflejo de su historia con el paciente. Los ojos muy abiertos y las cejas arqueadas resaltaban la intensidad de lo que sentía. Tampoco ella podía saberlo.

Un mensaje en el móvil la sacó de ese estado de perplejidad. Y una vez más aparcó a un lado su propia vida. No tenía registrado el número y quienquiera que fuese seguía escribiendo. Abrió el chat.

Era de Aurora. Nicolás había salido del coma.

66

En la sala de interrogatorios, Thomas Clayton ocupaba una de las sillas dispuestas alrededor de la mesa junto a Martín de la Serna, abogado penalista y miembro del reconocido bufete Hernández y De la Serna Asociados.

El inspector Ugalde y la subinspectora Infantes entraron en la sala y ocuparon un par de sillas frente a ellos.

—Todo cuanto mi cliente haya podido decir hasta ahora ha sido fruto de la presión a la que ha sido sometido —comenzó el letrado—, y les recuerdo que una parte de mi trabajo consiste en velar por su seguridad y evitar que vuelvan a hacerle preguntas engañosas que lo induzcan a confesar en su contra.

Ugalde obvió las palabras del letrado. Odiaba la palabrería de la que hacían alarde para decir sencillamente que protegerían al cabrón de turno. Abrió una carpeta y comenzó a colocar sobre la mesa imágenes fijas extraídas de filmaciones en las que se veía a Clayton abusando de menores.

—¿Qué tiene que decir de esta imagen, o de esta otra? —preguntó poniendo las fotografías unas encima de las otras.

Los fotogramas mostraban y atestiguaban claramente los abusos que había infligido a niños. Demasiado explícitos e hirientes incluso para gente que estaba acostumbrada a vivir constantemente entre la porquería.

El abogado apartó la cara cuando Rodrigo colocó delante de sus ojos una imagen en la que se veía a un menor con el pene de Clayton en la boca mientras el psiquiatra le sostenía la cabeza obligándolo a mantenerla quieta.

—Es Miguel Heredia, ¿no es así? —alzó la voz Ugalde con la vista puesta en el detenido—. Era un niño. ¿Qué edad tenía el chico cuando empezó a abusar de él? ¿Nueve, diez?

Las imágenes eran explícitas y revelaban crueles abusos sexuales.

—¡Basta! —pidió el letrado apartándolas de su vista con un movimiento de la mano—. Esos delitos han prescrito.

—Miguelito era gay y con el tiempo aprendió a disfrutar. —La mirada de Clayton era fría y vacía, desprovista de cualquier destello emocional.

El abogado le habló al oído:

—Cuando ha solicitado mis servicios, no ha mencionado toda esta puta basura. Mantenga el pico cerrado o le advierto que saldré por esa puerta sin mirar atrás.

Ugalde insertó un *pendrive* en el ordenador portátil colocado a un lado de la mesa y no tardaron en reproducirse grabaciones más recientes, de pornografía infantil. El abogado, una vez más, bajó la mirada.

—Estas pruebas no han prescrito, Clayton. Se corresponden con sus últimos viajes a Tailandia, ¿me equivoco? —continuó el inspector colocando el pasaporte incautado pegado a la cara del psiquiatra—. Y en su ordenador hay mucho material. La mierda que algunos en internet llaman la subcultura de la pedofilia: webs, foros, chats, especialmente en el internet oscuro o *dark web*, la conoce bien, ¿no es así? —Ugalde cogió a Clayton por el cuello de la camisa levantándolo del asiento—. ¿O prefiere otros nombres? ¿Boylover, BL, Girl Lover o Childlover? ¿Qué término prefiere para normalizar lo que tiene en su puta cabeza enferma?

Lo soltó de un empujón y Clayton quedó sentado de nuevo en su silla. Miró al abogado, y este giró la cabeza hacia otra parte.

—No se librará, es un maldito pederasta, y el asesino de Celeste Blanch, ¿y de Heredia? ¿Qué me dice? Tras revisar el expediente de la muerte de ese joven tuve la certeza de que fue asesinado, sí, por alguien metódico.

Los ojos de Clayton mostraban un abismo silencioso.

—Consiguió acabar con él, el chico débil que se había cansado de que sus amigos callaran por él. Tuvo suerte, y probablemente habría seguido sin ser descubierto de no haber sido por la tenacidad con la que la profesora insistió en llegar hasta la verdad.

—¿Tienen alguna prueba que demuestre tal acusación? —preguntó el abogado, visiblemente incómodo.

—Díganme, inspectores, ¿nunca han probado a adentrarse en esos mundos desconocidos? A mí siempre me ha producido fascinación.

Ugalde le clavó la mirada. Si alguna vez había deseado que agredir a un detenido no constituyera un delito fue en ese preciso momento.

La subinspectora miraba a Clayton al tiempo que realizaba las labores de redacción, y a medida que tomaba nota de todo cuanto se decía en la sala reprimía las ganas de saltar sobre el psiquiatra y partirle la cara.

De vez en cuando Infantes observaba al abogado. Los policías solían ser cautos con los picapleitos, se andaban con ojo, aunque a De la Serna parecía que se le agotaba la paciencia con su cliente y sabía que no habría mucho que pudiera hacer. Ugalde pensó que tal vez ese hombre eligió ser abogado con la noble intención de defender a los oprimidos, y al final había acabado convertido en un mercenario que se vendía a quien pagara sus desorbitadas tarifas. Confiaba en que después de haber visto las imágenes sintiera un poco de compasión por esos niños.

—Le haré unas preguntas muy concretas, Clayton —continuó el inspector—. ¿Dónde se encontraba usted la noche del pasado lunes 3 de julio entre las diez y las doce?

—En urgencias, ya se lo dije. Es imposible que yo estuviese en ambos lugares al mismo tiempo, todavía no soy un dios —pronunció con la mirada altiva y una sonrisa impostada.

Ugalde colocó un impreso sobre la mesa, que el abogado ojeó.

—Lo que tienen delante de sus ojos es una copia del registro de los partes internos de urgencias que se realizan en el hospital. Ahí consta la hora en la que ingresaron a Clayton. Fue a las doce y media de la noche exactamente. La hoja que obra en poder del detenido y que se ofreció a mostrarme es un parte de urgencias donde no se especifican ni la hora de llegada ni la de salida. Tan solo se reflejan los datos personales de los pacientes, el diagnóstico, tratamiento, evolución y alta... ¿Continúo? —Hizo una pausa y volvió a colocar el nuevo impreso delante del abogado—. Como puede comprobar, nosotros no dejamos nada al azar. Lo revisamos todo con lupa —siguió, dirigiendo la mirada al psiquiatra, al que se le había demudado el rostro—. Y, por cierto, usted es alérgico a los gatos, ¿no es así? La doctora que lo atendió lo recordaba perfectamente. ¿Tendría la bondad de quitarse la camisa? Nos consta que además de la alergia que el animal le provocó, tiene arañazos en el torso. El gato de la señorita Blanch le atacó cuando usted visitó a la profesora con la intención de acabar con ella.

Clayton negaba con la cabeza; tenía el gesto descompuesto. Guardó silencio después de que su abogado se lo aconsejara una vez más.

—Es absurdo —afirmó el letrado—. Con arañazos o sin ellos, no pueden demostrar que se los hiciera el gato de la víctima, y, aun así, no guardarían relación con la muerte de la señorita Blanch.

—¿Pidió usted a Jonathan Herrera que le ayudara en las labores de jardinería en su vivienda? —Ugalde cambió de tema obviando de nuevo al abogado.

—Sí, ¿y eso qué tiene que ver? —soltó Clayton airado.

—En el interior del domicilio de Celeste Blanch hallamos restos de un sustrato cuya composición no coincide con la tierra que circunda la vivienda ni las casas aledañas, ni siquiera se da en toda Santa Margarita. Las deportivas de Herrera contenían esos rastros y en un principio creímos que fue él quien transfirió ese sustrato al domicilio. Ahora sabemos que no.

—¿Desde cuándo creen a ese delincuente de poca monta? Es un maldito embustero —protestó el abogado.

—¿Sabe una cosa? —Ugalde se dirigió al letrado y este lo miró desconcertado—. El día que visité a Clayton me pregunté por los gustos exóticos de su cliente. ¿Ha estado en su casa? Tiene un jardín de estilo oriental, una orquídea de oro en el vestíbulo y ofrece a las visitas un té tailandés de color anaranjado, al menos a mí me lo ofreció. Thai, es su nombre. También he mandado analizar mis propios zapatos. Los que llevaba puestos el día que le tomé declaración a su cliente. La arena que había en ellos coincidía al cien por cien con la que extrajimos del interior de la vivienda de Blanch, y no se encuentra en la zona —le dijo y le tendió una copia del informe de la Científica que el abogado ni siquiera ojeó—. Se lo aclararé. Su cliente pidió a Herrera que lo acompañara al lago para recoger tierra y raíces de *Osmunda cinnamomea*, un excelente sustrato para muchas de las plantas que su cliente cultiva. ¿No es así? —miró directamente a Clayton y después se dirigió de nuevo al abogado—. Fue su cliente quien transfirió esos rastros, y sí, sabemos que Herrera es un embustero, un delincuente que hace trabajitos por encargo, como el de intentar recuperar el ordenador de la víctima para su cliente.

—¿Tiene pruebas de todo eso? —preguntó el abogado, cada vez más desconcertado.

—Sí. En el registro efectuado en el domicilio de Clayton hemos incautado varias tarjetas de prepago y un par de teléfonos móviles —afirmó—, podrá comprobarlo cuando le parezca. Desde una de esas tarjetas es desde la que telefoneó a Herrera. Clayton tenía medios para conseguir somníferos, opiáceos y lo que le diera la gana por su condición de médico, y un móvil de peso para acabar con la vida de la señorita Blanch. Y, por si eso fuese poco, sabía que la profesora indagaba en el pasado de esos chicos, ¿no es así? Ella misma le hizo preguntas y..., al igual que lo habló con la abuela de Miguel, también a usted le contó que escribía un relato —se aventuró a decir Ugalde.

—¡Esa estúpida profesora entrometida! Todo el día lloriqueando que quería entender, preguntando esto, lo otro... —Clayton subió el tono imitando una voz femenina y una mirada perdida—. Era una mujer frustrada que estaba a punto de arruinar mi imagen, mi reputación. ¿No lo entienden?

—Guarde silencio, Clayton —le advirtió de nuevo De la Serna.

—Por eso necesitaba recuperar el ordenador de la señorita Blanch, y le recuerdo que carece de coartada para las horas en las que Celeste Blanch perdió la vida. Si eso no le parece suficiente... Creo que a la jueza le bastará.

—Ella me llamó porque estaba destrozada —continuó enrojecido por la ira—. ¡Su mierda de vida! Yo solo le di un empujoncito. Ella las tomó porque quiso.

Ugalde se levantó de su asiento, apoyó las manos sobre la mesa y miró a Clayton a la cara.

—Ningún abogado lo librará de esta. Celeste Blanch estaba tras la pista del asesino de Heredia, de usted, y el único error que ella cometió, el peor error de su vida —recalcó rotundo—, fue el de telefonearle. Siento profundamente que no recurriese a nosotros, porque ahora le aseguro que estaría viva y usted entre barrotes hasta pudrirse.

—Ella está muerta y yo sigo vivo.

Ugalde no pudo evitar volver a cogerlo del cuello. Lo levantó del asiento y lo dejó caer de un fuerte empujón.

—Cuando acabemos con usted ya no le quedará reputación, ni vida. No le quedará nada en absoluto.

De la Serna ya se había levantado y se dirigía a la puerta.

—Le recomiendo que se busque otro abogado. Mi reputación también importa. No voy a permitir que un tipo como usted arruine mi imagen ni la de mi bufete.

Los inspectores abandonaron la sala junto al abogado y fueron a reunirse con los compañeros. El lugar estaba más concurrido y revuelto de lo habitual. Después de unos días de intenso trabajo, celebraban haber cerrado la investigación.

Ugalde estaba felicitando a su grupo por el intenso y concienzudo trabajo cuando recibió una llamada en el móvil. Era Escobar. Lo atendería en el despacho.

67

Rodrigo hizo una señal a María para que lo siguiera.

—Enhorabuena por tu trabajo —escuchó decir a su superior tras poner el altavoz.

—Gracias, señor, aunque ha sido fruto del trabajo de todos.

—Me consta que formáis un buen equipo, y debo reconocer que me cuesta creer que tras esa fundación se escondiese tanto sufrimiento, por eso quiero disculparme, por la inquietud que he mostrado estos días.

—No se preocupe. Son los nervios de la jubilación.

—Gracias, tú siempre tan generoso.

—Como sabe, la subinspectora Infantes está al mando del grupo. Puede hablar con ella.

—Ya, ya, tú estás con el trabajo de despacho... Mira por dónde, hoy me alegro de que exista internet, las redes sociales y todo eso... La gente empieza a conocer la noticia y esa es otra manera de hacer justicia. Que se sepa la verdad. Y cuando toque informar a la prensa, habla claro, Rodrigo, que nadie tergiverse la información. Ahora tengo que dejaros, me esperan. Transmite mi enhorabuena a todos.

María dedicó un guiño a su compañero cuando este colgó. Salió del despacho y fue a reunirse con el grupo.

Rodrigo continuó sentado frente a la mesa. Pensaba en Olivia. En cómo se encontraría después del impacto que debía de haberle provocado la noticia y sobre todo se preguntaba por el encuentro con el hermano. Estaba seguro de que habrían hablado largo y tendido, y no podía imaginar cómo asimilaría algo de semejante magnitud.

Se relajó en el asiento y la llamó no sin cierto nerviosismo.

Tras varios tonos escuchó su voz.

—Hola, gracias por llamar. Me alegro de que al fin hayáis detenido al culpable. Esto es muy duro. Mucho más de lo que nunca hubiese imaginado.

—Lo sé. Me han dicho que Nicolás se recuperará, y al menos esa es una estupenda noticia. Algo bueno entre tanto sufrimiento.

—Sin duda. A él y a mi hermano les queda mucho por delante y tendrán que superarlo y olvidar, sobre todo tratar de olvidar. Es la única manera de sentirse más protegido. En cuanto a mí..., no puedo ponerme en la piel de ellos, necesitaré tiempo para procesar lo ocurrido. Mis padres, mi tío... Ha sido un impacto para toda la familia.

—No es para menos, y no sé qué puedo decir además de que lo siento muchísimo. Lamento por lo que estás pasando. Lo lamento todo —añadió pensando en ese pasado de Olivia que seguía siendo una incógnita—. Si me necesitas, para lo que sea y a la hora que sea, sabes dónde encontrarme. Solo tienes que marcar mi número y estaré para ti.

—Gracias, de verdad.

Olivia sostenía el teléfono en la mano y no quería colgar. Le reconfortaba escuchar la voz de Rodrigo en mitad de su tormenta interior. Era un hombre sensible, inteligente y muy sensato, y le hubiese gustado decir algo más. No lo hizo.

Rodrigo también esperaba que ella añadiera algo más. La escuchó despedirse con un «Nos vemos». Permaneció unos minutos reclinado en el asiento. Las manos apoyadas en los reposabrazos. Olivia estaba en lo cierto. Todos necesitarían tiempo para recuperar cierta normalidad. Era absurdo pensar que estaba preparada para iniciar una relación en ese momento, ni siquiera estaba seguro de que ella sintiera interés por un hombre como él.

Se preguntó qué pasaría con Nicolás. No podía olvidar que ese hombre existía, que había formado parte del pasado de ella y tenía todo el derecho del mundo a darle explicaciones, y ella a escucharlas.

El día había sido demasiado largo, la detención de Clayton y los interrogatorios habían sacado lo peor de él. Ya ni siquiera recordaba cuándo durmió unas cuantas horas seguidas. Estaba hecho polvo y necesitaba descansar.

Salió del despacho. Todos se habían marchado a tomar unas copas y María lo esperaba.

—¿Te vienes a tomar unas cañas?

A él solo le hizo falta mirar a su compañera para que ella se acercara y le diera un golpecito en el hombro.

—Nos vemos mañana —le dijo ella y salió de la sala.

Un extraño silencio lo envolvió.

Se detuvo frente al mural. Observó la imagen de los tres muchachos, que lo decía todo. Tres jóvenes que daban la espalda al objetivo igual que se la dieron al mundo: olvidar, seguir adelante cada uno a su manera, como pudieran, como les dejaran.

Esa inocente fotografía en la playa con la torre de piedra detrás despertó su curiosidad desde el primer momento en que la vio, y lo incitó a hacerse preguntas, a plantearse la investigación de muchas maneras, hasta que decidió mirarla desde el otro lado, del lado de ellos, de esos muchachos. No se trataba de preguntarse qué había ocurrido en el pasado, sino qué era lo que el pasado les había hecho a ellos.

Con toda seguridad Fernández y Durán tendrían mucho que decir al respecto, pero esa decisión les pertenecía solo a ellos. Contarlo o callar. Se trataba de sus vidas, de su elección, y en nada cambiaría la resolución del caso.

Desvió la mirada hacia una imagen de la profesora, sonriente y llena de vida. Después observó las tomadas en el escenario. Sin pretenderlo fijó la vista en esa otra fotografía en la que yacía sin vida, el rostro sereno, sin signos de violencia, tan solo esas pistas sutiles que le dijeron desde que entró en la habitación que ese escenario contaba una historia. Lo que no imaginaba era que hubiese tanto detrás: relaciones complicadas, secretos enterrados, motivaciones ocultas y sufrimiento.

Rodrigo trató de imaginar cómo fueron sus últimos instantes de vida. Era algo que se preguntaba cada vez que se enfrentaba a una muerte.

Celeste debió de sentir que el sonido se desvanecía lentamente, que todo se quedaba quieto, mudo, en silencio.

De repente no le quedaron fuerzas para pensar. Se le olvidó respirar y en un instante vio su paso por la vida: logros, fracasos, decepciones y lo que le habría gustado hacer de otro modo si le hubiese quedado tiempo. No había más. Había cruzado la línea de no retorno. Todo se volvió frío, distante, arrítmico... Sin latido. Le arrancaron la vida de improviso, sin darse cuenta de que se estaba yendo, sin saber que se había ido.

Rodrigo suspiró profundamente. Se suponía que él no debía pensar en las víctimas como personas, que debía construir una barrera emocional que lo separara de ellas, pero siempre acababa viéndolas como las personas que habían sido, y eso le hacía sentir más humano.

Borró las anotaciones de la pizarra y retiró las fotografías del mural. Las guardó en una carpeta en su despacho. Sobre su mesa vio el dosier que María le había dejado con el informe del análisis forense del teléfono móvil del paciente de Olivia. Lo cogió. Lo abrió. No estaba seguro de querer revisarlo.

Después se dirigió directamente a casa. Una ducha, una

cerveza fría, y frente a él un nuevo anochecer distinto a todos.

Celeste Blanch ocupaba su mente de otra manera. De no haber sido por ella, probablemente los abusos cometidos por Clayton nunca habrían salido a la luz, aunque eso no le hacía sentirse mejor, porque una muerte nunca estaba justificada. Demasiado sufrimiento que no se pagaba con una sola condena.

Se acomodó en la tumbona y cerró los ojos notando la brisa fresca que le llegaba del mar. Wendy dormitaba a su lado.

Al cabo de un rato echó un vistazo al móvil. La prensa ya se había hecho eco de la noticia y empezaba a aparecer en titulares, ondas de radio y redes sociales.

En la televisión no tardarían en hablar y debatir acerca de ella, porque la muerte provoca tanto espanto como expectación y genera audiencia. Un misterio que nadie desea conocer y a pesar de todo suscita interés. Lo sucedido conmocionaba a la sociedad, no solo a la ciudad de La Línea, sino a un país entero. Después, poco a poco, se olvidarían de ella, porque el ser humano es así.

Le jodía saber que continuarían hablando de Clayton, de su larga trayectoria como psiquiatra y escritor. Irónicamente se convertiría en un protagonista que incrementaría la audiencia, y eso no era más que un modo de simplificar las vidas rotas y muertas que había dejado atrás.

Desde el lugar en el que pasaría el resto de sus días seguiría alimentando su ego, probablemente escribiendo artículos o su propia biografía para ese tipo de editoriales que carecen de escrúpulos. Las cadenas privadas se lanzarían sobre él igual que hacían con todo lo que sonara a morbo. Organizarían debates cuyos tertulianos serían ese tipo de gente que se había hecho conocida por haber participado en otros programas en los que exhibían sus vidas, se peleaban con sus parejas o ponían a parir al padre o la madre de sus hijos.

Siguió echando un vistazo a las noticias. Algunas destacaban la rapidez con la que se había resuelto el caso. Para él era insuficiente. Su profesión era así de desagradecida. Detener al culpable no era un resultado fruto del buen trabajo de la policía, sino una consecuencia natural. Tan solo aceptaba que su vida funcionaba de ese modo, que convivía con la escoria de la humanidad en una sociedad en la que se movían todo tipo de emociones humanas, y que a Ugalde la mayoría de las veces le sobrepasaban; como en esta ocasión. Y él seguiría intentando hacerlo mejor.

De nuevo pensó en Olivia y algo se le removió por dentro. Le gustaría volver a verla, estar con ella, pasar ratos juntos y hacer todas esas cosas que la gente normal hace, sin darse cuenta. Hacía un par de horas que habían conversado y nada le apetecía más que volver a llamarla. Buscó el contacto. Se quedó mirándolo. Pensándolo bien, él no era más que un extraño que arrastraba problemas. Un desconocido del que sabía poco o nada y al que ella había pedido tiempo, debía respetarlo. Ahora tenía mucho en que pensar.

Trató de relajarse en esa tumbona que había sido la favorita de su padre, la más vieja, la más cómoda, y por supuesto también su preferida.

Cerró los ojos y respiró profundamente. El timbre sonó. Wendy levantó la cabeza. Rodrigo le hizo una señal para que siguiera quieta y el animal obedeció. Se levantó a abrir.

No esperaba encontrarla allí y volvió a experimentar ese algo que no sabría definir pero que le alegraba la vida.

Sintió la necesidad de besarla, y lo hizo. Ella le devolvió el beso y lo abrazó con fuerza.

—Lamento venir sin avisar...

Rodrigo negó con un gesto y antes de que Olivia continuara hablando ya se había echado a un lado para permitirle pasar.

—Álex se ha marchado a Marbella. Necesita estar con mi padre, hablar… Mi madre y mi tío están de camino…, y yo… no estoy bien y… he pensado en ti.

—Imagino cómo debes de estar y lo siento muchísimo —le dijo al abrazarla de nuevo.

—No dejo de pensar en… Demasiados traumas que no sé cómo afrontar. Tú en cambio pareces siempre tan seguro de ti mismo…

—¿Yo? Para nada —le dijo él sorprendido, y en sus labios se le dibujó media sonrisa.

Le pidió que tomara asiento en el sofá junto a la terraza y fue a buscar un par de copas de agua.

—¿Quieres hablar? —le preguntó al tomar asiento junto a ella.

Olivia lo miró a los ojos. Transmitían serenidad y confianza. También él se fijó en la mirada de ella con la certeza de que un torrente de pensamientos inundaba su mente y la hacía titubear luchando consigo misma.

—¿Qué sucedió aquella tarde en tu consulta? —le preguntó Rodrigo, consciente de que tal vez ella nunca se decidiría a contarlo.

Olivia suspiró profundamente. Los hombros caídos. Las cejas se fruncieron en una expresión de angustia y su rostro palideció al traer de vuelta su oscuro secreto.

—El paciente me contó que su mujer escuchó un pitido en el móvil y quiso cogerlo. Empezaron a discutir… ¿Qué teléfono había sonado? ¿El de ella? ¿El de él? No me lo dijo, sin embargo, dejó su móvil sobre mi mesa y me miró directamente a la cara. Nunca podré olvidar su expresión al hacerme aquella última pregunta, esa maldita pregunta que durante semanas estuvo bloqueada en mi mente y me dejó confundida.

La voz se le quebró llena de pesar; le costaba articular las palabras. Sus manos inquietas retorcían su vestido. Rodrigo las sostuvo entre las suyas.

—Me costó recordar la pregunta y hacerlo fue demoledor: «¿Qué hacías tú la mañana que mi familia y yo tuvimos el accidente?».

Rodrigo la escuchaba comprendiendo cómo se sentía. Le apetecía volver a abrazarla, consolarla, pero sabía que debía dejarla verbalizar todo lo que llevaba dentro desde hacía meses.

—¿Lo entiendes? —preguntó ella con los ojos vidriosos.

—*Quid pro quo*, algo por algo —reprodujo la frase del paciente.

Olivia asintió.

—Quizá fui yo la persona que envió el mensaje que desencadenó la tragedia.

—Eso no lo sabes.

—No saber no me hace sentir mejor. ¿Lo sabes tú? —preguntó y siguió poniendo voz al relato, las frases se le escapaban sin control—. Aquel mes de diciembre yo no quería seguir viéndole y aun así me costaba no responderle, soy así. Cuando ocurrió la tragedia aún nos escribíamos. De repente dejó de molestarme. No tuve manera de comprobar si fui yo quien envió el mensaje porque cuando él se suicidó hacía meses que yo había borrado su contacto, los chats, todo, pero no hay que ser un lince para saber que se estaba vengando de mí.

Olivia hacía verdaderos esfuerzos por controlar lo que sentía, y su voz de repente se convirtió en un susurro apenas audible.

—Me hizo responsable. Yo le arrebaté lo que más quería y él me robaba la paz para el resto de mi vida. No había marcha atrás. Era su venganza.

Rodrigo le secó las lágrimas con los dedos y la abrazó

con fuerza, después le sostuvo el rostro entre las manos y la miró muy de cerca.

—Quiero que me escuches —le dijo sin apartar la mirada de los ojos de ella, con voz pausada y llena de convicción—. Hay algo que sucede a diario en el mundo entero: enviamos mensajes todo el tiempo y los recibimos. Somos libres de decidir cuándo leerlos, responderlos o incluso si ignorarlos. No podemos cargar con la responsabilidad de las posibles consecuencias que podrían surgir cada vez que mandamos uno. No somos dueños de las decisiones que otras personas toman. Y... ¡ni siquiera sabías que ese tipo estaba casado!

Rodrigo no estaba seguro de que ella lo estuviese entendiendo y no podía dejarla caer en la incertidumbre.

—Hace un rato me dijiste que olvidar es la única manera de sentirse más protegido. No sabes si lo enviaste y, aunque así hubiese sido, no eres responsable. No podemos cargar con la culpa de lo que no está en nuestras manos controlar.

—¿Sabes tú si yo lo envié?

Rodrigo volvió a abrazarla.

—No lo sé.

Echada sobre su hombro lo miró a los ojos y sintió la calidez de sus brazos. Compartir la carga que había llevado durante tanto tiempo comenzó a aliviarla.

Rodrigo la besó en los labios. Un beso dulce que los dos necesitaban. Ambos arrastraban un pasado y no importaban las historias que cada uno llevara detrás.

Las palabras se quedaron en silencio, la incertidumbre en otro lado, y todo lo malo fue reemplazado por una profunda sensación de calma.

Agradecimientos

Gracias a Belén López Celada, Raquel Gisbert y Leo Felipe Campos por confiar en mí y creer en esta novela, que ya forma parte de NdeNovela, un sello creado por grandes profesionales de una extraordinaria calidad humana. Ha sido un verdadero placer conocerlos y trabajar con mi editor, Leo Felipe Campos. Escuchar sus comentarios y sugerencias me ha servido para seguir aprendiendo.

Gracias a Adelaida Herrera, mi editora del formato digital que siempre creyó en mí y en mis novelas.

Gracias a mi marido y mis hijos por su amor y constante apoyo.

Gracias a mi *amigahermana* Marisa por escucharme, animarme y soportar mis dudas desde que empecé a gestar esta novela. Y por otras muchas cosas imposibles de enumerar.

Gracias a Pablo Ruano Moreno por su amabilidad, cariño y profesionalidad con los que ha resuelto todas mis dudas respecto al trabajo policial.

Gracias a mis perritas Molly y Wendy, y a mis gatos Sherlock, Watson y Eimy por acompañarme con su maravilloso silencio y cariño desinteresado.

Gracias a mi familia y amigos por estar siempre ahí y a Susana por formar parte de otras tantas historias no escritas.

Mi más sincero agradecimiento a Ismael Díaz Bermejo, el mejor profesor de literatura que he podido tener.

Y finalmente quiero daros las gracias a vosotros, los lectores, sin vosotros nada del trabajo que hay detrás tendría sentido.